Mounia Jayawanth

STAR LIGHT *full of* CHANCES

Roman

LYX

LYX in der Bastei Lübbe AG
Dieser Titel ist auch als E-Book und als Hörbuch erschienen.

Die Bastei Lübbe AG verfolgt eine nachhaltige Buchproduktion. Wir verwenden Papiere aus nachhaltiger Forstwirtschaft und verzichten darauf, Bücher einzeln in Folie zu verpacken. Wir stellen unsere Bücher in Deutschland und Europa (EU) her und arbeiten mit den Druckereien kontinuierlich an einer positiven Ökobilanz.

FSC www.fsc.org
MIX
Papier aus verantwortungsvollen Quellen
FSC® C014496

Originalausgabe:

Textredaktion: Li-Sa Vo Dieu
Umschlaggestaltung: © ZEROmedia GmbH & Co. KG
unter Verwendung von Motiven von © FinePic®, München
Satz: Greiner & Reichel, Köln
Gesetzt aus der Adobe Caslon
Druck und Verarbeitung: GGP Media GmbH, Pößneck
ISBN 978-3-7363-1660-7

1 3 5 7 6 4 2

Sie finden uns im Internet unter lyx-verlag.de
Bitte beachten Sie auch: luebbe.de und lesejury.de

Liebe Leser:innen,

dieses Buch enthält potenziell triggernde Inhalte.
Deshalb findet ihr auf der letzten Seite eine Triggerwarnung.

Achtung: Diese enthält Spoiler für das gesamte Buch!

Wir wünschen uns für euch alle das bestmögliche Leseerlebnis.

Eure Mounia und euer LYX-Verlag

Für Vicky.
Und alle Menschen, die mal
in ihrer Situation waren.

»I am out with lanterns, looking for myself.«
Emily Dickinson

PLAYLIST

Young And Stupid – Next to Neon
Liquor Kisses – Zikai
Run – OneRepublic
F.U.C.K – Victoria Monét
Someone Just Like You – Rasmus Hagen, Ebba Bergendahl
Make Me Feel – Janelle Monáe
Situation – Ruth B.
Mistletoe – Why Don't We
New Year – Dotter
Night Changes – One Direction
Lose Somebody – Kygo, OneRepublic
feel like shit – Tate McRae
Bitter – FLETCHER, Kito, Trevor Daniel
What Other People Say – Demi Lovato, Sam Fischer
STAY – The Kid LAROI, Justin Bieber
Walked Through Hell – Anson Seabra
Hold On – Chord Overstreet
Before You Go – Lewis Capaldi
Holiday – Little Mix
Do My Thing – Estelle
Sorry Not Sorry – Demi Lovato
Savage – Megan Thee Stallion
Sexual – NEIKED, Dyo

PROLOG

Fünf Jahre zuvor

Vicky

Meine Hüften bewegen sich kreisend zum Beat. Ich liebe dieses Lied – es ist ein spanisches, mit Rasseln, Trommeln und einem langen Trompetensolo. Mein Körper schwingt zum Takt, das Blut in meinen Adern pulsiert im Einklang mit der Trompete. Ich tanze und es fühlt sich an, als würde ich fliegen.

Aus dem Augenwinkel sehe ich, dass sie mich beobachten. Mit *sie* sind alle gemeint. Der ganze Club. Sie glotzen schon, seit ich hier bin. Vermutlich wegen meines kurzen Kleides und meiner aufreizenden Tanzbewegungen. Besonders intensiv sind die Blicke der Mädchen aus meiner Schule.

Ja, schaut nur Mädels, denke ich und gehe mit meinem Twerk noch ein wenig mehr in die Hocke. Wenn sie schon gucken, will ich ihnen eine besonders gute Show bieten. Ich weiß, dass sie glauben, dass ich unter Komplexen leide, weil ich ein paar Gramm mehr auf den Hüften habe. Genauso wie sie es mir missgönnen, dass ich mich gern vergnüge. Flittchen nennen sie mich. Eine Schlampe, die jeden ranlässt. Aber leider muss ich sie enttäuschen. Mein Körper ist heiß und ich habe meinen Spaß mit ihm. Nicht mein Problem, dass sie ihre Unsicherheiten auf mich projizieren.

Deshalb finde ich Sydney so toll. Seit sie in der Neunten in meine Klasse kam, sind wir ein Herz und eine Seele. Auch wenn wir ziemlich unterschiedliche Vorstellungen haben. Während ich mich ausprobieren will, wartet sie auf den »Richtigen«, was auch immer das heißen mag. Aber wir halten zusammen, weil unsere Freundschaft auf Augenhöhe basiert, wir nehmen einander an, wie wir sind. Es gibt keine Anführerin, die über alle bestimmt. Frauen sollten nicht miteinander konkurrieren und sich erst recht nicht bekämpfen, sondern vielmehr einander die Hand reichen und gegenseitig supporten. So wie Syd und ich es tun.

Apropos – wo steckt Sydney eigentlich? Ich lasse den Blick einmal durch den Raum wandern. Sie trägt ein weißes Kleid, das im Schwarzlicht hervorsticht, deshalb müsste sie eigentlich leicht zu finden sein. Und da leuchtet sie auch schon, zwischen den Tanzenden und …

Vor Überraschung formt mein Mund ein großes O. Sie läuft durch den Club – mit einem Typen! Er hält ihre Hand. Sie gehen nach draußen. Das ist nicht mehr passiert seit … na ja, noch nie. O mein Gott. Hab ich nicht noch gerade behauptet, dass Sydney, die Romantikerin, auf den Richtigen wartet?

Am liebsten würde ich ihnen hinterhergehen, aber als hätte Sydney meine Gedanken durch den lauten Club hören können, schaut sie sich zu mir um und wirft mir einen warnenden Blick zu.

Na gut, ich werde mich benehmen, bedeute ich ihr und hebe kapitulierend die Hände. Aber später will ich jedes Detail hören.

Sie nickt, denn wir verstehen uns auch ohne Worte, und schenkt mir ein aufgeregtes Grinsen. Wow. Wer hätte gedacht, was so eine Abschlussparty alles aus einem Menschen rausholt.

Lächelnd wende ich mich ab und tanze weiter. Heute ist der letzte Tag einer Ära. Ab morgen werde ich der Schule den Rücken kehren und nie wieder zurückblicken. Ich freue mich auf die Zukunft. Ich werde ausziehen und studieren und mein Leben endlich so leben, wie ich es will. Die Schulzeit war hart, aber sie hat mich auch auf das Schlimmste vorbereitet. Von nun an kann es nur besser werden.

»Dein Kleid ist cool«, erklingt eine sanfte Stimme hinter mir.

Ich drehe mich um. Vor mir steht ein Mädchen, etwa so groß wie ich, zierliche Figur, langes schwarzes Haar und dunkle Augen. Sie trägt ein rotes, kurzes Kleid mit einem tiefen V-Ausschnitt. Ihr Blick ist glasig, aber das Lächeln, das sie mir zuwirft, wirkt ehrlich und aufrichtig. Im Gegensatz zu den hormongesteuerten Jungs aus meiner Schule halte ich Komplimente von Frau zu Frau nicht gleich für eine Anmache. Außerdem muss ich ihr recht geben, mein Kleid ist cool. Ich sehe aus wie eine lebende Discokugel. An mir haften tausend Pailletten, die je nach Lichteinfall anders schimmern.

»Danke«, sage ich und deute auf ihr Outfit. »Deins gefällt mir auch.«

»War im Ausverkauf. Ich glaube, ich bin betrunken«, gesteht sie und erst jetzt fällt sie mir auf, dass sie sich kaum auf beiden Beinen halten kann.

»Oh. Willst du dich einen Moment hinsetzen?« Ich schaue mich nach einem freien Sitzplatz um, aber nichts ist in der Nähe. »Soll ich mitkommen?«

»Du bist lieb«, lallt sie und schüttelt den Kopf. »Ich will aber tanzen.« Sie fängt an, auf und ab zu springen, woraufhin ich lachen muss. Zum Glück trägt sie keine hohen Schuhe. So wie sie schon im Stehen wankt, würde sie sich ansonsten bestimmt der Länge nach hinpacken.

»Ich bin übrigens Vicky«, stelle ich mich vor und reiche ihr die Hand. Sie ergreift sie, schüttelt sie allerdings nicht, sondern stützt sich darauf, um nicht zur Seite zu kippen.

»Sicher, dass du dich nicht kurz hinsetzen willst? Du siehst aus, als wäre dir schwindelig.«

Ihr Mund öffnet sich und es braucht ein paar Anläufe, ehe sie die Worte stolpernd herausbringt. »Ma-Maya.«

»Was?«

»Ich heiße Maya.« Jetzt schüttelt sie meine Hand und lächelt breit. Sie trägt eine Zahnspange, was ich irgendwie voll cool finde. Ich hatte nie eine, habe mir aber immer eine gewünscht. Die roten Gummis an ihren Brackets passen sogar zu ihrem Kleid. Die Frau hat Stil!

»Freut mich, Maya.«

»Freut mich auch, Nicky.«

»Vicky«, verbessere ich sie grinsend. »Mit einem V. Eigentlich Victoria.«

»Habe ich das nicht gesagt?«

»Doch, vielleicht«, erwidere ich, auch wenn ich sicher bin, dass ich sie richtig verstanden habe. Aber ich kann und will in ihrem Zustand unmöglich mit ihr diskutieren. Das wäre Folter für uns beide.

»Du siehst nicht aus wie eine Victoria«, bemerkt sie und mustert mich skeptisch.

»Wirklich? Warum nicht?«

»Intuition, Nicky. Unterschätze niemals die Intuition einer Person, die sternhagelvoll ist.«

Ich pruste los. Dieses Mädchen ist der Hammer.

»O Mist, ich glaube, ich habe schon wieder Nicky gesagt.« Sie wirft mir einen entschuldigenden Blick zu.

»Das macht doch nichts.«

»Du bist eine gute Freundin, Victoria mit V.«

Wahrscheinlich meint sie es nicht ernst, wir kennen uns ja gar nicht und sie ist stockbesoffen, aber ihre Worte legen sich wie eine Umarmung um mein Herz. Denn dieses Kompliment höre ich nicht oft. Wenn, dann nur von Sydney. *Meiner einzigen Freundin.*

»Du hast mich gehalten, sonst wäre ich umgekippt«, redet sie weiter. »Ich finde das voll nett.«

»Das ist doch auch selbstverständlich.«

»Ja.« Maya lächelt träge, dann ändert sich ihr Ausdruck.

»Alles gut?«

»Ja.« Sie nickt langsam, doch dann schüttelt sie den Kopf. »Aber ich glaube, ich muss mich …«

»O shit.« Aus Reflex trete ich einen Schritt zurück, besinne mich aber schnell wieder meiner Manieren und greife nach ihrer Hand. »Okay. Lass uns eine Toilette suchen.«

»O Gott, nein«, wehrt sie ab und lässt meine Hand los. »Du musst nicht mitkommen. Mach dein Kleid nicht schmutzig. Ich bin gleich wieder da. Außerdem …« Sie hält sich die Hand vor den Mund und rennt los, noch ehe sie ihren Satz beenden kann.

Besorgt schaue ich ihr hinterher und spiele mit dem Gedanken, ihr doch zu folgen. Wenn ich es wäre, würde ich mir wünschen, dass mir jemand die Haare hält. Aber ich sollte nicht immer von mir auf andere schließen. Wenn sie ihre Privatsphäre braucht, werde ich das respektieren. Und falls sie in ein paar Minuten noch nicht zurück sein sollte, kann ich ja mal nach ihr schauen.

Auf der Tanzfläche ist jetzt mehr los. Die Meute hüpft und zappelt und scheint nicht müde zu werden. Ich kämpfe mich bis zum Rand durch, damit ich mich besser bewegen kann. Der DJ hat *Sexy Back* von Justin Timberlake aufgelegt. Obwohl ich den Text kaum kenne, versuche ich laut mitzusingen und lasse die Arme wie die Segel eines Schiffes sanft von einer Seite auf die andere wiegen.

I'm bringing sexy back …

Wie immer sind meine Augen beim Tanzen geschlossen, um die elektronische Symphonie in meinem ganzen Körper zu spüren. Ich verschmelze mit den Akkorden und werde eins mit der Musik. Wozu Drogen, wenn man Musik hat? Sie ist der einzige Kick, den ich brauche. Ihr Rausch kommt keinem anderen gleich. Ich hasse Sport, aber tanzen könnte ich stundenlang. Die Musikrichtung spielt dabei keine Rolle. Solange der Bass durch meinen Körper bebt, bin ich ihm verfallen.

Als ich die Augen wieder öffne, erschrecke ich mich kurz, weil ich geradewegs in ein dunkles Augenpaar blicke. Sie gehören zu einem Typen, der ein paar Meter entfernt an der Bar steht. Auch er zuckt bei unserem Blickkontakt zusammen und sieht dann ertappt weg.

Hat er mich beobachtet?

Neugierig trete ich einen Schritt zur Seite, um ihn besser sehen zu können. Eigentlich sticht seine Aufmachung nicht aus der Menge der übrigen Anzugträger hervor. Aber im Gegensatz zu den anderen wuselt und springt er nicht herum. Er bewegt sich überhaupt nicht, sitzt nur da und starrt mich an.

Seine Größe kann ich aus der Entfernung nicht einschätzen, aber seine Haare sind eindeutig schwarz. Er hat südostasiatische Gesichtszüge, schmale Lippen und eine gerade Nase.

Der Fremde wendet sich kurz ab, um mit einem seiner Kumpels zu reden, dann, wenige Sekunden später, sieht er wieder zu mir. Seine Augen besitzen eine Tiefe, die mir ganz kurz die Luft abschnürt. Mir fällt auf, dass ich aufgehört habe zu tanzen. Inmitten dieses Meeres aus verschwitzten Körpern stehe ich einfach da und schaue ihn an. Und er schaut zurück. Und lächelt. Ganz leicht, als ob dieses Lächeln eigentlich unbeabsichtigt wäre. Obwohl ich es nicht bewusst steuere, spüre ich, wie sich meine Mundwinkel ebenfalls nach oben ziehen.

»Hallo«, forme ich mit den Lippen.

Der Fremde zieht die Stirn kraus und wirkt einen Augenblick lang überfordert. Dann, nach einer kurzen Pause, erwidert er meinen Gruß. »Hallo.«

»Wie geht's?«, frage ich weiter, doch das übersteigt seine Fähigkeiten des Lippenlesens, denn er macht ein fragendes Gesicht. Ich verzichte darauf, es zu wiederholen und winke ihn stattdessen einfach rüber. Wenn er herkommt, können wir uns besser unterhalten.

Doch der Fremde starrt mich an, als hätte ich ihm eine Ohrfeige verpasst. Hastig wendet er sich ab und nimmt einen großen Schluck von dem Getränk, das vor ihm steht. In meine Richtung schaut er nicht mehr.

Hä? Was war das denn gerade? Erst glotzt er mich an und dann ignoriert er mich? Ähm, okay, dann eben nicht.

Ich reiße den Blick von ihm los und lasse mich in den nächsten Song fallen. Zumindest versuche ich es, aber diesmal blockiert irgendwas meine Muskeln. Ich will nicht zu dem Typen hinsehen, wirklich. Aber meine Augen gehorchen mir nicht. Gegen meinen Willen wandern sie zurück zur Bar.

Er steht noch immer da, aber jetzt ist er nicht mehr allein. Ein paar Freunde haben sich zu ihm gesellt. Er redet mit ihnen, während alle paar Sekunden sein Blick in meine Richtung huscht.

Er beobachtet mich noch immer.

Mit einem Mal packt mich die Nervosität. Ich bin es gewohnt, angestarrt zu werden – aus Neugier, Neid und Lust, aber beim ihm ist es irgendwie anders. In der Regel kann ich Menschen gut einschätzen, aber ihn überhaupt nicht. Findet er mich hübsch? Ist er interessiert? Will er eigentlich zu mir kommen und ist einfach nur schüchtern? Oder interpretiere ich alles völlig falsch?

Ich kehre ihm den Rücken zu und versuche mich erneut auf die Musik zu konzentrieren. Leider spüre ich seine Blicke weiterhin auf meinem Rücken, so drängend intensiv wie eine körperliche Berührung, und plötzlich weiß ich nicht mehr, wie man tanzt. Ungelenk wippe ich ein wenig hin und her, komme mir aber vor wie eine Marionette, deren Fäden sich verheddert haben.

Was ist bloß los mit mir? So durcheinander hat mich schon lange keiner mehr gebracht. Vielleicht sogar noch nie.

Verärgert, dass er mich aus dem Takt bringt, verschwinde ich tiefer in der Menge, bis ich sicher bin, dass er mich nicht mehr sehen kann. Ich bin keine Stripperin, die nur für das Vergnügen der Zuschauenden tanzt. Soll er doch jemand anderen angaffen.

Versteckt vor seinem Blick fällt die Unsicherheit schnell von mir ab und ich werde endlich mutiger und geschmeidiger in meinen Bewegungen. Fast gelingt es mir, wieder abzuschalten, wirklich fast. Aber jedes Mal, wenn ich kurz in seine Richtung schiele, beobachtet er mich. Nicht auffällig, aber auffällig genug, um ihn zu durchschauen. Seine Freunde wollen ihn zum Tanzen motivieren, aber er winkt ab und lässt sie alleine ins Gedränge ziehen.

Da ist sich wohl jemand zu fein fürs Tanzen.

Aber mich anschauen kann er trotzdem. Ich verstehe echt nicht, was sein Problem ist. Wenn er mich schon heimlich beobachtet, kann er doch einfach herkommen und mit mir reden?

*

Irgendwann nach Minuten oder Stunden – ich habe keinerlei Zeitgefühl mehr – leert sich der Club. Die Menschenmauer, hinter der ich mich die ganze Zeit erfolgreich versteckt habe, zerstreut sich und gibt wieder die Sicht auf mich frei. Der Typ ist noch da und natürlich gilt seine Aufmerksamkeit immer noch mir.

Meine Augenbrauen ziehen sich zusammen. Was fällt ihm ein, mich den ganzen Abend mit seinen Blicken zu verschlingen und dann nicht den Mut zu haben, auf mich zuzugehen? Jemand der so fasziniert ist, kann ja wohl auch den Mund aufmachen.

Ich verschränke die Arme vor der Brust und schaue ihn direkt an. »Komm doch«, sagt mein Blick. Und obwohl ich sicher bin, dass er mich verstanden hat, rührt er sich trotzdem nicht von der Stelle.

Ist das sein verdammter Ernst?

Gott, dann halt nicht! Ich strecke ihm die Zunge raus und drehe mich um. Kindisch, ich weiß, aber ich kann nicht anders. Seine Zurückweisung macht mich echt sauer.

Vermutlich wäre es das Beste, wenn ich den Abend für beendet erkläre. Die Nacht war lang und die meisten sind ohnehin schon weg. Ich sollte Sydney suchen, sie ist schon vor Ewigkeiten verschwunden. Und bei der Gelegenheit kann ich auch nach dieser Maya sehen. Nicht, dass die Ärmste noch immer neben der Kloschüssel kauert.

Ich beschließe, zuerst zu den Toiletten zu gehen, doch als ich mich umdrehe, pralle ich unerwartet gegen einen fremden Brustkorb. Mein Atem stockt, als ich langsam aufschaue.

Er ist doch gekommen.

Mein Puls schnellt in die Höhe und meine Nackenhaare stellen sich auf. Aus der Nähe betrachtet sieht er anders aus. *Noch besser.* Seine Züge sind weich, seine Augen warm. Eben noch auf hundertachtzig, spüre ich jetzt, wie ein großer Teil meines Zorns von mir abbröckelt.

Der Fremde mustert mich ebenfalls, die Stirn gefurcht, die Augen mehrmals blinzelnd, als wäre er heillos überfordert und wüsste nicht, wie er mit der Situation umgehen soll. Vielleicht ist er wirklich schüchtern. Auch wenn er eigentlich nicht so wirkt.

Nun stehen wir einfach nur voreinander und schauen uns an, während die bunten Lichter der rotierenden Clubbeleuchtung über sein Gesicht tanzen, fast im selben Takt wie mein Herzschlag.

»Noch mal hallo«, sage ich heiser und bin nicht sicher, ob er mich trotz der lauten Musik verstanden hat. Doch er schmunzelt leicht und mir wird so warm, dass meine Haut überall zu prickeln beginnt.

»Hallo.«

»Was sollte dein Glotzen?«, platze ich heraus, woraufhin er überrascht die Augenbrauen hebt.

»Keine Ahnung«, gesteht er und sieht wirklich so aus, als wüsste er es nicht. Seine Stimme ist schön, so samtig und weich. Er könnte Synchronsprecher sein.

»Es ist ziemlich übergriffig, jemanden derart anzugaffen«, fahre ich streng fort.

Seine Lippen zucken, als ob er ein Lachen unterdrücken würde. Aber dann kehrt der Ernst in seinen Blick zurück. »Tut mir leid.« Er zieht einen Schmollmund, der ihn irgendwie extrem heiß und extrem süß zugleich aussehen lässt. Wie kann man da noch sauer bleiben?

»Dir sei verziehen«, sage ich gespielt hochnäsig, woraufhin sein Lächeln noch breiter wird. Mein Herz schwingt sich auf ein Pferd und galoppiert davon. Wohin, weiß ich nicht, aber ich vermute mal in Richtung Chaos. Denn genau das beschreibt mein Gefühlsleben gerade. Ich bin nervös, aufgeregt, glücklich, aber auch ängstlich. Zum ersten Mal weiß ich nicht, was ich sagen oder machen soll. Der Fremde sieht so aus, als würde es ihm ähnlich gehen, denn er schaut sich um, und wirkt noch immer etwas desorientiert.

Und dann spüre ich, wie sich unsere Fingerspitzen berühren. Ganz zart, ganz sanft. Ein heißes Kribbeln durchfährt mich. Etwas fließt mir den Rücken runter, und ich kann nicht sagen, ob das Schweißperlen sind, oder ob ich es bin, die gerade dabei ist zu schmelzen. Unsere Finger finden ineinander, bis sie sich schließlich miteinander verflechten. Mein Unterleib zieht sich zusammen, mein Atem geht immer schneller.

Erregt es mich gerade, seine Hand zu halten? Uff, ich glaube schon.

Die ganze Zeit habe ich darüber sinniert, ob er an mir interessiert sein könnte oder nicht. Jetzt weiß ich, dass ich mit meinem Bauchgefühl richtiglag. Er ist interessiert, er begehrt mich, er will mich – und das schon die ganze Zeit. Warum er vorher nicht den Mut dazu aufgebracht hat herzukommen, weiß ich nicht. Aber jetzt ist er hier. Und er starrt auf meine Lippen.

Er will mich küssen.

Und doch rührt er sich nicht. Er hält einfach nur meine Hand. In seinem Blick flackert Lust, aber auch Zurückhaltung. Irgendwas hindert ihn dran, den nächsten Schritt zu tun.

Oder irgendwer.

Denn plötzlich krallt sich eine Hand in seine Schulter und zieht ihn von mir weg.

»Du bist so ein Mistkerl!«

Das Mädchen, dem die Hand gehört, stellt sich zwischen uns, und ich weiß nicht, warum ich in diesem Moment dieses kleine Detail registriere, aber seine champagnerfarbene

Krawatte passt farblich perfekt zu ihrem Kleid. So, als wäre es abgesprochen. So, als ob sie zusammen hier wären.

O mein Gott. Die Erkenntnis donnert gegen meinen Kopf wie eine schlecht geworfene Frisbeescheibe.

Er hat eine Freundin.

Deshalb also seine Befangenheit. Deshalb sein ewiges Hinauszögern, auf mich zuzugehen. Enttäuschung kickt mich in meinen Bauch. Mit einem fremden Mädchen zu flirten ist schon heftig, aber auch noch, wenn die Freundin anwesend ist? Das ist mies. Das ist richtig mies. Ja, ich amüsiere mich gern, aber ich halte mich grundsätzlich fern von Typen, die vergeben sind. Dass er zur Fraktion *untreues Arschloch* gehört, hätte ich nie im Leben erwartet.

»Fuck.« Der Typ blinzelt mehrmals und sieht so aus, als wäre er aus einer Trance erwacht. Er lässt den Kopf sinken und vermeidet es auf diese Art, uns in die Augen zu sehen.

»Ja, fuck«, wiederholt seine Freundin geladen. »Da schmeißt sich die erstbeste Schlampe an dich ran, und du kannst nicht mal warten, bis ich weg bin?«

Wow. Jetzt bin ich also die Schlampe, denn es ist ja immer die Schuld der Frau. Wenn ich nicht so starr vor Schock wäre, würde ich dem Mädchen geflissentlich die Meinung geigen, schließlich wurde nicht nur sie verarscht.

Aber anscheinend hat sie gar keine Lust, weiter zu diskutieren, denn sie wendet sich ab und stürmt in Richtung Ausgang. Der Typ – ich kenne seinen Namen noch immer nicht – flucht wieder und rennt ihr hinterher.

An der Tür kommt er jedoch abrupt zum Stehen und dreht sich langsam zu mir um. Sein schuldbewusster Blick trifft auf meinen resignierten. Ganz kurz ruckt sein Fuß in meine Richtung, als würde er instinktiv wieder zu mir zurückwollen. Sein Gesicht verzieht sich bedauernd. Mit der flachen Hand schlägt er zweimal gegen die Tür, als müsste er sich wirklich davon abhalten, nicht herzukommen.

Doch dann geht er. Und nimmt ein Stück meines Herzens mit sich.

Vince

Trotz ihrer High Heels hat diese Frau einen verdammt flotten Gang. Inmitten des Dunstes der lauten Musik und den flackernden Neonlichtern rast sie auf den Ausgang zu, als würde sie von sonst wem verfolgt. Als sie die Tür aufstößt, kneife ich instinktiv die Augen zu. Heller Sonnenschein bricht durch die Wolkendecke und fällt warm auf uns herab. Ich habe gar nicht mitbekommen, dass ein neuer Tag angebrochen ist. Verrückt, wie alles einfach weitergeht, während für einen selbst die Zeit stehen bleibt.

»Jetzt warte doch endlich«, rufe ich ihr nach, was sie tatsächlich tut, und zwar so abrupt, dass ich fast mit ihr zusammenknalle.

»Was war das gerade?«, fährt sie mich an und bringt sofort wieder Abstand zwischen uns. »Wolltest du es mir heimzahlen? Weil ich gehe und dich zurücklasse?«

»Nein«, antworte ich müde und halte mir eine Hand vor die Augen, um das Sonnenlicht abzuschirmen.

»Oder war es wegen der dämlichen Wette, die Luke und die anderen am Laufen haben? Warst du sauer, weil du nicht mitmachen konntest?«

»Nein. So war das gar nicht. Ich schwöre es. Baby …«

»Nein, nichts da *Baby*.« Sie schlägt meine Hand weg, die ich gerade an ihre Wange legen wollte. In ihrer Stimme schwingt eine Endgültigkeit. »Ich bin nicht mehr dein Baby.«

Vermutlich würde ich jetzt in Panik verfallen, wenn es das erste Mal wäre, dass sie mir die Baby-Anrechte entzieht, und nicht das hundertste. In den letzten Wochen haben wir uns so oft gestritten und getrennt, dass ich irgendwann aufgehört habe zu zählen. Am Ende kommen wir sowieso wieder zusammen.

»Erzähl mir einfach, was passiert ist«, fordert sie.

»Es ist gar nichts passiert.«

»Gar nichts? Warum hältst du Händchen mit einer anderen Frau? Und warum siehst du sie an, als ob du sie küssen willst?«

Keine Ahnung. Ich weiß es wirklich nicht. Was ich weiß, ist, dass ich nicht aufhören konnte, sie anzusehen. Sie war so ... Ich weiß nicht. Sie hat geleuchtet. Ihr Kleid, ihre Augen, ihr Lächeln. Noch nie habe ich jemanden so tanzen sehen. Als wäre sie die Verkörperung der Musik. Sie war so frei und ungezwungen, so selbstbewusst und stark. Ich war wie hypnotisiert, magisch angezogen. Und stand plötzlich vor ihr.

Aber vielleicht ist es genau das, was alle Betrüger sagen. Dass sie nicht wussten, was sie taten, obwohl es eine Lüge ist. Ich wusste, was ich tue, ich habe nur nicht mehr an die Konsequenzen gedacht. Da war nur noch *sie* in meinem Kopf.

Als ich nicht antworte, seufzt sie. »Ist ja auch egal. Ich gehe sowieso weg, da bringt es nichts, diese Beziehung noch aufrechtzuerhalten. Das Beste wäre, wenn wir ...«

»Hör auf«, gehe ich dazwischen, weil ich diese Leier langsam leid bin. Wann immer wir auf New York zu sprechen kommen, fängt sie einen Streit an und macht Schluss, nur um es ein paar Stunden später wieder zurückzunehmen.

»Du gehst zum Studieren weg, na und? Du wirst doch wiederkommen.«

»Und was, wenn nicht?«

Ich schließe den Mund wieder. Diese Option höre ich zum ersten Mal. Verwirrung und ein Hauch Panik toben in mir.

»Dann … dann ziehe ich eben auch nach New York«, sage ich im Affekt.

Jetzt lacht sie, aber es klingt keinesfalls fröhlich. Eher so, als würde sie damit ein Schluchzen verbergen wollen. »Du willst ernsthaft nach New York ziehen? Nur für mich?«

»Warum klingst du so überrascht?«

»Weil es bescheuert ist. Merkst du nicht, wie albern das klingt? Du kannst nicht einfach aus Liebe in ein anderes Land ziehen und deine eigenen Träume und Ziele über Bord werfen. Wir sind praktisch noch Kinder.«

»Wir sind achtzehn. Und seit drei Jahren zusammen.«

»Trotzdem haben wir keine Ahnung vom Leben.«

Frustriert presse ich die Lippen aufeinander. Ich weiß nicht, was ich noch sagen soll, denn anscheinend ist alles, was ich sage, falsch. Bitte ich sie zu bleiben, bin ich der Egoist, der sie festhält. Bitte ich sie zu gehen, ist sie mir nicht wichtig genug. Will ich mit ihr gehen, bin ich bescheuert und habe keine Ahnung vom Leben.

Schweigend starren wir einander an. Normalerweise müssen wir irgendwann lachen, weil wir beide ziemlich albern aussehen, wenn wir sauer aufeinander sind. Aber diesmal kann ich mir nicht einmal ein kleines Lächeln abringen. Es tut weh, dass sie so wütend auf mich ist, vor allem, weil ich sie diesmal sogar verstehe. Ich weiß, dass ich falsch gehandelt habe. Ich hätte dieses Mädchen nicht so ansehen sollen. Ich hätte gar nicht erst so empfinden dürfen. Ich habe mit einer anderen … *gefühlt*.

Aber ist das falsch? Betrügt man seinen Partner, wenn man sich mit einem anderen Menschen einfach nur … verbunden fühlt?

»Du wolltest sie, oder?«, bricht sie das Schweigen.

»Wen?«, frage ich gedehnt, obwohl ich natürlich weiß, wen sie meint.

»Wen wohl? Die Schlampe im Paillettenkleid.«

Ihre Worte fühlen sich an, als hätte sie mir eine Faust in den Bauch gerammt. »Nenn sie nicht so. Sie trifft überhaupt keine Schuld. *Ich* war es, der falsch gehandelt hat.«

»Das beantwortet meine Frage nicht.«

»Nein, ich wollte sie nicht.«

Enttäuschung blitzt in ihren Augen auf. Ich lüge ihr ins Gesicht und sie weiß es.

»Ach! Mach doch, was du willst. Geh meinetwegen wieder zu ihr. Ich hab echt keinen Bock mehr auf das alles.«

Mit diesen Worten rauscht sie ab und diesmal gehe ich ihr nicht hinterher. Ich weiß, dass sie jetzt Zeit für sich braucht. Vielleicht können wir morgen – oder nachher, denn es ist ja schon morgen – nach einer Mütze Schlaf noch mal darüber reden.

»Oje, Ärger im Paradies?«

Luke kommt auf mich zu und sieht aus, als hätte er das Ende unseres Wortgefechts mitgekriegt.

»Sieht wohl so aus«, murmele ich und schaue ihrem blonden Schopf hinterher. »Sie hat es schon wieder beendet.«

Luke verdreht die Augen, denn er kennt die Leier. »Was hat ihr diesmal nicht gepasst?«

»Nein, es war meine Schuld. Ich … habe mit einer anderen …«

»Was?« Er reißt die Augen auf.

»Es ist nichts passiert! Wir haben nur … Händchen gehalten«, sage ich schnell. »Mehr nicht.«

»Händchen gehalten?«, wiederholt er geschockt, als sei das noch eine krassere Geste als ein Heiratsantrag.

»Warum hältst du die Hand von jemandem, der nicht deine Freundin ist? Ich dachte, ihr wolltet das mit der Fernbeziehung versuchen. Du hast sie doch förmlich darum angefleht.«

»Ich weiß.«

»Oder willst du es eigentlich doch nicht?«

Eine Frage, die er mir in den letzten Wochen schon oft gestellt hat. Meistens immer dann, wenn mal wieder Schluss war.

»So was ist echt hart«, redet er weiter. »Ich weiß, dass ihr schon seit Ewigkeiten zusammen seid, aber sie zieht nicht nur in eine andere Stadt, sondern auf einen anderen Kontinent.«

»Ich will es«, beharre ich. »Mir ihr.«

»Sicher?«

Diesmal zögere ich, nur kurz, aber lang genug, um Luke aufstöhnen zu lassen. Er schließt die Augen und fasst sich an die Stirn. »O Mann. Wie kann es eigentlich sein, dass ich heute Nacht riesigen Mist gebaut habe und du es trotzdem geschafft hast, mich zu übertreffen?«

Ich ziehe eine Augenbraue hoch. »Also hat es geklappt?«, frage ich, dankbar, dass das Gespräch in eine andere Richtung geht.

Said hatte ihn und ein paar andere Jungs zu Beginn des Abends zu einer Challenge herausgefordert, in der es darum ging, ein Mädchen dazu zu bringen, einen zu küssen. Ich fand die Aktion ziemlich fies, habe mich aber wie immer rausgehalten. Luke macht blöden Scheiß, wenn er das Gefühl hat, dass er irgendwem etwas beweisen muss. Ich habe ihm gesagt, dass es kein Weltuntergang ist, beim Abi durchzufallen. Aber der Sturkopf lässt selten mit sich reden.

Lukes Blick trübt sich, und plötzlich wirkt er so traurig, wie ich ihn noch nie gesehen habe. »Lass uns nicht hier darüber reden«, sagt er leise und deutet mit dem Kopf hinter sich auf das Mädchen, mit dem er die halbe Nacht verbracht hat. Zu meiner Verwunderung trägt sie seine geliebte Jacke. Wenn er ihr die freiwillig überlässt, muss das schon was heißen.

Ein anderes Mädchen hakt sich bei ihr unter. Mein Mund wird trocken, und mein Herz gerät kurz ins Stolpern. Es ist *das* Mädchen. Das Mädchen, dessen bloßer Anblick mich wie ein Sog mit sich gerissen hat.

Als sie mich ebenfalls entdeckt, schwindet ihr fröhlicher Ausdruck. Mein Bauch zieht sich zusammen. In meinem Magen tobt eine Mischung aus Verwirrung und Schuld. Ich weiß echt nicht, was mit mir los ist. Ich habe eine Freundin, verdammt! Warum zur Hölle schaue ich einer anderen hinterher? Warum geht es mir so nah, dass sie sauer auf mich ist? So bin ich doch eigentlich nicht. Ich bin kein Arschloch und auch kein Betrüger. Ich bin einfach nur … verwirrt.

»Es tut mir leid«, forme ich mit den Lippen und sehe sie ein letztes Mal an. Versuche mir ihr Gesicht einzuprägen, ihr freches Lächeln, ihre herzförmigen Lippen, ihre leuchtend grünen Augen.

Ob sie mich verstanden hat, weiß ich nicht, aber als sie sich enttäuscht von mir abwendet, kriecht ein Schmerz durch meinen Körper, den ich nicht in Worte fassen kann. Meine Freundin hat gerade schon wieder mit mir Schluss gemacht und ich bin traurig, weil eine andere mich nicht ansieht.

1. KAPITEL

Fünf Jahre später

Vicky

Ich sitze auf dem Sofa und trinke Rooibos-Tee aus meiner Lieblingstasse. Sie ist ziemlich groß und eine von denen, die bei Hitze die Farbe wechseln. Eigentlich gehört sie ja Sydney – das erkennt man an dem albernen Star Wars Aufdruck und an Darth Vader, der mit einem Lichtschwert mitten auf dem Porzellan prangt. Ich halte zwar nicht viel von den Filmen, aber für mich gibt es trotzdem keine bessere Tasse. Sie bedeutet mir eine ganze Menge, denn fast immer ist sie mit dabei, wenn irgendwas Aufregendes passiert.

So wie jetzt gerade.

»Ist das dein Ernst?«, vergewissere ich mich.

»Was ist mein Ernst?« Sydney steht in Unterwäsche an ihrer offenen Tür und mustert mich fragend.

Ich schüttele den Kopf und ziehe meine Haare zur Seite, um auf meine Ear Pods zu deuten, die mir in den Ohren stecken. Ich liebe die Dinger, aber wenn man sie nicht sieht, wirkt es, als würde man Selbstgespräche führen.

»Ah.« Sydney nickt verstehend und zieht sich wieder zurück, um sich auf ihr bevorstehendes Date vorzubereiten.

Mit Luke, wohlbemerkt. Der Luke, der ihr tausendmal das Herz gebrochen hat. Was ich von dem Typen halte, der sie erst versetzt und dann komplett vergessen hat, spreche ich nicht laut aus (Sydney weiß es ohnehin). Sie ist auch so schon aufgeregt genug, denn heute lernt sie Lukes Eltern kennen – ja, so weit sind die beiden schon.

»Es ist mein Ernst«, versichert mir Peer am Telefon. Seine Stimme klingt warm und herzlich. »Du hast den Job. Glückwunsch.«

»Wow. Das ist so cool. Danke«, sage ich und meine es hundertprozentig so. Ich liebe das Neue Museum. Es hat mein Herz schon während meines Praktikums erobert und jetzt werde ich selbst dort arbeiten. Zwar nur als studentische Hilfskraft, aber immerhin. Das Gehalt ist so lächerlich hoch, dass ich mich gar nicht traue, es laut auszusprechen. Da hat es sich wohl gelohnt, mich durch die beiden Arabischkurse durchzukämpfen. Führungen in anderen Sprachen bringen fast immer das Doppelte ein. Ich bin zwar kein Ass in Arabisch und kann es nach wie vor besser verstehen als sprechen, aber das wird schon alles.

Jetzt kann ich endlich das Hundesitten an den Nagel hängen. Ich liebe Hunde, keine Frage, aber das ständige frühe Aufstehen und Häufchen beseitigen bringt einen irgendwann an seine Grenzen. Der Job im Museum wird mein chronisch leeres Bankkonto etwas auffüllen. Nicht, dass ich in Saus und Braus leben würde, aber bisher konnte ich mir immer nur das Nötigste leisten, was nicht mehr war als Essen und die Miete.

»Nicht dafür«, meint Peer, und ich höre ihn durchs Telefon lächeln. Damals bei meinem Praktikum war er für die Administration zuständig. Wir verstanden uns auf Anhieb, was nicht sonderlich schwer war, weil Peer ein Mensch ist, den man sofort ins Herz schließt.

Nach meinem Praktikum habe ich ihn darum gebeten, mir sofort Bescheid zu geben, wenn das Museum auf der Suche nach studentischen Hilfskräften ist. Nach über einem Jahr hat er sein Wort gehalten und mich gleich als Erste kontaktiert.

»Mit den Arbeitszeiten bist du flexibel, richtig?«

»Jepp.« Obwohl er mich nicht sieht, nicke ich zusätzlich. »Ich habe die meisten Unikurse abgeschlossen und im nächsten Semester nur noch die Masterarbeit.«

»Perfekt. Hier geht es nämlich manchmal etwas drunter und drüber.«

»Klingt, als hätte sich nichts verändert.«

Er lacht und ich stimme mit ein.

»Dann sehen wir uns nächste Woche? Zur Vertragsunterzeichnung?«

»Ich werde da sein.«

Als wir auflegen, hüpft mein Herz wie auf einem Trampolin. Ich nehme mir die Ear Pods aus den Ohren und lege sie erst mal auf den Tisch, weil ich die Ladebox mal wieder verlegt habe.

»Syyyyyd«, rufe ich aufgeregt nach meiner besten Freundin. »Ich habe den Job!«

»Im Ernst?« Sie tritt aus ihrer Tür und trägt jetzt ein schulterfreies schwarzes Kleid, in dem sie so scharf aussieht, dass meine Augen zu brennen beginnen.

»Wow, mit diesem Teil wirst du so was von flachgelegt.«

Sie kichert leise. »Hat Ani auch gesagt. Also nicht das mit dem Flachlegen, sondern, dass sie es schön findet. Egal. Du hast den Job?«

»Yes. Vor dir steht die neue Museumstante, die die Besuchergruppen durch ihre prächtigen Hallen führt«, stelle ich mich selbst vor und schnappe mir die Fernbedienung, um sie als Mikrofon zu benutzen. »Tauchen Sie ein in die Welt des Alten Ägypten, und lassen sie sich von der reichen Sammlung antiker Kunst berauschen. Sie wollen eine Führung auf

Deutsch? Kein Problem! Sie wollen eine auf Englisch? Auch kein Problem! Vielleicht sogar auf Arabisch?« Ich zwinkere wie ein Emoji. »Na so was von kein Problem!«

Sydney pfeift verblüfft. »Du hast dir wirklich Arabisch zugetraut?«

»Ja, das war vielleicht ein wenig übermotiviert«, räume ich ein, und werfe die Fernbedienung zurück aufs Sofa. »Aber sonst hätte ich den Job nicht bekommen. Außerdem kann ich ja ein bisschen Arabisch.«

Als Kind habe ich die Sprache fast fließend gesprochen, aber nachdem mein Vater gestorben ist … Na ja, sagen wir, ich hatte keinen Gesprächspartner mehr. Trotzdem habe ich die letzten Unisprachkurse mit voller Punktzahl abgeschlossen, weil noch eine Menge hängengeblieben war. Und meine Aussprache ist auch nicht so übel. Man hört fast keinen Akzent.

»Mit etwas Übung kommst du sicher wieder rein. Und weißt du, was das Beste ist?« Sydneys Augen leuchten auf. »Das Neue Museum ist direkt um die Ecke vom *Coffee & Books*. Du kannst in deinen Mittagspausen immer vorbeikommen.«

»O Gott, und wie ich das tun werde!«

Ich liebe das Café, in dem Sydney arbeitet. Es ist dort so schön bunt, kuschelig und gemütlich, außerdem sind alle Produkte vegan und noch dazu bezahlbar. Nicht, dass ich dort jemals zahlen müsste. Bisher hat Sydney mich immer kostenlos durchgefüttert.

»Aber jetzt muss ich mich weiter fertig machen«, kehrt sie zum ursprünglichen Thema zurück. Ihre Stimme zittert ein bisschen vor Aufregung. »Luke kommt gleich.«

»Ja, was das angeht …«, beginne ich, doch Sydney unterbricht mich mit einem lauten Stöhnen. »Was?«

»Ich finde, du solltest heute nicht dahin gehen. Nein, lass mich ausreden!«, halte ich sie auf, als sie mich unterbrechen will. »Ich spüre Schwingungen«, rede ich weiter und verdeutliche mein Gesagtes mit einer Handgeste. »Mein Drama-Radar schlägt aus und sagt mir, dass dich heute Abend eine Menge emotionales Chaos erwarten wird. Du weißt, dass ich recht habe. Der Radar täuscht sich nie.«

Eben noch angesäuert, grinst Sydney nun. Keine von uns streitet ab, dass ich eine Art sechsten Sinn habe, was das Vorhersehen von Drama angeht. Das war schon immer so, keine Ahnung, warum.

»Das stimmt. Auf deinen Radar ist Verlass«, pflichtet sie mir bei und zögert kurz. »Aber ich werde trotzdem gehen.«

»Sag nicht, ich hätte dich nicht gewarnt«, rufe ich ihr hinterher, als sie zurück in ihr Zimmer verschwindet.

Ich wende mich wieder meinem Tee zu, der inzwischen abgekühlt ist. Als ich die leere Tasse neben meinen Ohrhörern abstelle, klingelt es an der Tür.

»Ich geh schon, das ist Luke«, brüllt Sydney und hechtet an mir vorbei.

Skeptisch sehe ich meiner besten Freundin hinterher. Es ist nicht so, dass ich ihr kein Happy End gönnen würde, aber nachdem ich Sydneys Liebeskummer fünf Jahre lang miterlebt habe, bin ich einfach vorsichtig, was den Typen angeht, der sie einfach vergessen hat.

Die beiden turteln ein bisschen, dann höre ich Sydney laut nach Luft schnappen. »Ich sehe heiß aus! Sag, dass ich heiß aussehe!«

O Sydney. Liebe, süße Sydney.

»Kein Mann sollte dich erst darauf hinweisen müssen, wie heiß du bist«, grätsche ich dazwischen, weil ich es mir einfach nicht verkneifen kann. Luke lacht laut auf, und ich muss grinsen.

Wahrscheinlich wird mich Sydney später dafür umbringen,

aber hey, ich meine es nur gut. Natürlich können wir Frauen uns Komplimente wünschen, aber wir sollten unseren Selbstwert nicht dadurch definieren, von wem wir wie viel Bestätigung bekommen.

So wie meine geliebte Mutter.

Maya kommt genau in dem Moment nach Hause, als Luke und Sydney verschwinden. Mit einem Teller voller Macadamia-Cookies setzt sie sich zu mir ins Wohnzimmer und hält mir auch einen hin.

»Nein danke, ich kann die Dinger nicht mehr sehen.« In letzter Zeit hat Sydney einfach zu viele von ihnen gebacken.

»Also, ich finde ihn nett«, meint Maya und nimmt einen Bissen. »Du weischt schon, Luke. Nicht den Keksch.«

Ich lächele amüsiert. »Ich will ja nicht deine Integrität infrage stellen, aber du findest jeden nett.«

»Das stimmt überhaupt nicht. Ich finde nur, dass nicht jeder Typ automatisch ein Arsch ist.«

»Das finde ich auch nicht. Aber manchmal stellen sich selbst diejenigen als Riesenärsche raus, von denen man es gar nicht erwartet hätte.«

»Aber manchmal eben auch nicht!«

»Wie du meinst«, entgegne ich lustlos, und beschließe das Thema zu wechseln. »Übrigens habe ich den Job bekommen.«

»Wirklich? Glückwunsch.« Mayas Gesicht strahlt, als hätte sie die Zusage persönlich bekommen. Ich kenne keinen Menschen, der sich so ehrlich für andere Menschen freuen kann wie sie.

Ich sehe sie liebevoll an. »Danke.«

»Meinst du, ich kann dich mal besuchen, um dort ein bisschen zu malen?« Maya liebt das Malen und Zeichnen fast so sehr wie das Skateboard fahren, daher überrascht mich ihre Frage nicht.

»Bestimmt. Als ich da im Praktikum war, kamen oft Studierende rein, um alles Mögliche zu skizzieren. Sogar die Treppen«, denke ich laut. »Ich werde es in Erfahrung bringen und gebe dir dann Bescheid.«

»Cool.« Sie lehnt sich zurück und legt ihre Beine auf den Tisch. »Was steht heute an?«

»Nicht viel. Ich glaube, ich bleibe einfach nur zu Hause«, erwidere ich und strecke die Beine ebenfalls aus. Im Winter neige ich dazu, noch fauler zu werden als sonst. »Und du?«

»Ich auch.« Sie schnappt sich noch einen Cookie, hält ihn jedoch nur an die Lippen, ohne reinzubeißen. Ihr Ausdruck ist nachdenklich. »Hättest du was dagegen, wenn ich Lenny frage, ob er Lust hat herzukommen? Oder willst du heute lieber nur zu zweit bleiben?«

»Nein, klar kann er kommen.« Lennart ist cool. Ich sehe ihn zwar nicht so oft wie Maya und Sydney, aber jedes Mal, wenn wir beisammen sind, verbringen wir eine schöne Zeit miteinander.

Ein vertrautes Pling reißt mich aus meinen Gedanken. Ich ziehe mein Handy aus der Tasche meines Onesies und lese die eingehende Nachricht.

Mat: Hey, hättest du vielleicht Zeit vorbeizukommen? Ich muss mit dir reden …

»Von wem ist sie?«, erkundigt sich Maya von der Seite.

»Mat.«

Maya rutscht näher, die Info reicht ihr anscheinend nicht, also füge ich hinzu: »Der … Rick and Morty mag.«

»Ah, der *Wubba-lubba-dub-dub*-Typ? Ist er etwa nicht mehr beleidigt?«

»Ey, ich fühle mich immer noch schlecht!« Schamesröte

schießt mir in die Wangen. Ich kenne Mat aus der Uni, er ist mein Tutor im weiterführenden Kurs von *Einführung in die hieroglyphisch-ägyptische Schrift und Sprache Teil II.* Wie hätte ich da ahnen können, dass er *Wubba-lubba-dub-dub* stöhnt, wenn er kommt?

»Schon okay, Süße. Vermutlich hätte ich wohl auch gelacht.«

»Ich hab ihn nicht ausgelacht, na ja schon, aber nur ganz kurz. Aber hauptsächlich deshalb, weil ich so überrascht war!«

»Du hast dich doch hoffentlich bei ihm entschuldigt.«

»Natürlich habe ich das. Mehrmals sogar. Aber er hat mich trotzdem ignoriert. Und jetzt will er reden.«

Ich werfe einen kurzen Blick auf die Uhr und antworte ihm dann.

Ich: Hey Mat, passt es dir auch morgen? Ich habe schon meine Schlafsachen an. Wenn es ganz dringend ist, können wir auch telefonieren?

Mat: Nein, was ich zu sagen habe, ist besser von Angesicht zu Angesicht … Es würde mir viel bedeuten, wenn du kommst …

»Warum lässt er jeden Satz mit drei Punkten enden?«, fragt Maya an meiner Schulter. »Ist das für die Dramatik?«

»Keine Ahnung. Aber der glaubt doch nicht ernsthaft, dass ich jetzt noch nach Wilmersdorf fahre?«

Nicht, dass es mir um den Stadtteil ginge – obwohl Wilmersdorf schon ziemlich spießig ist. Was mich eigentlich aufregt, ist die Tatsache, dass Typen wie er Frauen einfach zu sich ans Ende der Welt bestellen, wann immer es ihnen passt. Dass er auch zu mir kommen könnte oder wir uns vielleicht in der Mitte treffen, ist ihm wohl gar nicht in den Sinn gekommen.

Ich: Wie bereits gesagt – es ist spät und ich bin schon im Schlafanzug.

Mat: Ich kann dir auch ein Uber bestellen …

»Wow, der Typ will dich wohl wirklich dringend sehen«, kommentiert Maya, mit den Fingern wieder an ihrem Ohrpiercing spielend. Man könnte diesen Move auch Mayas Grübler-Pose nennen, denn ihre Finger fliegen immer sofort zu diesem Ring, wenn sie nachdenklich wird.

»Was meinst du? Soll ich hingehen?«

»Das musst du entscheiden. Willst du denn?«

»Eigentlich nicht. Aber ich fühle mich mies wegen dem, was zwischen uns passiert ist, und hab das Gefühl, ich schulde es ihm.«

Maya schnaubt und wirft mir einen dieser »Eigentlich weißt du es selbst, aber ich sage es dir trotzdem«-Blicke zu. »Du schuldest ihm gar nichts. Höchstens eine Entschuldigung, und die hat er bekommen.«

»Ich weiß.« Auch mein innerer Drama-Radar leuchtet hellrot und alarmierend, ein sicheres Zeichen dafür, heute lieber zu Hause zu bleiben. Und trotzdem – ich kann einfach nicht anders. Irgendwas sagt mir, dass ich heute hingehen sollte. Vielleicht ist es eine andere Art der Vorahnung auf dem »Heute Nacht wird sich alles ändern«-Radar.

2. KAPITEL

Vicky

»Ich weiß, dass es falsch war, dass ich dir so lange aus dem Weg gegangen bin«, erklärt Mat und beugt sich zu mir vor. Wir sitzen an seinem runden Küchentisch, vor uns zwei Gläser Leitungswasser, die wir beide noch nicht angerührt haben, und das Glas Mungbohnensprossen, die er selbst zieht (und in ihrem Keimprozess ziemlich unappetitlich aussehen!). »Aber ich denke, wir beide haben es verdient.«

Wow. Ich hasse meinen »Heute Nacht wird sich alles ändern«-Radar jetzt schon. Verdammt. Wäre ich einfach nur zu Hause geblieben und hätte mit Maya und Lennart irgendeine Serie geschaut. Dann wäre mir *das* hier erspart geblieben. Offenbar wird sich heute Nacht tatsächlich alles ändern, aber leider nicht zum Guten.

»Ähm, wie bitte?«, frage ich verständnislos.

»Glücklich zu werden.«

»Wovon redest du?«, hake ich vorsichtig nach.

Mat sieht mich durch die runden Gläser seiner Brille stirnrunzelnd an. In Kombination mit seinen kurz geschorenen Haaren und der vorgeschobenen Unterlippe wirkt er wie ein verwirrtes Kleinkind und nicht wie der Fünfundzwanzigjährige, der er ist.

»Na, von uns.«

»Uns?«

»Unsere Beziehung.«

Beziehung?

»Ich war einfach extrem verletzt«, fährt er fort und lässt die Mundwinkel noch ein Stück tiefer sinken. »Trotzdem, du bist mir echt wichtig, deshalb will ich das mit uns wieder hinbiegen.«

»Hinbiegen?« Ich komme mir selbst schon blöd vor, jedes seiner Worte zu wiederholen, aber ich verstehe beim besten Willen nicht, was er mir sagen will.

Oder vielleicht will ich es auch nicht verstehen.

Jetzt greift er nach meinen Händen und sieht mir tief in die Augen. Sein Lächeln ist warm, seine Augen glänzen verliebt. Als er sich vorbeugt, um mich zu küssen, weiche ich instinktiv zurück.

Jetzt ist er es, der verständnislos dreinblickt. »Was ist denn?«

»Mat.« Ich räuspere mich und versuche das Folgende so sanft wie möglich zu sagen. »Wir hatten nur einmal Sex.«

Abrupt lässt er meine Hände los. »Was soll das heißen?«

»Das frage ich dich! Du sprichst nach einem Mal Sex von einer Beziehung?«

Seine Augen weiten sich vor Schreck. »Was? Du etwa nicht?«

O Gott. Ich hasse es, wenn das passiert.

»Mat, du bist wirklich toll, ehrlich, aber ich bin nicht auf der Suche nach etwas Festem. Ich dachte, das hätte ich klargestellt.«

»Warte.« Er steht auf und fasst sich an den Kopf, als überfordere ihn dieses Gespräch. »Ist es, weil dir der Sex nicht gefallen hat? Wegen dem Spruch?«

»Nein, natürlich nicht. Aber ich bin gerade einfach nicht auf eine Beziehung aus.«

Lautes Schweigen erfüllt den Raum. Mat starrt mich an, in

seinen Augen sehe ich, wie die fassungslose Erkenntnis immer weiterwächst. Vor lauter Unbehagen wende ich mich ab und starre auf das Glas mit den Sprossen, aber das macht es auch nicht besser.

Irgendwann traue ich mich doch wieder zu ihm zu sehen. Seine Miene hat sich verfinstert.

»Was stimmt nicht mit dir?«, fährt er mich an.

Perplex blinzele ich. »Wie bitte?«

»Warum seid ihr Frauen so, hm? Die ganze Zeit heult ihr rum, weil ihr einen netten Typen wollt, und wenn er da ist, habt ihr Angst, euch zu binden?«

Jeder Muskel meines Körpers spannt sich an. »Also erstens wäre es toll, wenn du nicht die viereinhalb Milliarden Frauen dieser Welt über einem Kamm scheren würdest«, sage ich bissig. »Und zweitens habe ich dir gleich am Anfang, als du mich gefragt hast, ob ich gerade mit jemandem zusammen bin, klipp und klar gesagt, dass da niemand ist und ich auch nicht auf der Suche nach etwas Festem bin. Das hat nichts mit Angst zu tun.«

Mat rollt mit den Augen. »Ja, aber das sagen doch alle. Und am Ende wollen sie doch eine Beziehung. Wir stehen doch jetzt an einem völlig anderen Punkt als am Anfang.«

Meine Kiefer mahlen hart. Hätte ich im Vorfeld gewusst, dass er Frauen nicht als Individuen sieht, säßen wir vermutlich gar nicht erst hier.

»Was soll das heißen?«, frage ich spitz. »Willst du damit sagen, dass du mir am Anfang nicht geglaubt hast und jetzt sauer bist, weil es doch die Wahrheit war?«

»Nein, ich will sagen, dass ich Gefühle für dich entwickelt habe und du mich verarscht hast.«

»Ich habe dich nicht verarscht! Ich habe die ganze Zeit offen gesagt, was ich will. Wir waren mit dem Kurs was trinken und sind dann im Bett gelandet. Ich wusste nicht, dass du Gefühle für mich entwickelt hast.«

»Soll das heißen, du hast gar keine?«

Wie oft denn noch?

»Nein, habe ich nicht.«

Mat tritt einen Schritt zurück und hält sich die Brust, als hätte ihn eine Kugel getroffen.

»Tut mir leid«, sage ich zerknirscht, obwohl ich nicht weiß, wofür ich mich eigentlich entschuldige. Dass er zu ignorant war, um meine Worte beim ersten Mal richtig zu verstehen? Dass er egozentrisch genug ist zu glauben, dass alle Frauen dasselbe wollen? Dass er instinktiv davon ausgeht, dass ich Gefühle für ihn habe, nur weil er welche für mich hat?

»Okay, dann beantworte mir bitte noch eine Frage.« Mat schließt die Augen und holt tief Luft. Als er sie wieder öffnet, sind sowohl sein Blick als auch sein Zeigefinger anklagend auf mich gerichtet. »Warum hast du heute extra dieses heiße Teil angezogen?«

Dieses heiße Teil?

Irritiert schaue ich an mir herab. Ich trage meine hellbraune Herbstjacke, darunter lugt mein mayonnaisegelber Onesie hervor.

Das nennt er heiß? Ich will ja nicht seinen Geschmack infrage stellen, aber ich sehe aus wie ein Hotdog mit zu viel Sauce. Ob er einer von denen ist, die eine Erektion von Fastfood bekommen?

»Ich weiß doch, dass du darunter nichts trägst. Wolltest du es mir ein letztes Mal heimzahlen? Weil ich das –«, Mat vollführt mit der Hand eine kreisende Bewegung vor meinem Oberkörper, »alles nicht mehr zu sehen bekomme?«

Dass Fastfood ihn scharfmacht, hätte ich vermutlich eher verkraftet als *das*. Manchmal frage ich mich wirklich, ob ich nur Typen anziehe, die sich ihre eigene Welt zusammenfantasieren.

»Mat, ich habe dir vorhin geschrieben, dass ich schon meine Schlafsachen trage. Interpretierst du meine Faulheit, dass ich mich nicht einmal für dich umgezogen habe, damit, dass ich es getan habe, um dich zu ärgern?« Es wundert mich, dass ich so ruhig bleiben kann, während ich innerlich am Kochen bin. »Abgesehen davon hatte ich nicht vor, irgendwas zu beenden. Na ja, bis vorhin zumindest, denn ganz offensichtlich …« *hast du ein gigantisches Egoproblem* »… suchen wir völlig unterschiedliche Sachen. Deshalb wäre es wohl besser, wenn ich jetzt gehe.«

»Ja, mach das«, bellt er und gestikuliert mit seiner Hand, als wollte er etwas verscheuchen. »Ich habe echt genug von euch Schlampen, die sich nehmen, was sie wollen und dann sofort verschwinden, ohne Rücksicht auf die Gefühle anderer.«

Schlampe.

Seine Worte lassen Zorn in mir auflodern. Ich schnaube genervt. Schon wieder so ein Typ, der zu einem rachsüchtigen Kleinkind mutiert, bloß weil er zurückgewiesen wurde. Ich weiß nicht, wie oft mir dieses eine Wort über die Jahre entgegengeschleudert wurde, nur weil die Leute nicht mit sich selbst klarkommen. Verletzte Egos. Neid.

Mat beißt sich auf die Unterlippe, als ahne er selbst, dass er zu weit gegangen ist, aber ich gebe ihm gar nicht erst die Möglichkeit, es zurückzunehmen, und stehe auf. Im nächsten Moment bin ich aus der Tür, ohne mich ein weiteres Mal umzudrehen. Ich weiß nicht, ob er mir etwas hinterherruft, das Blut rauscht mir zu laut in den Ohren. Die ganzen vier Stockwerke renne ich, als würde mir jemand mit einer Kettensäge nachjagen.

An der frischen Luft angekommen laufe ich ziellos weiter. Da ich mit einem Uber hergekommen bin, weiß ich nicht genau, wo die nächste Bushaltestelle ist, aber ich will nicht hier rumirren und riskieren, dass Mat mir eventuell doch nachrennt und mich einholt.

Ich bin so sauer, dass ich heulen könnte. Noch nie habe ich es so sehr bereut, jemanden aus der Uni zu daten. Ich kann ihm nicht mal aus dem Weg gehen, sondern sitze auch noch in seinen Tutorien. Wenigstens ist das Semester bald vorbei. Ich werde Mat höchstens noch zehnmal sehen, wenn überhaupt. Tutorien sind zwar Pflichtveranstaltungen, aber niemand überprüft die Anwesenheit. Trotzdem werde ich ihm nicht die Genugtuung geben, mich rausgeekelt zu haben. Er wird mir schön in die Augen sehen müssen und damit leben, dass er sich wie ein Riesenarschloch verhalten hat.

Ich greife in meine Jackentasche und fische die Ladebox meiner Ear Pods hervor. Als ich sie öffne, stöhne ich auf, weil sie mal wieder leer ist. Die Ohrhörer sind vermutlich noch auf dem Wohnzimmertisch. Jetzt bleibt mir auf dem Weg nach Hause nur der deprimierende Soundtrack meines rasenden Herzens.

Ein paar Jugendliche, die rauchend auf einer Parkbank sitzen, sehen mir nach – wahrscheinlich weniger, weil ich heftig fluche, sondern eher, weil ich in einem flauschigen Onesie durchs gesittete Wilmersdorf laufe. Trotzdem will ich mir kein Taxi oder Uber nehmen. Mat wird nicht der Grund dafür sein, dass ich heute Nacht dreißig Euro für nichts verprasse.

Und vielleicht gehe ich auch gar nicht nach Hause. Ich werfe einen Blick auf das Straßenschild vor mir und weiß allmählich, wo ich mich befinde. Kurz entschlossen ändere ich meine Route.

»Was machst du denn hier?«, begrüßt mich Ani, als sie in einem langen Schlafhemd und Lockenwicklern in den blond gefärbten Haaren die Tür öffnet. Im Gegensatz zu meiner Oma, die auch Ende siebzig ist, wirkt sie mit ihrer geraden Haltung und den hochgekrempelten Ärmeln viel jünger und vitaler. Und vermutlich auch, weil ihr Herz keinen schwarzen Schleim durch ihre Adern pumpt.

»Ich war gerade in der Gegend. Darf ich reinkommen?«

»Natürlich, Schätzchen.« Sie tritt zur Seite, um mich durchzulassen. Im Hausflur nimmt sie mich ganz fest in den Arm, als wüsste sie, wie sehr ich das gerade brauche. Ich bette meinen Kopf an ihre Schulter und atme den blumigen Weichspülerduft ihres Nachthemds ein. Ich liebe Sydneys Großmutter. Vermutlich darf man das nicht laut sagen, aber ich liebe sie mehr als meine eigene. Sie ist gütig und liebevoll und sorgt sich um mich, als wäre ich ein Teil ihrer Familie. Meine eigene dagegen … Na ja. Reden wir nicht drüber.

Ani lotst mich ins Wohnzimmer, dann geht sie in die Küche und kehrt kurze Zeit später mit zwei Gläsern Rotwein zurück.

Wer sagt, dass ein Abend mit der Oma seiner besten Freundin nicht spaßig sein kann?

Nachdem wir angestoßen haben, berichte ich Ani im Schnelldurchlauf von meinem Treffen mit Mat.

»Männer«, grunzt sie und rümpft die Nase. »Sie können tun und lassen, was sie wollen, aber sobald Frauen es ihnen gleichtun, sind sie die Schlampen.«

»Ja, bei Männern heißt es nur: ›Mach dir nichts draus, er ist eben ein Mann. Die wollen sich einfach nicht binden. Das liegt an ihren Trieben.‹«

»*Trieben*«, wiederholt Ani spottend. »Was soll das überhaupt heißen? Dass sie Tiere sind, die nicht anders können? Und was sind dann Frauen? Marmorstatuen, die sich nur dann bewegen, wenn ihnen jemand einen Ring an den Finger steckt?«

»Keine Ahnung.« Ich stürze das Glas in einem Zug runter. »Aber es nervt. Ständig muss ich mich dafür rechtfertigen, dass ich bin, wie ich bin. Verfluchtes Patriarchat.«

»Ich würde ja sagen, dass früher alles besser war, aber glaub mir, Schätzchen, die Männer waren sogar noch schlimmer.«

Anis zweideutiger Tonfall entgeht mir nicht. Sie hat mir schon vor einer ganzen Weile die Geschichte von ihr und Sydneys Großvater erzählt. Er hat sie oft betrogen und es dann geleugnet, sodass Ani irgendwann ihre eigene Wahrnehmung infrage stellte. Echt krass, was für manipulative Beziehungen es gibt.

»Soll ich dir ein heißes Bad einlassen?«, wechselt Ani das Thema. »Vielleicht entspannt dich das nach dem turbulenten Abend.«

»Warum nicht.« Zu Hause haben wir nur eine Dusche, deshalb wäre ein wohltuendes Bad zur Abwechslung wirklich mal was Gutes.

*

Drei Stunden später fühle ich mich wie ein neugeborener Mensch. Die Wärme, der Schaum und die ätherischen Öle haben sämtlichen Zorn und Frust von mir gespült. Ich weiß gar nicht mehr, warum ich so sauer war. Fröhlich summend schlüpfe ich in die von Ani bereitgelegten Schlappen und den kuscheligen Bademantel. Keine Ahnung, warum Sydney damals ausgezogen ist. Das hier ist besser als ein Hotel.

Frisch aus dem Bad tapse ich nach unten, wo Ani auf dem Sofa sitzt und sich irgendeine Seifenoper ansieht.

»Dein Handy hat mehrmals geblinkt«, sagt sie, ohne vom Fernseher aufzuschauen.

»Oh.« Ich schnappe mir mein iPhone und scrolle durch

die neusten Benachrichtigungen. Zwei verpasste Anrufe von Mat – Arschloch – und eine neue Nachricht von Maya.

Maya: Luke, Sydney, Lenny und ich gehen gleich feiern. Bist du auch dabei? Bitte sag Ja! Rick kann natürlich auch kommen! :)

Rick? Ach, sie meint bestimmt Mat. Ich muss grinsen. Vielleicht nenne ich ihn von nun an auch Rick.

Aber feiern? Nach meinem gemütlichen Bad ist mir eher danach, in einen Winterschlaf zu fallen und nicht vor März aufzuwachen. Andererseits habe ich auch Lust zu tanzen. Ich habe immer Lust zu tanzen.

»Maya hat mich gefragt, ob ich mit ihr und den anderen in einen Club gehen will«, teile ich Ani von der Seite mit.

»Das ist doch eine gute Idee.«

»Findest du?«

»Ja, du hattest einen blöden Abend und Sydney auch. Vielleicht wird euch ein wenig Ablenkung guttun.«

»Wieso hatte Sydney einen blöden Abend?«

Ihr Gesichtsausdruck verändert sich. »Das Essen bei Lukes Eltern ist wohl etwas eskaliert. Sie hat mir vorhin eine ganz merkwürdige Sprachaufzeichnung geschickt. Aber das erzählt sie dir besser persönlich«, winkt sie ab und presst die Lippen zusammen, als hätte sie bereits zu viel verraten.

»Ich wusste es«, murmele ich. Mein Drama-Radar täuscht sich nie. Sydney hätte gar nicht erst hingehen sollen.

»Du könntest dir was von Sydney zum Anziehen leihen«, fährt Ani fort. »Sie hat noch eine ganze Menge alter Klamotten im Schrank. Und danach fahre ich dich.«

»Ist das dein Ernst? Du würdest mich in den Club fahren?« Um ehrlich zu sein, wäre ein Teil von mir nur deshalb bei Ani geblieben, weil es mir egoistisch vorgekommen wäre, erst unangekündigt bei ihr vorbeizuschneien, mich von ihr verwöhnen zu lassen und dann einfach wieder abzuhauen.

»Natürlich, Schätzchen. Es ist schon spät, und ich fühle mich nicht wohl dabei, wenn ihr jungen Mädels nachts allein durch die Gegend fahren müsst. Abgesehen davon habe ich den Wagen eine ganze Weile nicht mehr benutzt. Bei der aufkommenden Kälte sollte ich aber hin und wieder den Motor anschmeißen. Nicht, dass meine Batterie sich irgendwann verabschiedet.«

Diese Frau ist zu gut für die Welt.

»Okay. Dann schaue ich mal, was ich in Sydneys Schrank finde. Danke, Ani.« Ich drücke ihr einen Schmatzer auf die Wange.

*

Ani lässt mich an der Straße des 17. Juni raus. Indem sie mich hergebracht hat, konnte ich eine Menge Zeit sparen. Samstags fahren die Busse und Bahnen zwar die ganze Nacht, aber mit dem Auto waren wir dank des ruhigen Verkehrs trotzdem schneller. Ich winke Ani zum Abschied zu, dann mache ich mich auf den Weg zum Club.

Das Brandenburger Tor leuchtet in einem warmen Gelb, während ich seine klassizistischen Pforten passiere. Ich bin selten hier, und wenn, dann nur tagsüber, wenn überall Touristen rumwuseln. Jetzt wirkt der Pariser Platz wie ausgestorben. Ich war noch nie in diesem Club, aber seinem Standort nach zu urteilen wird es wohl einer der schickeren Sorte sein. Hoffentlich komme ich mit meinem improvisierten Outfit überhaupt rein.

Laut Google Maps bin ich in einer Minute da. Kribbelige Vorfreude erfasst mich. Bisher hatte der Abend viele absurde

Wendungen, und ich frage mich, was mich heute noch alles erwarten wird.

Als ich den Eingang finde, entdecke ich ein Stück abseits der Tür Sydneys große, vertraute Silhouette. Als ich sie vorhin gesehen habe, trug sie noch ein elegantes Abendkleid, jetzt schmiegt sich eine einfache schwarze Hose um ihre langen Beine. Sie steht dort mit einem Typen, den ich aus der Entfernung nicht genau identifizieren kann, aber ich vermute mal, es ist Luke.

»Hey Leute! I made it!«, rufe ich und tänzele auf die beiden zu. Als ich sie erreiche, rutscht mir das Lächeln aus dem Gesicht. Sydney weint. Mehr noch, sie schluchzt so heftig, dass sie kaum noch Luft bekommt.

»Was ist passiert? Bist du verletzt?« Hektisch lasse ich meinen Blick über sie wandern, als wollte ich nach einer Wunde suchen. Aber da ist keine, zumindest keine sichtbare.

Sydney beantwortet meine Frage nicht, stattdessen richtet sie ihren zitternden Finger auf mich. »Wo-woher hast du die?«

»Die Lederjacke?«, frage ich und umfasse den Kragen. »Die habe ich in deinem alten Kleiderschrank gefunden. Da war nicht viel, was zu meinem Stil passt, aber die Jacke ist cool. Ich nehme an, die gehört deinem Vater?«

Sydney erwidert nichts, aber ihre Augen sind vor Schreck so weit aufgerissen, dass mir auch ohne ihre Antwort klar wird, dass das nicht die Jacke ihres Vaters ist.

Scheiße. Ich fahre zu Luke herum und sehe, wie es in seinem Kopf arbeitet.

Das ist seine Jacke.

O Gott. Noch vor ein paar Stunden hatte ich Sydney vor einem dramatischen Abend gewarnt. Wie es aussieht, hatte ich recht, ich wusste nur nicht, dass ich ebenfalls meinen Teil dazu beitragen würde. Ich habe sie vor mir selbst gewarnt. Wie ironisch.

»Ich glaube, ich lasse euch mal besser allein«, nuschele ich und verlasse die beiden mit einem dicken Kloß im Hals.

Schlimmer kann es wirklich nicht mehr kommen.

3. KAPITEL

Vince

Jetzt weiß ich wieder, warum ich so selten was trinke. In neunundneunzig Prozent aller Fälle sage oder mache ich irgendwas Unvernünftiges.

Warum konnte ich nicht einfach meinen verdammten Mund halten? Ich wollte Luke nur mit ein paar alten Geschichten aufziehen. Sydney hat ziemlich cool und locker auf mich gewirkt. Na ja, bis zu dem Moment, in dem sie weinend weggerannt ist. Dabei hätte ich wissen müssen, dass keine Frau gerne hört, was für ein Aufreißer der eigene Freund in der Vergangenheit gewesen ist. Keine Ahnung, warum ich das gesagt habe. Das Letzte, was ich will, ist das Glück meines besten Freundes zu zerstören.

Mein Blick wandert zur Tür. Die beiden sind noch immer nicht zurück. Vielleicht sind sie auch schon längst nach Hause gefahren. Auf meine Nachrichten hat Luke bisher nicht reagiert.

»Was ist los?«

Ich drehe mich zu Lenny um, der mich besorgt mustert. Mir ist gar nicht aufgefallen, dass er sich neben mich gestellt hat. Die anderen sind noch auf der Tanzfläche. Lukes Kolleginnen Tina und Vera halten sich an den Händen und tanzen erstaunlich eng zu Camilla Cabellos *Havanna.* So aufgeregt, wie Tina vorhin über Veras Erscheinen war, habe ich mir schon gedacht, dass sie nicht nur eine Kollegin für sie ist. Offenbar werden ihre Gefühle erwidert.

»Ich werde ab morgen wieder abstinent leben«, teile ich Lenny mit.

»Kein Sex?«

»Kein Alkohol«, verbessere ich.

Er lacht. »Warum?«

»Weil ich immer rede, ohne nachzudenken. Sydney und Luke haben sich gerade meinetwegen gestritten. Ich habe es mit meinen alten Geschichten etwas zu weit getrieben und Sydney dadurch total verschreckt.«

»O shit!« Lenny sieht ehrlich getroffen aus, was mir wieder einmal beweist, was für ein guter Mensch er ist. Obwohl er auch etwas für Sydney übrighatte und es deshalb zwischen ihm und Luke ziemlichen Krach gab, würde er sich trotzdem niemals ihrem Glück in den Weg stellen.

»Was genau hast du denn gesagt?«

Ich will ihm gerade antworten, als ich aus dem Augenwinkel wahrnehme, wie eine von Sydneys Freundinnen direkt auf Lenny zustolpert. Ich glaube, ihr Name war Maya.

»Ich bin betrunken«, lallt sie und lässt ihren Kopf gegen Lennys Brust fallen.

»Das lässt sich wohl nicht leugnen«, entgegnet er amüsiert und legt liebevoll einen Arm um ihre Schultern. »Du verträgst einfach nichts.«

»Spotte nicht«, schimpft sie und versucht ihn spielerisch zu hauen. Allerdings verfehlt sie dabei ihr Ziel.

»Du bist einfach zu klein«, zieht er sie weiter auf. »Zu viel Alkohol für zu wenig Maya.«

»Ich bin nicht klein, du bist einfach nur zu groß«, widerspricht sie und versucht nach seinem blonden Schopf zu greifen, aber er stellt sich auf die Zehenspitzen und grinst diabolisch. »Ich bin was?«, fragt er und hält ihr das Ohr hin. »Von hier oben kann ich dich nicht hören.«

»Grooooß«, sagt sie und macht eine ausladende Geste. Dann taumelt sie und fällt wieder gegen Lennys Brust. Lächelnd stützt er sie, während sie sich mit geschlossenen Augen an ihn kuschelt.

Überrascht pendelt mein Blick von ihr zu Lenny. »Läuft da was zwischen euch?«, frage ich, ohne nachzudenken.

Lennart reißt überrascht die Augen auf. »Was? Nein, als ob! Das ist Maya. Meine beste Freundin«, sagt er eindringlich und schaut dann zurück zu ihr. »Aber ja«, räumt er ein, »sie wird ziemlich anhänglich, wenn sie betrunken ist. Stimmt's May May?«, fragt er und wuschelt ihr über den Kopf.

»Maya schmusen«, säuselt sie und schmiegt sich noch enger an ihn.

»Außerdem redet sie ab drei Shots in der dritten Person über sich«, fügt Lenny glucksend hinzu, woraufhin ich ebenfalls lachen muss.

»Aber sorry. Ich wollte dich nicht unterbrechen«, lenkt er wieder ein. »Was war jetzt der Grund, weshalb die beiden sich gestritten haben?«

»Ach, nicht so wichtig«, winke ich ab, weil es mir nicht richtig erscheint, noch jemanden in Lukes Jugendsünden einzuweihen. Das ist zwar alles ewig her, aber die Aktion damals war wirklich mies. Ich glaube, es war Said, der diese unsinnige Challenge, ein Mädchen dazu zu bringen, ihn zu küssen, ins Leben gerufen hatte. Luke war auch nicht begeistert, aber wie immer konnte er keine Herausforderung ablehnen.

Eigentlich vermeide ich die Erinnerungen an diese Nacht, da die Bilder des Morgens danach einfach zu erschütternd sind. Doch jetzt spüre ich, wie der Alkohol meine Schutzmauern zum Bröckeln bringt.

»Hey, Leute.« Ein brünettes Mädchen tippt Maya auf die Schulter, und ihre plötzliche Anwesenheit verhindert, dass mich der heftige Sog der Erinnerungen mit sich reißt.

»Vicky«, lallt Maya und zieht sie linkisch in die Gruppenumarmung mit Lennart. Als die drei einander loslassen, wirft Maya ihrer Freundin einen besorgten Blick zu. »Alles okay? Ist irgendwas passiert?«

Das Mädchen steht mit dem Rücken zu mir, deshalb sehe ich nur, wie sie mit den Schultern zuckt. »Ja, kann man wohl sagen.« Ihre Stimme hat einen angenehm tiefen Klang. Angenehm und merkwürdig vertraut. »Aber ich will nicht darüber reden.«

»Bist du sicher? Hat es was mit Rick zu tun? Oder ist es … O nein.« Maya verstummt und presst sich die Hand vor den Mund, ehe sie im nächsten Moment losrennt. Offenbar verträgt die Arme wirklich nicht viel.

Ihre Freundin – ich glaube, ihr Name war Vicky – und Lenny stoßen im selben Moment einen tiefen Seufzer aus und werfen sich einen vielsagenden Blick zu, als würden sie stumm verhandeln, wer nach ihr sehen muss.

»Na gut, ich geh schon«, gibt sich Lenny geschlagen und setzt sich in Bewegung. Vicky sieht ihm hinterher, dann atmet sie erschöpft aus und lehnt sich gegen den Tresen. Ich will sie gerade begrüßen und mich vorstellen, als mir etwas ins Auge sticht.

Diese Jacke.

Sie sieht genauso aus wie die, die Luke früher hatte. Also wirklich *genauso.* Fuchsbraunes Leder, kaputte Seitentaschen, ein heraushängendes *Strellson* Logo. Ich habe diese Jacke so oft um mich gehabt, dass ich schwören könnte, sie sofort wiederzuerkennen.

»Ey, Pfoten weg!« Das Mädchen schlägt nach meiner Hand.

Offenbar habe ich versucht, den Kragen ihrer Jacke zu berühren. Scheiße. Wie blöd bin ich eigentlich?

»Sorry«, murmele ich benommen. »Aber darf ich fragen, woher du diese Jacke hast?«

»Darfst du nicht«, entgegnet sie mürrisch. »Und wenn du mich jetzt bitte entschuldigen würdest? Ich hatte einen echt miesen Abend und habe keine Lust, auch noch ungefragt angefasst zu werden.«

»Okay, sorry«, entschuldige ich mich wieder und hebe abwehrend die Hände. »Ich wollte mich eigentlich nur vorstellen«, versuche ich meinen ersten Eindruck zu retten. »Ich bin Vince, ein Kumpel von Luke. Er meinte vorhin, dass noch eine Mitbewohnerin von Sydney dazukommt.«

»O fuck.« Der Kopf des Mädchens sackt nach unten. »Ich dachte du wärst einfach einer von denen, die … Egal, tut mir leid.« Sie streicht sich eine Strähne hinters Ohr und dreht sich zu mir. »Ich bin Vicky«, sagt sie und reicht mir die Hand. Automatisch nehme ich sie, doch als unsere Blicke sich treffen, erstarre ich. Dichte braune Haare, leuchtend grüne Augen, herzförmige rosa Lippen, eine winzige Zahnlücke zwischen den Schneidezähnen.

Und ein Lächeln, das mir durch Mark und Bein geht.

Was zur Hölle passiert hier gerade?

»Ich kenne dich«, sage ich heiser.

Vickys freundliches Lächeln weicht einer verständnislosen Miene. Zwei, drei Sekunden lang starrt sie mich verwirrt an. Dann macht es auch bei ihr Klick.

Sie hat mich nicht vergessen.

»Ich kenne dich auch«, erwidert sie langsam. »Du bist der Typ von der Abiparty.« Ein scharfer Unterton mischt sich in ihre Stimme. »Der, der mich angegraben hat, obwohl er eine Freundin hatte.«

Mir bleibt die Luft weg. Mein Gehirn hat noch nicht einmal registriert, dass sie wirklich hier ist, während sie bereits auf Konfrontationskurs geht.

»Ich … hab dich doch nicht angegraben.«

»Natürlich hast du mich angegraben! Du hast mich die ganze Nacht beobachtet. Und als deine Freundin kurz nicht hingesehen hat, bist du zu mir gekommen. O mein Gott, ich fasse nicht, dass ich dich echt wiedersehe.« Hastig schüttelt sie meine Hand ab, die ich noch immer in meiner gehalten habe.

»Weißt du eigentlich, wie mies es ist, ›die andere‹ zu sein, ohne es selbst zu wissen? Du hast ein doppeltes Spiel gespielt und uns beiden etwas vorgemacht! Du hinterhältiger Scheißkerl!«

Okay. Ich komme offiziell nicht mehr hinterher. Gerade noch war ich mit meinem besten Kumpel und seiner Freundin feiern und jetzt streiten sie meinetwegen, während mir zur selben Zeit ihre Mitbewohnerin, die ich vor ungefähr fünf Jahren gesehen habe, die Leviten liest. Und das zu Recht. Wenn ich an die Nacht von damals denke, würde ich Vergangenheits-Vince am liebsten selbst eins auf die Fresse geben.

»Boah. Das ist wirklich die Krönung des Abends. Jetzt reicht's mir.« Mit diesen Worten stößt sie sich vom Tresen ab und wirft mir einen letzten vernichtenden Blick zu. Ihre Nasenflügel sind leicht aufgebläht, ihre Kiefer hart aufeinandergepresst. Und ich weiß, dass das jetzt überhaupt nichts zur Sache tut, aber selbst wenn sie so wütend ist, sieht sie noch wunderschön aus.

Wunder-wunderschön.

Dann stürmt sie weg.

4. KAPITEL

Vicky

Ich hatte meine kleine Rede genau einstudiert. Vor dem Spiegel, unter der Dusche, während ich mein Brot schmierte. Ich wollte die richtigen Worte parat haben, für den Fall, dass ich *ihn* je wiedersehen sollte. Und wenn es irgendwann so weit gewesen wäre, hätte ich kein Blatt vor den Mund genommen. Hätte ihm gesagt, wie hinterhältig und mies es war, mit mir zu flirten, obwohl er vergeben war. Dass er mit diesem rücksichtslosen Doppelspiel gleich zwei Menschen hintergangen und verletzt hat. Dass Unehrlichkeit einfach das Letzte ist.

Und obwohl ich nach all den Jahren fast die Existenz dieses Tunichtguts vergessen hatte, erinnerte mein Gehirn sich trotzdem an seinen Text. Die Worte kamen wie aus der Pistole geschossen. Ich habe alles gesagt, was so lange in mir gebrannt hat.

Womit ich nicht gerechnet habe, war, dass es mich so auslaugen würde. Ich fühle mich wie eine ausgepresste Zitrone. Diese Begegnung war das i-Tüpfelchen des heutigen Abends. Noch dramatischer kann er nicht mehr werden.

»Hey, warte!«, dröhnt es hinter mir.

Der Typ rennt mir nach?

Okay, ich nehme alles wieder zurück. Eigentlich bin ich schon fast an der S-Bahn, aber ich ändere meine Route und stapfe weiter geradeaus, in Richtung Brandenburger Tor. Die selbstkritischen Stimmen in meinem Kopf würden jetzt behaupten, dass ich mich genauso dramatisch verhalte wie er, aber die können mich kreuzweise.

Ich habe fast den mittleren Torbogen des alten Bauwerks erreicht, als die Schritte hinter mir mich einholen. Instinktiv bleibe ich stehen, warum, weiß ich nicht. Dann, im nächsten Moment, legt sich eine Hand auf meine Schulter, verharrt dort und dreht mich schließlich sanft zu sich.

Als ich ihm in die Augen sehe, muss ich schlucken. Der Fremde – Vince – sieht fast genauso aus wie in meiner Erinnerung. Als wären seit unserer letzten Begegnung nicht fünf Jahre vergangen.

»Hast du keine Jacke?« Obwohl ich die Frage nicht laut gestellt habe, hallt meine Stimme von den Säulen wider.

»Die habe ich im Club vergessen«, sagt er.

Diese Stimme … Diese weiche Synchronsprecherstimme. Ich habe ganz vergessen, wie schön sie klingt.

»Vielleicht solltest du sie holen«, sage ich dumpf.

Darauf erwidert er nichts. Er starrt mich einfach nur an, mit seinen dunklen sanften Augen, deren Blick ich am ganzen Körper spüren kann.

»Es tut mir leid«, beginnt er leise. »Du hast völlig recht. Ich war ein Arsch. Zu euch beiden.«

»Warst du«, gebe ich ihm recht.

Vince öffnet den Mund, als wollte er etwas sagen, schließt ihn jedoch wieder und presst die Lippen fest aufeinander.

»Was? Hat es dir die Sprache verschlagen?«

Sein Blick trübt sich, er sieht überfordert aus. »Ich weiß nicht, was ich noch sagen soll. Ich weiß, dass ich einen Fehler gemacht habe. Ich hoffe einfach nur, dass du mir glaubst, dass es mir ehrlich leidtut.«

Das muss ich ihm zugutehalten – er rechtfertigt sich nicht. Typen, die das machen, verursachen mir Ausschlag, aber er steht zu seinem Fehler. Doch um ehrlich zu sein, ist es mir sowieso egal. Nach fünf Jahren sehe ich ihn endlich wieder. Das Letzte, das ich tun will, ist, mit ihm zu streiten.

»Na ja, vergeben und vergessen, würde ich sagen.«

»Wirklich?« Überraschung vibriert in seiner Stimme.

»Ja. Das ist ewig her. Jeder Mensch baut mal Mist und zu deinem Glück bin ich nicht nachtragend.«

Besser gesagt vertrage ich keine negative Energie. Auch wenn ich meine Grenzen habe und achte, bevorzuge ich ein unkompliziertes Leben, ohne Wut, ohne Streit. Deshalb glaube ich an zweite Chancen.

»Das ist … cool. Dann … danke.« Vince kratzt sich am Kopf und sieht verlegen aus, was gar nicht zu seinem selbstbewussten Wallstreet-Auftreten passt. Ob es an mir liegt? Ob ich es bin, die ihn so aufwühlt?

»Bedank dich mit einem Drink«, frotzle ich. »Vorzugsweise einem Tequila Sunrise.«

»Ein … O-okay …«, sagt er stolpernd.

»Was?«, frage ich mit hochgezogener Augenbraue.

»Nichts.« Er schiebt sich die Hände in die Hosentaschen und zuckt mit den Schultern. »Irgendwie dachte ich nur, du hättest Geschmack.«

Überrascht schnappe ich nach Luft. »Werden wir gerade ein wenig frech?«

»Hey, wir leben im einundzwanzigsten Jahrhundert.« Etwas Neckisches blitzt in seinen Augen auf. »Ich würde niemals eine Frau nach ihrem Spirituosengeschmack bewerten. Jeder kann trinken, was er oder sie will.«

Soso. Wir haben es hier also mit einem Komiker zu tun.

»Vorsicht, mein Lieber«, warne ich gespielt streng, woraufhin er noch breiter grinst. Verdammt, sein Lächeln ist echt süß! Außerdem mag ich Männer mit Humor. Wenn man mich fragen würde, auf welchen Typ ich stehe, dann wäre die Antwort: Jemand, der mich zum Lachen bringt.

Moment, warum denke ich das gerade?

»Wollen wir dann noch mal zurück?«, fragt er und deutet mit dem Kopf in Richtung Pariser Platz.

»Ja. Warum nicht?« Genug Abgänge für heute. Maya und Lennart sind sicher noch da, es könnte also noch ein lustiger Abend werden.

Wieder lächelt er und wieder tue ich es ihm gleich.

»Okay. Dann lass uns los«, fordert er mich auf, aber weder er noch ich bewegen uns. Wir verharren auf der Stelle, sehen uns einfach nur an. Die Andeutung eines Lächelns liegt auf seinen Lippen, doch dann schleicht ein ernster Ausdruck in seinen Blick. Und wandert zu meinen Lippen. Genau wie vor fünf Jahren. Damals wollte er mich küssen und tat es dann nicht, weil seine damalige Freundin dazwischenging. Aber heute ist er allein. Und ich bin es auch.

Die Luft um uns herum scheint auf einmal vor Spannung zu knistern und plötzlich spüre ich die Wand an meinem Rücken. Wann bin ich zurückgetreten? Wann ist er auf mich zugekommen? Seit wann ist er mir so nah, dass ich nur die Hand ausstrecken müsste, um seine Brust zu berühren?

Halt. Was passiert hier gerade? Werden wir …

Mein Kopf fühlt sich schwer an, während ich ihn langsam senke. Vielleicht kann ich meine aufkommenden Emotionen, die Nervosität, die Aufregung besser sortieren, wenn ich ihn nicht direkt anschaue. Als es mir nicht gelingen will, versuche ich sie einfach runterzuschlucken, doch sie bleiben mir im Hals stecken und lassen mich stockend nach Luft schnappen.

Ich kann nicht länger gegen den Drang ankämpfen, ihn anzusehen. Sein Blick ist so intensiv, als hätte er fünf Jahre darauf gewartet, mir wieder in die Augen zu schauen, und ich weiß, dass ich es nicht noch einmal schaffen werde, wegzusehen. Ich will ihn küssen, aber ich traue mich nicht.

Küss mich, flehe ich stumm. *Bitte küss mich.*

Etwas verändert sich in seinem Ausdruck, als hätte er meine Gedanken gehört. Seine Brauen ziehen sich leicht zusammen, dann wandert sein Blick wieder zu meinen Lippen.

Langsam beugt er sich vor und ist mir so nah, dass meine Stirn auf seine trifft. Als er mein Gesicht umfasst, klopft mein Herz so laut, dass ich sicher bin, dass er es hören muss. Ein paar Sekunden verharrt er, dann treffen seine Lippen hart und fest auf meine.

Mein Kopf schaltet sich aus, ich denke an gar nichts mehr, bin einfach nur noch im Hier und Jetzt, schlinge die Arme um seinen Hals und erwidere den Kuss. Vince lässt seine Zunge in meinen Mund gleiten. Er schmeckt nach Alkohol und ganz kurz glimmt die Angst in mir auf, dass das alles nur passiert, weil er betrunken ist. Aber der Gedanke verfliegt wieder, als er mich noch fester an sich zieht und leise in meinen Mund stöhnt.

So fordernd und sehnsüchtig wurde ich noch nie geküsst. Er küsst mich tief und innig, als hätte er all die Jahre auf diese zweite Chance gehofft. Als würde sich die angestaute Spannung seit unserer letzten Begegnung mit diesem Kuss entladen. Meine Knie werden weich, und als ich an der Säule hinabrutsche, presst Vince seinen Körper gegen meinen und hindert mich daran, zu fallen. Ich spüre, wie sich die Härte seines Verlangens gegen mich presst, und mein Herz ist kurz davor zu explodieren.

Plötzlich, von einer Sekunde auf die andere, spüre ich, wie sich sein gesamter Körper versteift. Abrupt lässt er mich los. Sein Atem geht schwer, seine Pupillen sind geweitet.

Taumelnd tritt er zurück und als er mich ansieht, ist es, als würde ich in die Vergangenheit eintauchen. Es ist derselbe schuldbewusste Blick, mit dem er mich schon einmal angesehen hat. Der Blick, der verrät, dass er etwas getan hat, was er eigentlich nicht hätte tun dürfen.

Und dann rennt er los. Verschwindet in die Dunkelheit der Nacht. Und lässt mich zurück.

Schon wieder.

Okay, ich korrigiere: *Jetzt* kann der Abend nicht noch dramatischer werden.

5. KAPITEL

Vince

Ich habe allen Ernstes die Cinderella-Nummer bei ihr abgezogen. Wie die verdammte Märchenprinzessin habe ich sie erst geküsst und bin dann ohne ein weiteres Wort vor ihr geflohen.

Zwei Tage ist es schon her und seitdem bin ich permanent auf der Flucht vor den Erinnerungen. Und darum renne ich jetzt wieder. Wie immer laufe ich und bleibe für gewöhnlich erst dann wieder stehen, wenn meine Gefühle sich beruhigt haben. Bisher habe ich den Schillerpark und das Englische Viertel schon dreimal umrundet, kann aber trotzdem nicht aufhören, an sie zu denken.

Ich wusste selbst nicht, wie sehr ich sie küssen wollte. Wie sehr ich *sie* wollte. Vielleicht schon seit damals. Aber das war falsch. Ich hätte das nicht tun dürfen. Ich hätte das nicht wollen dürfen.

Ich wette, dass du dich, kaum dass ich weg bin, wieder an jemanden ranmachen wirst. Vielleicht nicht sofort, vielleicht hältst du sogar eine ganze Weile durch, aber irgendwann hast du kein Bock mehr, auf mich zu warten.

Nein. Ich will nicht daran denken. Nicht an dieses Gespräch, nicht an sie oder an Vicky und ihre verflucht weichen Lippen.

Ich renne weiter, schneller, zwinge meine Beine, das Tempo zu steigern, obwohl sie bereits vor Ermüdung brennen und mich förmlich anflehen aufzuhören. Trotzdem kann ich nicht stehen bleiben. Ich *muss* rennen.

Erst als mein Handyakku den Geist aufgibt und die Musik in meinen Ohren abrupt verklingt, drossele ich mein Tempo. Mein Shirt ist schweißgetränkt, aber die frische Morgenluft kühlt meine Haut.

Es ist fast sieben. Ich liebe diese Tageszeit. Grauer Nebel zu meinen Füßen und keine Menschenseele weit und breit. In wenigen Minuten wird die Stadt mit polterndem Lärm zum Leben erwachen, aber jetzt, in aller Stille, gehört sie nur mir.

Nach Hause habe ich es nicht weit, aber die Sorge um meinen besten Freund lässt mich ein paar Straßen vorher abbiegen. Ich beschließe, Luke einen spontanen Besuch abzustatten. Vielleicht schläft er noch, vielleicht liegt Sydney gerade nackt neben ihm. Vielleicht ist er aber auch schon längst auf dem Weg zur Arbeit. Trotzdem gehe ich das Risiko ein und mache mich nach einem kurzen Zwischenstopp auf den Weg zu seiner Wohnung. Seit der Party vor zwei Tagen ignoriert dieser Arsch mich. Das ist für unsere Verhältnisse ein halbes Jahrzehnt. Ich will endlich wissen, was los ist.

An der Haustür angekommen drücke ich auf die Klingel.

»Ja?«, dröhnt es dumpf aus der Sprechanlage.

»Ich bin's.«

Kurzes Schweigen. Die Befürchtung, dass er mich einfach wegschickt und weiterhin ignoriert, lässt mich gebannt den Atem anhalten. Doch dann ertönt ein Surren und ich stoße erleichtert die Tür auf.

Luke wohnt im Erdgeschoss und erwartet mich bereits im Türrahmen. Er trägt ein zerknittertes T-Shirt, dazu eine verwaschene Jeans. Stirnrunzelnd betrachte ich ihn. Er sieht müde und fertig aus, wirkt aber trotzdem so, als ob er schon seit einer ganzen Weile wach wäre. Vielleicht sogar die ganze Nacht.

»Was machst du hier?«

»Nach dir sehen. Und das hier vorbeibringen.« Ich deute auf die in Alufolie verpackten Döner in meiner Hand.

Luke atmet den würzigen Duft ein. »Um die Uhrzeit? Haben die Läden denn schon offen?«

»Einer schon, ja.«

Er wirft einen Blick auf die Döner. »Sind das vier? Warum so viele?«

»Zwei für mich, zwei für dich. Lässt du mich jetzt endlich rein?«

Er grinst amüsiert und tritt zur Seite. Erleichterung macht sich in mir breit, als mir klar wird, dass er nicht so wütend scheint wie erwartet, weil ich wegen der alten Geschichten, die ich über ihn erzählt habe, einen Streit zwischen Sydney und ihm verursacht habe.

»Wer bitte isst zwei Döner zum Frühstück?«

»Jemand, der zwanzig Kilometer gerannt ist«, erkläre ich und registriere mit einem kurzen Seitenblick das Chaos in seinem Zimmer. Wenn seine Wohnung verwahrlost, ist das immer ein deutliches Zeichen dafür, dass es in seinem Innern ähnlich aussieht.

»Zwanzig Kilometer«, wiederholt Luke schnaubend. »Irgendwann löst du dich noch auf.«

»Nicht, wenn ich genug esse«, kontere ich und deute wieder auf die warmen Döner in meiner Hand.

Wir essen stehend in seiner Küche. Luke knabbert halbherzig am Fladenbrot, während ich vor lauter Nervosität schon bei meiner zweiten Portion bin. Er sieht nicht gut aus. Ausgelaugt und entkräftet. Und von Sydney hat er auch noch kein Wort erwähnt.

»Musst du heute arbeiten?«, starte ich ein unverfängliches Gespräch.

»Nein, ich habe mir die Woche Urlaub genommen.«

Wenn er sich sogar Urlaub genommen hat, um sich in seiner Wohnung zu verbarrikadieren, muss es wirklich schlimm um ihn stehen.

»Okay, ich frage einfach ganz direkt«, beschließe ich und lege den Döner zur Seite. »Wie sauer bist du gerade?«

Überrascht sieht er mich an. »Auf dich? Überhaupt nicht.«

»Wirklich nicht?«

»Nein, warum sollte ich?«

»Vielleicht, weil du meine Nachrichten seit Samstagnacht ignoriert hast? Ich dachte, es wäre, weil ... na ja. Wegen dem, was ich gesagt habe«, druckse ich. »Die alten Geschichten und so.«

Luke sieht aus, als müsste er erst überlegen, was ich meine. »Ach so, du meinst ...« Er macht eine wegwerfende Geste. »Nein, keine Sorge. Ich wollte dir noch antworten, aber ich habe es irgendwie verplant.«

»Was ist denn passiert? Hat Sydney ... Schluss gemacht?«, frage ich kaum hörbar.

»Nein.« Luke zögert. »Ich habe es beendet.«

»Was?«

»Weißt du ...« Er lächelt freudlos. »Wie sich herausgestellt hat, kannte ich Sydney schon. Aber ich hatte es vergessen.«

Irritiert starre ich ihn an. »Hä?«

»Du hast doch neulich von dieser Abiparty erzählt. Der Abend, an dem ich mit dem Mädchen herumgehangen habe, damit sie mich küsst. Wegen der Wette.«

»Warte.« Ich hebe die Hand, um ihn zum Schweigen zu bringen. »Wow, warte, warte, warte.«

»Sie war es«, bestätigt Luke meine Theorie. »Sydney war das Mädchen von der Wette und hat sich nach unserer Begegnung vor ein paar Monaten sofort an mich erinnert.«

»Aber du dich nicht an sie«, fasse ich zusammen. Weil diese Nacht komplett aus seinem Gedächtnis gestrichen ist.

»Fuck. Alter. Das ist … fuck!«, sage ich wieder. »Ihr … Alter! Ihr habt zusammengearbeitet und Sydney wusste, wer du bist, aber du nicht, wer sie ist?«

»Jepp. Anscheinend habe ich ihr damals erzählt, dass ich nach Neuseeland gehe, damit wir keine Nummern austauschen müssen. Deshalb war sie am Anfang auch so sauer auf mich.«

Ich reiße erstaunt den Mund auf, als die Erinnerung mich einholt. »Stimmt! Jetzt erinnere ich mich.«

»Was?« Fast lässt Luke den Döner fallen, fängt ihn jedoch gerade noch auf. »Habe ich dir von ihr erzählt?«

»Im Bus, ja. Kurz bevor …« Ich räuspere mich und kann nicht weiterreden. Manchmal beneide ich Luke darum, dass seine Kopfverletzung ihm die Erinnerungen an diesen Tag genommen hat.

»Und was genau habe ich gesagt?«, hakt er nach.

»Nicht viel.« Ich denke kurz nach. »Nur, dass ihr geredet habt und sie dich irgendwann geküsst hat. Ich hab noch gefragt, ob du ihre Nummer bekommen hast, aber du meintest, dass du ihr gesagt hast, dass du ins Ausland gehst und ihr deshalb keine ausgetauscht habt.«

»Das hat Sydney auch gesagt.« Er seufzt. »Sie meinte sogar, dass ich ihr vorgeschlagen hätte, sie nach meiner Rückkehr im nächsten Jahr wiederzusehen.«

»Wirklich? Wolltest du denn?«

»Woher soll ich das wissen? Ich erinnere mich nicht mehr! Aber ich kann mir nicht vorstellen, dass ich so ein Arsch gewesen bin. Ja, ich war manchmal kindisch und scheiße, aber doch nicht so schlimm, oder?«

»Keine Ahnung. Ich kann es mir eigentlich auch nicht vorstellen. Erinnerst du dich denn wirklich an gar nichts?«, rutscht es mir heraus, obwohl ich weiß, wie sehr Luke diese Frage hasst.

Doch zum Glück wirkt er nicht wütend. »Nein, nicht wirklich. Nur an Bruchstücke. Ich habe in letzter Zeit immer mal wieder von ihr geträumt, wusste aber nicht, dass das wahr ist. Sie hatte im Traum immer meine Jacke an. Das fand ich schon komisch.«

»Deine Jacke«, wiederhole ich langsam.

»Was ist mit ihr?«

»Du hast ihr deine Jacke gegeben. Ich habe gesehen, wie sie sie getragen hat.«

»Warte, du hast sie auch gesehen?« Seine Pupillen weiten sich und er sieht mich an, als hätte ich ihm gebeichtet, dass ich ihn seit Jahren betrüge.

»Nur kurz«, sage ich schnell. »Ich konnte mich nicht mehr an ihr Gesicht erinnern. Aber ich weiß noch, wie sie deine Jacke getragen hat.«

Unglaublich, dass Sydney das Mädchen von damals ist. Jetzt verstehe ich auch, warum Luke Zeit zum Nachdenken gebraucht hat.

»Wenn ich ihr wirklich meine Jacke überlassen habe, wollte ich sie vielleicht doch wiedersehen«, überlegt er.

»Glaube ich auch. Du hast das Ding geliebt.«

»Und es ist schon krass, dass sie sie behalten hat, oder?«, fährt er fort. »Vicky hatte sie neulich Abend an.«

Beim Klang ihres Namens schnellt mein Puls in die Höhe.

»Das ist Sydneys beste Freundin und Mitbewohnerin«, setzt er erklärend hinzu.

Ich weiß, will ich sagen. *Ich weiß, wer Vicky ist. Ich weiß sogar, dass sie und Sydney schon seit der Schulzeit miteinander befreundet sind. Weil sie damals auch auf der Party war und ich sie gesehen habe. Jetzt ist sie durch Zufall wieder in mein Leben getreten, nur weil Sydney in deins getreten ist. Und übrigens habe ich sie neulich geküsst. Es war das schönste Gefühl auf der Welt. Doch dann bin ich wie ein Feigling vor ihr weggerannt.*

Am liebsten würde ich meine Gedanken geradewegs in seinen Kopf beamen, denn die Worte liegen mir auf der Zunge, können sich aber einfach nicht ihren Weg nach draußen kämpfen.

Vermutlich ist es sowieso besser, wenn mein Ballast bei mir bleibt. Luke hat genug Stress mit Sydney.

»Und warum hast du es beendet?«, frage ich weiter.

»Ähm, weil sie mich monatelang angelogen hat?«

»Du hast sie doch auch angelogen.«

»Eben. Auf dieser Basis kann man doch keine Beziehung führen.«

Ich verdrehe die Augen. Der impulsive Luke, wie er leibt und lebt.

»Hat sie sich denn bei dir gemeldet?«

»Ja, aber ich habe noch nicht geantwortet.«

»Ach, und jetzt spielst du den Unerreichbaren?«, scherze ich.

»Ich spiel nicht den … Ach, lass mich einfach in Ruhe«, murmelt er genervt.

»Nope, werde ich nicht«, entgegne ich. »Du brauchst mich jetzt. Sonst wirst du schon wieder zu einem ›Mein Daddy ist gemein zu mir und keiner liebt mich‹-Monster. Sorry, aber ist so.«

Harte Worte, ich weiß. Aber Luke und ich sind immer so. Wir nennen die Dinge beim Namen. Meistens zumindest.

Er seufzt. »Ja, du hast recht. Aber was soll ich jetzt tun? Ich will ihr noch nicht schreiben.«

»Dann mach es nicht. Denk erst mal in Ruhe darüber nach.« Ich werfe einen Blick auf meine Fitnessuhr. »Ich habe gleich

Uni und muss nachmittags arbeiten. Aber wenn du willst, können wir abends was machen.«

»Müssen wir nicht«, winkt er ab. »Mir geht's gut.«

Tut es nicht.

»Na und? Wir können doch trotzdem was machen. Lass uns einfach später noch mal reden, okay?«

»Ich will nicht mehr reden. Aber du kannst reden.«

Vielleicht tue ich das, denke ich. Erzähle ihm alles. Über mich, über Vicky. Allerdings könnte ich mir vorstellen, dass er mir die Hölle heißmachen wird, wenn er erfährt, dass ich es mir mit Sydneys Mitbewohnerin verscherzt habe, weil ich sie erst geküsst habe und dann vor ihr weggerannt bin. Vielleicht sollte ich versuchen, die Sache wieder geradezubiegen und mich zuerst bei Vicky entschuldigen.

Dafür könnte ich Lenny um Hilfe bitten. Er hat bestimmt ihre Nummer.

6. KAPITEL

Vicky

Wer, ich wiederhole, *wer* rennt denn bitte mitten im heißesten Kuss der Menschheitsgeschichte weg? Ich verstehe nicht viel von Mathe, aber das ist eine Gleichung, die einfach nicht aufgeht. Er ist weggerannt! Vor unserem Kuss!

Und mich nennen sie Dramaqueen!

Wütend starre ich auf das White Board, vor dem Mat mal wieder den nervigen Besserwisser spielt (was habe ich eigentlich je an ihm gefunden?) und grübele weiter darüber nach, warum Vince wohl gegangen ist. War es, weil er eine Freundin hat? Weil er mich küssen wollte, aber nicht durfte?

So wie damals?

Am liebsten würde ich Sydney vorschicken, um Luke nach Vince auszufragen, aber zwischen ihm und Sydney herrscht gerade Funkstille. Wie sich herausgestellt hat, war Luke nämlich nie der Arsch, für den wir ihn alle gehalten haben. Er hatte allen Ernstes Sydneys Existenz vergessen, weil sein Gedächtnis bei einem Unfall beeinträchtigt wurde.

Willkommen in Soaphausen!

Zwar zweifele ich nicht daran, dass die beiden früher oder später wieder zueinanderfinden werden, aber bisher geht Luke ihr aus dem Weg, während sich Sydney aus lauter Trauer bei Ani verkrochen hat. Ich vermisse meine beste Freundin und würde ihr am liebsten alles erzählen, was zwischen mir und

Vince passiert ist, aber sie hat gerade genug andere Probleme und zum Glück habe ich noch Maya, meine andere beste Freundin.

Durch Lennart hat sie herausgefunden, dass Vince an der HU studiert und Luke schon aus der Schule kennt. Ob Vince eine Freundin hat, weiß er allerdings auch nicht. Maya und ich haben bereits seinen Instagram-Account entdeckt, aber der ist auf privat gestellt und verhindert somit sämtliche Online-Recherche.

Dabei weiß ich gar nicht, warum ich mehr über ihn erfahren will. Jemand, der mich erst küsst und dann stehen lässt, sollte mir eigentlich egal sein. Ich verdiene es, mit Respekt behandelt zu werden. Abgesehen davon halte ich nichts von Betrügern.

Und trotzdem … Wann immer ich an unseren Kuss denke, spüre ich das Blut in meinen Lippen pulsieren. Vince war fordernd und sanft zugleich. Eine Mischung, die bei der bloßen Erinnerung daran eine kernschmelzartige Hitze in mir auslöst. Unsere Chemie war explosiv. Wir waren wie Magnesium und Sauerstoff. Wie Mentos und Cola. Eine Supernova, deren glühende Funken ich mit jeder Faser meines Körpers gespürt habe.

»Hey, hast du den Job im Neuen Museum eigentlich bekommen?«, reißt mich mein Tischnachbar Nafi aus meinen Gedanken und stupst sein Bein leicht gegen meins. Nafi ist einer dieser Menschen, mit denen ich mich richtig gut verstehe, aber nie außerhalb der Uni treffe.

»Ja, habe ich«, gebe ich leise zurück.

Sein Gesicht erhellt sich. »Wow, Glückwunsch.«

»Danke«, sage ich breit grinsend.

Den Vertrag habe ich gestern unterschrieben. Er ist zwar nur auf ein halbes Jahr befristet, aber Peer ist ziemlich sicher, dass sie mich übernehmen werden.

»Wie hast du es geschafft, die Stelle zu ergattern?«, erkundigt er sich und reibt über seinen linken Arm, der mit fünftausend Euro teuren Sleeves bedeckt ist. Manchmal, wenn mir im Unterricht langweilig ist, versuche ich die vielen kleinen Tattoos, die zu einem großen zusammengewebt sind, auseinanderzuhalten.

»Ich hab mich ganz einfach beworben«, entgegne ich und senke die Stimme, weil sich bereits die ersten Köpfe in unsere Richtung drehen, da wir uns vermutlich doch nicht so leise unterhalten, wie wir dachten. »Vielleicht standen meine Chancen besser, weil ich schon mein Praktikum dort gemacht habe, und es hat wohl auch geholfen, dass ich bereit war, die Führungen auf Arabisch zu halten.«

»Meinst du, sie suchen noch weitere Aushilfen? Ich kann auch Arabisch.«

Lustigerweise kommen unsere Väter beide aus Ägypten … wobei seiner glücklicherweise noch lebt.

»Keine Ahnung. Aber ich kann gern mal nachfragen, wenn du willst.«

»Dann könnten wir zusammenarbeiten. Das wäre doch cool, oder?«

»Ja, es wäre schön, ein vertrautes Gesicht in der Pause zu sehen.«

Ein lautes Räuspern erklingt vom White Board. Sofort verstummen wir und richten den Blick wieder nach vorn. Mat mustert mich mit zusammengekniffenen Augenbrauen. Er sieht wütend aus – und eifersüchtig. Auf Nafi, der wohlbemerkt keine Gelegenheit verliert, uns allen von seinem superheißen Freund vorzuschwärmen (»Ach, und wusstet ihr, dass er auch Unterwäschemodel ist?«).

Endlich löst Mat den Blick von mir und geht weiter den Text durch, den wir neulich in der Vorlesung hatten. Eigentlich mag ich den Dienstag – erst die Doppelvorlesung in Sprachen und anschließend das Tutorium. Aber mit Mat vor meiner Nase zähle ich förmlich die Minuten, bis der Kurs endlich rum ist.

Als es so weit ist, verliere ich keine weitere Zeit und schiebe in Windeseile den Collegeblock und das pinke Federmäppchen in meinen Rucksack. Nafi und ich verabschieden uns mit einer kurzen Umarmung, dann stürme ich in Richtung Ausgang.

Da mir noch ein langer Rückweg bevorsteht, steuere ich die Klos an. Doch kaum habe ich die Kabinentür hinter mir geschlossen, dröhnen weitere Stimmen herein.

»Ich wusste, dass das mit den beiden nicht lange halten würde.«

Das ist Gretas Stimme. Sie ist ebenfalls in Mats Tutorium. Sie, Chelsea und Anita belegen schon seit dem Bachelor jeden einzelnen Kurs zusammen.

»Habt ihr gesehen, wie seltsam es zwischen den beiden war?«, fragt Anita und öffnet die Kabine neben mir.

Ich lächele träge. Warum nur sagt mir mein Gefühl, dass die Rede gerade von Mat und mir ist?

»Wundert euch das echt? Dieses Mädchen hatte schon was mit jedem an der Uni.«

Es waren sieben Typen und nicht *alle,* liebe Anita. Wenn ihr schon an diesem öffentlichen Örtchen euren kindischen Lästerplausch abhaltet, dann bleibt zumindest bei den Fakten. Wobei ich mich vielleicht sogar geehrt fühlen sollte, dass meine Kommilitoninnen mein Sexleben so aufregend finden.

»Ihr wisst doch, wie sehr sie sich ihm in der Bar aufgedrängt hat«, schimpft sie weiter, und ich beiße mir auf die Zunge, um nicht loszuprusten.

Ich hab mich ihm aufgedrängt? Ähm, fürs Protokoll: Mat konnte weder die Augen noch die Hände von mir lassen, weil ich … na ja, der Hammer bin!

»Es war echt peinlich, wie sie so in aller Öffentlichkeit rumgemacht haben.«

»Ja. Sie sind doch keine dreizehn mehr. Zu Hause gern, aber bitte nicht vor meinen Augen.«

»Wahrscheinlich hat sie es absichtlich getan. Einige wollen ja, dass man es mitkriegt. Für die Aufmerksamkeit und so.«

»Als ob sie die nicht ohnehin hätte.«

Die drei kichern los.

»Armer Mat«, seufzt Anita. »Habt ihr gesehen, wie mies es ihm heute ging? Ich glaube, er mag sie wirklich. Bestimmt hat sie eine schnelle Nummer mit ihm geschoben und ihn anschließend wie eine heiße Kartoffel fallen gelassen. Dabei haben Männer auch Gefühle!«

Ach, jetzt lässt sie die vermeintliche Feministin raushängen? Ein leises Schnauben entfährt mir. Das wird jetzt mir doch ein bisschen zu lächerlich.

Natürlich könnte ich jetzt rausstürmen und alles klarstellen. Klarstellen, dass es Mat war, der sich falsch verhalten hat. Aber wozu meinen Atem dafür verschwenden? Die Mädels würden mir trotzdem nicht glauben, denn sie sind ja der Meinung, dass es immer die Frauen sind, die den Fehler begehen. Die *Schlampen.*

Und ja, es tut immer etwas mehr weh, wenn es Frauen sind, die das übereinander sagen.

»Würde mich nicht wundern, wenn sie für irgendeinen Typen vom Museum die Beine breit gemacht hat und den Job nur deshalb bekommen hat.«

Boah! Das ist so klischeehaft, dass mir dafür die Worte fehlen. Der *Girlsclub* da draußen tut mir irgendwie schon fast leid. Wie traurig muss das eigene Leben sein, wenn man so viel Missgunst in sich trägt und auf andere Leute entlädt?

»Und habt ihr gesehen, was sie heute anhatte?«, spöttelt

Chelsea. »Sie sieht aus wie eine Prostituierte, die gerade von der Arbeit kommt.«

Jetzt ziehen sie auch noch über Sexarbeiterinnen her?

Wieder lachen sie, während ich verwirrt an mir herabschaue. Ich trage einen Mantel mit Leopardenmuster – Kunstfell natürlich – darunter einen roten Strickpullover, kombiniert mit einer Jeans-Hotpants, einer löchrigen Strumpfhose und schwarzen Doc Martens. Ich fühle mich wohl, stylish und selbstbewusst. Natürlich muss mein Outfit nicht jedem gefallen, aber mich deswegen gleich beleidigen?

Warum sind Menschen so?, denke ich nun doch mit einem Anflug von Ärger im Bauch. Warum können wir nicht einfach leben und andere leben lassen?

»O shit, ich glaube, ich hab meine Tage bekommen«, kommt es aus der Kabine neben mir. »Hat eine von euch einen Tampon?«

»Nein, leider nicht«, sagen die beiden anderen unisono.

Und das ist mein Stichwort. Ich betätige die Spülung und trete aus der Toilette. Chelsea und Greta sehen mich im Spiegel an und erstarren wie zwei Steinskulpturen.

Typisch. Hinter dem Rücken lästern geht immer, aber mir die Meinung ins Gesicht sagen, können sie nicht. Denn das wäre ja gemein!

Ich schreite zum Waschbecken, wasche meine Hände und summe dabei leise und, zugegeben, etwas provokant vor mich hin. Anschließend krame ich in meiner Tasche und reiche Anita unter der Tür einen Tampon. Ich bin kein Unmensch und diese Frau braucht meine Hilfe. Egal, wie sie über mich denkt.

»Oh mein Gott. Dan…« Das letzte Wort bleibt ihr im Hals stecken, denn vermutlich verraten meine pinken Nägel, wer ihr gerade das Leben rettet.

Bevor ich aus der Tür schwinde, drehe ich mich zu Chelsea und Greta um, und – kann nicht anders – verbeuge mich. Schließlich ist das beim Theater so üblich, oder?

*

Als ich im Bus sitze, stecke ich mir die Ear Pods in die Ohren, öffne meine Meditations-App und lasse mich in die Entspannung leiten. Der Tag hat mich aufgewühlt und nach der seltsamen Klo-Aktion gerade muss ich besonders runterkommen. Ich schließe die Augen und lausche der beruhigenden Stimme, die mich dazu auffordert, meine Gedanken auf meinen Körper zu lenken. Den Druck in meinem Bauch und die Anspannung in meinen Schultern versuche ich einfach auszuatmen.

Fast gelingt es mir, wirklich abzuschalten, doch dann ertönt das vertraute *Pling* meines Handys und ich schrecke blinzelnd auf. O Mann. Das passiert mir ständig. Ich muss mir dringend angewöhnen, während der Meditation den Benachrichtigungston auszuschalten.

Als ich einen Blick auf den Homescreen werfe, fällt mir fast die Kinnlade auf den Boden.

Unbekannt: Hey, hier ist Vince. Ich habe deine Nummer von Lenny.

O mein Gott. Vince! Er hat mir geschrieben! Damit hätte ich im Leben nicht gerechnet. Aber warum? Was will er damit bezwecken? Ob er vielleicht doch keine Freundin hat? Ob er an mir interessiert ist? Ob er einfach nur reden will?

Aaaaah! Ich weiß nicht, was das soll, und das verwirrt mich!

Noch ein *Pling*. Noch eine Nachricht von ihm.

Unbekannt: Ich wollte mich eigentlich nur dafür entschuldigen, dass ich neulich Abend einfach abgehauen bin. Das war eine ziemlich blöde Aktion von mir.

Abwartend starre ich auf mein Handy, doch es kommt nichts mehr. Deswegen hat er mir geschrieben? Er wollte sich entschuldigen? Unser Aufeinandertreffen ist schon fast eine Woche her. Hat dieser Abend ihn so lange beschäftigt?

So wie mich?

Kurzerhand öffne ich den Chat, speichere seinen Namen ein und mache einen Screenshot, um ihn an Maya weiterzuleiten.

Ich: Was soll ich schreiben???

Ungeduldig warte ich auf ihre Antwort und wippe dabei nervös mit meinen Beinen. An Meditation ist nicht mehr zu denken, manche Anspannungen lassen sich nicht wegatmen.

Als mein Handy die nächste Nachricht ankündigt, taste ich so energisch danach, dass ich mich versehentlich selbst kratze. Die Nachricht ist nicht von Maya, sondern schon wieder von Vince.

Vince: Vielleicht, dass du ihm seinen peinlichen Abgang verzeihst und alles wieder gut ist? :)

Moment, was? Warum schreibt er das?

O Gott. Nein, bitte nicht!

Eine dunkle Vorahnung zieht wie eine graue Wolke direkt über meinem Kopf auf. Mit zitternden Fingern öffne ich den Chat und spüre, wie die Wolke bricht und sich ein Regen aus heißer Scham über mir ergießt.

Ich habe den Screenshot nicht an Maya, sondern an Vince geschickt. Ich habe Vince gefragt, was ich ihm schreiben soll. Das ist der mit Abstand peinlichste Moment meines Lebens.

Aus lauter Panik blockiere ich seine Nummer, schließe den Homescreen und schmeiße mein Handy in die Tiefen meiner Tasche, wo ich es hoffentlich nie mehr finden werde.

7. KAPITEL

Vince

Mein Morgen beginnt immer auf die gleiche Weise. Um Punkt sechs klingelt mein Wecker, den ich dreimal snooze. Mit halb geöffneten Augen checke ich dann das Wetter – erst in Berlin und anschließend in New York City. Zehn Grad in unserer Hauptstadt, null Grad an der Ostküste, dazu leichter Nieselregen.

Was sie wohl jetzt gerade tun würde? In New York ist es ein Uhr morgens, weshalb sie wohl schon längst im Bett liegt und schläft. Aber vielleicht ist sie auf dem Heimweg von einem hippen Club in Downtown, in der Hand ihren Lieblingsbagel von einem Laden, der noch geöffnet hat. Ich habe nie ihre Leidenschaft für dieses Brot verstanden. Das Loch in der Mitte ist total unpraktisch! Da fällt doch das ganze Essen durch. Aber sie hat sich die Dinger sogar im Internet bestellt, weil sie sie so geliebt hat.

Okay, das reicht. Ich schüttele den Kopf und verscheuche damit auch meine letzten Gedanken an sie. Tief gähnend schäle ich mich aus der Decke und taste nach meiner Sporthose, die noch auf dem Boden liegt. Zeit fürs Joggen.

Der Humboldthain ist mit seinen von großen Bäumen umsäumten Wegen, den weitläufigen grünen Rasenflächen und den langen Holztreppen, an denen Jogger wie ich sich austoben, einer meiner Lieblingsparks der Stadt. Ich drehe ein paar Runden und höre dabei eine neue Cardio-Playlist. Eigentlich wollte mich meine Schwester begleiten, weil sie mal wieder Motivation braucht, um fitter zu werden, aber ich wusste, dass sie mir im letzten Moment absagen würde. Sie ist einfach kein Morgenmensch. Unsere Mutter glaubt, dass das daran liegt, dass sie mitten in der Nacht auf die Welt kam. Aber das ist okay – um ehrlich zu sein, gehe ich lieber alleine joggen, denn mein geliebtes Schwesterchen rennt mir einfach zu langsam.

Es ist noch dunkel und düster, aber die Weihnachtsbeleuchtung, die sich um die Laternen schlingt, verleiht dem Park etwas Verwunschenes. Ich weiß zwar, dass ich das jedes Jahr sage, aber diesmal glaube ich wirklich, dass ich noch nie weniger in Weihnachtsstimmung war. Dafür ist in den letzten Wochen einfach zu viel passiert. Die Hektik auf der Arbeit, Lukes und Sydneys Drama, die Sache mit Vicky.

Vicky …

Ich passiere das eiserne Tor und biege in den Rosengarten ein. Während ich um die Blumenbeete laufe, die mit niedrigen Buchsbaumhecken eingefasst sind, frage ich mich, wie es sein kann, dass ich noch immer so viel an sie denken muss. Als ich ihr geschrieben habe, hatte ich erwartet, dass sie mir entweder verzeiht oder gar nicht antwortet. Aber nicht, dass sie mich blockiert.

Ich beschleunige mein Tempo.

Klar war es lustig, als sie unseren Screenshot versehentlich an mich geschickt hat, und ich gebe zu, dass ich anfangs wirklich lachen musste. Aber hauptsächlich fand ich es süß, dass sie meinetwegen so aufgeregt war und bei jemand anderem Rat gesucht hat.

Meine Beine laufen noch schneller, fast, als wollten sie zu einer Antwort rasen, die sie an der Ziellinie aber ohnehin nicht finden werden, da ich Vicky jetzt wieder nicht erreichen kann.

Und vielleicht ist das sogar gut so. So wie es mit uns angefangen hat und so wie es beim zweiten Wiedersehen war, hat das mit ihr und mir vermutlich keine Zukunft. Außerdem weiß ich nicht mal, ob sie mich nach meinem feigen Weglaufen überhaupt wiedersehen wollen würde.

Ich sollte sie mir schleunigst aus dem Kopf schlagen.

Nur weiß ich nicht, wie.

*

»Du musst echt mal deinen Briefkasten leeren«, sage ich und drücke meinem besten Freund das Bündel, das ich auf dem Weg in seine Wohnung vom Boden gefischt habe, in die Hand. Inzwischen ist es zur Routine geworden, dass ich jeden Abend kurz bei ihm vorbeischaue. Er tut zwar immer so, als sei er genervt davon, aber wir wissen trotzdem beide, dass er mich jetzt braucht.

»Ja, ich weiß«, entgegnet er und wirft den Haufen lustlos in die Ecke.

»Lass dich nicht so hängen.« Ich gehe zum Fenster und öffne es weit. Es ist stockdunkel, aber die Lichterketten der Restaurants in der Umgebung leuchten wie Glühwürmchen.

Luke antwortet nicht, er steht mitten im Raum da, als wäre ihm der Saft ausgegangen. Das ist echt unerträglich, ihn so zu sehen.

»Hast du dich endlich mal bei ihr gemeldet?«

Ein uneindeutiges Murren – also nein.

Manchmal will ich diesen Jungen einfach nur schütteln, am Kragen packen und zu ihr schleifen. Ihre gemeinsame Geschichte kann unmöglich so enden. Ich glaub zwar nicht an

Schicksal oder so, aber man trifft seinen Seelenverwandten doch nicht nach all den Jahren wieder, nur um ihn am Ende fallen zu lassen? Warum sonst sollte das Universum sie wieder zueinandergeführt haben?

So wie Vicky und mich?

Moment, was denke ich da schon wieder?

Am Fensterbrett lehnend beobachte ich, wie mein bester Freund nun doch die Briefe aufhebt und lustlos überfliegt. Einen betrachtet er besonders lange, dabei wird die Furche auf seiner Stirn immer tiefer.

»Von wem ist er?«

Ich tippe ja auf seinen dämlichen Bruder Timo oder seinen noch dämlicheren Vater. Würde mich nicht wundern, wenn die beiden sich neue sadistische Pläne ausgedacht haben, um ihm das Leben schwer zu machen. Die beiden sind wie ein eingeschworenes Team – Timo, das charakterlose Hündchen, das alles tut, was Papa sagt, und Nathan, der es sich zur Lebensaufgabe gemacht hat, alles und jeden um sich herum zu kontrollieren und seinen Sohn zu schikanieren.

Zwar haben Luke und sein Bruder das Kriegsbeil halbwegs begraben, aber ich traue dieser schleimigen Kröte trotzdem nicht über den Weg.

»Von … Sydney?«, sagt Luke zweifelnd, als könnte es sich nur um einen Irrtum handeln, dass sie ihm einen Brief schreiben würde. Schnell reißt er ihn auf und hält sich das Blatt dicht vors Gesicht.

»Was schreibt sie?«, frage ich, nachdem ich sicher bin, dass er ihn mindestens zweimal gelesen hat.

»Dass … es ihr leidtut«, erwidert er langsam.

»Oh«, mache ich überrascht und weiß nicht so recht, was ich erwartet habe.

Luke liest ihn ein weiteres Mal und schüttelt dabei den

Kopf. Mir ist nicht klar, ob er damit dem, was dort steht, widersprechen will, oder ob es an dem Schock liegt, ihre Worte in seinen Händen zu halten.

»Alles klar?«, erkundige ich mich vorsichtig.

»Sie hat schon vor über zwei Wochen geschrieben«, erklärt er und verzieht das Gesicht. »Jetzt denkt sie bestimmt, dass mein Schweigen meine Antwort war. Dass ich nichts mehr mit ihr zu tun haben will.« Er schließt die Augen und stöhnt frustriert. »Ah, ich bin so ein fucking Blödmann!«

»Also … willst du doch …?«

»Natürlich will ich«, fällt er mir barsch ins Wort. »Ich hab nur Zeit gebraucht, um die ganze Geschichte mit unserem Wiedersehen zu verdauen. Aber vielleicht hätte ich ihr nicht so lange aus dem Weg gehen sollen.«

»Hm«, mache ich, unfähig, etwas Konstruktiveres beizusteuern. Außerdem muss ich ihm recht geben. Es war unfair, sie so lange zu ignorieren. Sydney hat definitiv falsch gehandelt, als sie ihn belogen hat, aber sie wollte es auch wiedergutmachen. Allerdings werde ich den Teufel tun und ihm das ausgerechnet jetzt vorhalten.

»Ich glaub, ich fahre jetzt zu ihr«, beschließt er und hat sein fassungsloses Kopfschütteln durch ein energisches Kopfnicken ersetzt.

Halleluja, rufe ich stumm und hebe dabei imaginär die Hände in die Luft. Das wurde auch Zeit. Ich weiß nicht, wie lange ich dieses selbstzerstörerische Wrack noch ertragen hätte. Ich bin wahrhaftig kein Romantiker, aber Luke und Sydney gehören einfach zusammen. Punkt.

»Finde ich gut«, sage ich und stoße mich vom Fenster ab.

»Würdest du mich mit dem Auto hinfahren?«

Verdutzt starre ich ihn an. »Ernsthaft? Die Bahnen fahren doch noch regelmäßig.« Und wenn ich jetzt meinen Parkplatz aufgebe, bin ich wahrscheinlich bis morgen früh damit beschäftigt, einen neuen zu suchen. Abgesehen davon sind wir mit dem Auto maximal zehn Minuten schneller.

»Bitte«, sagt er leise, fast flehend. Und das reißt an meinem Widerstand. Luke bittet mich nie um etwas. Wirklich nie.

»Meinetwegen«, gebe mich geschlagen. »Aber wenn ich nachher abgeschleppt werde, weil ich im Halteverbot parken musste, zahlst du die Rechnung.«

Er zuckt nicht einmal mit der Wimper. »Deal.«

8. KAPITEL

Vicky

»Die Sache ist die: Eigentlich wollte ich ihn nicht blockieren. Aber dann war ich so überfordert, dass ich es einfach getan habe. Und dann wollte ich es nicht wieder rückgängig machen, weil er ja schon wusste, dass ich ihn blockiert habe. Denn das wäre ja kindisch, verstehst du?«

»Genauso kindisch, wie ihn eine Woche lang denken zu lassen, dass du eine beleidigte Leberwurst bist, die bei einem kleinen Fauxpas die Reißleine zieht?«, fragt Maya amüsiert und schlingt die Arme um die Schienbeine. Jetzt wirkt sie so klein und kompakt, dass sie den Sofakissen neben ihr Konkurrenz machen könnte.

»Es war kein Fauxpas, es war der peinlichste Moment meines Lebens! Ich schwör dir, mir sind sogar die Armhaare abgefallen, weil die Scham sie gnadenlos ausgebrannt hat. Hier.« Ich halte Maya meinen haarlosen Unterarm vor die Nase, den sie, ohne hinzusehen, lachend wegschlägt. »Ich glaub's dir auch so, du Dramaqueen.«

»Dramaqueen?«, echoe ich theatralisch. »Ich hab ihm unseren Screenshot geschickt! Unseren Screenshot! Ausgerechnet der einen Person, der ich es nicht schicken wollte. Wie nennst du das?«

»Na ja.« Sie unterdrückt ein Lachen. »Dramatisch?«

Verdammt, sie hat recht.

»Egal. Lass uns nicht mehr über ihn reden«, beschließe ich und bücke mich, um meine heruntergefallenen Unterlagen vom Boden aufzuheben. »Am besten, ich übe noch mal.«

»Noch mal?« Maya schnaubt und deutet auf das Chaos an Blättern um uns herum. »Du hast geübt. Reichlich. Inzwischen habe ich dir so oft zugehört, dass ich den Vortrag selbst halten könnte.«

»Ach, ist das so?« Verschwörerisch lächelnd lehne ich mich zurück. »Na dann erzähl mir doch mal was.«

Mayas Augen funkeln herausfordernd. »Na schön.« Sie schnappt sich ein Blatt und hält es mir vors Gesicht. »Also. Das ist Nofretete. Ihre Büste ist fünfzig Zentimeter lang und wiegt etwa zwanzig Kilo. Sie, äh …«, Maya schielt auf einen anderen Zettel, »wurde am sechsten Dezember 1912 von Ludwig Borchard entdeckt und war einer der bislang größten archäologischen Funde.«

»Nein, nein, nein, das sind nur Zahlen und Fakten, die du da aufsagst«, unterbreche ich sie und nehme ihr das Blatt aus den Händen. »Viel interessanter ist doch: Wieso wurde diese Büste angefertigt? Und wer war die Person eigentlich, deren Gesicht heute fast jeder Mensch auf der Welt kennt?«

Meine Freundin wirft einen missmutigen Blick auf die Unterlagen und lässt die Schultern hängen. »Na gut, ich bin ja schon still. Üb meinetwegen weiter.«

»Das werde ich auch, und weißt du, warum? Weil ich sie umhauen will«, beantworte ich mir die Frage selbst. »Ich will nicht nur mit Daten um mich werfen, ich will sie aus dieser Welt herauskatapultieren und in die der Antike entführen. Nach ihrem Besuch im Museum sollen sie genauso sehr ins das Alte Ägypten verliebt sein wie ich. Ich will, dass sie Bücher lesen, Dokus anschauen und am besten gleich einen Flug nach Kairo buchen und sich einfach alles ansehen. Von den Pyramiden in Gizeh bis hin zu den Tempeln von Abu Simbel und dem Tal der Könige.«

Maya mustert mich zögerlich. »Zum Glück sind deine Ziele so bescheiden.«

»Hey, ich bin nur ambitioniert«, wehre ich mich und angele nach meiner Tasse, die auf weiteren Unterlagen auf dem Fernsehtisch steht und bis zum Rand mit heißem Kakao gefüllt ist. Wenn ich so viel lerne wie jetzt gerade, ist mein Verlangen nach Zucker immer besonders groß. »Haben wir noch welche von den Macadamia-Cookies?«

Maya wirft einen Blick in die Keksdose neben sich. »Nope, das waren die letzten. Aber warst du nicht diejenige, die vor ein paar Wochen gesagt hat, sie könne die Dinger nicht mehr sehen?«

»Ja, aber …«, versuche ich mich herauszureden. »Sie fehlen mir.« *Sie* fehlt mir.

»Wann Sydney wohl zurückkommt?«, denke ich laut.

»Bald«, meint Maya und lächelt zuversichtlich. »Wahrscheinlich schon nächste Woche.«

»Wobei es sich fast nicht mehr lohnt, weil sie über Weihnachten sowieso wieder bei Ani sein wird«, wende ich ein.

»Ach stimmt ja, Weihnachten.« Maya wirft die Blätter zur Seite und stützt ihren Arm auf der Sofalehne ab. »Was sind eigentlich deine Pläne?«

Meine Hand verkrampft sich um meine Notizen. Unwillkürlich kommt mir die Nachricht meiner Mutter wieder in den Sinn.

Mama: Hey, Süße, Thomas hat mich gefragt, ob ich Weihnachten mit seiner Familie verbringen will. Lieb, oder? Du kannst gerne mitkommen, wenn du willst.

Das bedeutet, dass wir auch dieses Jahr nicht zusammen feiern werden, denn sie weiß, dass ich niemals zusagen würde. Ich kenne diesen Thomas gar nicht, geschweige denn seine Familie, und bin nicht scharf darauf, die Feiertage mit einem Haufen Fremder und meiner Mutter, die nur Augen für ihren neuen Freund hat, zu verbringen.

Nein, danke.

Aber ich weiß, dass meine Mutter mich nicht versetzt, weil sie mich nicht liebt, sondern hauptsächlich deshalb, um vor ihrer eigenen Mutter zu flüchten. Oma Judith ist eine sehr spezielle Person. Immer, wenn wir bei ihr sind, tut sie nichts anderes, als uns von morgens bis abends zu kritisieren. Sie nörgelt meistens wegen meines angeblich zu hohen Gewichts, und bei Mama gehen die Beleidigungen sogar weit über das Äußerliche hinaus. Das Schlimmste ist, dass dieser Frau überhaupt nicht bewusst ist, wie fies sie eigentlich ist.

Ich bin meiner Mutter deshalb nicht böse, dass wir Weihnachten nicht bei Oma verbringen. Was ich ihr aber trotzdem nachtrage, ist, dass sie bei jeder neuen Beziehung komplett von der Bildfläche verschwindet. Sogar an Weihnachten.

»Keine Ahnung. Vielleicht schließe ich mich einfach wieder Sydneys Familie an«, antworte ich Maya.

»Das mache ich wahrscheinlich auch.«

Wir werfen uns ein kleines, trauriges Lächeln zu. Maya spricht zwar nie im Detail darüber, warum sie keinen Kontakt mehr zu ihren Eltern hat, und vielleicht sitzen wir auch nicht direkt im selben Boot, aber wir rudern definitiv auf demselben Fluss.

Plötzlich klingelt es an der Tür. Verwundert schauen wir uns an.

»Erwartest du Besuch?«

Ich schüttele den Kopf. »Nein. Du?«

»Nein.«

Als es erneut klingelt, stehen wir auf und traben gemeinsam zur Sprechanlage.

»Hallo?«, frage ich in den Hörer.

»Hier ist Luke.«

Überrascht reiße ich die Augen auf.

»Luke!«, forme ich mit den Lippen, woraufhin Maya energisch mit der Hand wedelt und »Dann mach auf« flüstert.

Ich nicke und betätige den Türöffner. Unten surrt es, dann hallen Schritte im Treppenhaus. Mir bleibt gar nicht die Zeit, mir weitere Gedanken über sein spontanes Erscheinen zu machen, als er auch schon vor uns steht.

»Hey, Luke«, begrüßt Maya ihn am Türrahmen und tritt zur Seite, um ihn reinzulassen.

»Hey.« Er sieht kurz zwischen uns beiden hin und her, ehe er einen kleinen vorsichtigen Schritt über die Türschwelle setzt.

Mir fällt auf, dass er anders aussieht als bei unserer letzten Begegnung. Irgendwie blasser, dünner. Zum ersten Mal frage ich mich, ob die letzten Wochen für ihn vielleicht genauso schlimm waren wie für Sydney. Oder noch schlimmer …

»Was verschafft uns die Ehre?«, erkundigt sich Maya freundlich.

»Ich wollte …« Luke kratzt sich am Kopf und schaut über unsere Köpfe hinweg in Richtung Wohnzimmer. »Also … ist Sydney da?«

»Nein. Sie ist gerade bei ihrer Großmutter«, erwidert Maya und setzt ein entschuldigendes Lächeln auf.

»Oh. Okay.« Enttäuschung zieht über sein Gesicht. Mit zusammengepressten Lippen schweigt er einen Moment, dann zückt er etwas aus seiner Jackentasche und hält uns einen weißen Briefumschlag hin. »Ist das die Adresse ihrer Großmutter?«

Das muss der Entschuldigungsbrief sein, den ihm Sydney vor Wochen geschickt hat. Ich erkenne ihre Handschrift sofort.

»Ja, ist sie«, antwortet Maya, woraufhin Luke erschöpft seufzt und sich erneut durch die Haare fährt. »Okay. Dann fahre ich gleich mal hin. Trotzdem danke.«

Er wendet sich zum Gehen und ist schon fast aus der Tür, als ich ihn im letzten Moment aufhalte.

»Luke. Warte.« Ich hebe die Hand, um ihm zu signalisieren, sich nicht von der Stelle zu rühren, und verschwinde schnell in meinem Zimmer. Kurze Zeit später kehre ich mit einer braunen Lederjacke zurück. *Seiner* braunen Lederjacke.

Luke nimmt sie entgegen und betrachtet sie in Gedanken versunken. »Danke.«

Ich nicke bloß, weil mir ein »Gern geschehen« angesichts des Chaos, das ich mit ihrem Tragen verursacht habe, irgendwie unangemessen erscheint.

»Ach, übrigens, Luke«, sagt Maya beiläufig und stupst mit einem Fuß ihr herumliegendes Skateboard an. »Wie geht es eigentlich deinem Kumpel Vince?«

Fast verschlucke ich mich an meiner eigenen Spucke.

Dieses kleine Miststück!

»Äh, gut, denke ich«, erwidert Luke, und deutet auf das Treppenhaus. »Er ist gerade unten. Hat mich netterweise hergefahren.«

Moment – er ist hier? Gleich unten, nur wenige Meter von mir entfernt? Etwas in meinem Bauch beginnt zu flattern. Sind das Schmetterlinge? Oder eher ein wütender Schwarm Bienen?

»Glaubst du, sie kommen heute wieder zusammen?«, fragt Maya, als sie die Tür hinter Luke schließt.

»Ich denke schon«, murmele ich und stapfe zurück, während das Schwirren in meiner Magengrube immer stärker wird.

Bienen. Es sind definitiv Bienen.

»Hey, was hast du?«

Gute Frage. Wenn es einen Duden für Gefühle gäbe, hätte ich gern einen, um meine darin nachzuschlagen.

»Dass Vince unten ist, verwirrt mich irgendwie«, gebe ich zu und werfe meine Unterlagen zur Seite, um mich richtig hinzusetzen.

»Warum?«

»Ich weiß nicht. Er ist so *nah*. Nur ein paar Treppenstufen entfernt. Das zwischen uns war schon komisch, und jetzt habe ich es noch komischer gemacht.«

»Willst du runtergehen?«

Ich zucke mit den Schultern. »Keine Ahnung. Ich wüsste nicht mal, was ich sagen sollte. ›Sorry, dass ich so kindisch war?‹ Dabei war er es, der nach unserem Kuss wegerannt ist, und nicht ich. O Gott, das klingt wie im Kindergarten.« Ich stöhne laut, doch Maya lächelt nur. Es ist dasselbe Lächeln, das sie in den letzten Wochen verdächtig oft Sydney zugeworfen hat. Immer ausgerechnet dann, wenn die Rede von Luke war.

»Was soll der Blick?«, frage ich skeptisch.

»Welcher Blick?«

»Du hast geguckt wie die Erzählerin einer Geschichte, die weiß, dass die beiden Figuren am Ende doch noch zusammenkommen.«

Maya prustet los. »Ich schau doch ganz normal.«

»Du lächelst wie die gute Fee. Lass das.«

»Ich soll nicht lächeln? Darf ich wenigstens noch atmen?«

Jetzt muss auch ich lachen.

»Also.« Sie klingt ungeduldig. »Gehst du jetzt endlich nach unten oder muss die gute Fee dir erst eine Kutsche aus einem Kürbis zaubern?«

9. KAPITEL

Vince

»Sydney war nicht da«, sagt Luke, als ich im selben Moment »Was hast du da an?« frage.

Luke schaut an sich herab und lächelt träge. »Meine alte Jacke. Vicky hat sie mir gegeben.«

Beim Klang ihres Namens wird meine Brust eng. Ich richte den Blick auf den Altbau, aus dem Luke gerade gekommen ist. Ich hab gar nicht mehr daran gedacht, dass sie und Sydney zusammenwohnen.

Sie ist ganz nah. Ich müsste nur rausgehen und klingeln. Dann wäre ich bei ihr.

Aber würde ich dann nicht wie ein Stalker rüberkommen, der ihre Grenzen ignoriert, obwohl sie mich sogar blockiert hat?

»Kannst du mich vielleicht noch mal fahren?« Luke deutet auf die Adresse auf dem Briefumschlag. »Ich weiß, das ist am Arsch der Welt, aber ich muss Sydney einfach sehen. Ich werde noch krank, wenn ich das zwischen uns nicht noch heute …«

»Wie wär's, wenn du einfach selbst fährst?«, unterbreche ich ihn und schnalle mich ab. »Du kannst das Auto haben.«

»Wirklich?«

Ja, Vince, wirklich? Willst du diesem verliebten Trottel, der aus lauter Hektik wahrscheinlich jede Ampel ignorieren wird, dein geliebtes Auto überlassen?

»Oder du wartest kurz auf mich«, rudere ich zurück. »Aber ich muss vorher was erledigen.«

»Wo denn?«

»Hier. Also da oben.« Ich deute aus dem Fenster. »In der WG.«

Mein bester Freund sieht mich verständnislos an.

Ich seufze. Jetzt muss ich wohl mit der Sprache rausrücken. »Ich habe Vicky geküsst.«

Ihm klappt der Mund auf. »Was? Sydneys Vicky?«

»Ja.«

»Ihr kennt euch?«

»Nein, erst seit der Party. Obwohl, eigentlich schon länger«, setze ich hinterher. »Aber das erzähle ich dir ein anderes Mal. Jedenfalls sind Vicky und ich uns auf der Party etwas nähergekommen. Aber dann habe ich es verbockt, und jetzt will ich mich entschuldigen.«

»Inwiefern denn verbockt? Was hast du angestellt?«, fragt er mich und klingt dabei so anklagend wie ein Vater, der den Lover seiner Tochter dabei erwischt hat, wie er aus dem Fenster klettern will.

»Ich erklär dir alles später«, sage ich wieder. »Du kannst den Wagen nehmen oder auch warten, bis ich wieder unten bin. Keine Ahnung, wie lange es dauert. Aber ich muss da jetzt hoch.«

Mit diesen Worten öffne ich die Autotür und steige aus. Meine Beine zittern leicht, mein Herz pocht so wild in meiner Brust, als würde es auf einem elektronischen Bullen reiten.

Jetzt oder nie.

Die Haustür steht offen, deshalb trete ich einfach ein. Da ich keinen der Nachnamen kenne, laufe ich die Treppen hoch und halte dabei Ausschau nach einem Schild mit drei Namen. Meine Suche endet im vierten und vorletzten Stock.

Ich sammele meinen ganzen Mut zusammen und will gerade an die Tür klopfen, als sie im selben Moment von der anderen Seite aufgerissen wird. Und da steht sie vor mir, barfuß, in einem weißen Tanktop, lila Leggings und mit zwei Zöpfen.

Als sie mich erblickt, quiekt sie erschrocken und taumelt einen Schritt zurück. Atemlos presst sie sich eine Hand an die Brust. »Vince!«

»Hey«, sage ich sanft und trete einen kleinen Schritt zurück. »Sorry, ich wollte dich nicht erschrecken.«

»Du … du bist vor meiner Haustür?«, stammelt sie, und ihre normalerweise tiefe Stimme klingt mindestens zwei Oktaven höher.

»Ja. Ich habe Luke gerade hergefahren und dachte mir … also …« Ich hole tief Luft. »Können wir ganz kurz miteinander reden?«

»Ähm.« Sie blinzelt mehrmals. »Okay.«

Innerlich warte ich darauf, dass sie mich reinbittet. Es ist kalt, und der Flur ist nur schwach beleuchtet. Aber sie rührt sich nicht von der Stelle.

Sie will Distanz wahren.

Na gut. Dann eben vor der Tür.

»Ich hatte dir ja schon geschrieben«, beginne ich und sehe, wie sie leicht zusammenzuckt. Vermutlich denkt sie jetzt an den Screenshot, den sie mir geschickt hat. Um sie nicht noch weiter zu verunsichern, komme ich direkt zur Sache. »Eigentlich wollte ich mich nur noch mal persönlich bei dir entschuldigen. Es war wirklich dumm, einfach abzuhauen, während wir … also … na ja … sorry.«

Sorry?!

»Okay«, sagt sie wieder und lehnt sich gegen den Türrahmen. Heute ist sie ungeschminkt. Der fehlende Kleopatra-Lidstrich lässt ihre Augen etwas kleiner aussehen. Auch ihre

Züge wirken weicher und jünger als bei unserer letzten Begegnung. Trotzdem liegt auch eine gewisse Härte in ihrem Ausdruck.

»Und warum hast du mich geküsst?«

Wow. Ganz schön unverfroren. Ich öffne den Mund und schließe ihn wieder. Dasselbe noch mal und noch mal bis ich mich endlich traue, es zu sagen.

»Weil … ich dich küssen wollte.«

Ein Stein fällt mir vom Herzen, aber Vicky nickt nur, als hätte sie es sich bereits gedacht.

»Hast du eine Freundin?«, fragt sie weiter und vor lauter Schreck plumpst mein Herz vom elektronischen Bullen.

Sie ist so … direkt. Kein Um-den-heißen-Brei-Reden, kein Beschönigen. Vicky nennt die Dinge beim Namen. Und das gefällt mir fast so sehr, wie es mir Angst macht.

»Nein … also …« Ich denke nach. »Nicht wirklich.«

»Es ist kompliziert?«, mutmaßt sie und lächelt halb spottend, halb amüsiert.

Ich schlucke lautlos. »Ja.«

»Verstehe.« Vicky mustert mich einen Moment lang prüfend. Dann hebt sie eine Hand und hält sie wie ein Stoppschild vor sich. »Nur damit das klar ist: Ich will mich auf keinen Fall zwischen dich und irgendwen stellen.«

»Tust du nicht«, sage ich hastig. »Es war ganz allein meine Schuld. Nur ich trage die Verantwortung.«

»Na ja, zum Küssen gehören immer zwei«, räumt sie ein und lächelt verlegen, wobei ihre süße Zahnlücke zum Vorschein kommt.

Hitze wallt in mir auf. Ich sehne mich nach einem Eimer Eiswürfel, in den ich mein Gesicht tauchen kann. Dann würde ich vielleicht wieder zu Verstand kommen, denn es ist, als ob mein Körper sich instinktiv in ihre Richtung bewegen will. Als ob ich magisch von ihr angezogen werden würde, weil es die Gesetze der Physik so verlangen.

Und das Absurde ist, dass ich das Gefühl nicht loswerde, dass sie diese Anziehung auch spürt. Einer ihrer Füße steht bereits zur Hälfte auf der Schmutzfangmatte, das andere Bein wirkt, als wollte es ebenfalls einen Schritt machen. Als wäre da wirklich ein unsichtbares Band, das uns zueinander ziehen will.

»Ähm … also …«, unterbreche ich die Anspannung und sehe sie vorsichtig an. »Ist jetzt alles wieder gut zwischen uns?«

»Du weißt, dass ich nicht nachtragend bin. Also ja.« Sie zögert kurz, dann zuckt ihr Mund, als wollte er ein Grinsen unterdrücken. »Auch, wenn es schon etwas peinlich ist, dass du dich jedes Mal bei mir entschuldigen musst, wenn du mit mir redest.«

Ich lache los. »Okay, das habe ich verdient.«

»Kannst du mir versprechen, dass das nicht noch ein drittes Mal passieren wird?«

»Kannst du mich dann entblockieren?«, rutscht es mir, ohne nachzudenken, raus.

Für den Bruchteil einer Sekunde sehe ich Scham in ihren grünen Augen aufblitzen. Doch ihr Pokerface sitzt, während sie lässig mit den Schultern zuckt.

»Meinetwegen.«

»Sehr gut«, sage ich. »Dann haben wir einen Deal.«

Sie grinst. »Haben wir.«

Gott, dieses Lächeln, diese Lippen … Ich will sie auf meinen spüren. So sehr, dass meine eigenen vor lauter Sehnsucht schon brennen.

Und dann höre ich eine vertraute Stimme. *Ihre* Stimme, die sich wie ein ungebetener Gast in meinen Kopf drängt.

»Nie im Leben würdest du so lange auf mich warten.«

Die Realität stürzt wie ein Eimer Wasser auf mich herab und durchtränkt mich in einer Pfütze aus Scham und Schuld.

»Tja, dann ... gehe ich mal wieder«, sage ich leise.

»Oh.« Sie blinzelt, überrascht und vielleicht auch verwirrt.

»Luke wartet unten auf mich«, setze ich hinterher und deute zur Treppe. »Ich muss ihn noch zu Sydney bringen.«

Falls der liebestrunkene Arsch nicht schon ohne mich losgefahren ist.

»Ach so. Klar, natürlich.« Sie lächelt verständnisvoll, und ich zögere einen Moment.

»Dann ... sehen wir uns?«, frage ich vorsichtig.

Ein strahlendes Lächeln umspielt ihre Lippen. »Ja. Wir sehen uns.«

10. KAPITEL

Vicky

Der sanfte Klang seiner Stimme geistert mir noch immer durch den Kopf. Auch nach Tagen werde ich ihn nicht los, und ein Teil von mir will es vielleicht auch gar nicht. Möglicherweise spielt mein Gehirn seine Stimme nur deshalb so oft ab, weil ich sie wieder hören will. Im echten Leben.

Aber geht es mir nur um seine Stimme oder um was anderes? Will ich Vince wiedersehen? Blöde Frage, klar will ich das. Aber was erhoffe ich mir davon? Was will ich eigentlich? Ist es sein Körper, der mich so anzieht? Oder einfach Vince im Gesamtpaket? Aber eigentlich kenne ich ihn ja gar nicht wirklich. Und warum zerbreche ich mir so den Kopf über ihn?

Mein Schädel raucht vom vielen Denken, und die Bienen in meinem Bauch haben sich dort wohl wie in einem Stock eingerichtet. Dabei will ich das Thema am liebsten von mir schieben und unter einem Tuch verstecken, damit ich es nicht mehr sehe. Nicht nur meinetwegen, sondern auch wegen Sydney, die jetzt wieder zu Hause bei uns ist. Seit Luke und sie sich versöhnt haben, ist ihr Lächeln ein Dauergast auf ihrem Gesicht. Dass sie glücklich ist, erfüllt mich selbst mit wohliger Wärme. Ich stehe meinen Freundinnen so nahe, dass mich ihre Freude genauso mitreißt wie ihre Trauer. Ich weiß, dass es den anderen beiden auch so geht, deshalb will ich sie nicht runterziehen, weil irgendwelche unbestimmten Bienen wegen Vince meinen Bauch durchlöchern.

»Ich hab euch so vermisst«, sagt Sydney und zieht Maya und mich in eine enge Umarmung. Es ist bereits früher Freitagnachmittag, aber da wir alle heute keine Uni haben, tragen wir noch immer unsere Schlafhosen, trinken Tee und naschen von Sydneys frisch gebackenen Cookies.

»Und ich hab deine Backkünste vermisst«, sage ich und knabbere am Keks. »Versprich mir, dass du nie wieder weggehst. Und wenn doch, dann nicht, ohne einen Jahresvorrat von denen hierzulassen.«

»Keine Sorge, ich gehe nicht mehr weg. Ich wollte auch schon längst wieder da sein, aber irgendwann bin ich ziemlich faul geworden. Bei Ani musste ich mich um nichts kümmern. Sie hat gekocht, die Wäsche gefaltet und das Geschirr in die Spülmaschine geräumt. Manchmal hat sie sogar mein Bett gemacht, könnt ihr euch das vorstellen?«

»Okay, ich korrigiere.« Ich stopfe mir den letzten Bissen in den Mund. »Wenn du näschtes Mal weggehscht, dann nimm unsch mit.«

Sie grinst breit. »Versprochen!«

Ich klopfe mir die Krümel von den Händen, die in der Keksdose landen, als Sydney sie mir plötzlich auffordernd vor die Nase hält.

»Oh, danke«, entgegne ich und nehme noch einen Cookie heraus.

»Also, was habe ich verpasst?«, fragt Sydney in die Runde und stellt die Dose wieder auf den Tisch.

»Ich habe mir Tinder installiert, mich mit einem netten Typen getroffen und wurde daraufhin gefriendzoned«, macht Maya den Anfang und leiert es so gleichgültig runter, als würde sie einen Beipackzettel vorlesen.

»Im Ernst? Was ist passiert?«, fragt Sydney bestürzt.

»Gute Frage.« Sie schlürft ihren Tee. »Ich sag Bescheid, wenn ich's weiß.«

»Was hat er denn gesagt?«, bohrt Sydney nach.

»Dass er das Treffen schön fand und ich wirklich toll und super bin, er aber gemerkt hat, dass er noch nicht über seine Ex hinweg ist und es besser wäre, wenn wir erst mal *Freunde* bleiben.«

»Oh.« Sydney hält inne. »Aber das ist doch eigentlich sehr ehrlich, oder?«, meint sie vorsichtig.

»Klar, die Typen sind nie schuld.« Maya verdreht die Augen, und ihre Hand wandert wieder zu ihrem Piercing. »Anscheinend bin ich es, die nicht umwerfend genug ist. Nach einem Date mit mir rennen sie zurück zu ihren Ex-Freundinnen.«

»Hey, komm mir nicht auf diese Tour«, mische ich mich ein und werfe ihr einen strengen Blick zu. »Du weißt genau, wie umwerfend du bist.«

»Offenbar nicht«, nuschelt sie in ihre Tasse. »Schließlich ist es nicht das erste Mal, dass das passiert. Vielleicht mache ich irgendwas falsch. Vielleicht bin ich zu offen, zu kumpelhaft oder nicht weiblich genug. Gut möglich, dass das die Typen einschüchtert.«

»Bullshit. Du bist genau so richtig, wie du bist«, sage ich ernst. »Und falls jemand wirklich so denken sollte, würde er ohnehin nicht zu dir passen. Aber wir werden ganz sicher nicht damit anfangen, uns für andere zu verbiegen, verstanden?«

Natürlich weiß ich, dass meine kleine Predigt nichts nützt, wenn Maya nicht selbst dran glaubt, aber ich hoffe trotzdem, dass sie meine Worte im Hinterkopf behalten wird. Die Dating-Welt kann hart sein und wir überleben sie nur, wenn wir uns dabei selbst nicht verlieren.

»Na ja, so weit zu mir.« Maya lässt einen tiefen Seufzer los, und nickt in meine Richtung. »Jetzt Vicky.«

Ich schlucke.

Nein, nicht Vicky. Vicky ist definitiv noch nicht bereit, über ihre Gefühle zu reden. Vicky weiß selbst nicht, was in ihr vorgeht.

»Ja, was gibt es Neues von Rick?«, erkundigt Sydney sich.

Puh. Noch mal Glück gehabt. Für den finde ich wenigstens die richtigen Worte. Wenn auch keine guten.

»Zum Glück nichts.«

»Das ist gut.« Sydney nickt mehrmals. »Endlich hast du ein bisschen Ruhe von ihm.«

»Aber dafür lässt Vince ihr keine Ruhe.«

»Maya!«, keife ich meine beste Freundin an.

»Vince?« Sydney zieht die Stirn kraus. »Lukes Vince?«

»Er und Vicky haben rumgeknutscht!«, klärt sie Sydney grinsend auf.

»Was?!«

»Maya«, kreische ich und werfe einen Cookie nach ihr, der an ihrem Kopf zerbröselt.

»Aua!« Sie verzieht das Gesicht.

»Du hattest was mit Vince?«, fragt Sydney halb überrascht, halb bestürzt.

»Nur einmal. Auf der Party.«

»Welcher Party?«

Grrr. Ich funkle Maya böse an, die gerade dabei ist, sich die Krümel aus den Haaren zu picken.

»Ey, redet mit mir!«, unterbricht Sydney unser Blickduell. »Warum wusste ich nichts davon?«

»Weil du nicht da warst!«

Sofort verstummt Sydney, und das schlechte Gewissen packt mich fest am Schopf.

»Sorry!«, entschuldige ich mich zerknirscht. »Du hattest natürlich selbst genug um die Ohren. Ich wollte dich einfach nicht damit belasten und war gleichzeitig frustriert, weil ich über nichts anderes reden wollte, falls das irgendwie Sinn ergibt.«

»Aber Vick, das hättest du doch jederzeit tun können! Für euch beide ist immer Platz, egal, wie sehr mein Leben im Chaos versinkt.« Sie wirft uns nacheinander einen ernsten Blick zu, und ich spüre, wie sich bei ihren Worten eine wohlige Wärme in meinem Körper ausbreitet.

»Danke, Syd«, murmele ich gerührt.

»Kein Problem. Und jetzt erzähl! Was war da mit Vince?« Ihre Stimme vibriert förmlich vor Neugier.

Widerwillig lehne ich mich zurück und schiebe mit den Beinen die Keksdose ein Stück zur Seite, ehe ich die Füße auf dem Wohnzimmertisch ausstrecke und tief Luft hole.

»Die Abiparty, auf der du Luke kennengelernt hast …«, hole ich aus. »Da sind auch Vince und ich uns das erste Mal begegnet.« Ich erinnere mich noch lebendig an den Schmerz, als ich das wütende Gesicht seiner blonden Freundin gesehen habe, und auch jetzt noch zieht sich in mir alles zusammen.

Stockend erzähle ich meinen Freundinnen, dass ich dachte, die Eine zu sein, und um ein Haar die Andere geworden wäre. Und wie mich all diese Gefühle wieder eingeholt haben, als ich ihn letztens wiedergesehen habe. Auch den peinlichen Move mit der Blockierung (die ich inzwischen wieder aufgehoben habe), enthalte ich ihnen nicht vor, genauso wenig seinen spontanen Besuch, um sich zu entschuldigen.

Als ich ende, setzt betretenes Schweigen ein. Sydney schüttelt ungläubig den Kopf. Maya spielt wieder an ihrem Ohrpiercing. Ich sinke tiefer ins Sofa und umklammere ein Kissen.

»Krass«, meint Sydney und wickelt sich nachdenklich eine schwarze Locke um ihren Finger. »Überleg mal: Vince ist vermutlich nur deshalb wieder in dein Leben getreten, weil Luke in meins getreten ist.«

»Ja, das ist wirklich krass«, meint Maya, während ich bloß vor mich hin brumme. Um an so was wie das Schicksal zu glauben, bin ich einfach zu realistisch.

Oder zu zynisch.

»Aber um ehrlich zu sein, hätte ich nicht gedacht, dass Vince dein Typ wäre«, meint Sydney grübelnd und setzt ein schnelles »Nicht falsch verstehen!« hinterher. »Er ist supernett und charmant und auch echt lustig, aber auch so … schön. Also richtig schön. Model-schön. Sein Gesicht ist so … perfekt. Weißt du, was ich meine?«

»Ja, offenbar sprichst du mir meinen guten Geschmack ab«, ziehe ich sie auf, obwohl ich natürlich weiß, worauf sie anspielt. Vince hat ein klassisch schönes Gesicht, und in der Regel stehe ich eher auf Typen mit Ecken und Kanten. Ohne perfekte Frisur, perfektes Outfit und symmetrisches Gesicht. Es wundert mich selbst, dass er es mir so angetan hat.

»Und wie war der Kuss?«, will sie wissen.

»Nicht von dieser Welt«, seufze ich.

»Wirklich?«

»Ja. Kennt ihr das, wenn der Kuss so gut ist, dass ihr euch nicht einmal mehr auf den Beinen halten könnt? So war es bei ihm. Ich war wie Wachs in seinen Händen.«

»Wow«, hauchen beide gleichzeitig.

Ja, wow. Megawow. Ultrawow.

»Und was willst du von ihm?«, fragt Maya.

Gute Frage. Will ich ihn wieder küssen? Ja. Will ich ihn nach allen Regeln der Kunst vögeln? Schuldig im Sinne der Anklage. Aber will ich mehr von ihm? So richtig mehr?

Das Klingeln an der Tür rettet mich vor einer Antwort.

»Oh, das muss mein Paket sein.« Sydney springt auf und eilt zur Tür. »Ich hatte mir ein paar neue Ausstechformen bestellt. Macht euch bereit für superleckere Plätzchen in allen möglichen Weihnachtsmotiven.«

»Yay, noch mehr Kekse«, jubele ich und greife nach meiner Lieblingstasse. Ich habe mir einen Magen- und Beruhigungstee eingegossen, aber bisher zeigt er keine Wirkung. Der Bienenschwarm in meinem Bauch ist noch immer deutlich zu spüren.

Mit meinem Tee in der Hand setze ich mich aufrecht hin und spüre im nächsten Moment, wie Maya ihren Kopf auf meine Schulter legt. »Sorry Vick, ich wollte dich vorhin nicht an den Pranger stellen.«

»Schon okay.« Im Nachhinein bin ich sogar froh, dass sie den Anfang gemacht hat. Ich wollte es Sydney schon lange erzählen, habe aber nie den richtigen Moment gefunden.

»Luke!« Sydneys überraschter Tonfall lässt Maya und mich zusammenzucken. Ich recke den Hals, um in Richtung Flur zu spähen, und sehe Luke und Sydney im Flur stehen. Offenbar ist er nicht das Paket, das Sydney erwartet hat.

»Hey. Ich habe gerade Feierabend. Ist es okay, dass ich einfach so spontan vorbeigekommen bin?« Er klingt schüchtern.

»Natürlich!«, erwidert Sydney überschwänglich. »Du bist immer willkommen.«

Ein Lächeln umspielt meine Lippen. Ich bin noch nicht sicher, ob ich die beiden als Paar unglaublich süß oder unglaublich kitschig finde.

»Ich wollte eigentlich nur fragen, ob wir spazieren gehen wollen«, sagt Luke. »Es schneit.«

Es schneit?

Maya und ich sehen uns verwirrt an, ehe wir die Tassen absetzen und aufs Fenster zustürmen. Tatsächlich. Dicke Flocken trudeln durch die Luft und bedecken die Dächer mit einer weißen Schicht Puder. In Berlin hat es schon seit Jahren nicht mehr richtig geschneit (danke, Klimawandel!), und ich hatte schon ganz vergessen, wie leuchtend hell Schnee ist.

»Leute! Es schneit!«, schreit Sydney ins Zimmer.

»Wissen wir«, antwortet Maya ihr vom Fenster aus.

»Luke und ich wollen gleich spazieren gehen. Habt ihr Lust mitzukommen?«

»Ach, geht ruhig nur zu zweit, ihr Turteltauben«, winke ich ab.

»Nein, wirklich. Ihr könnt gerne mitkommen«, sagt nun auch Luke und tritt hinter seiner Freundin ins Wohnzimmer. Seine Nase ist von der Kälte gerötet, sein Haar durchnässt und ein paar Nuancen dunkler als sonst. Er sieht so aus, als ob ihm kalt wäre, und doch wirkt er viel gesünder als bei unserer letzten Begegnung. Schon krass, wie einem der Liebeskummer sämtliche Energie rauben kann und die Liebe einen wieder zum Leben erweckt.

Ich freue mich sehr für die beiden.

»So doll, wie es schneit, könnte man auch gleich rodeln gehen«, murmelt Maya in sich hinein.

»O mein Gott, ja!« Sydney strahlt über das ganze Gesicht. »Lasst uns rodeln gehen!«

»Warte, das war doch nur ein Witz!«

»Ja, aber ein guter Witz. Vielleicht hat Ani noch einen Schlitten«, überlegt Sydney und linst dann zu Luke. »Hättest du auch Lust?«

Zu meiner Verwunderung nickt er begeistert. »Klar. Lustigerweise haben Lenny und ich vorhin bei der Arbeit auch darüber geredet. Er meinte, sogar, dass seine Eltern im Keller noch ein paar Schlitten haben müssten.«

»Perfekt, Lenny kann auch mitkommen.« Sydney schaut zurück zu uns. »Was ist mit euch?«

»Ach, warum nicht«, gibt Maya sich geschlagen.

»Und du, Vick?«

Ich zögere kurz. »Um ehrlich zu sein, bin ich nicht so der Schneefan. Das Winterwunderland aus dem Fenster zu beobachten, hat zwar was, aber raus in die Kälte gehen?« Ich richte den Blick nach draußen und schlinge meinen Cardigan fester um meinen Oberkörper. »Ich weiß nicht.«

»Ach komm schon, Vick.« Maya hakt sich bei mir unter. »Das wird bestimmt lustig. Du und ich und Syd und Luke und Lenny und …«

O nein. Sag es nicht. Wehe, du sagst seinen Namen. Ich werfe ihr einen warnenden Blick zu, doch das scheint sie nur noch mehr anzustacheln.

»Und vielleicht noch … Vince?«, schlägt sie in ihrer Unschuldsstimme vor.

Aaaah!

»Oh.« Luke hebt die Augenbrauen. »Ich glaube, er hat heute Uni, aber ich kann ihn trotzdem fragen.« Für eine Millisekunde huscht sein Blick zu mir. Nur kurz, aber lang genug, um mir zu bestätigen, dass er Bescheid weiß. Na toll.

»Leute, drängt sie nicht«, geht Sydney dazwischen. »Wenn du nicht mitkommen willst, musst du nicht, Vick.«

Pah, wenn sie wüsste, dass mir jetzt keine andere Wahl bleibt. Weil nicht mehr ich es bin, die die Entscheidungen trifft, sondern diese unvernünftigen, nicht zu definierenden Gefühle. Denn das zumindest weiß ich mit absoluter Sicherheit.

Ich will ihn wiedersehen.

11. KAPITEL

Vince

Wenn es eines gibt, das noch langweiliger ist als Europäische Wirtschaftsgeschichte, dann ist es ein Professor, der nur von seinen Folien abliest und dabei so laut wie eine Maus redet. Genauso gut hätte ich den Stoff auch von zu Hause aus durcharbeiten können. Dann wäre mir auch der Rückweg bei diesem Unwetter erspart geblieben.

Ich hasse Schnee.

Meine Mutter würde jetzt sagen, dass das daran liegt, dass ich im Juli geboren wurde, aber ich mag ganz einfach keinen Winter. Er ist kalt und nass, und der Sack friert einem ab, kaum dass man fünf Minuten draußen ist. Abgesehen davon haben meine Schuhe kein Profil. Ich könnte die statistische Wahrscheinlichkeit berechnen, wie oft ich auf dem Weg nach Hause auf die Fresse fliegen werde. Meine Vermutung liegt bei siebeneinhalb.

Neben meinem Laptop leuchtet mein Handy auf.

Linh: Hey, wenn jemand fragt: Wir lernen heute wieder zusammen! Und weil es zu spät ist, schlafe ich bei dir! ;-)

Mit »jemand« meint meine Schwester vor allem unsere Eltern. Immer wenn sie abends etwas vorhat, nutzt sie ein Treffen mit mir als Vorwand. Den ganzen November schon haben wir jeden Freitagabend »zusammen gelernt«. Bis jetzt sind uns unsere Eltern glücklicherweise noch nicht auf die Schliche gekommen.

Ich: Geht klar! Und wo bist du wirklich?

Linh: Bei Clara.

Ich verdrehe die Augen.

Ich: … Und wo bist du wirklich?

Linh: Das ist mein Ernst!

Ich: Ich deck dich nicht, wenn du mich anlügst …

Linh: …

Linh: Bei Đức! Zufrieden? Aber wir sind vorher wirklich bei Clara. Sie feiert in ihren siebzehnten rein. Und um deine nächste Frage zu beantworten: Ja, es gibt auch Alkohol!

Na bitte. Wusste ich's doch, dass sie sich mit ihrem Freund trifft. Sie und Đức sind seit etwa einem halben Jahr zusammen. Ich habe ihn bis jetzt noch nicht so oft gesehen, finde ihn aber eigentlich sehr nett.

Das Problem ist, dass unsere Eltern nichts davon wissen. Ich liebe die beiden über alles, aber für sie steht die Schule immer an erster Stelle, weshalb jede Freizeitaktivität als eine potenzielle Bedrohung für unseren Notendurchschnitt angesehen wird. Außerdem befürchte ich, dass Linh meinetwegen unter dieser »Kein Freund vor dem Abi«-Regel leidet, da ich damals kein besonders gutes Vorbild war, was meine Beziehung und die Schule anging.

Ich: Du lässt deinen Standort die ganze Nacht über angeschaltet.

Linh: Ist das dein Ernst??? Du bist ja noch kontrollsüchtiger als unsere Alten!

Ich: Ich müsste es nicht sein, wenn du mich nicht anlügen würdest. Lass deinen Standort an und schreib mir, wenn du mich brauchst.

Linh: Na schön! Aber ich hasse dich.

Ich: Anh cũng thương em.

Also, vom Sinn her: Ich hab dich auch lieb, kleine Schwester.

Als die Vorlesung endet, strecke ich meine steif gewordenen Beine und hänge mir die Tasche über die Schultern. Auf dem Weg zum Ausgang spüre ich mein Handy in der Hosentasche vibrieren.

»Seit wann rufen wir uns an?«, begrüße ich meinen besten Freund nach dem dritten Klingeln.

»Seit es zu kalt ist, um eine Nachricht zu tippen«, erwidert dieser. »Bist du noch in der Uni?«

»Ja, ich hatte gerade meinen letzten Kurs.« Ich klemme mir mein Handy zwischen Ohr und Schulter und schließe die Knöpfe meines Mantels, der angesichts des Schneesturms da draußen definitiv nicht wettertauglich ist.

»Cool. Wir wollen gleich Rodeln gehen. Willst du mitkommen?«

»Rodeln?«, wiederhole ich irritiert.

»Ja.«

»Warum? Sind wir zwölf?«

Er lacht laut auf. »Sag bloß, du bist zu cool zum Rodeln?«

»Offenbar bin ich uncool genug, um jemanden zu kennen, der rodelt.«

»Ist das ein Nein?«

Dass er das überhaupt fragt. »Du weißt, dass ich alles mit Schnee und Kälte hasse. Außerdem … Rodeln? Dein Ernst, Mann?«

Ich höre auf der anderen Seite der Leitung ein dumpfes Lachen und schließe mich an. Irgendwie ist es schon ein bisschen witzig.

»Schade. Vicky hatte sich schon auf dich gefreut.«

Mein Puls schnellt in die Höhe.

Dieser kleine Mistkerl.

»V-vicky kommt?«

»Vielleicht. Vielleicht auch nicht. Find es selbst heraus.« Er macht eine Pause. »Vorausgesetzt, du bist *cool genug* dafür.«

*

Keine Ahnung, welcher Teufel mich geritten hat, ohne ordentliche Winterkleidung, dafür aber mit meiner Uni-Tasche, in der mein neuer Laptop steckt, bis nach Kreuzberg zu fahren, um im Viktoriapark rodeln zu gehen. Es wird schon dunkel, verdammt.

Und doch spüre ich auch heiße, kribbelige Vorfreude, die definitiv nicht davon herrührt, mich gleich auf einen Schlitten zu setzen.

Am Park angekommen laufe ich am Wasserfall vorbei, der von der Spitze des Bergs bis zum Parkende fließt und in einem kleinen See mündet. Auf der Spitze thront ein grünes, kirchturmartiges Nationaldenkmal, das mich instinktiv an einen der Türme des Kölner Doms erinnert. Kurz betrachte ich ihn von unten, und mache mich dann an den beschwerlichen Aufstieg. Leider ist der schneebesetzte Weg bereits völlig zertreten, und um nicht auszurutschen, versuche ich mich an allem festzuhalten, was ich in die Hände kriege. Schnee wäre deutlich cooler, wenn er nicht so kalt und matschig wäre.

Noch mal: Ich hasse den Winter.

Lukes GPS spinnt mal wieder etwas rum, denn laut seinem Standort befinden sie sich inmitten des Wasserfalls. Ich beschließe, erst mal in Richtung des Nationaldenkmals zu laufen und von der obersten Spitze aus nach ihnen Ausschau zu halten.

Als ich wie durch ein Wunder ohne Verletzungen oben ankomme, schaue ich mich in dem Gewusel der Menschen etwas verloren um. Glücklicherweise entdecke ich schon bald Lenny, der wegen seiner Größe aus der Menge hervorsticht. Bevor ich es mir anders überlegen kann, steuere ich in seine Richtung.

Und dann sehe ich auch sie.

Mein Atem gerät ins Stocken. Genau wie ich scheint ihre Kleidung nicht sehr wettertauglich zu sein. Sie trägt zwar einen flauschigen Mantel mit Leopardenmuster, aber durch meine Schwester weiß ich, dass die Dinger oft wärmer aussehen, als sie tatsächlich sind. Darunter kann ich ein schwarzes, kurzes Kleid erkennen, das sie mit einer blickdichten schwarzen Strumpfhose und schwarzen Overknee-Stiefeln kombiniert hat. Auf ihre offenen braunen Haare hat sie eine schwarze Baskenmütze gesetzt. Ihre Augen sind etwas stärker geschminkt, ihre Lippen kirschrot. Sie sieht so sexy aus, dass mein Mund von ihrem bloßen Anblick trocken wird.

Als sie mich ebenfalls entdeckt, weiten sich ihre Augen. Doch bevor ich überhaupt reagieren kann, tritt jemand zwischen uns.

»Ich wusste, dass du kommst«, sagt Luke und grinst besserwisserisch.

»Ich hab ja auch zugesagt, du Wahrsager«, entgegne ich und schiebe ihn zur Seite.

»Leute, Vince ist da!«, ruft er der Gruppe zu. Im Nu richten sich alle Augenpaare auf mich.

»Vince!« Sydney kommt strahlend auf mich zu. »Schön, dass du es geschafft hast.«

Sie zieht mich in eine freundschaftliche Umarmung. Ihrer Begrüßung folgen Maya und im Anschluss auch Lenny. Nur Vicky bleibt, wo sie ist. Das Lächeln, das sie mir zuwirft, wirkt zwar freundlich, aber ihr Rücken ist durchgedrückt, der Körper angespannt, fast, als stünde sie unter Strom.

Beklommenheit macht sich in mir breit. Vielleicht ist es ihr gar nicht recht, dass ich gekommen bin. Unser Klärungsgespräch neulich hat zwar die Wogen geglättet, aber vielleicht hat sie ihre Meinung darüber geändert, dass sie mich wiedersehen will.

»Also, wir haben drei Schlitten auftreiben können«, erklärt Sydney. »Auf einen passen jeweils zwei von uns. Allerdings müsste immer eine Person hier oben bleiben und auf die Sachen aufpassen.« Sie deutet auf den Berg an Taschen, die neben den Schlitten aufeinandergestapelt sind.

»Ich kann zuerst aufpassen«, biete ich an und lege meine Tasche zu dem Stapel.

»Cool. Danke, Vince!«

Luke und Sydney verlieren keine Zeit. Gemeinsam setzen sie sich auf einen Schlitten und rasen den Hang hinunter. Maya und Lennart schnappen sich den nächsten und wollen ebenfalls nach unten düsen, als Vicky unvermittelt in ihren Weg springt.

»Halt. Bedeutet das, dass ich alleine fahren muss?« Panik flammt in ihren grünen Augen auf. »Leute, ihr wisst, dass ich durch und durch eine unabhängige Frau bin, deshalb gestehe ich es mir auch ein, wenn ich etwas nicht alleine schaffe.«

Maya und Lennart lachen los.

»Das ist mein Ernst!«

»Ich weiß, aber es ist trotzdem lustig. Lenny, kannst du mit Vicky runterfahren?«, bittet ihn Maya, und dreht den Kopf ein wenig zur Seite, um den Strähnen auszuweichen, die ihr vom peitschenden Wind ins Gesicht fliegen.

»Warum ich? Weil ich ein Mann bin, der die holde Maid retten muss?«, entgegnet er neckend.

»Nein, weil ich dann den Schlitten ganz für mich allein habe.«

»Na schön, du Egoistin.« Er steigt ab und der Schnee knirscht unter seinen Füßen, während er ein paar Schritte zurücktritt und Mayas Schlitten einen kräftigen Schubs gibt. Dann wendet er sich Vicky zu. »Okay, jetzt wir. Willst du vorn oder hinten sitzen?«

»Mir egal.« Sie richtet ihre Baskenmütze, die durch den Wind ein wenig verrutscht ist. »Hauptsache, wir sterben nicht dabei.«

»Keine Sorge. Du siehst doch, in was für einem Tempo sich die Dinger bewegen. Das kommt einem auf dem Schlitten nur schneller vor.«

»Nicht hilfreich, Lennart!«

Ich verkneife mir ein Lachen, weil Vicky nicht denken soll, dass ich mich über sie lustig mache, nur weil ich ihre humorvolle Art mag.

Die beiden setzen sich auf den Schlitten, doch als Vicky sich von hinten an Lenny klammert, wird meine Belustigung von einem anderen Gefühl verdrängt. Einem heißen, stechenden, schmerzhaften. Doch bevor ich diese Emotion wirklich greifen und hinterfragen kann, sind sie auch schon auf und davon.

*

Eine Stunde später bin ich mehr Eisklotz als Mensch. Meine Zehen sind so kalt, dass ich wette, dass sie in den Schuhen festgefroren sind. Vermutlich täte es mir gut, mich auch mal zu bewegen, aber inzwischen ist der Park ziemlich dunkel geworden. Ich sehe kaum noch den Anfang des Hügels. Ein falscher Schritt auf meinen glatten Sohlen und ich brauche keinen Schlitten, um in wenigen Sekunden runterzurutschen. Hier sind zwar nicht mehr viele Menschen unterwegs, trotzdem möchte ich nicht riskieren, einige davon versehentlich umzunieten.

Vicky, die ihre anfängliche Skepsis schnell abgelegt hat, bezeichnet sich nun selbst als Schlittenflüsterin. Gerade fahren sie und ihre Freundinnen zu dritt auf einem Schlitten runter und kreischen dabei wie auf einem Metal-Konzert. Ich grinse wie ein Trottel vor mich hin.

Sie ist so albern und fröhlich.

Als die drei den Berg hochlaufen und unsere Blicke sich finden, gefriert mein Lächeln jedoch schlagartig. Vicky wendet sich ruckartig ab und sieht nicht mehr zu mir. Vielleicht ist es Einbildung, aber was, wenn nicht? Und wieso fühlt es sich an, als hätte sich deshalb ein faustgroßes Magengeschwür in meinem Bauch gebildet?

»Soll ich dich endlich mal ablösen?«, fragt mich Lennart von Weitem und kommt, einen Schlitten hinter sich herziehend, auf mich zu.

»Ach, das passt schon.«

»Okay. Aber ich glaube, wir gehen sowieso bald. Es ist schon echt dunkel geworden. Vicky meinte, dass sie ihre Füße nicht mehr spürt.«

Mit ihm redet sie also. Natürlich. Sie redet mit allen außer mir.

»Sag mal, weißt du, ob Vicky irgendwas über mich gesagt hat?«, sprudelt es aus mir heraus.

Überrascht sieht mich Lennart an. »Meinst du heute? Nein. Warum fragst du?«

»Keine Ahnung.« Ich reibe mir mit meiner Eishand über den Nacken. »Wir kennen uns kaum, aber irgendwie habe ich das Gefühl, dass sie mir aus dem Weg geht.«

»Wahrscheinlich ist sie seit eurem Kuss einfach nur ein bisschen nervös in deiner Nähe.«

Entgeistert starre ich ihn an.

»O shit.« Er verzieht das Gesicht. »Das darf ich ja offiziell nicht wissen.«

»Hat Luke etwa geplaudert?«

Dieser Mistkerl! Da weiß er gerade mal seit drei Sekunden Bescheid und muss es gleich seinen ganzen Kollegen erzählen.

»Nein, er hat nichts gesagt, ich schwör's! Es war Maya.« Er lächelt entschuldigend. »Schon vor Wochen.«

»Vor *Wochen*?«

»Ja. Wir erzählen uns fast alles, sorry.«

Großartig. Offenbar muss ich zukünftig aufpassen, was ich sage oder tue, weil es in diesem Freundeskreis früher oder später sowieso jeder erfahren wird.

Aber vielleicht könnte ich es auch zu meinem Vorteil nutzen. Wenn Maya Lennys Informationsquelle ist, könnte Lenny meine sein.

»Weißt du zufällig, was Vicky über mich denkt?«, traue ich mich zu fragen.

»Nein.« Er schüttelt den Kopf. »Aber warum fragst du sie nicht einfach selbst?«

»Keine Ahnung. Ich will nicht aufdringlich sein.«

Ein belustigter Ausdruck huscht über sein Gesicht. »Du bist aufdringlich, wenn du mit ihr redest?«

»Vielleicht?«

»Vielleicht auch nicht. Am besten, du findest es selbst heraus. Hey, Vicky!«, ruft er plötzlich. »Komm mal kurz rüber.«

Entsetzt schnappe ich nach Luft. »Was soll das?«, zische ich, doch er ignoriert mich und winkt weiter in ihre Richtung.

»Hör auf«, sage ich leise, doch es ist ohnehin zu spät. Vicky kommt bereits auf uns zu.

»Hey, was gibt's?« Sie schaut uns fragend an. »Soll ich euch ablösen?«

»Nein, aber Vince wollte dich gerade etwas fragen«, sagt Lennart.

WAS??? Mit diesen Worten lässt er uns allein, und am liebsten würde ich ihm hinterhergehen und ihn zurückzerren. Was soll ich jetzt machen?

Vicky mustert mich neugierig, aber ich bin so überfordert, dass meine Sprachfunktion für ein paar Sekunden lahmgelegt ist und ich erst wie ein Rechner runterfahren und neustarten muss.

»Ähm. Wollen wir eine Runde zusammen fahren?«, ist in meiner Panik alles, was mir über die Lippen kommt.

Ihre Augen werden groß. »Wir … *zusammen*?«

Aus Angst, noch mehr unsinniges Zeug von mir zu geben, nicke ich nur und komme mir unfähiger vor denn je.

Einen Moment lang betrachtet sie mich ausdruckslos. Dann stiehlt sich ein kleines Lächeln auf ihr Gesicht und entblößt ihre kleine Zahnlücke. »Okay, gern. Aber kann ich vorne sitzen? Hinten finde ich es irgendwie gruselig.«

»Natürlich«, erwidere ich hastig und folge ihr zum Schlitten. Vicky nimmt vorne Platz, ich hinten. Die Sitzfläche ist kleiner als erwartet, und ich erstarre kurz, als Vicky ihren Körper ganz natürlich gegen meine Brust lehnt, als wäre ich ein Autositz, den sie so bequem wie möglich einstellen will. Zum ersten Mal seit einer Stunde ist mir nicht mehr kalt.

Mehr noch, ich glühe förmlich.

»Kann ich …« Ich bewege meine Arme auf sie zu, verharre jedoch auf halbem Weg.

»Wenn du nicht vom Schlitten fliegen willst, dann solltest du das unbedingt tun«, erwidert sie kichernd. Dass sie vorhin noch reserviert oder schüchtern war, lässt sich überhaupt nicht mehr erahnen.

»Okay.« Etwas linkisch lege ich meine Arme um sie, dann gibt Lennart uns einen Schubs, und im nächsten Moment sausen wir davon.

Durch den Schwung rutscht mein Körper noch enger gegen ihren. Der Wind peitscht mir um die Ohren, und meine Haare flattern. Der Hügel ist steiler als erwartet, und ich kann überhaupt nicht sehen, worauf wir zusteuern. Aber das ist sowieso egal, weil meine Aufmerksamkeit einzig und allein der Person gilt, die ich im Arm halte.

Ihre Haare riechen nach Zitrone, ein frischer Duft, der mich unweigerlich an Sommer erinnert. Wir rattern über einen Hubbel und Vicky quiekt so aufgeregt, dass ich nicht anders kann, als mich von ihrer guten Laune anstecken zu lassen.

Als der Schlitten nach viel zu kurzen Sekunden zum Stehen kommt, bewegen wir uns nicht. In der Dunkelheit sitzen wir eng umschlungen auf diesem Schlitten. Und für einen kurzen Moment sind da nur sie und ich. Ohne schlechtes Gewissen, ohne Schuldgefühle.

Und es fühlt sich so verflucht gut an.

12. KAPITEL

Vicky

Ähm, joa. Wie es aussieht, weiß ich nicht mehr, wie man Typen aufreißt. Ich habe keine Ahnung wieso, aber ich kriege den Mund vor Vince nicht auf, und wenn doch, dann verheddern sich die Worte in meiner Kehle. Nach unserer Schlittenfahrt wollte ich ihn um eine weitere Runde bitten, aber ich konnte nicht. Ich hab mich einfach nicht getraut. Ich, Victoria Malik, die normalerweise jeden Arzttermin für Maya und Sydney telefonisch vereinbaren muss, überall den ersten Schritt macht und bis auf Sellerie auch vor nichts zurückschreckt, habe nicht den Mut gefunden, ihn auf dem Hügel von mir aus anzusprechen.

Und jetzt zerdenke ich unseren gemeinsamen Moment auf dem Schlitten, analysiere ihn, überlege, ob er an mir interessiert sein könnte, und ob diese Rodelfahrt etwas für ihn bedeutet hat. Immerhin wollte er, dass ich ihn entblockiere. Andererseits hat er mir danach nicht mehr geschrieben. Aber das Rodeln … Da war doch was. Oder?

O Gott, was ist nur los mit mir? Warum frage ich ihn nicht einfach, was Sache ist?

Weil ich Angst vor einem Korb habe.

Und auch das ist ziemlich ungewöhnlich. Ich werde zwar nicht oft abgewiesen (sorry not sorry), aber wenn, dann komme ich klar damit. Nicht jeder muss mich toll oder attraktiv finden. Doch bei Vince habe ich regelrecht Panik, dass es so sein könnte.

Aber warum? Ich kenne ihn doch gar nicht. Abgesehen davon weiß ich, dass da irgendwas zwischen uns ist. Erst neulich hatten wir diesen alles verändernden Kuss. Und vorhin auf dem Schlitten habe ich die Anziehung wieder so stark gespürt, dass es mich nicht gewundert hätte, wenn der Schnee unter uns geschmolzen wäre.

Sobald ich zu Hause bin, muss ich dringend eine kalte Dusche nehmen. Oder masturbieren. Viel masturbieren. Und dabei an Vince denken. An sein Gesicht, seine Statur, seinen Griff, seine unglaublich sanfte Stimme …

Leider durchkreuzen Syd und Maya meine Pläne, denn auf dem Rückweg beschließen sie, die gesamte Rodeltruppe zu uns nach Hause einzuladen. Gemeinsam aufwärmen haben sie gesagt. Essen bestellen und was trinken haben sie gesagt. Und als Vince nach Lukes beharrlichen Überredungskünsten ebenfalls zusagt, weiß ich nicht, ob ich lachen oder weinen soll. Jetzt wird er sogar in meiner Wohnung sein, dabei kann ich ihm nicht mal richtig in die Augen sehen, ohne den Drang zu verspüren, wie eine Sechsjährige zu kichern, denn wir erinnern uns: Ich kann keine Typen mehr aufreißen!

Als wir zu Hause ankommen, sind wir alle durchgefroren. Mit aufgedrehter Heizung und warmen Decken machen wir es uns auf dem Sofa gemütlich, während Sydney ihren Laptop einschaltet, um die Website eines Lieferdienstes aufzurufen. Unsere Wahl fällt auf Burger, allerdings brauchen die anderen ewig, um sich bei der großen Auswahl festzulegen. Um meine Entscheidungszeit zu verkürzen, klicke ich gar nicht erst durch das ganze Angebot, und lege stattdessen den erstbesten veganen Burger in den Warenkorb. Dann reiche ich den

Laptop weiter. An Vince. Der sich zufällig neben mich gesetzt hat. *Zufällig?*

Seine Nähe irritiert mich so sehr, dass ich ihn kaum richtig ansehen kann, aus lauter Angst, er könnte mir meine schlüpfrigen Gedanken von den Augen ablesen. Lesen, wie sehr ich ihn will. Ihn, seinen Körper. Auf mir, unter mir. Haut an Haut. Und das meine ich nicht im animalischen Sinne, sondern lediglich aus dem brennenden Wunsch heraus, ihm so nahe wie möglich zu sein.

Während er sich durch die Gerichte scrollt, beobachte ich ihn verstohlen von der Seite. Vorhin trug er einen schwarzen, eleganten Mantel, jetzt sitzt er in dunkelblauem Hemd und schwarzer Hose auf dem Sofa. Mir fällt auf, dass ich ihn bisher immer nur in einem Hemd oder Anzug gesehen habe. Ob das sein typischer Kleidungsstil ist? Oder hatte ich nur Glück, ihn stets herausgeputzt zu treffen?

Als ich zurück zum Desktop linse, entwischt mir ein kleines, ungewolltes Lachen. »Du bestellst zwei Burger und zwei Beilagen?«, sage ich, ohne nachzudenken.

»Ja.« Vince lächelt verlegen, und sofort fühle ich mich mies. Was geht es mich an, was und wie viel er isst? Ich will schließlich auch nicht, dass jemand meine Portionsgrößen kommentiert.

»Das ist normal bei Vince«, mischt Luke sich von der anderen Seite des Sofas ein. »Der Typ hat letztens sogar zwei Döner zum Frühstück gegessen.«

Kollektives Lachen erhellt den Raum.

»Ich muss so viel essen«, verteidigt er sich, grinst aber ebenfalls.

»Warum? Machst du Sport?«, erkundigt Maya sich.

»Ja, genau.«

Und schon gehen meine Fantasien mit mir durch. Er macht

also Sport, soso. Ob sich wohl ein Sixpack unter seinem Hemd versteckt? Oder … Ich schlucke. Ein Eightpack?

»Viel zu viel Sport«, sagt Luke und reißt mich aus meinem Tagtraum, in dem ich gerade dabei war, mit den Fingern über Vince' Bauch zu fahren. »Ich wette, du warst heute wieder drei Stunden im Schnee joggen.«

»Eine Stunde, du Übertreiber. Und heute Morgen hat es noch nicht geschneit.«

»Egal. Krass genug, dass du extra so früh aufstehst.«

Ich beschließe, mich aus der Unterhaltung auszuklinken, weil ein joggender Vince zu viel für mein Kopfkino ist.

Die Bestellung lässt nicht lang auf sich warten. Während des Essens reden wir kaum. Mein Magen fühlt sich flau an, deshalb schaffe ich bloß die Hälfte von meinem Burger, dessen Brothälften vom vielen Belag bereits durchweicht sind. Vince sitzt noch immer neben mir und tunkt gerade einen Mozzarella-Stick in das Schälchen Ketchup. Offenbar spürt er meinen Blick, denn er dreht sich zu mir.

»Willst du auch mal?«, fragt er und hält mir den Behälter hin. Wenigstens glaubt er, dass mein Interesse dem frittierten Ding in seiner Hand gilt und nicht der Feststellung, dass er selbst beim Essen heiß aussieht.

»Nein, danke«, lehne ich freundlich ab. »Ich bin Veganerin. Aber es sieht sehr lecker aus.«

»Oh, das wusste ich nicht, sorry.«

Gott, diese Stimme!

»Kein Problem. Aber du kannst gern von mir probieren, wenn du willst«, sage ich und deute auf meinen etwas zerfledderten Burger, der wegen des vielen Belags gar nicht so leicht zu essen ist.

Wow, Vicky. Genau so flirtet man!

»Alles gut, ich habe noch einiges vor mir«, winkt er lächelnd ab.

Mit seinem kleinen Finger, der noch nicht vollgekrümelt ist, versucht er den Ärmel seines anderen Arms hochzuziehen. Doch es gelingt ihm nicht.

»Brauchst du Hilfe?«, höre ich mich etwas zu leise und etwas zu piepsig fragen.

»Ja, bitte.«

Er hält mir seinen Arm hin, und ich krempele den Ärmel mit beiden Händen bis zum Ellbogen hoch. Seine Haut ist glatt und weich und plötzlich muss ich wieder daran denken, wie er mich bei der Schlittenfahrt im Arm gehalten hat. Die Spannung, die ich dabei empfunden habe, war zum Zerreißen intensiv.

Und jetzt spüre ich sie schon wieder.

Der restliche Abend zieht an mir vorbei, ohne richtig in mein Bewusstsein vorzudringen. Ich höre zu, rede und lache zwar mit den anderen, aber wenn ich überlege, worum es ging, weiß ich es nicht mehr. Ich bin da, aber irgendwie auch nicht, was ironisch ist, weil ich die Einzige bin, die keinen Alkohol getrunken hat. Trotzdem fühle ich mich irgendwie taumelig. Neben Vince zu sitzen, benebelt meine Sinne. Ich will ihn etwas fragen, irgendwas, um seine Stimme wieder zu hören. Aber meine Zunge ist wie verknotet. Was hat er nur an sich, das mich so nervös macht?

»Wisst ihr, was ich schon immer mal machen wollte?« Sydney löst ihren Kopf von Lukes Schulter und lässt den Blick über die Gruppe wandern. Sie macht eine viel zu lange Spannungspause, ehe sie schließlich feierlich verkündigt: »Kiffen!«

»Kiffen?«, wiederhole ich misstrauisch. »Etwa wegen deiner …«

Liste?

Sie antwortet mir mit einem Blick, was mich unweigerlich grinsen lässt. Es ist nämlich so, dass Sydney vor ein paar Monaten eine Liste von Dingen, die sie unbedingt mal machen wollte, angefertigt hat.

»Nicht, dass ich zu einer Kifferin mutieren will«, stellt sie im nächsten Atemzug klar, »aber ich war schon immer neugierig darauf, wie es sich wohl anfühlt.«

»Es ist langweilig«, meint Luke, und ich brumme zustimmend.

»Und ungesund«, ergänzt Lenny.

»Und öde«, kommentiert Maya und gähnt.

»Ernsthaft, Leute?« Sydney zieht einen Schmollmund. »Bin ich jetzt die Uncoole?«

»Ja!«, sagen alle auf einmal und brechen in lautes Gelächter aus.

»Kommt schon! Das wird bestimmt lustig!«, bettelt meine Freundin.

»Beim Kiffen bin ich leider raus«, sage ich und erhebe mich vom Sofa.

»Was? Warte!« Sydney zieht an meiner Strumpfhose. »Du musst doch deshalb nicht gehen!«

»Ach, mach was du für richtig hältst. Aber ich mag den Geruch nicht und außerdem wollte ich mich sowieso noch mal an meine Unterlagen setzen.«

Sie zieht eine Schnute. »Okay. Aber wenn du es dir anders überlegst, kannst du gerne wieder zurückkommen. Du bist hier jederzeit willkommen.«

»Danke, Syd. Sehr freundlich von dir, mich in mein eigenes Wohnzimmer einzuladen.«

Die anderen brüllen los vor Lachen, was mich angesichts dieses flachen Witzes zweifeln lässt, ob sie nicht schon zu viel Alkohol getrunken haben, um jetzt auch noch zu kiffen.

»Gute Nacht, Leute.« Ich hebe die Hand zum Abschied und achte darauf, nicht versehentlich einen Blick von Vince aufzufangen. Falls das passieren sollte, werden mir vermutlich die Knie zusammenklappen und mich somit doch zum Bleiben zwingen.

Nur, um in seiner Nähe zu sein.

Ich schaffe es bis zu meiner Tür, ohne mich umzudrehen.

Aber dann gebe ich nach. Und drehe mich um.

Er sieht mich an.

13. KAPITEL

Vicky

Eigentlich wollte ich mich auf meinen Balkon setzen. Ich habe ihn mit einer gemütlichen Sitzecke eingerichtet, einen langen Teppich ausgelegt und an der Balkondecke Lichterketten aufgehangen. Aber jetzt ist alles voller Schnee.

Stattdessen lasse ich mich auf dem flauschigen Teppich in meinem Zimmer nieder, während ich beobachte, wie die weißen Flocken gegen die Fensterscheibe geweht werden. Ich mag das Geräusch. Ein ganz leises Knistern, das man nur dann hört, wenn man keinen Mucks von sich gibt. Was mir nicht schwerfällt, weil mir gerade ohnehin die Worte fehlen. Erschöpft schließe ich die Augen. In meinem Kopf rauscht es wie bei einem kaputten Fernseher.

Als es leise an der Tür klopft, öffne ich die Augen wieder.

»Ja?«, frage ich und drehe mich um.

Die Tür öffnet sich einen Spaltbreit. Obwohl mich das Licht von draußen nur eine dunkle Silhouette sehen lässt, erkenne ich ihn sofort.

»Hey, störe ich gerade?« Sein Tonfall ist leise, vermutlich, weil es in meinem Zimmer so dunkel ist.

»Nein, tust du nicht. Ich sitze hier nur.«

Vince öffnet die Tür etwas weiter und steht einen Moment zögernd da. »Ähm, also … Kann ich vielleicht reinkommen?«

Er will reinkommen? In mein Zimmer? Nur wir beide allein?

»Klar«, entgegne ich nach einer kurzen Pause und räuspere mich.

»Danke.« Er schließt die Tür hinter sich und überquert den Raum mit wenigen Schritten. Dann lässt er sich neben mir nieder. »Hi.«

»Hi.« Ich reibe mir über den Arm. »Hat das große Kiffen schon angefangen?«

Er schüttelt den Kopf. »Nein, die anderen konnten ihr ins Gewissen reden. Aber jetzt wollen sie Singstar spielen, da musste ich flüchten.«

»Aber beim Kiffen wärst du dabei gewesen?«, frage ich scherzhaft, und merke erst im Nachhinein, dass es eine Spur vorwurfsvoll klingt.

»Nein. Ich rauche generell nicht. Wegen des Sports«, erklärt er. »Eigentlich versuche ich auch nicht so viel zu trinken. Heute war eine Ausnahme.«

»Ach so.«

Ob er betrunken ist? Sein Blick wirkt ein wenig müde, aber eigentlich klingt er normal.

»Schöner Balkon.« Mit dem Kinn deutet er auf den Ausblick vor uns.

»Danke. Aber ohne den ganzen Schnee ist er eigentlich noch viel schöner.«

»Gehen die Lichterketten bei dem Wetter nicht kaputt?«

»Nein, sie sind wasserdicht.«

»Cool.« Er betrachtet sie einen Moment. »Mit viel Fantasie sieht es aus wie ein Sternenhimmel.«

»Ja, mit sehr, sehr viel Fantasie«, erwidere ich amüsiert.

»Wahrscheinlich bist du einfach nur an die Aussicht gewöhnt.«

»Ja, kann sein.«

»Was ist das hier eigentlich alles?«, fragt er und hebt eins der ungeordneten Blätter auf, die auf dem Teppich verteilt sind. »Notizen für die Uni?«

»Nein, Unterlagen für die Arbeit. Ich gebe neuerdings Führungen durchs Neue Museum.«

»Neues Museum? War da das ganze Ägyptenzeug drin? Oder ist das das Pergamon?«

»Doch, da ist das ganze Ägyptenzeug«, bestätige ich schmunzelnd.

»Cool. Auf der Museumsinsel, ne? Ich war da glaub ich mal mit der Schule. Aber das ist schon ewig her.«

»Ich liebe es dort«, schwärme ich. »Sie haben eine große und kostbare Sammlung von Exponaten aus den unterschiedlichsten Dynastien. Die Schätze sind Tausende von Jahren alt.«

Jedes Mal, wenn ich das Museum betrete, kann ich nicht fassen, welche historischen Schönheiten mich hinter den Vitrinen begrüßen.

»Studierst du etwas in der Richtung?«, erkundigt er sich.

»Ja, Archäologie.«

»Archäologie«, wiederholt er andächtig. »Wow. Warum muss ich automatisch an *Indiana Jones* denken?«

Wenn ich jedes Mal einen Euro für diesen Kommentar kriegen würde …

»Glaub mir, damit bist du nicht der Einzige.«

»Und warum ausgerechnet Archäologie, wenn ich fragen darf?«

»Du darfst, aber die Antwort ist etwas kitschig.«

»Ich mag kitschige Antworten.«

Und ich mag dich.

»Mein Vater hat mir früher zum Schlafengehen immer ein Kinderbuch vorgelesen. Es handelte von einer Archäologin, die auf eigene Faust eine Expedition nach Ägypten startet und dort eine verlassene Pyramide voller Schätze und Mumien entdeckt. Als Kind wollte ich genauso mutig und abenteuerlustig sein wie sie – Rana hieß sie, glaube ich. Und je öfter er mir die Geschichte vorgelesen hat, desto mehr hat mein Herz für die Archäologie geschlagen.«

Wenn ich nur wüsste, wie dieses Buch heißt. Ich habe schon oft danach gegoogelt, finde es aber nicht, weil es auf Arabisch ist.

»Wow. Da ist dein Kindheitstraum doch tatsächlich wahr geworden.« Er grinst. »Das ist wirklich ein wenig kitschig.«

»Hab ich doch gesagt.« Ich lache leise.

»Wusste dein Vater, dass er dich zu einer waschechten Archäologin machen würde?«

»Nein. Ich glaube, sein Plan war eher, mir meine Wurzeln näherzubringen. Er war Ägypter«, setze ich als Erklärung hinzu und vergrabe meine Füße im weichen Stoff des Teppichs. »Und ich glaube, es hat ihn gefreut, dass ich durch dieses Buch so vernarrt in sein Geburtsland war.«

Vince' Lächeln verblasst. »Sagtest du gerade, er *war* Ägypter?«

Da ist jemand ein aufmerksamer Zuhörer.

»Er ist gestorben.« Meine Stimme klingt belegt. »Vor vielen Jahren schon. Lungenkrebs.«

Eine Falte erscheint auf seiner Stirn. »Scheiße.«

»Ja«, stimme ich ihm zu und lächele spröde, dankbar, dass er auf die »Tut mir leid«– oder »Mein herzliches Beileid«-Nummer verzichtet. Wenn ein geliebter Mensch von uns geht, ist das nun mal einfach scheiße.

»Wolltest du deshalb nicht mitkiffen?«, fragt er vorsichtig.

Ein sehr, sehr aufmerksamer Zuhörer.

»Ja.«

»Verstehe.«

Dann schweigen wir. Ich weiß nicht, wie lange, vielleicht ein paar Sekunden, vielleicht auch mehrere Minuten. Es ist ein bisschen komisch, aber nicht direkt wegen der Stille, sondern vielleicht wegen der Tatsache, dass Vince neben mir auf dem Boden meines Zimmers sitzt und meine Lichterketten mit Sternen vergleicht.

»Was machst du eigentlich?«, frage ich dann.

»Äh, in deinem Zimmer sitzen?« Er lächelt belustigt.

»Oh, ja, richtig.« Ich gebe einen seltsamen Laut von mir, der wie eine Mischung aus Lachen und Hüsteln klingt. »Ich … ich meinte eigentlich, was du studierst.«

Warum stottere ich?

»Ach so. BWL im Master.«

»Auch an der HU?«

»Ja, warum?«

»Weil Sydney das auch studiert.«

»Wirklich?« Er klingt überrascht. »Wusste ich gar nicht.«

»Vielleicht könnt ihr demnächst mal eure Stundenpläne vergleichen. Sie und Maya sitzen oft in der Mensa zusammen.«

»Du nicht?«

»Nein, ich bin an der FU.«

»Ach so, schade.«

Sagte er gerade *schade?* Schade, wie: Schade, dass wir nicht gemeinsam zu Mittag essen werden?

Hoffnung keimt in mir auf. Er ist hier, denke ich. Er sucht meine Nähe und vielleicht lehne ich mich zu weit aus dem Fenster, aber eventuell ist sein *Schade* in die Rubrik *Flirten* einzuordnen.

Trotzdem – nichts überstürzen, Vicky. Eins nach dem anderen.

»Und warum ist deine Wahl auf BWL gefallen?«, frage ich weiter.

Vince wirft mir einen unschlüssigen Seitenblick zu. »Ich weiß nicht, ob dir meine Antwort gefallen wird. Sie enthält viel weniger Kitsch als deine.«

»Solange sie ehrlich ist, wird sie das bestimmt.«

»Okay.« Er holt tief Luft. »Mein Kindheitstraum war auf jeden Fall nicht, Betriebswirtschaft zu studieren. Aber das Fach klang interessant, und ich habe mich vor allem deshalb dafür entschieden, weil ich eine sichere Zukunft haben wollte. Nach meinem Studium will ich schnell einen Job finden und … ja, ich geb's zu, auch genug Geld verdienen. Nicht, dass mir das Gehalt unfassbar wichtig wäre, aber ich möchte mir auch keine finanziellen Sorgen machen müssen.«

Ich nicke. »Finde ich cool.«

»Wirklich?«

»Ja. Meine Zukunftsperspektiven sind zwar anders als deine – mir ist beispielsweise der Job an sich viel wichtiger als das Geld, und ich werde im Laufe meines Lebens bestimmt hin und wieder hart am Limit leben – aber das bedeutet nicht, dass mein Weg der bessere oder schlechtere wäre.«

Ich spüre seinen Blick auf meinen Schläfen und als ich ihn ansehe, lächelt er.

»Was?«, frage ich.

»Nichts.«

Von wegen.

Vince schaut wieder nach vorn, dann gähnt er leise und lässt sich wenige Sekunden später mit dem Rücken nach hinten fallen.

Ich betrachte ihn von der Seite. Die Schatten des herabfallenden Schnees tanzen auf seinem Gesicht. Der Schein der Lichterketten glänzt in seinen Augen. Vermutlich könnte ich ihn stundenlang ansehen. Vince ist wie der Sonnenuntergang. Je länger ich ihn ansehe, desto schöner wird er.

»Dein Teppich ist echt weich«, murmelt er und fährt mit einer Hand über den Stoff.

»Ja, ist er«, stimme ich ihm zu. Bevor ich meine Entscheidung hinterfragen kann, lege ich mich zu ihm.

»Welche Farbe hat er eigentlich?«, fragt er und gähnt wieder.

»Wer?«

»Der Teppich.«

»Ach so. Erdnuss.«

»Erdnuss?« Er lacht leise. »Einige würden einfach nur braun sagen.«

»Er ist aber nicht braun, er ist erdnussfarben«, erwidere ich stur. »Außerdem hat er durch die vielen Fransen wirklich etwas von der Erdnussschalenoptik.«

»Hm«, macht er nur. »Auf jeden Fall ist er bequem.«

Mein Bett ist bequemer. Und nur einen Katzensprung entfernt.

Nein. Hör auf, Vicky, ermahne ich mich innerlich. Ja, er ist in meinem Zimmer. Ja, wir sind zu zweit. Und ja, ich bin heiß auf ihn. Trotzdem muss ich respektieren, dass wir nicht dasselbe wollen. Auch wenn es verdammt schwer ist.

Eine Weile liegen wir schweigend auf meinem Teppich, vor uns das Fenster, im trüben Schein der Lichterketten. Irgendwann erklingt *We are the World* aus dem Wohnzimmer, und die anderen grölen laut mit.

»Wow. Sydney ist ja eine richtige Soulsängern«, stellt Vince fest, woraufhin wir beide lachen.

Der Chor singt laut und schief, wobei Sydney mit ein paar Sekunden Abstand die Worte als Echo wiederholt … oder kräht. Danach spielen sie das Intro von Spongebob, das sie selbstverständlich ebenfalls musikalisch begleiten, und weil es so schön ist, gleich dreimal wiederholen.

»Sicher, dass die nicht high sind?«, überlegt Vince laut und ich grinse. »Keine Ahnung.«

Kurz spiele ich mit dem Gedanken, rauszugehen und die Band in unserem Wohnzimmer zu filmen. Es wäre das ideale Weihnachtsgeschenk für Ani. Aber dann müsste ich aufstehen und Vince in meinem Zimmer allein lassen.

Nein, das ist es definitiv nicht wert.

Die nächsten Minuten liegen wir einfach nur da. Seite an Seite auf meinem erdnussfarbenen Teppich und mit Ausblick auf meinen verschneiten Balkon. Vince gibt keinen Mucks von sich und ich glaube schon fast, dass er eingeschlafen ist, als ich meinen Namen aus seinem Mund höre.

»Vicky?«

Ich drehe den Kopf in seine Richtung. Seine Haare fallen ihm wie ein Pony in die Stirn. Er wirkt jünger und verletzlicher als sonst. Als hätte er seine coole »Ich bin Sportler, esse zwei fette Burger zu einer Mahlzeit und trage nur Businesshemden«-Rüstung abgelegt und wäre jetzt einfach nur er.

»Ja?«

»Kannst du mir etwas vom Alten Ägypten erzählen?«

Überrascht blinzele ich. »Was willst du denn wissen?«

»Wer war dein Lieblingspharao?«

»Hatschepsut«, sage ich, ohne zu zögern. »Und streng genommen war sie eine Pharaonin. Eine der wenigen, um genau zu sein. Es gab halt nur männliche Pharaonen, und sie hat sich irgendwann auch immer männlicher darstellen lassen. Im Alten Ägypten gab es das Patriarchat leider auch schon.«

»Verstehe. Und wer war diese Hat…schi?«

Ich pruste los. »Gesundheit. Und sie hieß Hatschepsut. Eine badass Powerfrau, die sich die Herrschaft gnadenlos unter den Nagel gerissen hat.«

»Okay, klingt spannend. Erzähl mir mehr von ihr.«

»Sie hat während der achtzehnten Dynastie gelebt, etwa um 1400 vor Christus. Sie war die Tochter des Pharaos Thutmosis I. Nach seinem Tod kam sein Sohn Thutmosis II an die Macht. Hatschepsut war seine Halbschwester und später auch seine Frau.«

»Warte mal. Sie waren Geschwister *und* Eheleute?«

»Ja. Aber sie hatten unterschiedliche Mütter.«

Er verzieht das Gesicht. »Iih.«

Ich lache. »Das war nicht iih, sondern normal. Zumindest im damaligen Königshaus.«

»Gab es da noch keinen Inzest?«

»Nein. Außerdem ging es eher darum, die Krone immer an das königliche Blut weiterzugeben.«

»Trotzdem iih.«

Wieder lache ich. »Jedenfalls war Hatschepsut die brave Gemahlin von Thutmosis II – der auch zufällig ihr Bruder war, ja. Er war aber nicht lang Regent, und als er starb, übernahm sie vorübergehend die Herrschaft, weil ihr Stiefsohn damals noch zu jung zum Regieren war. Aber währenddessen muss ihr wohl klar geworden sein, wie geil es ist, nicht nur die Frau des Herrschers, sondern die Herrscherin selbst zu sein.«

»Und das hat einfach so geklappt?«, hakt er nach. »Sie setzt sich auf den Thron und basta?«

»Nein, schön wär's. Am Anfang hat sie sich den Thron noch mit ihrem Stiefsohn geteilt. Aber mit der Zeit hat sie ihn immer mehr vom Stuhl gedrängt und sich selbst zum alleinigen Herrscher ernannt. Es gab natürlich eine Menge Diskussionen, weil sie eine Frau war, deshalb hat sie irgendwann sogar gesagt, dass sie die leibliche Tochter des Gottes Amun sei. Und welcher Priester will schon einer göttlichen Herrscherin im Wege stehen?«

Er stützt seinen Kopf auf seinen Handballen, richtet sich ein Stück auf, und mustert mich nachdenklich. »Krass.«

»Ja.« Sein aufrichtiges Interesse lässt ein warmes Glimmern durch meinen ganzen Körper ziehen. »Aber in den Jahren ihrer Regentschaft war sie trotzdem jedem einzelnen ihrer männlichen Vorgänger gewachsen«, fahre ich fort. »Sie war tough und klug, ging auf Handelsexpeditionen, baute prunkvolle Tempel und bescherte ihrem Reich Frieden und Wohlstand. Zweiundzwanzig Jahre lang war sie die Herrscherin des gesamten ägyptischen Reiches. Danach verschwindet sie aus sämtlichen Zeugnissen.«

Sein Ausdruck ändert sich. »Ist sie gestorben?«

»Vermutlich. Es ist schwer, ihr Leben zu rekonstruieren, weil nach ihrer Regentschaft nahezu alles zerstört wurde, das mit ihr zu tun hatte. Hieroglyphen, Kartuschen, Statuen, einfach alles. Selbst aus der Geschichtsschreibung wurde sie entfernt.«

»Warum?«

»Weil man das so getan hat, wenn man die Existenz einer Person vollends auslöschen wollte. Ich nehme an, man wollte sie zurück an ihren ursprünglichen Platz verweisen. Der *Frau des Regenten.*« Ein schaler Beigeschmack tritt auf meine Zunge. »Man hat nie wieder über sie gesprochen. Sie wurde einfach vergessen. Bis jetzt. Dank der Archäologie ist sie heute eine der bekanntesten Könige des Alten Ägypten.«

»Heftig. Also, wenn man erst nach seinem Tod berühmt wird, meine ich. Ich glaube, so war es auch bei Vincent van Gogh.«

»Stimmt. Und ja, das ist wirklich heftig«, gebe ich ihm recht. »Vor allem Jahrtausende später. Stell dir mal vor, jemand würde im Jahr 5022 versuchen, Brocken unseres Lebens auszukramen und versuchen, zu einer Geschichte zusammenzusetzen. Das wäre doch absurd.«

»Ja.« Er sagt nichts weiter und als ich mich umdrehe, sehe ich, dass er mich schon wieder anlächelt.

»Was?«

»Nichts.« Sein Lächeln wird schief. »Ich höre dir nur gerne zu. Ich mag deine Stimme.«

Mein Herz macht einen Satz.

»Ich mag deine auch«, flüstere ich.

»Wirklich?« Sein Blick ruht auf meinen Lippen.

»Ja. Du klingst wie ein Radiomoderator.«

Jetzt schaut er stutzig drein. »Was?«

»Das ist ein Kompliment!«, setze ich hastig hinterher.

»Inwiefern ist das ein Kompliment?«

»Na, weil du eine angenehme Moderatorenstimme hast. Und du könntest bestimmt gute Interviews führen.«

Ein amüsiertes Funkeln tritt in seine dunklen Augen. Wieder starrt er mich an, dann räuspert er sich und hält sich die Faust wie ein Mikro vors Gesicht.

»Hey Leute und willkommen zurück bei 103.2, eurem liebsten Radiosender. Unser heutiger Gast ist Vicky. Sicher kennen einige von euch sie, schließlich ist sie *die* Archäologin unserer Zeit.«

O nein. Ein extrem unschön klingendes Trompetenlachen verlässt meinen Hals, eines, das aus der Mitte meines Herzens kommt. Ich muss dabei husten und mich zur Seite drehen, während ich mir gleichzeitig gegen die Brust klopfe. Vince grinst breit, offenbar stolz darauf, mir diesen Laut entlockt zu haben.

»Geht's wieder?«

»Fast.« Ich drehe mich weg, um ein letztes Mal zu husten.

»Na dann. Vielen Dank, dass du dir die Zeit genommen hast vorbeizukommen.«

»Kein Problem, Vince«, erwidere ich und umklammere seine

Faust, als wäre sie wirklich ein Mikro. »Toll, endlich mal wieder hier zu sein.«

»Dein Leben ist ganz schön aufregend. Erst neulich hast du doch diese verlassene Pyramide mit all dem Gold und den vielen Mumien gefunden.«

Er spricht von dem Kinderbuch, von dem ich ihm vorhin erzählt habe. Mein Herz schmilzt dahin.

»Ja, das ist richtig«, entgegne ich, als ich mich wieder fange. »Es war eine äußerst spannende Expedition. Das Grab war nahezu vollständig erhalten, weil der Eingang über Jahrtausende blockiert war.«

»Und trotzdem hast du es geschafft, die Tür zu öffnen. Nur du allein, Frau Archäologin.«

Frau Archäologin? Mein Atem stockt. Was passiert hier gerade? Flirtet er? Flirten wir?

Ziehen wir uns gleich aus und vögeln, bis der Arzt kommt?

»Natürlich haben unsere Zuschauer auch eine Menge Fragen an dich«, fährt er fort und ich nicke.

»Deshalb bin ich hier.«

»Die erste Frage kommt von mir.«

Meine Augenbrauen heben sich. »Okay.«

»Wie kommt es …« Die Mikrofon-Faust vor meinem Gesicht löst sich und plötzlich halten wir uns an den Händen. Seine sind hart und schwielig. Vielleicht vom Sport?

»Wie kommt was?«, sage ich heiser und lasse es zu, dass unsere Finger sich ineinander verflechten.

»Wie kommt es …«

Aber ich werde nie erfahren, was er mich fragen wollte, weil mit dem nächsten Blinzeln das schelmische Funkeln aus seinen Augen erlischt, und er den Mund wieder schließt. Stattdessen mustert er mich so eindringlich, dass ich den Atem anhalte. Ein, zwei, drei Sekunden lang. Erst als sein Daumen leicht über meinen Handrücken fährt und mich ein Kribbeln bis in die Zehenspitzen durchfährt, stoße ich ihn wieder aus. Wie kann ein Blick, eine winzige Berührung so viel in mir auslösen?

Und mit einem Mal fällt sämtliche Beklemmung von mir ab. Mut packt meine Glieder, oder vielleicht ist es auch nur die Lust, die mit hartem Griff an mir zerrt. Sehnsüchtig beuge ich mich vor, kann es kaum erwarten, seine Lippen mit meinen zu begrüßen, und werde unsanft von meiner Wolke geworfen, als ich trotz der Dunkelheit sehe, wie sich seine Pupillen weiten und er zurückweicht. Er blinzelt mehrmals, dann lässt er meine Hand los und rückt kaum merklich von mir ab. Dass er sich so eindeutig meiner Nähe entzieht, fühlt sich wie ein Schlag ins Gesicht an.

Was zur Hölle …? Habe ich gerade alles falsch interpretiert? Aber er hat das Flirtspiel doch angefangen. Er hat nach meiner Hand gegriffen. Meine Intuition kann mich doch nicht derart getäuscht haben?

Vince richtet sich auf und reibt sich über das Gesicht, als wäre er aus einem Traum erwacht. Wie unwohl ihm gerade ist, muss er nicht laut aussprechen, ich spüre die bedrückte Atmosphäre im ganzen Raum schwingen. Außerdem geht sein Atem schneller, der Ausdruck in seinen Augen wirkt gehetzt.

»Sorry«, murmele ich wie im Affekt und klinge nicht halb so gefasst, wie ich es mir wünsche. Eher so, als ob mir gleich die Stimme versagt.

»Nein, alles gut, ich …« Er klingt atemlos und verstummt, als würde es ihn zu viel Kraft kosten weiterzureden.

Alles gut? Ich wollte ihn küssen, und er sieht aus, als würde er eine Panikattacke kriegen.

Ein paar Sekunden lang sitzen wir schweigend nebeneinander. Langsam geht sein Atem wieder ruhiger. Vince beruhigt sich. Weil ich ihn verschreckt habe. Ich will die Zeit zurückdrehen oder mich gleich in Luft auflösen. Hauptsache, diesem Moment entfliehen.

»Vielleicht … sollte ich gehen.« Er räuspert sich, und am liebsten würde ich es ihm gleichtun, weil der Kloß in meinem Hals meine Atemwege blockiert. Aber ich nicke nur, und die Scham geißelt mich von allen Seiten, als er schließlich aufsteht. Ein letztes Mal sieht er mich an, und ich muss mich abwenden, weil sein Blick so zerrissen ist.

Es bricht mir das Herz.

14. KAPITEL

Vince

In New York schneit es auch. Besser gesagt versinkt die Stadt im Schnee. Ein Blizzard der heftigsten Sorte. Meine Wetterapp zeigt das Symbol einer grauen Wolke mit einer Schneeflocke, von der ein paar kleinere Flocken herabsiegeln. Daneben steht -32 Grad, eine Temperatur, die sich über die nächsten Tage halten wird.

Sie hasst Kälte.

In Berlin ist es zwar dreißig Grad wärmer, aber auch hier schneit es. Die meisten freuen sich darüber, nur meine Begeisterung hält sich in Grenzen. Die morgendliche Kratzroutine meiner Fensterscheiben kostet mich Unmengen an Zeit, und das Autofahren selbst gleicht einer gruseligen Version von *Dancing on Ice*. Trotzdem geht es nicht anders, denn wie jedes Jahr, wenn es kalt wird, sind die Bahnen von dem »plötzlichen« Schneefall überrascht und kommen nicht damit klar, sodass die Züge ausfallen. Jedes Jahr.

Und für alle, die es noch nicht wussten: Ich hasse den Winter.

Heute ist Heiligabend. Eigentlich feiert meine Familie kein Weihnachten, aber als wir klein waren, haben unsere Eltern uns Kindern zuliebe trotzdem einen Tannenbaum aufgestellt und so etwas wie ein Weihnachten imitiert, damit wir an den Festlichkeiten teilhaben konnten. Das haben wir seitdem irgendwie beibehalten. Auch wenn es jetzt keinen Weihnachtsbaum und auch keine Geschenke gibt, ist es trotzdem ein nettes Beisammensein mit gutem Essen. Manchmal kommen noch meine Tanten, Onkel und Cousinen dazu, aber heute sind es nur meine Eltern, Linh und ich. Und natürlich Luke. Er ist fast immer dabei, da zwischen ihm und seiner Familie eine ähnliche Eiszeit herrscht wie gerade in New York City.

Der Esstisch ist bereits ausgeklappt und mit unterschiedlichen Gerichten auf einer Vielzahl an Tellern, Schüsseln und Schälchen gedeckt. Beim Anblick vom karamellisierten Schweinefleisch gibt mein Magen ein lautes Knurren von sich. Ich habe seit heute Morgen nichts mehr gegessen.

»Hier.« Mama reicht Luke einen Teller mit chả giò, vietnamesische Frühlingsrollen, die er mit leuchtenden Augen entgegennimmt. Luke liebt die Dinger, und ich bin sicher, dass sie sich die Mühe nur seinetwegen gemacht hat.

»Nein, danke«, lehne ich ab, als Luke mir den Teller weiterreichen will. Ich will zuerst vom Rest probieren. Ich fülle meine Schüssel bis zum Rand mit Reis, Gemüse und Fleisch. Als ich den ersten Bissen nehme, schließe ich genussvoll die Augen. Eine solche kulinarische Geschmacksexplosion findet man in keinem vietnamesischen Restaurant der Stadt. Ich liebe die Kochkünste meiner Mutter.

Während des Essens schweigen wir die meiste Zeit. Die chronische Erschöpfung ist uns allen ins Gesicht geschrieben. Linh erholt sich noch immer von ihrem Klausur-Marathon an der Schule, und der Rest von uns hat bis heute gearbeitet. Das *Coffee & Books* schließt über die Feiertage nicht, deshalb muss Luke gleich morgen früh wieder auf der Matte stehen. Auch ich werde arbeiten, da sich nicht alle in meiner Abteilung Urlaub nehmen konnten und mir Weihnachten nicht so wichtig ist wie meinen anderen Kollegen.

»Ist das neu?« Meine Mutter deutet auf Linhs Outfit. Diese unterbricht das Kauen und schaut an sich herab. Sie trägt ein weißes T-Shirt, auf dem das glitzernde Ohngesicht von *Chihiros Reise ins Zauberland* gedruckt ist.

»Äh, ja, ein Geschenk von meinem Bruder«, erwidert sie und wirft mir ein scheinheiliges Lächeln zu.

Ja klar. Natürlich ist es nicht von mir, sondern vermutlich ein Weihnachtsgeschenk ihres Freundes.

»Das ist sehr nett«, entgegnet mein Vater mit einem leicht skeptischen Tonfall. Zu Recht. Ich liebe meine Schwester, aber ich unterstütze ihren exorbitanten Merchandise-Konsum trotzdem nicht. Keiner von uns tut das.

»Und wo sind unsere Geschenke?«, witzelt meine Mutter.

»Oh, das war nur … ich … ich dachte, wir schenken uns nichts«, stottere ich.

»Ja, außerdem hat er es mir schon vor einer ganzen Weile gegeben«, rettet Linh mich aus der Misere und wirft mir einen vielsagenden »Ich nutze dich zwar für eine Lüge aus, aber wenigstens stehst du jetzt als aufmerksamer Bruder da« – Blick zu.

»Einfach so?«, hakt meine Mutter nach.

»Einfach so«, bestätige ich, schaffe es aber nicht, ihr dabei in die Augen zu sehen. Ich bin ein miserabler Lügner.

Glücklicherweise lassen meine Eltern das Thema fallen und wenden sich wieder dem Essen zu.

»Warn mich nächstes Mal bitte vor«, teile ich meiner Schwester telepathisch mit.

»Bleib locker, sie haben es geschluckt!«, antwortet sie stumm.

»Worum ging's gerade?«, fragt mich Luke leise von der Seite.

»Oh, stimmt. Du verstehst ja nichts.«

Zu Hause reden wir fast nur Vietnamesisch, deshalb merke ich oft gar nicht, wie ich automatisch in die andere Sprache wechsele.

»Wir haben nur über dich gelästert. Du weißt schon. Wie ungehobelt du bist, weil du nicht mit Stäbchen essen kannst und so.«

Die anderen am Tisch lachen los, auch wenn es uns allen natürlich egal ist, ob er mit Besteck, Stäbchen oder den Händen isst.

»Sehr witzig«, sagt mein bester Freund und stopft sich die nächste Frühlingsrolle in den Mund.

*

»Was sind eigentlich deine Pläne für Silvester?«, fragt mich Luke später. Wir sitzen auf meinem alten Bett und zocken Fifa auf meiner verstaubten PS3.

»Keine Ahnung. Ich werde das wohl wieder spontan entscheiden. Warum? Hast du schon Pläne?«

»Vielleicht.« Er macht einen Ballwechsel und hält kurz inne. »Ich hab dir doch mal erzählt, dass Tina überlegt, mehr Events im *Coffee & Books* anzubieten. Kleine private Veranstaltungen, aber auch Lesungen oder Ähnliches.«

»Ja, ich erinnere mich«, sage ich, ohne den Blick vom Bildschirm zu lösen.

»Jedenfalls habe ich vorgeschlagen, an Silvester einen kleinen Testlauf zu machen. Ein paar Leute einladen, Essen und Getränke bereitstellen und schauen, auf wie viele Ausgaben wir am Ende kommen.«

»Und wie viele willst du einladen?«, frage ich und schieße ein Tor.

»Ach shit«, flucht er, während meine Spieler sich im Bildschirm bejubeln. »Keine Ahnung«, sagt er dann. »Zehn oder fünfzehn? So groß ist der Raum ja nicht. Tina meinte, dass sie mir freie Hand lässt. Ich darf alles planen.«

»Klingt gut.«

»Würdest du auch kommen?«

»Klar.«

»Cool.« Er lächelt etwas unsicher und fängt an, mit seinem rechten Bein auf und ab zu wippen. Eine unbewusste Geste, die mir verrät, dass seine Gedanken ebenfalls unruhig umherspringen. »Dann darf ich es nur nicht verkacken.«

Mein bester Freund und seine Versagensängste …

»Wirst du nicht. Du kannst das.«

Schon in der Schule hat er das Planen von Events geliebt, selbst wenn es nur um einfache Partys ging. Ich war immer lieber Gast als Gastgeber, weil ich das ganze Organisieren ziemlich anstrengend finde, und der Gastgeber auch die Verantwortung trägt, dass es allen gut geht. Am Ende bin dann meist ich es, der am wenigsten Spaß hat. Aber Luke mag das alles.

»Ich überlege, auch Timo einzuladen«, fügt er vorsichtig hinzu.

»Ernsthaft?« Ich muss nur den Namen seines verräterischen Bruders hören und meine Gesichtsmuskeln ziehen sich zusammen, als hätte ich in eine Grapefruit gebissen. Wie war das noch gleich? Er hat im Auftrag seines Vaters versucht, ihm seinen Job wegzunehmen, und es dann geleugnet, sodass Luke am Ende wirklich dachte, er würde sich die Intrigen seiner Familie nur einbilden?

Diesmal ist es Luke, der meine Unachtsamkeit ausnutzt. Sein Ball landet in meinem Tor.

»Jaja, ich weiß, was du von ihm hältst. Aber er gibt sich gerade wirklich Mühe, an unserer Beziehung zu arbeiten. Und ich will ihm entgegenkommen.«

»Das ist doch bestimmt nur wieder eine Masche deines Vaters. Die beiden haben noch nie irgendwas einfach so gemacht. Zumindest nicht, wenn es ihnen selbst nichts gebracht hat.«

»Seit wann bist du so pessimistisch?«

»Seit wann bist du so naiv?«

Er stöhnt auf.

»Egal, ist deine Party«, rudere ich zurück. »Du kannst einladen, wen du willst.«

»Mal sehen, ob er überhaupt zusagt. So, wie ich ihn kenne, macht er selbst an Silvester Überstunden.«

Hoffentlich.

»Kommt Sydney eigentlich auch?«, frage ich.

»Weiß ich noch nicht. Du bist der Erste, dem ich es erzähle.«

»Wirklich?« Ich kann das Grinsen, das sich auf meinem Gesicht ausbreitet, nicht unterdrücken. Ist es schräg, dass es mich freut, dass, obwohl Luke fast pausenlos an seiner neuen Freundin klebt, ich noch immer der Erste bin, dem er etwas erzählt?

»Aber ja, vermutlich kommt sie«, setzt er hinter. »Und wer weiß.« Er schielt in meine Richtung. »Vielleicht kommen auch ihre Freundinnen.«

Meine Hand krampft sich um den Controller. »Nein.«

»Was nein?«

»Ich will nicht darüber reden.«

»Ach komm schon«, schmollt er. »Sydney erzählt mir auch nichts.«

»Nein.«

»Hast du sie wieder geküsst und bist abgehauen?«

»Nein, habe ich nicht. Und ich will wirklich nicht darüber reden.«

»Worüber will er nicht reden?«

Linh erscheint im Türrahmen, in der Hand einen Teller, der mit frittierten Sesambällchen beladen ist.

»O, lecker! Sind die für uns?«, versuche ich das Thema zu wechseln.

»Dein Bruder ist verknallt«, verkündet Luke, woraufhin Linhs Augen so schmal werden wie die des Ohngesichts auf ihrem Shirt.

»Wirklich?«

»Bin ich nicht«, setze ich mich zur Wehr, doch sie überhört mich.

»O mein Gott! Ihr müsst mir alles erzählen!« Mit dem Fuß tritt sie die Tür zu und stellt sich direkt vor den Fernseher. Den Teller stellt sie auf den Boden, da sie ihre Hände braucht, um das Verhör mit aufgeregten Gesten einzuleiten. »Wie heißt sie? Wo habt ihr euch kennengelernt? Wie lange läuft das schon?«

»Geh aus dem Weg«, verlange ich, während Luke im selben Moment »Sie heißt Vicky« antwortet.

»Alter!« Ich pausiere das Spiel und starre ihn ungläubig an.

»Vicky«, wiederholt Linh langsam. »Mein großer Bruder steht auf eine Vicky.«

»Tu ich nicht!«

Luke grinst breit. »Er steht so sehr auf sie, dass seine Wangen jedes Mal rosa werden, wenn er an sie denkt. So wie jetzt gerade.«

»Hör auf, solchen Müll zu reden«, zische ich und schlage seine Hand weg, die kurz davor war, mir in die Wange zu kneifen.

»Aww, das ist so süß!« Linh fasst sich an die Brust und gibt einen entzückten Laut von sich. »Und weiter? Wie habt ihr euch kennengelernt?«

»Eigentlich kennen sie sich schon seit Jahren«, ergreift Luke wieder das Wort. »Aber sie sind sich erst vor Kurzem wieder begegnet.«

»Das klingt ja wie Schicksal«, haucht sie.

»Oder?« Luke schnappt sich ein Bánh Rán und wirft es sich in den Mund, während er zustimmend nickt.

Meine Kiefer stoßen hart aufeinander. Da hat dieser kleine Pisser seit drei Sekunden eine Freundin und hält sich jetzt für den größten Liebesexperten.

»Lass sie mich ansehen.« Linh springt nach vorn und schnappt sich mein Handy vom Bett.

»Ey! Gib es mir sofort zurück!«

»Jaja, gleich.« Sie hält mir das Handy vors Gesicht, um den Bildschirm zu entsperren, dann dreht sie es wieder zu sich, und scrollt darauf herum. »Vicky, Vicky, Vicky ... Oh! Sie ist süß!«

»Sehr süß«, pflichtet Luke ihr kauend bei. »Vince ist völlig hin und weg von ihr. Aber ich glaube, er hat es irgendwie verkackt!«

»O nein. Was hat du getan, Brüderchen?«, fragt Linh anklagend.

»Ja, Brüderchen? Du bist doch nicht ernsthaft schon wieder vor ihr ...«

»Luke, du hältst jetzt endlich deine Fresse, sonst ...« Ich mache eine gefährliche Pause. »Sonst erzähle ich Linh die Geschichte mit der Sojasauce.«

Das zieht. Luke wird kreidebleich und gibt keinen Mucks mehr von sich.

Na, geht doch. Zufrieden wende ich mich meiner Schwester zu. »Und du gibst mir sofort wieder mein Handy zurück, sonst erzähle ich Luke, dass du früher in ihn verknallt warst.«

Linh schnappt entsetzt nach Luft.

Das tut mir schon fast leid, aber verzweifelte Momente fordern verzweifelte Taten.

»Und ich erzähle auch, dass du immer, nachdem er da war, heimlich ...«

»Stopp!«, kreischt sie. Schamesröte schießt ihr bis zum Haaransatz hoch. »Du bist so ein Arschloch! Da hast du das blöde Ding.« Sie schleudert mir das Handy gegen die Brust und stürmt aus dem Zimmer. Wahrscheinlich wird sie für den Rest des Abends nicht mehr mit mir reden, aber das ist mir gerade auch egal. Ich bin selbst viel zu aufgeladen, um mich mit ihr zu versöhnen.

»Deine Schwester stand auf mich?«, kommt es von der Seite.

»Ja«, sage ich schroff.

»Wann?«

»Keine Ahnung. Als wir in der Oberstufe waren. Ist doch egal jetzt.« Eigentlich werde ich nicht so schnell sauer, eigentlich kann ich auch gut über mich selbst lachen. Aber die beiden haben in dieselbe Kerbe geschlagen, auf die ich schon seit Tagen selbst eindresche. Ich kann kaum an Vicky denken, ohne mich wie der größte Vollpfosten zu fühlen. Wieder bin ich vor ihr geflüchtet, obwohl ich ihr versprochen hatte, es nicht zu tun. Jetzt denkt sie bestimmt … argh! Diesmal kann ich das Thema nicht einmal von mir wegschieben. Es erdrückt mich von innen, erstickt mich förmlich. Mein einziges Ventil, das Joggen, wird durch fünfzehn Zentimeter Neuschnee blockiert.

»Und warum hast du es nie erzählt?«, fragt Luke weiter.

»Weil ich nicht wollte, dass du auf falsche Gedanken kommst.«

»Spinnst du? Sie war damals zwölf! Außerdem ist sie für mich auch wie eine Schwester.«

»Im Alten Ägypten hätte das niemanden interessiert.«

»Was?«

Und schon wieder denke ich an sie.

»Schon gut«, winke ich ab, erschöpft davon, dass meine Gedanken die ganze Zeit nicht hier, sondern bei ihr sind.

»Hör mal«, beginnt Luke, doch ich unterbreche ihn sofort. »Lass es einfach. Ich will nicht mehr darüber reden.«

»Aber …«

»Treib's nicht zu weit, Mann«, knurre ich zwischen zusammengebissenen Zähnen.

»Whoow!« Er hebt abwehrend eine Hand. »Ich wollte dir doch nur das Bild zeigen, das Sydney mir gerade geschickt hat. Ein echt süßes. Die drei tragen dasselbe Outfit.« Er betrachtet es lächelnd, dann zuckt sein Blick zu mir. »Aber da du ja gerade klipp und klar gesagt hast, dass da *gaaaar* nichts zwischen euch ist, interessiert es dich wohl auch nicht.«

Dieser verdammte Mistkerl.

»Her mit dem Handy«, fordere ich und reiße es ihm aus den Händen.

Er lacht auf, und ich erwarte fast, dass er mich verarscht und mir irgendein lächerliches »I told you so«-Meme entgegensticht, als mein Hals beim Anblick des Displays ganz trocken wird.

Das Foto wurde in einer kleinen Küche aufgenommen. Sydney, Maya und Vicky posieren in schwarzen kurzen Kleidern und roten Weihnachtsmützen. Sydney lehnt an der Spüle und balanciert eine Packung Zucker in der einen und Mehl in der anderen Hand. Maya schleckt etwas Teig von einem Holzlöffel. Und Vicky ... Sie sitzt auf der Arbeitsplatte, hat ein Bein über das andere geschlagen und stützt ihre Ellbogen auf dem Knie ab. Eine Hand spielt am weißen Bommel ihrer Mütze. Sie strahlt in die Kamera. Ein Lächeln, das mir unter die Haut geht.

Ich. Bin. Verloren.

15. KAPITEL

Vicky

»Backe, backe Kuchen, der Bäcker hat gerufen.«

»Wer will guten Kuchen backen, der muss haben sieben Sachen.«

»Eier und Salz, Zucker und Schmalz, Milch und Mehl.«

Sydney und Maya blicken mich abwartend an. Na schön. Dann singe ich halt mit.

»Safran macht den Kuchen geil«, trällere ich.

»Geil?« Die beiden prusten los.

»Safran macht den Kuchen gehl!«, korrigiert Sydney.

»*Gehl?* Was soll ein gehler Teig sein?«

»Keine Ahnung, aber so geht der Text.«

»Würde *geil* nicht besser passen? Ein bisschen Safran und schon schmeckt der Kuchen richtig geil?«

Meine Freundinnen brechen erneut in Gelächter aus und müssen sich an der Arbeitsplatte abstützen, um nicht umzukippen. Wusste ich's doch, dass das eindeutig zu viel skandinavischer Glühwein war, den Sydneys Eltern mitgebracht haben. Die beiden haben das Zeug gesoffen, als wäre es Wasser.

»Na gut, aber warum singen wir überhaupt ein Lied über Kuchen, wenn wir eigentlich Plätzchen backen?«

»Weil es ein wunderschönes Weihnachtslied ist.« Sydneys Augen glitzern wie Diamanten. »Es bringt uns in die richtige

Stimmung und außerdem schmeckt man es, wenn etwas mit Liebe gemacht ist.«

Kitschiger hätte die Antwort nicht sein können. Ich imitiere ein Würgen. »Kotz!«

»Ey, *grinch* hier nicht so rum!« Sie mustert mich streng und meine Schultern sacken frustriert zusammen. Das ist nicht die erste Mahnung, die sie mir heute erteilt, dabei will ich die Stimmung gar nicht verderben. Nicht, nachdem der Abend bis jetzt so wundervoll war.

Es gab leckeres Fondue – für Maya und mich sogar mit Gemüse und Seitan, und im Anschluss ein veganes Bratapfel-Tiramisu, von dem ich heute Nacht vermutlich träumen werde.

Wäre da nur nicht Melancholie-Vicky, die ein paarmal im Jahr ganz unerwartet auftaucht. So auch heute. Ich bin nicht direkt traurig, aber glücklich bin ich auch nicht. Vielmehr fühlt sich jede Emotion eine Spur intensiver an, und gerade schlummern in mir vor allem Verwirrung, Enttäuschung, Trauer und Sehnsucht. Vor allem Sehnsucht.

Ich vermisse meine Mutter, die die Feiertage mit einer anderen Familie verbringt. Ich vermisse meinen Vater, der nie wieder ein Fest mit uns feiern wird. Ich vermisse sogar meine griesgrämige Großmutter, die ganz alleine zu Hause hockt, weil sie jedes menschliche Wesen in die Flucht jagt.

Und ich vermisse Vince.

Deshalb bin ich eigentlich sogar ganz froh, dass Sydney die Backlust gepackt und sie uns um Hilfe gebeten hat. Ich kann jede Ablenkung gebrauchen, selbst wenn es nur darum geht, Plätzchen auszustechen.

»Wofür brauchen wir eigentlich die Lebensmittelfarbe?«, fragt Maya mit einem argwöhnischen Seitenblick auf die ganzen bunten Tuben.

»Weil wir die Kekse später dekorieren«, erklärt Sydney. »Ich will sie richtig herausputzen.«

»Cool«, sage ich und kleistere mir das gekünsteltste Lächeln auf, das man je auf meinem Gesicht gesehen hat.

*

Nachdem wir drei Bleche voller Plätzchen bunt dekoriert haben, gehen wir zurück ins Wohnzimmer, wo Ani und Sydneys Eltern sich *Kevin allein zu Haus* anschauen und dabei lachen, als würden sie diesen Film zum ersten Mal sehen. Meine Freundinnen und ich werfen uns einen kurzen, eindeutigen Blick zu. Nope, niemand von uns hat Lust auf diese alberne Weihnachtstradition. Wir überlassen den dreien das Sofa und verziehen uns in Sydneys altes Zimmer.

»Stört es euch, wenn ich mich schon mal umziehe?«, frage ich, weil ich dringend aus meiner Strumpfhose raus will, die nach dem Essen um die Hüften spannt. Zum Glück liegt mein gelber Onesie noch von meinem letzten Besuch hier.

»Nein. Es ist sowieso schon spät. Ich glaube, ich schlüpf auch mal in was Gemütlicheres«, beschließt Sydney und Maya nickt zustimmend.

Wenige Minuten später liegen wir eingekuschelt in Sydneys Bett. Mein Kopf ruht auf Mayas Schoß und Sydneys auf meinem. Ich bin noch geschminkt, aber so satt und müde, dass ich auf der Stelle einschlafen könnte.

Sydney beginnt von Luke zu schwärmen und erzählt, dass er ihr Topflappen zum Backen geschenkt hat, die er angeblich sogar selbst gestrickt haben soll (als ob!). Doch auch sonst soll er superlieb und romantisch sein, und bei der Arbeit sogar einen Kaffee erfunden haben, der Cinnamon-Sydney heißt.

Im Grunde ist es nichts anderes als ein Latte Macchiato mit Zimtsirup, aber momentan verkauft er sich wie Bombe, weil Luke ihn jedem neuen Kunden andreht und die Leute es süß finden, dass er einen Kaffee nach seiner Freundin benannt hat. Ist ja auch süß. Es ist *zu* süß. Dass Luke so nett ist, passt nicht in mein momentanes »Männer sind kacke«-Weltbild. Vielleicht bin ich wirklich ein *Grinch*.

»Ist alles okay?«, fragt Sydney mit einem vorsichtigen Blick in meine Richtung.

»Klar. Luke ist ein Schatz. Nächstes Mal bestelle ich mir auch eine Cinnamon-Sydney.« Ich klinge ironisch, dabei meine ich es eigentlich ernst.

»Bist du sicher? Du siehst irgendwie sauer aus.«

Offenbar kann ich nicht mehr länger verbergen, dass sich die anfänglichen Funken in meiner Brust in ein loderndes Feuer verwandelt haben.

»Bin ich auch«, gestehe ich seufzend. »Aber nicht auf euch.«

»Auf Vince?«, mutmaßt Maya, aber ich schüttele den Kopf.

»Nein, auf mich. Es war meine Schuld. Ich war viel zu fordernd und habe ihn damit völlig verschreckt. Jetzt wird er vielleicht nie der zukünftige Vater meiner Kinder«, seufze ich.

»Kinder?«, echot Sydney mit aufgerissenen Augen. »Ihr kennt euch doch noch gar nicht.«

Obwohl wir beide wissen, dass ich nur scherze, muss ich über den Schock in ihrer Stimme trotzdem lachen. Ausgerechnet sie.

»Ähm, entschuldige mal, Miss *›Ich warte fünf Jahre lang auf einen Typen, mit dem ich nur ein paar Stunden verbracht habe‹*. Und *du* willst mich verurteilen?«

Ertappt sieht sie weg. »Touché«, grummelt sie.

»Ihr hättet schöne Kinder«, überlegt Maya.

Extrem schöne Kinder mit einer extrem schönen Stimme.

»Und deshalb wirst *du* Patentante und nicht Syd«, verkünde ich feierlich.

Maya kichert los, während Sydney einen Schmollmund zieht.

»Na gut, du wirst auch Patentante«, gebe ich klein bei. Bei diesen Kulleraugen kann man ihr aber auch gar nichts abschlagen.

»Aber du magst ihn wirklich, oder?«, hakt Maya nach.

»Ja. Ich glaube schon. Anfangs dachte ich, dass ich ihn einfach bloß unglaublich anziehend finden würde. Aber spätestens seit unserem Gespräch in meinem Zimmer ist da definitiv mehr. Ich … empfinde was für ihn. So, jetzt ist es raus.«

Vor ihnen, und auch vor mir.

»Wow.« Maya wirkt beeindruckt, während sie mit den Händen sanft meinen Kopf streichelt. »Ich weiß, nach deinen Kinderplänen mit ihm sollte es mich nicht wundern, aber das tut es trotzdem. In all den Jahren, in denen ich dich kenne, habe ich dich noch nie richtig verknallt erlebt.«

»Ich mich auch nicht«, murmele ich.

»Du bist ziemlich wählerisch.«

»Dafür kann ich doch nichts«, verteidige ich mich. »Egal, wie attraktiv die Typen sind, die ich treffe, sobald sie den Mund aufmachen, will ich wegrennen.«

»Außer vor Vince.« Sydney seufzt wehmütig. »Wer kann es dir verübeln? Er ist sowohl nett als auch gut aussehend.«

»Ey, bleib du schön bei Luke!«, warne ich sie, doch sie grinst nur frech.

Wir verfallen in angenehmes Schweigen, das viel zu kurz andauert, weil nur wenige Sekunden später mein Handy klingelt.

»Meine Mutter«, sage ich nach einem kurzen Blick auf das Display und hebe den Kopf von Mayas Schoß. Sydney rollt sich ebenfalls von mir und krabbelt dann auf Maya zu, um meinen alten Platz einzunehmen.

Ich verlasse das Zimmer und steuere das Bad an, um ungestört zu telefonieren.

»Hey, Mama«, sage ich und setze mich auf den Klodeckel.

»Hey, Schätzchen. Hast du kurz Zeit?«

»Klar. Was ist los?«

»Warte. Mach mal die Kamera an. Ich will dich sehen.«

»Ähm. Okay.« Ich nehme das Handy vom Ohr und drücke auf Face Time. Sekunden später springt mir das leicht verpixelte Gesicht meiner Mutter entgegen. Als wir uns ansehen, müssen wir beide grinsen. Hinter Mama leuchten mir unfassbar hässlich braune Wandfliesen im Siebziger-Jahre-Style entgegen.

»Bist du gerade im Bad?«, frage ich.

»Ja. Du auch?«

»Ja.« Ich schwenke die Kamera in Richtung Waschbecken.

Mama lächelt breit, und in diesem Moment ist es, als würde ich in einen Spiegel sehen, auf dem eine ältere Version von mir abgebildet ist. Bis auf die blonden Haare komme ich ganz nach ihr. Dasselbe V-förmige Gesicht, dieselben grünen Augen, derselbe herzförmige Mund, und nicht zu vergessen das Lächeln. Aber von der Art her sind wir völlig verschieden. Ich bin extrovertiert, sie introvertiert. Ich sage, was ich denke, sie hält sich zurück. Ich mag es bunt, sie schlicht. Ich kann ohne Mann, sie kann es nicht.

»Also, was ist los?«

»Eigentlich nichts.« Sie plustert die Backen auf. »Thomas' Familie ist wirklich nett und zuvorkommend. Alle haben mich ganz lieb bei sich aufgenommen.«

»Aber?«

Jetzt spricht sie etwas leiser, dabei sieht sie sich um, als würde ein potenzieller Lauscher neben dem Waschbecken hocken. »Aber … ich vermisse deinen Vater.«

Mein Herzschlag beschleunigt sich.

»Wenn ich so glücklich bin wie jetzt, muss ich sofort an ihn denken. Bei ihm habe ich mich immer so geliebt gefühlt.« Ihr Blick senkt sich. »Er fehlt mir.«

Ich schlucke. »Mir auch.«

»Außerdem fühle ich mich schuldig.«

»Weil du glücklich bist?«

»Ja.« Sie zieht eine Schnute.

»Aber das musst du nicht«, sage ich ruhig. »Er hätte gewollt, dass du weiterziehst. Und das heißt ja nicht, dass du ihn vergessen wirst.«

»Wäre das denn okay für dich?«

»Was? Dass du einen neuen Freund hast?« Ich unterdrücke ein Lachen. »Seit wann fragst du nach meiner Absolution? Bei deinen letzten Partnern hast du das auch nicht gemacht.«

»Ja, aber diesmal ist es anders. Ich weiß, wir sind noch nicht so lange zusammen, aber das mit Thomas ist … ich weiß nicht. Es fühlt sich ernst an.«

»Mit-ihm-könnte-ich-zusammenziehen-ernst? Oder mit-ihm-könnte-ich-alt-werden-ernst?«

Ein kleines Lächeln zieht an ihren Lippen. »Beides.«

Oh. Das ist neu. Mama hat zwar ständig einen Freund, aber bisher wirkten sie alle sehr austauschbar. Ich bin sogar fast sicher, dass mindestens zwei von ihnen auch Thomas hießen.

»Es ist dein Leben. Wenn du glücklich bist, bin ich es auch. Du wirst selbst wissen, was das Richtige für dich ist.«

»Meinst du?«

»Natürlich.«

Einen Moment lang sieht sie mich einfach nur an, dann schüttelt sie den Kopf. »Wann bist du so erwachsen geworden?«

Als dein Ehemann starb.

»Jeder wird mal ein alter Sack.«

»Alter Sack«, wiederholt sie schnaubend. »Und was bin ich dann?«

»Du bist ein Fossil. Nicht mehr lange, und ich kann dich im Museum ausstellen.«

Mama muss so laut lachen, dass ihre Stimme im ganzen Bad widerhallt. Sie presst sich eine Hand auf den Mund, kichert aber noch immer. »Ich nehme alles zurück. Du bist kein Stück erwachsen.«

Ich schließe mich ihrem Lachen an, und es ist mein erstes ehrliches heute.

»Komm demnächst mal auf einen Kuchen vorbei, ja? Ich sage dir Bescheid, wenn ich wieder in der Stadt bin. Vielleicht schaffen wir es sogar vor Neujahr.«

»Bestimmt«, bestärke ich sie.

»Vielleicht fragen wir auch deine Oma.«

»Aber dann muss Sydney den Kuchen backen, weil sie deine Backkünste hasst«, erinnere ich sie und sie lacht wieder.

»Ich liebe dich.«

»Ich dich auch.«

Kurz, bevor wir auflegen, fällt mir noch etwas ein. »Mama?«, sage ich schnell.

»Ja?«

»Beim Lied *Backe, backe Kuchen …* heißt es da am Ende: Safran macht den Kuchen gehl oder geil?«

Sie denkt kurz nach. »Also ich sag immer *geil*.«

16. KAPITEL

Vicky

Am nächsten Morgen werde ich um acht wach. Obwohl wir gestern sehr spät ins Bett gegangen sind, ist meine innere Uhr trotzdem nicht aus dem Konzept zu bringen. Ich bin eben durch und durch eine Frühaufsteherin.

Maya liegt neben mir auf der Klappcouch und schnarcht leise vor sich hin. Ihr Arm ruht auf meiner Taille – wie immer, wenn wir in einem Bett schlafen. Neben ihr zu liegen führt früher oder später unvermeidbar dazu, dass sie sich an einen ankuschelt. Es ist der süßeste Tick, den ich kenne.

Weil ich nicht länger schlafen kann, beschließe ich, meine kleine Morgenmeditation zu absolvieren. Eigentlich sitze ich dabei immer auf meinem Balkon, aber im Grunde geht es auch im Liegen.

Ich starte jeden Tag mit einer großen Portion Achtsamkeit. Meine Augen sind geschlossen, während ich meine Gedanken und Gefühle in den Hintergrund treten lasse und mich einzig und allein auf den Moment konzentriere. Ich spüre, wie mein Körper gelassen auf dem Rücken liegt. Spüre den weichen Untergrund. Spüre Mayas Körperwärme. Lausche ihrem ruhigen Atem. Lausche meinem eigenen Atem. Nehme das Geräusch wahr, spüre, wie sich mein Bauch beim Einatmen nach außen und beim Ausatmen nach innen wölbt. Wie die Luft erst kalt durch meine Nase ein- und warm wieder herausströmt. Ich bin hier, in diesem Moment, nehme nur wahr und bewerte nichts. Mein Körper fühlt sich entspannt und schwer an.

Zum Schluss vollziehe ich noch mein kleines Dankbarkeitsritual. Ich bin dankbar, dass ich hier bin, dankbar, dass ich gesund bin, dankbar, dass es meiner Familie gut geht und dass ich die besten Freundinnen habe, mit denen ich über alles reden kann. Und ja, ich bin auch dankbar für jeden Moment mit Vince. Vermutlich werde ich in weniger als fünf Minuten wieder wegen ihm rumheulen, aber jetzt gerade danke ich dem Schicksal oder was für einer höheren Macht auch immer, dass sich unsere Wege gekreuzt haben.

Als ich die Augen wieder öffne, bleibe ich noch einen Moment liegen. Dann schiebe ich Mayas Hand sanft zur Seite und stehe auf. Vorsichtig schleiche ich zur Küche, hole ein Glas aus dem Regal und halte es unter den Wasserhahn. Während ich trinke, schaue ich aus dem Fenster. Leere Straßen und weiß strahlender Schnee, so weit das Auge reicht. Mich überkommt der Drang, spazieren zu gehen und mir ein bisschen die Beine zu vertreten, um wacher zu werden.

Leider sind meine Wechselklamotten noch oben in Sydneys Zimmer, und ich will sie ungern wecken. Deshalb entscheide ich mich, einfach in meinem Onesie rauszugehen. Ist ja nicht das erste Mal, dass ich damit in der Öffentlichkeit unterwegs bin. Außerdem werde ich, bis auf ein paar Leute, die mit ihren Hunden Gassi gehen, sowieso niemandem über den Weg laufen.

Ich ziehe mir noch meine Winterjacke über und schlüpfe nach kurzem Zögern in Sydneys braune UGG-Boots. Eigentlich sind sie nicht so mein Stil, aber die Dinger sehen gerade echt bequem aus.

Leise schließe ich die Tür hinter mir, dann spaziere ich los. Es ist kalt und still, eine Mischung, die meinen heißen, lauten

Gedanken sehr gelegen kommt. Da hier noch kein Streusand liegt, ist der Boden strahlend weiß, aber leider auch etwas rutschig. Ich laufe langsam und vorsichtig und genieße jeden knirschenden Schritt, den ich im Schnee tue.

Es dauert nicht lang, bis Vince zurück in meine Gedanken kehrt. Gestern noch war ich gekränkt und frustriert, aber heute ist das schlechte Gewissen so groß, dass ich es kaum aushalte. Am Anfang lief alles gut zwischen uns. Wir haben gelacht und geflirtet. Aber dann war ich zu fordernd, was ihm wohl zu viel war, und jetzt habe vielleicht alles zerstört.

Ich muss mich bei ihm entschuldigen. Kurzerhand zücke ich mein Handy und bin überrascht, als ich die Nachricht erblicke, die er mir letzte Nacht um halb zwei geschickt hat.

Vince: Hey, bist du zufällig noch wach? Kann ich dich kurz anrufen?

Ohne zu zögern, wähle ich seine Nummer.

Er hebt nach dem dritten Klingeln ab. »Vicky?«

Seine vertraute Stimme zu hören, lässt mein Herz kurz stolpern. »Ja, hey.« Ich zupfe an einer Locke.

»Hey.« Die Verwirrung in seiner Stimme ist deutlich zu hören.

»Entschuldige die frühe Störung. Ich habe gerade nur deine Nachricht gelesen und …« Mir fällt die Uhrzeit wieder ein. »Ich hoffe, ich habe dich nicht geweckt?«

»Nein, alles gut, ich bin schon längst bei der Arbeit.«

»Du arbeitest *heute?* An einem Feiertag? Frohe Weihnachten übrigens.«

Ich höre ihn schmunzeln. »Dir auch frohe Weihnachten. Und ich arbeite nur ein paar Stunden, weil nicht alle auf einmal ausfallen können.«

»Ach so.« Was arbeitet er eigentlich? Es gibt so vieles, das ich noch nicht über ihn weiß, aber jetzt ist nicht der richtige Zeitpunkt, um unsere biografischen Daten auszutauschen.

»Ähm, der Grund, warum ich anrufe, also …« Okay, einfach wie ein Pflaster abziehen. »Es tut mir leid«, platze ich heraus, genau im selben Moment, als er die Worte ebenfalls ausspricht.

Verdattert halte ich inne. »*Dir* tut es leid?«

Deshalb wollte er letzte Nacht telefonieren? Um sich zu entschuldigen?

»Ja, sehr sogar«, sagt er, die Stimme schuldgetränkt. »Ich wollte mich auch schon längst melden, weil ich so plötzlich gegangen bin. Neulich war … ich war etwas überrumpelt und da …«

»Nein, das … ich hätte nicht so aufdringlich sein sollen.«

»Warst du doch gar nicht.«

War ich nicht?

»Dann … habe ich es nicht falsch interpretiert?«, frage ich vorsichtig und weiche einem weißen Pudel aus, den ich durch den vielen Schnee fast nicht gesehen hätte. Sein Besitzer wirft mir einen böse funkelnden Blick zu.

»Nein, hast du nicht. Das …« Ich höre, wie er sich räuspert. »Das ist ja das Problem. Du und ich … das ist … intensiv. Ich habe lange nicht mehr so was gefühlt, was eigentlich absurd ist, weil wir uns kaum kennen.«

Seine ehrlichen Worte rauben mir den Atem. *Es ist nicht absurd*, will ich sagen. Denn ich empfinde genauso. Ja, das zwischen uns ist intensiv. Unglaublich intensiv. Und es ergibt gar keinen Sinn. Trotzdem ist es so.

»Ich hatte eine ganze Weile nicht mehr etwas, das in … *diese* Richtung ging«, fährt er leise fort.

Und ich hatte noch nie etwas, dass in *diese* Richtung ging.

Deshalb habe ich auch keine Ahnung, wie man sich verhalten soll, keine Ahnung, was die nächsten Schritte sind.

»Aber … da ist noch eine andere Person, die mir wichtig ist«, gesteht er, und obwohl sich bei seinen Worten meine Lungen schmerzhaft zusammenziehen, muss ich trotzdem lächeln. Endlich sprechen wir Klartext.

»Führt ihr eine offene Beziehung oder so?«

Noch während ich das frage, merke ich, dass das vermutlich okay für mich wäre. Ich habe zwar keine Erfahrung in diesem Bereich, aber ich will ihn weder jemandem wegnehmen noch nur für mich ganz allein haben, als wäre er mein Besitz. Das Einzige, das ich will, ist mehr Zeit mit Vince.

O wow, habe ich das gerade wirklich gedacht? Damn, wie verknallt bin ich eigentlich?

»Nein, wir führen gar keine Beziehung. Aber sie … ist einfach …«

»Sie ist dir wichtig«, wiederhole ich seine Worte und nehme das Handy in die andere Hand, weil meine linke halb abgefroren ist. »Hör mal, ich will dir keinen Druck machen. Wenn du es lieber langsamer angehen willst, weil du Zeit brauchst, um dir klarzuwerden, wie das funktionieren kann, ist das okay. Ich respektiere das.«

»Wirklich?«

»Klar.«

Daraufhin schweigt er, etwas zu lang für meinen Geschmack, und kurz frage ich mich, ob ich was Falsches gesagt habe. Aber vielleicht muss er auch einfach nur über diesen Vorschlag nachdenken.

»Danke«, sagt er schließlich. »Für … deine Geduld mit mir.« Er klingt verlegen, was er überhaupt nicht sein muss. Die eigenen Grenzen zu kennen ist wichtig, und noch wichtiger ist es, sie nicht zu überschreiten.

»Natürlich«, erwidere ich sanft.

»Bist du gerade draußen?«, fragt er, als der Pudel hinter mir laut zu bellen anfängt.

»Ja. Ich gehe gerade eine kleine Runde spazieren. Es ist kalt, aber irgendwie angenehm. Diese eiskalte Luft einzuatmen ist echt vitalisierend.«

»Ich weiß. Ich liebe es, wenn beim Joggen der ganze Körper brennt und man dann diesen einen kalten Atemzug nimmt.«

Und mein Körper brennt, während ich mir einen joggenden Vince vorstelle.

»So sportlich bin ich leider nicht. Obwohl mir nach gestern die Bewegung erst recht guttut. Wir haben so unglaublich viel gegessen.«

»Hattest du ein schönes Weihnachtsfest?«, erkundigt er sich.

»Ja. Maya und ich haben mit Sydneys Familie gefeiert.« Aus Angst, er könnte nachbohren, warum wir nicht bei unseren eigenen Familien waren, frage ich schnell: »Und bei dir?«

»Ich war bei meinen Eltern, aber wir haben nicht richtig gefeiert, sondern nur zusammen gegessen. Luke war auch dabei.«

»Klingt schön«, sage ich und biege in einen verlassenen Park. Die Schneedecke ist noch unberührt, und ich fühle mich irgendwie erhaben, als Allererste über den weißen Weg zu stapfen. Als ich sehe, was mich an einem steinernen Rundbogentor erwartet, muss ich leise lachen.

»Was ist?«, fragt Vince.

»Nichts. Hier im Park hängt nur ein kitschiger Mistelzweig.« Bei dem Weinbergpark bei uns um die Ecke würden vermutlich nur ein altes Paar Schuhe hängen, dessen Schnürsenkel zusammengebunden sind. Wilmersdorf ist so viel gesitteter. Mir fehlt der vertraute Ranz meiner Gegend.

»Mistelzweige sind doch nicht kitschig«, sagt er und klingt fast schon empört.

»Oh, doch, das sind sie.« Vielleicht bin ich wirklich ein Grinch …

»Wir haben hier auch einen bei der Arbeit. Eigentlich kann man nicht gleichzeitig durch die Tür laufen, aber trotzdem sind einige …« Vince verstummt und hält einen Augenblick inne. »Warte, stehst du gerade darunter?«

»Ähm, ja?«, entgegne ich und schaue zu den grünen Zweigen empor, die durch eine rote Schleife gehalten werden.

»Bleib da«, weist er mich an, und ich höre, wie sich die Rollen seines Stuhls über den Boden bewegen. Mein Atem stockt, als ich ahne, was er gleich tun wird.

Schritte hallen über den Boden, dann bleibt er stehen.

»Jetzt stehe ich auch drunter«, sagt er leise, und mein Herz schlägt einen neuen Rhythmus ein. Einen lauteren, härteren, gepaart mit immer flacher werdenden Atemzügen.

»Oh«, piepse ich und umklammere das Handy etwas fester.

»Aber diesmal renne ich nicht weg«, verspricht er.

»Okay«, sage ich lautlos, nicht ganz sicher, ob er mich gehört hat.

»Schließ deine Augen«, bittet er mich leise.

Das Telefon in meiner Hand zittert, als ich gehorche.

»Und jetzt … beug dich ein kleines Stück vor.«

Ich halte den Atem an. Tue, was er sagt, und dann … stelle ich mir vor, wie Vince genau vor mir steht. Wie er sich runterbeugt, wie unsere Nasenspitzen leicht gegeneinander stoßen, sein herbes Aftershave mich einhüllt, und seine warmen Lippen mit einem leichten Druck sanft auf meine treffen. Meine Vitalzeichen spielen verrückt, es fühlt sich an, als explodiere mein Herz wie ein schillerndes Feuerwerk in meiner Brust.

Hier stehen wir nun, an völlig unterschiedlichen Orten und doch beide einander zugewandt unter einem Mistelzweig.

»Hast du es auch gespürt?«, flüstert er, noch immer ganz nah an meinen Lippen.

»Ja«, hauche ich, ohne die Augen zu öffnen.

Ja, ich habe es auch gespürt.

*

Am Nachmittag gibt es Kaffee und Kuchen. Luke ist auch da und hat soeben Sydneys Eltern kennengelernt. Bisher scheint es gut zu laufen, auch, wenn Luke heute besonders schüchtern ist. Wahrscheinlich ist er nervös und will einen guten Eindruck machen. Er hat sogar ein gebügeltes Hemd an. Jede Wette, dass er es Vince abgezogen hat.

Vince … Ich kann nicht aufhören, mir über die Lippen zu fahren. Das vorhin, das Telefonat, unser Kuss … Er hat sich fast verboten angefühlt. Als wäre so viel zu fühlen gar nicht erlaubt. Als könnten es nur Drogen schaffen, mich in einen übernatürlichen Zustand wie diesen zu versetzen. Ich habe mich nicht einmal getraut, Maya und Sydney davon zu erzählen, aus Angst, sie würden mich auslachen.

»Alles gut bei dir?«, fragt Maya, und erst glaube ich, dass sie mich meint, bis ich aufschaue und sehe, dass ihr Blick Luke gilt. Wir sitzen gerade nur zu dritt. Sydney und ihre Eltern sind in der Küche und machen frischen Kaffee. Ani hängt noch am Telefon mit einer Freundin, mit der sie sich endlos verquatscht hat.

»Ja. Aber mein Kopf raucht.« Erschöpft lehnt Luke sich zurück. »Ich bin so schlecht in Englisch.« Sein Blick huscht in Richtung der Küche. Als er sich sicher zu fühlen scheint, fragt er leise: »Was zur Hölle heißt *contribution?*«

»Ein Anteil. Oder ein Beitrag«, antwortet Maya lächelnd.

»O Mann, ich fühle mich richtig dumm.« Luke fährt sich zerknirscht über den Kopf.

»Mach dir nichts draus«, beruhige ich ihn. »Ich kann auch nicht alles aus dem Stegreif übersetzen. Aber damit musst du halt zurechtkommen, wenn du mit einer Diplomatinnentochter anbändelst.« Ich stoße ihm leicht mit dem Ellbogen in die Seite.

»Wenn ich nächstes Mal zwinkere, müsst ihr niesen und mir dabei unauffällig das deutsche Wort zustecken, okay?«

Maya lacht. »Geht klar.«

Bald darauf kehrt Sydney mit einem Teller voll bunter Kekse zurück. Ihre Eltern hat sie an der Kaffeemaschine zurückgelassen.

»Schau mal, das sind die, die wir gestern gebacken haben.« Sydney reicht Luke eins der hässlicheren Plätzchen, die Maya und ich dekoriert haben.

Luke legt einen Arm um sie und greift mit der anderen Hand nach einem Keks. »Mmh«, macht er nach kurzem Kauen. »Die sind echt nicht schlecht. Gar nicht so süß, wie ich dachte.«

»Vick und Maya haben mir geholfen«, erzählt sie stolz.

»Ich weiß. Ich habe doch gestern ein Bild von euch Weihnachtselfen bekommen.« Er lächelt amüsiert, ehe sein Blick abrupt zu mir wandert. Sein Mund öffnet sich leicht, doch was immer er sagen will, er tut es nicht und wendet sich grinsend wieder ab. Warum werde ich das Gefühl nicht los, dass es hierbei um seinen viel zu heißen besten Freund geht, der selbst aus der Ferne die unglaublichsten Küsse verteilen kann?

»Ach übrigens, was habt ihr an Silvester vor?«, fragt Luke in die Runde. »Tina hat mir erlaubt, eine kleine Party im *Coffee & Books* zu planen. Es soll ein Testdurchlauf für spätere Veranstaltungen werden.«

»Wirklich? Das ist ja cool.« Sydney strahlt. »Ich wäre dabei. Ich kann auch gerne etwas backen.«

»Ich auch«, sagt Maya. »Also nicht das mit dem Backen. Aber ich komme gern. Lenny hätte bestimmt auch Lust.«

»Lenny habe ich vorhin schon geschrieben. Er hat zugesagt.«

Ob dann auch Vince kommt? Bei dieser Vorstellung springt mein Herz freudig auf und ab.

»Und du, Vicky?«, fragt Luke mich.

»Okay«, sage ich zu und reiße mit den Zähnen den Kopf des Keks-Rentiers ab, während ich mit der anderen Hand nach meinem Handy greife.

Ich: Luke hat gesagt, dass er eine Silversterparty im *Coffee & Books* plant. Gehst du hin?

Seine Antwort lässt nicht lang auf sich warten.

Vince: Kommt drauf an. Gehst du?

Ich: Eventuell …

Vince: Dann komme ich auch eventuell. ;-)

Ich bin noch dabei, mir einen eloquenten Konter zu überlegen, als er schon eine weitere Nachricht hinterherschickt.

Vince: Was machst du gerade? :)

Ich: Wir sitzen alle gemeinsam am Tisch und essen Kekse.

Vince: Und du bist währenddessen am Handy?

Ich: Wäre es dir lieber, ich würde es weglegen und dir erst Stunden später antworten? :P

Plötzlich verschwindet seine letzte Nachricht, stattdessen erscheint dort ein: *Diese Nachricht wurde gelöscht.* Ich lache leise.

Was machst du denn gerade?, spiele ich den Ball zurück.

Vince: Ich habe gerade den Laptop ausgeschaltet und mache mich gleich auf den Weg nach Hause.

Ich: Und was hast du an?

Entsetzt reiße ich die Augen auf. O Gott, verdammte Scheiße. *Nein, Vicky!*, rüge ich mich innerlich. Kein Dirty Talk! Ihr wolltet es doch langsam angehen. Willst du ihn etwa schon wieder verjagen?

Am liebsten würde ich meinen Kopf auf den Teller voll Kekse schlagen, halte mich aber gerade noch davon ab, als Vince mir drei große Lachsmileys schickt.

Vince: Die Wahrheit? Hemd und Hose. :P

Puh, okay. Er geht auf den Flirt ein. Das ist doch gut, oder?

Ich: Und die Nicht-Wahrheit?

Vince: Was ist deine Lieblingsfarbe?

Ich: Ähm, ich glaube Gold?

Vince: Dann trage ich gar nichts, mit Ausnahme einer goldenen Stripperhose.

Himmel noch mal, will er mich umbringen? Zwischen meinen Schenkeln beginnt es zu pochen. Ich presse die Beine fest zusammen. Und vielen Dank für den Ohrwurm, jetzt wird mir Ginuwines *Pony* für den Rest des Tages in den Ohren klingeln.

Ich: Was ist mit goldenem Glitzerstaub? Frage für eine Freundin …

Vince: Sag ihr, dass sich der Staub über den ganzen Bauch zieht. ;-)

Ich: Geht nicht, sie masturbiert gerade …

Erneute Lachsmileys, und ich stoße erleichtert Luft aus, weil ich wieder nicht sicher war, ob das zu viel war. Manche finden meinen Humor etwas … wie sagt man, *obszön?* Aber Vince lacht darüber. Er lacht. Und das macht mich gerade viel zu glücklich.

Trotzdem bin ich auch überrascht. Vor wenigen Stunden wollten wir es langsam angehen lassen. Ob es etwas anderes ist, wenn wir aus der Distanz flirten? Und küssen?

Wieder vibriert mein Handy.

Vince: Und was hast du an? Frage für mich. ;-)

Obwohl ich es weiß, schaue ich trotzdem an mir herab. Das Kleid, das ich trage, ist tannengrün und glitzert. Es hat einen U-Ausschnitt, halblange Ärmel und reicht mir gerade mal bis zu den Oberschenkeln. Über dem Nabel werden das Ober- und Unterteil durch einen Knoten verbunden. Ein Teil meines Rückens ist frei, ein Teil meines Bauches auch. Sydneys Mutter hat mich vorhin schon mit einem »Was trägt sie denn da für einen knappen Fummel?«-Blick bedacht, aber ich habe so getan, als hätte ich es nicht bemerkt.

Ich: Auch was Glitzerndes!

Vince: Wahrheit oder Nicht-Wahrheit?

Ich: Wahrheit.

Vince: Face Time? Ich will einen Beweis.

Und schon ploppt sein Anruf auf. Schockiert öffne ich den Mund. Er ruft an? Aaah, was mache ich jetzt? Annehmen? Ablehnen? Mein Herz rast, doch bevor er auflegen kann, drücke ich schnell auf den grünen Button, ehe im nächsten Moment das Gesicht von Vince auf meinem Handydisplay erscheint.

»Hey«, entgegne ich etwas überrumpelt.

»Hey.« Er lächelt – und Gott, diese Stimme! Telefonieren und Face-Timen ist so viel besser als schreiben.

»Grüner Glitzer«, stellt er schmunzelnd fest, während ich das Handy ein Stück vor mir halte, um mehr von meinem Kleid zu präsentieren.

»Genau. Aber ich bin nicht allein«, erinnere ich ihn sicherheitshalber, und schwenke kurz rüber zu Maya, Sydney und Luke, die alle etwas verdattert dreinblicken. Am allermeisten Maya, die mir unter dem Tisch leicht auf den Fuß tritt und mir ein gepresstes »Was habe ich verpasst?«-Lächeln schenkt.

»Später«, antworte ich ihr mit den Augen und drehe Vince zurück zu mir. Heiliger Striptease – er sieht so gut aus in seinem schwarzen Hemd, bei dem die ersten beiden Knöpfe geöffnet sind und einen winzigen Einblick auf seine Brust freigeben. Vince grinst, als er mich beim Starren erwischt, und vermutlich sollte ich verlegen dreinblicken, aber um ehrlich zu sein, will ich mich einfach nur auf dieses wunderschöne Gesicht setzen und seine Lippen an meiner …

»Okay, dann störe ich mal nicht weiter«, durchbricht er mein Kopfkino. Ich nicke hastig und unterdrücke den Drang, mir Luft zuzufächeln.

»Dann … sehen wir uns Silvester?«, fragt er und klingt beinahe schüchtern. Und obwohl Maya, Sydney und Luke mich gerade beobachten, kann ich nicht anders, als über das ganze Gesicht zu strahlen. Das klingt so was von nach einem Date!

»Ja. Bis Silvester.«

17. KAPITEL

Vince

Meine Schwester ist immer noch sauer auf mich. Dass ich ihre damalige Schwärmerei vor Luke ausgeplaudert habe, nimmt sie mir so übel, dass sie nicht einmal mein Angebot angenommen hat, ihr heutiges Silvester-Alibi zu sein. Dabei ist das mit Luke Jahre her. Außerdem hat sie mir keine Wahl gelassen. Irgendwie musste ich sie davon abhalten, weiter über Vicky nachzubohren.

Trotzdem hoffe ich, dass sich die Wogen zwischen uns bald glätten. Ich bin zwar nicht abergläubisch, aber es fühlt sich komisch an, dass wir im Streit ins neue Jahr starten. Hoffentlich denke ich daran, sie um Mitternacht anzurufen.

Mit dem Rücken gegen den Tresen gelehnt nehme ich einen Schluck von meinem Bier und lasse den Blick durch den Raum schweifen. Das rappelvolle *Coffee & Books* ist kaum wiederzuerkennen. Die meisten Tische und Stühle sind weg, dafür wirkt es trotz der vielen Gäste fast doppelt so groß. An der Decke hängen Luftschlangen und Lametta, auf dem Boden tummeln sich goldene Luftballons. Das Licht ist gedimmt, aus den Lautsprechern klingt ein lauter Party-Remix.

Für Essen ist auch reichlich gesorgt. Luke hat irgendeine Catering-Firma engagiert, aber Sydney hat sich ebenfalls ins Zeug gelegt. Der Tresen ist voller Fingerfood, von dem mindestens die Hälfte von Sydney ist. Vorhin habe ich schon einen ihrer selbst gemachten Glückskekse probiert. Auf meinem Zettel stand übrigens: *»Du wirst jemanden finden, der dieselbe Basorexie teilt wie du.«* Keine Ahnung, was Basorexie ist, ich hoffe, keine ansteckende Krankheit.

Es sind mehr Menschen gekommen, als Luke geplant hat, aber das scheint der Stimmung nichts anzuhaben, im Gegenteil. Ein paar unterhalten sich, ein paar essen, ein paar trinken, ein paar tanzen. Unter den Gästen suche ich nach einer ganz bestimmen Person, finde sie aber nicht.

Missmutig nehme ich noch einen Schluck. Die Woche war echt hart. Zwar haben Vicky und ich seit Weihnachten fast pausenlos miteinander geschrieben, aber das hat die Vorfreude auf unser Wiedersehen nur verstärkt. Dabei konnte ich mit Vorfreude noch nie viel anfangen. Sie hat etwas Folterartiges an sich, weil das, worauf man hinfiebert, in so weiter Ferne liegt, dass man vor Ungeduld und Sehnsucht fast vergeht. In den letzten sieben Tagen war ich immer wieder versucht, sie spontan nach einem Treffen zu fragen, aber ich wollte sie nicht verwirren, schließlich hatten wir uns meinetwegen darauf geeinigt, es langsam anzugehen.

Umso mehr freue ich mich auf heute. Oder leide, weil es schon nach elf ist und sie noch immer nicht da ist.

»Warum stehst du allein hier rum?«

Ich drehe den Kopf zu Luke, der mit einem Teller voll Fingerfood aus der Küche kommt, um das Buffet aufzufüllen. Gastgeber zu sein bedeutet auch, die ganze Zeit zu arbeiten.

»Ich beobachte nur die Party.« *Und warte auf sie.* »Bis jetzt läuft's echt super.«

Luke lächelt verlegen, während er die Teller austauscht. »Ja, ich habe auch das Gefühl, dass sich die meisten amüsieren.«

»Tun sie. Einige tanzen sogar, obwohl es kaum Platz gibt.«

»Das ist meistens so bei kleinen Räumen. Bei großen können sich die Leute viel zu sehr verteilen.«

»Win-win also.«

»Ja, im wahrsten Sinne des Wortes. Wir haben nur halb so viel ausgegeben, wie wir dachten. Die Deko war billig und das Catering auch, weil es ein Silvesterspecial gab.«

»Es wäre aber teurer geworden, wenn ihr Sydney bezahlt hättet«, erinnere ich ihn.

»Stimmt. Sie hat sowohl beim Essen als auch beim Aufbau geholfen. Ich muss auf jeden Fall das Gehalt der Mitarbeiter einkalkulieren.« Kurz schweigt er nachdenklich. »Trotzdem habe ich das Gefühl, dass es längst nicht so viel ist, wie angenommen. Je nach Veranstaltung kommen andere Kosten auf uns zu. Bei einer Lesung bräuchte man nur den Raum und vielleicht ein paar Snacks.«

»Wenn du willst, können wir das Ganze mal zusammen durchrechnen. Dann weißt du, welche Angebote du den Leuten machen kannst.«

»Klar.«

»Cool.« Ich knibble am Etikett der Flasche rum und schaue mich wieder um. Noch immer keine Spur von ihr. Und wenn sie nicht kommt? Eine irrationale Panik ergreift von mir Besitz. Was, wenn irgendwas dazwischengekommen ist? Noch mehr Vorfreude ertrage ich nicht. Wann sehe ich sie wieder?

»Alles klar bei dir?« Luke wirft mir einen besorgten Blick zu.

»Jepp, bin nur etwas müde«, winke ich ab. Und das ist nicht mal gelogen. Nicht, dass ich in den letzten Jahren jemals auch nur eine ruhige Nacht gehabt hätte, aber gerade ist es wieder besonders schlimm. Dabei ist mein Problem nicht das Schlafen, sondern das Einschlafen. Egal, wie müde ich bin, meistens liege ich stundenlang wach, als hätte ich vorm Zubettgehen drei Espresso-Shots geext. Und dann denke ich nach. Über das, was war, und über das, was kommt. Je später es wird, desto abgedrehter werden meine Gedanken. Es ist zum Verzweifeln.

»Hey, sie kommt bestimmt bald.« Luke lächelt mir aufmunternd zu, als ahnte er, dass meine Müdigkeit von meinen Vicky-Grübeleien herrührt. Und auch das ist nicht gelogen. Sie ist die ganze verdammte Zeit in meinem Kopf.

»Hat Sydney irgendwas gesagt?«, frage ich leise.

Er schüttelt den Kopf. »Nein. Aber ich bin sicher, dass es nicht mehr lange dauert, bis Vicky auftaucht.«

Ich nicke schwach und war ihm nie dankbarer dafür, dass er seine üblichen Witze heute sein lässt. Gerade wüsste ich nicht, wie ich damit umgehen sollte.

»So.« Luke klatscht in die Hände. »Jetzt muss ich dringend etwas Dampf ablassen. Ich bin schon den ganzen Tag voller Adrenalin. Vielleicht suche ich Sydney und frage sie, ob wir in der Küche ein Nümmerchen schieben wollen.«

Ich verschlucke mich an meinem Bier. »Zu viel Information, Alter!« Sich den besten Freund beim Vögeln vorzustellen, grenzt an das Ekel-Level von Elternsex.

Er lacht. »Halt Wache, okay?«

»Auf keinen Fall!«

Aber Luke verschwindet bereits in der Menge und schlägt beim Vorbeigehen seinem Bruder Timo auf die Schulter, der zu meinem Leidwesen ausgerechnet auf mich zukommt. O nein. Ich presse die Lippen hart aufeinander. Bitte nicht die Schleimkröte.

»Hey.« Er hebt die Hand.

»Hey.« Ich nicke knapp. Timo hat sich kaum verändert. Ein groß gewachsener blonder Bubi, der Luke nicht im Geringsten ähnelt, aber dafür ganz nach seinem Vater kommt. Blonder Schopf, eisblaue Augen, zwielichtige Aura.

»Wie geht's? Wir haben uns ewig nicht mehr gesehen.«

Ja, seit Luke ausgezogen ist, um vor seiner Familie zu flüchten.

»Gut. Viel Arbeit, viel Uni.«

»Kenn ich.« Er lächelt wissend. »Wo arbeitest du genau?«

»Bei *Kombu-Ciao,* das ist ein neues Start-up, das verschiedene Sorten Kombucha-Tee auf den deutschen Markt bringt.«

»Davon habe ich schon mal gehört. Man sieht das Zeug gerade überall.«

»Ja, die gehen gerade ziemlich durch die Decke.«

»Echt cool. Und was genau machst du da?«

»Ich kümmere mich um das Perfomance Marketing.«

»Ah, Werbeanzeigen im Internet schalten, optimieren und so was, ne?«

Langweiliger hätte er meinen Job nicht beschreiben können. Allerdings muss ich ihm recht geben. Den ganzen Tag am Rechner sitzen und Zahlen checken ist nichts, das ich mir für die Ewigkeit vorstelle. Aber das Start-up bezahlt mich ganz gut, und die Arbeitszeiten sind flexibel.

»Ja, genau.«

»Cool.«

Genauso cool wie dieser gestelzte Small Talk, denke ich.

»Und du so?« Die Frage stelle ich nur Luke zuliebe. Er soll mir später nicht vorhalten, dass ich mich vor seinem Bruder wie ein Arsch verhalten habe.

»Wie immer viel Stress. In der Firma ist die Hölle los. Wir kriegen gerade …«

Ab da schalte ich ab. Es interessiert mich nicht, was er auf der Arbeit treibt, deren tyrannischer Chef sein und Lukes Vater ist. Egal, wie sehr Timo sich zu bessern versucht, er wird die

Vergangenheit trotzdem nicht ändern. Luke wurde sein ganzes Leben lang durch den Dreck gezogen, während Timo die Lorbeeren hinterhergeschmissen wurden.

»... und deshalb geht gerade alles drunter und drüber«, schließt er, was ich mit einem desinteressierten »Klingt stressig« quittiere.

»Total stressig«, stimmt er mir zu und stellt sein leeres Champagnerglas ab, ehe er in seiner Hosentasche wühlt. »Ich geh kurz eine rauchen. Willst du mit?«

Ich schüttele den Kopf.

»Alles klar. Bis später.«

Skeptisch sehe ich ihm hinterher. Es irritiert mich, dass er so freundlich geblieben ist. Ob er sich wirklich geändert hat? Keine Ahnung. Ich wünsche es mir für Luke.

Aber noch mehr wünsche ich mir, dass Vicky endlich hier aufkreuzt. Jetzt ist es schon halb zwölf. Verdammt, wo bleibt sie bloß? Sogar Maya ist da und steht mit Lenny in einer Gruppe. Müssten sie als Mitbewohnerinnen nicht alle zusammen gekommen sein?

Ich will sie endlich wiedersehen.

»Hey, schöner Mann.« Jemand tippt mir auf die Schulter und mein Puls schießt durch die Decke. Nur, um im nächsten Moment wieder abzuflauen.

»Oh, hey Tina«, begrüße ich Lukes Chefin und versuche mir die Enttäuschung nicht allzu sehr anmerken zu lassen. Genau wie die meisten anderen Anwesenden, mich eingeschlossen, trägt Tina etwas Schwarzes. Es ist ein eng geschnittenes Cocktailkleid mit einem sehr tiefen Ausschnitt, das ihre rot gefärbten Haare besonders zur Geltung bringt.

»Wie geht's?« Sie klimpert mit den Wimpern, als hätte sie etwas im Auge.

»Gut, und dir?«

»Mir auch«, säuselt sie und fährt mit der Hand über den Kragen meines Anzugs.

Was zur Hölle …

»Ähm.« Ich trete einen Schritt zurück. »Flirtest du gerade mit mir?«

Das Klimpern hört auf. »Wonach sieht's denn aus?«

»Keine Ahnung. Deshalb frage ich ja.«

Sie seufzt. »Na schön. Ich versuche Vera eifersüchtig zu machen. Zufrieden?«

»O Mann.« Ich verdrehe die Augen. »Was ist denn passiert? Auf der Party neulich habt ihr doch ziemlich vertraut gewirkt. Ich dachte, da läuft was.«

»Dachte ich auch. Sie war es sogar, die mich angetanzt hat. Aber seitdem herrscht Funkstille. Wir reden zwar noch und so, aber nicht auf *diese* Weise. Jetzt frage ich mich die ganze Zeit, ob sie auf der Party einfach nur betrunken und deshalb so anhänglich war, oder ob sie zu schüchtern ist, um den nächsten Schritt zu machen.«

»Warum redest du nicht mal mit ihr?«

»Würde ich ja gern, aber die Frau ist so kommunikativ wie ein Stein.«

»Vielleicht ist sie einfach nur verschlossen.« *So wie ich.*

»Das nervt«, murrt sie. »Sie ist echt süß, aber ich will ihr nicht alles aus der Nase ziehen.«

»Kann ich verstehen. Aber ich glaube trotzdem, dass die Eifersuchtsnummer nichts bringt. Sorry.«

»Wenn du nicht willst, suche ich mir jemand anderen.« Sie sagt es fast wie eine Drohung, und ich muss lachen.

»Tu das.«

»Na schön!« Tina verliert keine Zeit und kneift die Augen zusammen, während sie den Blick wie ein Panther auf der Suche nach seiner neuen Beute durch den Raum schweifen lässt.

Dann erhellt sich ihr Blick. Sie hat ihr Opfer gefunden.

»Vicky!«

Mein Herz setzt einen Schlag aus. Vielleicht auch zwei oder drei.

Langsam schaue ich auf. Folge Tinas Blick. Und sehe sie. Endlich.

18. KAPITEL

Vicky

»Hey Vicky! Was dagegen, wenn ich um null Uhr vor Veras Augen mit dir knutsche?«

»Was?« Ich blinzele mehrmals. Das waren zu viele wirre Worte auf einmal.

»Wir zwei, null Uhr! Knutschen!«, wiederholt Tina, die ungeduldig vor mir rumzappelt.

»Wow, dabei hatten wir noch nicht mal ein Date. Willst du mich nicht erst ausführen und mir danach die Kleider vom Leib reißen?«

Sie verdreht die Augen. »Du kannst deine Kleider anbehalten. Es geht mir nur um Vera. Nein, nicht hinschauen!«, warnt sie mich, als mein Blick automatisch in ihre Richtung zuckt.

»Du willst Vera eifersüchtig machen?« Ich lege den Kopf schief, während ich sie betrachte. »Bist du nicht schon etwas zu alt für solche Kindereien?«

»Was für Kindereien!« Tina reckt beleidigt das Kinn vor, dabei fällt mir zum ersten Mal ihr blonder Haaransatz auf. Anscheinend dachte ich bis zu diesem Augenblick, dass ihr Schopf von Natur aus so knallrot ist.

»Rede doch einfach mit ihr.«

Tina stößt ein entnervtes Grummeln aus. »Du kennst Vera nicht. Mit ihr kann man nicht *einfach reden*. Immer wenn ich es versuche, rennt sie praktisch vor mir weg.«

Da kenne ich noch jemanden …

»Aber wenn sie eifersüchtig wird, weiß ich wenigstens, dass sie auch Interesse hat, verstehst du? Bis jetzt tappe ich nämlich völlig im Dunkeln. Vielleicht mag sie mich gar nicht und es ist ihr egal, mit wem ich was mache. Oder … sie mag mich auch, verstehst du?«

Nein, ich verstehe nicht. Nicht nur, dass ich es irgendwie shady finde, mit den Gefühlen einer Person zu spielen, die man mag, ich könnte mir auch vorstellen, dass sich Vera erst recht abwenden würde, weil sie glaubt, dass man kein Interesse an ihr hat. Aber was weiß ich schon von Beziehungskram.

»Also, machst du es? Knutschst du mit mir?« Sie wirft mir einen hoffnungsvollen Dackelblick zu und schickt ein in die Länge gezogenes »Biiiittteeeee« hinterher.

»Meinetwegen«, knicke ich ein. »Aber nur auf die Wange. Und versuch vorher erst mit *ihr* zu knutschen.«

»Danke, Vicky. Danke, danke, danke. »Sie fällt mir um den Hals und ich muss darüber lächeln, weil ich das Jahr scheinbar noch mit einer guten Tat abschließen werde.

»Du siehst übrigens super aus!« Tina mustert mein silbernes Fransenkleid und pfeift anerkennend. Ich weiß, es ist gewagt – der Ausschnitt reicht mir fast bis zum Nabel – aber Tina scheint ihr Kompliment wirklich ernst zu meinen. Ihr Ausdruck ist ehrlich und bewundernd.

»Du siehst auch toll aus, Tina.«

»Danke, aber ich wünschte, ich würde mich auch mal trauen, ein bisschen mehr zu experimentieren. Ist das schwarzer Lippenstift?«

»Jepp.« Ich ziehe die Unterlippe zwischen meine Zähne. »*Long Lasting,* Baby. Falls wir später knutschen, verschmiert nichts.«

Sie lacht. »Das sind gute Voraussetzungen.«

»Sind sie. Und jetzt lass uns zu Vera gehen«, beschließe ich und ziehe sie, bevor sie protestieren kann, mit mir mit. Auf dem Weg dorthin halte ich Ausschau nach Vince, aber inmitten all der vielen Anzugträger kann ich ihn nicht entdecken. Hoffentlich ist er schon da. Ich bin schon viel zu spät dran, weil ich mir den Feiertagszuschuss im Museum nicht entgehen lassen konnte, und ich mich danach noch mit Peer ewig über den Aton-Kult verquatscht habe.

Vera steht in einer Gruppe, in der ich unter anderem auch Maya und Lennart entdecke. Ich erspare mir die Begrüßung aller Einzelnen, und winke stattdessen in die Runde. Tina krallt sich unterdessen an meiner Schulter fest, wie eine Jeansjacke, die ich aus stylischen Gründen nur einseitig trage. Am liebsten würde ich laut auflachen. Seit ich sie kenne, habe ich sie noch nie so unsicher erlebt. Schon krass, wozu Menschen, die etwas in uns auslösen, uns bringen können.

Apropos Menschen, die etwas in uns auslösen …

»Hast du Vince gesehen?«, murmele ich in Mayas Richtung und schäle mich aus meinem Mantel.

Maya sieht an mir vorbei und kneift suchend die Augen zusammen. »Also vorhin stand er dort am Tresen.«

Mein Herz macht einen aufgeregten Hüpfer. »Und wo ist er jetzt?«

»Au!« Sie entzieht mir ihren Arm, den ich versehentlich zu fest gedrückt habe. »Keine Ahnung, aber er wird schon irgendwo sein. So groß ist das Café ja nicht. Vielleicht ist er kurz auf die Toilette gegangen.«

»Vielleicht«, überlege ich und werfe einen Blick auf den halb angebissenen Cake Pop, den sie in der Hand hält. »Ich glaube, ich hole mir auch so ein Ding.«

Und dafür müsste ich rein zufällig zum Tresen gehen – ja,

ganz recht. Maya durchschaut mich natürlich, und verabschiedet mich mit einem süffisanten Grinsen.

Auf dem Weg nach vorn passiere ich eine Gruppe Mädchen, die ihr angeregtes Gespräch in dem Moment unterbrechen, als ich an ihnen vorbeilaufe. Ihre missgünstigen Blicke ruhen auf mir, meinem kurzen Kleid, meinen nackten Beinen, meinen hohen Schuhen. Glücklicherweise habe ich mich schon lange daran gewöhnt, dass viele Frauen mich nicht mögen. Vielleicht ist es meine Kleidung, die sie so abschreckt, vielleicht aber auch meine offene Art oder die Tatsache, dass ihnen mein Lebensstil nicht zusagt. Was es auch ist, es interessiert mich nicht.

Und doch springt, kaum dass ich sie hinter mir gelassen habe, mein Dramaradar an und stößt so heftige Funkwellen aus, dass ich sie förmlich in den Rippen spüre. O je, das heißt wohl, dass es heute Nacht noch ordentlich krachen wird.

Am Tresen angekommen betrachte ich das reiche Buffet. Sydneys Handschrift ist deutlich erkennbar. Alles, was sie macht, sieht immer so bunt, symmetrisch und perfekt aus. Ich schnappe mir zwei Cake Pops, blicke mich unauffällig suchend nach Vince um und will gerade zurück zu Maya gehen, als sich jemand vor mich stellt.

»Hey, kennen wir uns?«

Vor mir steht ein großer Typ mit braunen Haaren, die zu einem Man Bun geknotet sind. Er hat einen dichten Bart, der bis über seinen Hals verläuft. Seine Kleidung ist lässig – weites Hemd, weite Stoffhose. Hippie-Boys wie er sind eigentlich mein typisches Beuteschema – aber neuerdings haben es mir anscheinend auch spießige Anzugträger angetan.

»Keine Ahnung«, erwidere ich und mustere konzentriert sein Gesicht. Er kommt mir tatsächlich bekannt vor, aber ich weiß nicht, woher.

»Haben wir mal gevögelt?«, frage ich geradeheraus.

Der Fremde lacht kurz überrascht auf. »Nein, daran würde ich mich garantiert erinnern. Aber ich glaube, ich habe dich schon mal auf einer Party gesehen.«

»Kann sein. Wie heißt du?«, frage ich.

»Fred. Eigentlich Friedrich. Benannt nach dem Lieblingsphilosophen meiner Eltern.«

»Nietzsche?«

»Richtig.« Fred strahlt mich an. »Sogar beim ersten Versuch. Die meisten Frauen kommen gar nicht darauf.«

Die meisten Frauen? O nein. Er macht mir ein Kompliment, in dem er die Intelligenz anderer Frauen infrage stellt.

Nein, wir haben ganz bestimmt niemals gevögelt.

»Die meisten Frauen würden dir deshalb einen Tritt in die Weichteile verpassen«, kommentiere ich angesäuert.

Fred stutzt. »Warum denn?«

»Das darfst du selbst herausfinden.«

Jetzt sieht er aus, als hätte ihn die Erleuchtung gepackt. »Ah, du bist so eine Feministen-Tante, oder?«

Das ist doch nicht sein Ernst. Ich stöhne leise auf. Männer wie er werden mich noch ins Grab bringen.

»Korrekt. Und jetzt sag mir bitte eins«, wechsele ich das Thema und tippe auf den Tisch. »Hast du den extrem heißen Typen gesehen, der vorhin hier stand?«

Wieder wirkt Fred ein wenig überrumpelt. »Ähm, wie sieht er denn aus?«

»Als hätte Botticelli ihn gemalt.«

»Wer ist Botticelli?«

Soso, der Typ prahlt mit Nietzsche, aber bei Künstlern versagt sein Allgemeinwissen.

»Vergiss es«, winke ich ab, und will mich gerade umdrehen, als sich im selben Moment von hinten ein Arm um meine Taille schlingt.

Und sich die Welt kurz aufhört zu drehen.

»Da bist du ja«, haucht er, und sein warmer Atem streift meinen Hals. Gänsehaut kriecht über meinen Nacken. Am Rande meines Bewusstseins bekomme ich mit, wie Fred abzieht und von der feiernden Meute verschluckt wird. Zurück bleiben nur wir zwei, Vince und ich.

»Dir ist schon klar, dass Botticelli extrem creepy Gesichter gezeichnet hat?«

»Oh.« Meine Wangen beginnen zu glühen. »Das hast du gehört?«

»Ich würde seine Werke jedenfalls nicht als extrem heiß bezeichnen.« Sein Oberkörper bebt, als er leise lacht. Gott, wie ich seine Stimme vermisst habe.

»Wo warst du so lange?«, fragt er und der leichte Druck seiner Finger auf meiner Hüfte bringt mich so aus dem Konzept, dass mein Gehirn einen Moment braucht, um sich daran zu erinnern, wie man Worte bildet.

»Noch im Museum. Es ist leider später geworden, als ich geplant hatte. Wie lange bist du denn schon hier?«

»Seit neun.«

»Oh. Tut mir leid, dass es bei mir so lange gedauert hat.«

»Kein Problem. Jetzt bist du ja hier.«

Und damit dreht er mich sanft herum. Als unsere Blicke sich treffen, gerät mein Atem ins Stocken. Vince trägt einen schwarzen Anzug mit einem weißen Hemd und einer schwarzen Fliege. Die Haare sind ein bisschen zerzauster als sonst und verleihen seinem eleganten Auftreten etwas Freches.

»Du siehst extrem heiß aus«, platze ich heraus.

Überraschung flackert in seinen Augen, um seine Mundwinkel zuckt es verräterisch. »Als hätte Botticelli mich gemalt?«

»Ja.«

Wieder lacht er. »Vielen Dank. Und du siehst …« Er macht eine Handgeste in meine Richtung und schüttelt den Kopf, als fehlten ihm die Worte, mich zu beschreiben. »Unglaublich aus.«

Sein Blick fällt auf meinen Mund, und ich weiß nicht, ob es Absicht oder ein Reflex ist, aber als er sich leicht über die Lippen leckt, rauscht ein heißes Prickeln durch meinen ganzen Körper.

Plötzlich quetschen sich zwei Frauen neben uns, um ans Buffet zu kommen. Sofort greift Vince nach meiner Hand und zieht mich durch die Menge. Leicht taumelnd folge ich ihm. Dass wir Händchen halten, irritiert mich so sehr, dass meine Hand sich ungewollt verkrampft. In den letzten Tagen haben wir zwar viel geschrieben, aber nachdem wir es langsam angehen lassen wollten, hatte ich nicht erwartet, dass wir heute gleich zu Beginn körperlich werden würden. Es ist schließlich etwas völlig anderes, sich aus der Ferne zu küssen. Aber Vince lässt meine Hand auch dann nicht wieder los, als wir einander zugewandt vor einem der Bücherregale zum Stehen kommen.

»Wie war's im Museum?«, erkundigt er sich und spricht etwas lauter, um die Bässe von Doja Cats *Boss Bitch* zu übertönen. Wären meine Beine nicht puddingweich, würde ich schon längst tanzen.

»Sehr schön«, entgegne ich ebenfalls etwas lauter.

»Übrigens habe ich einem Kollegen erzählt, dass du bald Führungen auf Arabisch gibst. Er fand das richtig cool und wollte da demnächst mal mit seiner Familie vorbeigucken.«

Vince hat über mich geredet? Die Bienen in meinem Bauch beginnen ein neues Lied zu summen.

»Oh. Danke für das kostenlose Marketing«, entgegne ich, und klinge nur halb so schlagfertig wie erhofft.

Er grinst. »Jederzeit.«

Noch immer hält er meine Hand in seiner, und allmählich entspannen sich meine Muskeln wieder. Mein Blick schweift über die Feiernden. Die Stimmung im Café scheint auf dem Höhepunkt zu sein. Luke und Sydney knutschen wie zwei Teenager, Maya und Lennart schwingen das Tanzbein, sogar Tina und Vera stehen eng beieinander und unterhalten sich schüchtern – meine Dienste werden wohl nicht mehr benötigt!

Und doch hat die Atmosphäre auch etwas Bedrückendes. Es sind einfach zu viele Menschen auf einem Haufen. Jetzt stellt sich sogar eine Gruppe direkt vor uns, blockiert den Weg, die Sicht, alles. Um der Meute auszuweichen, mache ich einen kleinen Schritt auf Vince zu und bin überrascht, als er unsere verschränkten Hände voneinander löst, nur, um mich im nächsten Moment an sich zu ziehen. Als mein Körper sich bewusst wird, wie nahe er seinem ist, erwacht das pulsierende Verlangen zwischen meinen Beinen schlagartig zum Leben.

»Hier sind zu viele Menschen.« Vince sieht sich um, als würde er nach einem Ort suchen, an dem wir nicht Gefahr laufen, von der Menge erdrückt zu werden.

Wir können zu mir gehen, denke ich, halte mich aber gerade noch davon ab, die Worte laut auszusprechen. Ich darf ihn nicht schon wieder verschrecken.

Langsam, Vicky. Langsam!

»Es gibt da einen kleinen Hinterhof«, sagt er nach kurzem Überlegen. »Ich habe den vorhin gesehen, als ich die Toilette gesucht habe.«

»Stimmt«, erinnere ich mich, weil ich auch mal die Tür verwechselt habe und dort gelandet bin. »Dann auf zum Hinterhof.«

Ich halte mich an seinem Arm fest, während ich ihm durch das Gedränge der Menschen nach draußen folge.

Der Hof ist klein und eingezäunt. Außer zwei großen Mülltonnen, ein paar leeren Bierflaschen und einem bis zum Rand gefüllten Aschenbecher steht hier nichts herum. Ich ziehe mir meinen Mantel wieder über. Vince trägt keinen, deshalb können wir vermutlich nicht lange hier draußen bleiben.

»Hab gar nicht gemerkt, wie stickig es da drin war.« Er reibt die Hände aneinander und versucht sie mit seinem Atem zu wärmen. Als er mich ansieht, liegt Neugier in seiner Miene. »Warum lächelst du?«

»Ich mag deine Stimme«, seufze ich.

»Das hast du schon mal gesagt.« Er macht einen Schritt auf mich zu.

»Und ich meine es immer noch so«, entgegne ich und komme ihm entgegen. Durch meine hohen Schuhe sind wir fast gleich groß.

»Ich mag deine auch.« Wieder ein Schritt, und jetzt ist er mir so nah, dass wir uns fast berühren.

Und doch nicht nah genug.

Ohne zu wissen, was ich tue, hebe ich die Hand und richte seine Fliege, doch als ich die Hand wegziehen will, hält Vince mich zurück.

»Bleib«, sagt er, und ich weiß nicht genau, was er meint, nur dass mir wegen diesem kleinen Wort das Atmen schwerfällt. Unsere Blicke verlieren sich ineinander, in seinen Augen tobt ein schwarzes Feuer.

»Vicky?«

Ich halte seinem brennenden Blick stand. »Ja?«

»Weißt du, was Basorexie bedeutet?«

Verdutzt halte ich inne. »Hast du etwa meinen Glückskeks-Spruch erwischt?«

»Du hast ihn geschrieben?«

»Ja. Sydney hat die Kekse gebacken und Maya und ich haben ihr bei den Sprüchen geholfen.«

Dass ausgerechnet er ihn aus den zweihundert anderen Glückskeksen gezogen hat … Nachdem ich beim Schreiben nur an ihn und unseren Mistelzweigmoment gedacht habe.

Sein Ausdruck ändert sich. »Wow.«

»Warum wow?«

»Na ja.« Er zuckt mit den Schultern, nimmt meine Hand von seiner Brust, und hält sie zweifelnd vor sich. »So schöne Finger und eine so krakelige Schrift.«

Ich pruste los. Und da ist er wieder, der eindeutige Beweis, dass das zwischen uns mehr ist als nur körperliche Anziehung. Vince interessiert mich als Mensch. Ich mag seinen Charakter, seinen Humor.

»Und was bedeutet es?«, fragt er.

»Basorexie ist …« Mein Blick fällt auf seine Lippen, während mir für einen Moment die Stimme versagt. »Wenn man das überwältigende, sehnsüchtige und kaum auszuhaltende Verlangen hat, jemanden zu küssen.«

Seine Pupillen weiten sich, als er begreift. »Ich … werde also jemanden finden, der dieselbe Basorexie teilt wie ich?«

Ich löse meine Hand aus seiner, lasse sie zu Vince' Gesicht wandern und streiche mit dem Daumen über seine Unterlippe. »Vielleicht hast du das schon.«

»Vielleicht«, flüstert er und kommt meinem Kopf immer näher. Trotz der Außentemperaturen ist in mir eine brennende Hitze, die kaum auszuhalten ist. Mein Atem geht flach, mein Herz pocht wie wild. *Ich will ihn.* So sehr. Aber geht es ihm genauso?

»Vince?«

Er kommt mir noch näher, schließt die Augen. »Ja?«

Ich hasse es, die Spielverderberin zu sein, aber lieber kläre ich das vorher ab, als mich später zu ärgern.

»Ich will dich keinesfalls aufhalten, aber … wollten wir es nicht langsam angehen?«, frage ich vorsichtig, und rechne insgeheim schon damit, dass er gleich wieder auf Distanz gehen wird.

Aber Vince zieht sich nicht zurück. Stattdessen lehnt er seine Stirn gegen meine und atmet tief aus. »Ich glaube, ich kann das nicht«, sagt er tonlos, und fügt hinzu: »Es langsam angehen, meine ich.«

Ich kann kaum noch atmen. Das ist alles, was ich hören wollte. Alles. »Bist du sicher?«

Er nickt, ohne sich von mir zu lösen. Seine Stimme wird immer leiser. »Dafür habe ich dich diese Woche einfach zu sehr vermisst.«

Mein Blut rauscht mir in den Ohren. Er empfindet genauso. Es ist keine Einbildung. *Er mag mich auch.*

»Ich hab dich auch vermisst«, bringe ich heraus, die Stimme heiser vor Verlangen.

Vince löst den Kopf von meiner Stirn und sieht mich an. Ich kann die Hitze seines Blicks beinah körperlich spüren. Um uns herum wabert die Basorexie wie unsichtbarer Nebel, hüllt uns ein, entflammt unsere Haut. Mir wird schwindelig, schwarze Punkte tanzen vor meinen Augen, so sehr will ich ihn.

Keine Ahnung, wer von uns den Anfang macht. Vielleicht er, vielleicht ich, vielleicht wir beide. Aber als unsere Münder aufeinandertreffen, ist es, als würde ich implodieren. Unser Kuss ist verzweifelt, drängend und ungestüm. Als hätten wir ewig die Luft angehalten und würden erst mit der Berührung unserer Lippen wieder Atem holen. Meine Lider flattern, während Vince mein kleines Keuchen mit seinem Mund erstickt.

Diesmal bin ich es, die ihn gegen die Wand drückt. Meine Finger umfassen seinen Nacken, ziehen ihn noch näher zu mir. Vince legt seine Hände auf meinen Hintern und drückt sein Becken gegen meins. Als ich seine Erregung spüre, zieht sich mein Innerstes lustvoll zusammen.

»Gott, du bist so heiß«, murmelt er und fährt mit den Lippen über meine Wange, meinen Kiefer, meinen Hals.

»Ich weiß«, erwidere ich und spüre, wie er lächelt.

»Ich hab dich vermisst«, sagt er wieder, und ich glaube, dass ich noch nie etwas Erotischeres gehört habe.

»Ich dich auch. Und jetzt halt die Klappe«, sage ich atemlos und fummele an den Knöpfen seines Hemdes. Ich weiß auch nicht, was ich vorhabe. Wir sind draußen, es ist kalt und es könnte jederzeit jemand durch die Tür kommen. Aber mein Körper fleht nach seinem, und mein Verstand hat sich in dem Moment von mir verabschiedet, als er Basorexie gesagt hat.

Ich reiße vier Knöpfe auf, dann treffen meine Finger auf seine harte, trainierte Brust. Seine Haut ist glatt und fest, und doch so weich. Grundgütiger! Wie kann sich ein Mensch so gut anfühlen?

»Versuchst du gerade, mich auszuziehen?« In seiner Stimme höre ich ein Lächeln.

»Vielleicht. Wäre das ein Problem?«

Anstelle einer Antwort lässt er von mir ab und schiebt meinen Kopf zurück, um mich eindringlich anzusehen. Sein Blick ist voller Wärme. »Vicky?«

Meinen Namen aus seinem Mund zu hören – mit seiner unglaublichen Stimme, so samtig weich wie das Innere einer Praline.

»Ja?«, hauche ich.

Seine Lippen öffnen sich und gerade als er zum Sprechen ansetzt, fängt etwas an seiner Hüfte an zu vibrieren.

Erschrocken trete ich zurück und senke den Blick auf das Hemd, dass ihm aus der Hose hängt. »Ist das … Bist du …« Hitze schießt mir in die Wangen.

»Nein.« Er lacht leise. »Das ist mein Handywecker. Es ist null Uhr.«

»Oh.« In diesem Moment beginnt die Welt zu jubeln. Ich hebe den Kopf und sehe, wie das Feuerwerk über uns die Nacht erleuchtet. Eigentlich bin ich kein großer Fan der umweltverschmutzenden Pyrotechnik, aber beim Anblick der funkelnden Lichter fehlt mir trotzdem immer wieder die Sprache. Diese Ästhetik – feurig bunt auf nachtschwarz – ist einfach atemberaubend.

Als ich zurück zu Vince schaue, erleuchten die schillernden Farben sein Gesicht.

Er ist so schön.

»Frohes neues Jahr«, flüstert er und beugt sich vor, um mich erneut zu küssen. Diesmal jedoch so sanft und zärtlich, dass alles um mich herum verschwimmt.

»Frohes neues Jahr«, sage ich und spüre, wie sich irgendwas in meiner Brust zusammenzieht. Eigentlich fand ich den Rummel um Silvester immer etwas überzogen. Es braucht keinen bestimmten Tag, um sich eine Liste mit Vorsätzen zu schreiben oder sein Leben umzukrempeln. Aber dass ich das Jahr hier und jetzt mit Vince beginne, fühlt sich tatsächlich an wie ein neuer Anfang. Eine neue Seite. Ein neues Kapitel.

Noch immer vibriert sein Wecker und klingelt inzwischen so laut, dass man ihn trotz des Lärms um uns herum nicht überhören kann.

»Warte kurz«, sagt er und greift in seine Hosentasche. Mit einem schnellen Wisch schaltet er den Wecker aus, dann wirft er einen Blick auf seine neuesten Benachrichtigungen und lächelt.

Während ich aufhöre zu lächeln. Weil ich sehe, was er sieht. Verkehrt herum, aber dennoch erkennbar.

Zwei verpasste Anrufe von *Nervensäge* ♥ und eine neue Nachricht.

Nervensäge ♥: Frohes neues Jahr, du Blödmann. Ich liebe dich trotzdem.

Doch es ist nicht die Nachricht, die mir den Hals zuschnürt. Es ist das Foto, das seinen Homescreen ziert. Das Foto von ihm und einer blonden Frau, die beide ein albernes Duckface ziehen. Ich erkenne sie sofort: Es ist das Mädchen von damals.

Seine Freundin.

19. KAPITEL

Vince

Irgendwas stimmt nicht mit mir. Im Ernst, es kann doch nicht sein, dass ich immer wieder den Drang verspüre, einfach wegzurennen. So wie jetzt gerade. Ich will nicht hier sein. Ich will aus der Tür stürmen und mich nicht umdrehen, während ich bis ans andere Ende der Welt sprinte.

Einzig und allein Vicky und der Blick auf ihre schwarz geschminkten Lippen, die noch vor wenigen Sekunden mit meinen verschmolzen waren, hindern mich daran, diesem Drang nachzugeben. Ihr Blick ist schockgeweitet, ungläubig.

»Okay. Ich kann das erklären«, beginne ich ruhig.

»Du hast gesagt, du hast keine Freundin.« Ihre aufgebrachte Stimme übertönt das laute Feuerwerk.

»So ist es auch …«

»Und wer hat dir dann gerade ein frohes neues Jahr gewünscht?«

»Das … das war meine Schwester!«

Warum stottere ich? Die Nachricht kam wirklich von Linh, eine andere Nervensäge gibt es in meinem Leben nicht. Es hat mich gefreut, dass sie, obwohl sie noch sauer ist, trotzdem versucht hat, mich um null Uhr anzurufen. Genau dasselbe hatte ich auch vorgehabt. Deshalb der Wecker.

»Deine Schwester«, höhnt sie. »Und die Frau auf deinem Hintergrundbild ist wohl auch deine Schwester.«

Fuck. Dieses verdammte Foto.

»Okay, ich weiß, wie das jetzt rüberkommt.« Ich schiebe mein Handy zurück in meine Hosentasche, langsam und vorsichtig, als könnte es sonst noch mehr Unheil anrichten. Aber es ist sowieso zu spät. Sie hat es gesehen.

»Ich war damit einverstanden, dass du es langsam angehen wolltest«, beginnt sie aufzuzählen. »Ich habe Geduld bewiesen, weil ich dir keinesfalls erneuten Druck machen wollte. Womit ich aber nicht einverstanden war, war, dass du mich zur *Anderen* machst. Schon wieder! Und dann auch noch bei genau derselben Person. Als würde sich die Geschichte von damals einfach wiederholen. Und am Ende rennst du zu ihr zurück. Scheiße«, flucht sie und kneift sich in die Nasenwurzel. »Ich glaub das einfach nicht.«

»Wolltest du es mir heimzahlen? Weil ich gehe und dich zurücklasse?«

Die Worte der Vergangenheit hallen in mir wider wie ein Echo. Ein Summen in meinen Ohren lässt alle anderen Geräusche wie gedämpft in den Hintergrund treten. Da ist nur noch ihre Stimme. Mein Atem geht flach, als Vickys Gesicht vor meinen Augen immer mehr verschwimmt und ihre grüne Iris blau und ihre braunen Haare blond werden.

»Du bist so ein Mistkerl!«, schimpft die Stimme wieder, ein vor Zorn funkelnder Blick ist auf mich gerichtet. Schuld rauscht durch meinen Körper. Ich drücke die Beine durch, fühle mich aber dennoch haltlos und gerate leicht ins Wanken. Mir wird eiskalt.

»Oder hast du das nur gesagt, um mich rumzukriegen?«, reißt mich Vickys Stimme aus der Erinnerung, Sie sieht mich so entsetzt an, als würde sie mich nicht wiedererkennen. »Diese Romantiker-Nummer, die Küsse unterm Mistelzweig …«

Erschrocken reiße ich die Augen auf, brauche aber noch einen Moment, um wieder in der Gegenwart anzukommen. »Was? Vicky, nein! Wirklich nicht. Du verstehst das ganz falsch.«

»Ach ja?« Sie verschränkt die Arme vor der Brust, ihr Blick ist auffordernd. »Dann erklär es mir. Was soll das Foto?«

»Es … es ist uralt. Ich hab's behalten, weil … Keine Ahnung. Ich habe mich irgendwie daran gewöhnt. Es ist schön und nach all der Zeit würde es mir vermutlich fehlen, wenn ich es ändere.«

Und weil sie mir wichtig ist, ergänze ich stumm. Egal, wie hässlich es damals zwischen uns geendet hat. Sie ist und bleibt mir wichtig. Jepp, das ist die traurige Wahrheit, und ich weiß, dass Vicky sie nicht hören will. Niemand will das. Deshalb rede ich auch nicht darüber. Das kann keiner verstehen. Am allerwenigsten ich.

Vicky mustert mich weiterhin abwartend, der Wind pustet ihr ein paar Locken ins Gesicht, die sie unsanft wegstreicht. Als ich jedoch nichts weiter hinzufüge, schüttelt sie den Kopf. Langsam und enttäuscht. »Ich hätte einfach auf meinen Dramaradar hören sollen.«

»Was?«

»Nichts, vergiss es.« Sie presst die Lippen hart aufeinander. Ganz kurz fürchte ich, dass sie gleich anfängt zu weinen, doch stattdessen richtet sie den Blick auf das Feuerwerk und blinzelt die Tränen zurück. Dass sie traurig ist, tut noch mehr weh, als sie wütend zu sehen.

»Warte«, sage ich, als sie sich an mir vorbeischieben will, und greife nach ihrem Arm. »Lass uns bitte kurz durchatmen und dann ganz in Ruhe –«

»Nein!« Sie schüttelt meinen Griff ab.

Und dann ist sie weg.

20. KAPITEL

Vicky

Mein Blick wandert hektisch durchs Café. Bis auf eine kleine Gruppe ist der Raum fast leer, die meisten sind draußen vor der Tür und stoßen auf das neue Jahr an. Wahrscheinlich auch Sydney und Maya. Verdammt, dabei brauche ich sie jetzt sofort. Ich weiß ansonsten nicht, wohin mit mir.

»Schlampe«, zischt es von der Seite, und ich drehe mich instinktiv um. Es ist dieselbe Mädchengruppe von vorhin, die mich höhnisch ansieht. Sie alle halten Bierflaschen in der Hand, ein paar von ihnen schwanken bereits im Stehen bedenklich hin und her.

»Sie fühlt sich sogar angesprochen«, lallt eine von ihnen, woraufhin die Meute loskichert.

Mein Pulsschlag verdoppelt sich ... Ich kenne diese Mädchen nicht. Ich habe sie vorher noch nie gesehen und ihnen nichts getan. Trotzdem nennen sie mich Schlampe. Einfach so. Als hätte ich irgendwas getan, um das zu verdienen.

Meine Augen beginnen verräterisch zu brennen. Eigentlich bin ich nicht so nah am Wasser gebaut. Eigentlich kümmert es mich nicht, was die Leute von mir denken. Aber gerade wird mir einfach alles zu viel. Vince kriegt süße Nachrichten von seiner Ex, und ich werde von fremden Leuten als Schlampe beschimpft. *Schon wieder.* Dieses Wort verfolgt mich, als wäre ich verflucht.

Schweigend steuere ich den Ausgang an. Am liebsten würde ich den Mädchen noch einen niederschmetternden Konter reindrücken, aber der Kloß in meinem Hals ist so dick, dass ich nicht weiß, ob ich beim Versuch zu sprechen daran ersticken würde.

Vor dem Café herrscht das reinste Durcheinander. Überall wabert Qualm, überall wuseln Menschen herum, die brüllen und sich in den Armen liegen. Frustriert schaue ich mich um. Wo sind die beiden nur? Kein bekanntes Gesicht weit und breit. Ich versuche Maya anzurufen, aber die Leitung ist belegt. Dasselbe auch bei Sydney. Scheiße. Wütend trete ich gegen das Holzstück einer Feuerwerksrakete und kann die Tränen nicht mehr länger zurückhalten. Prickelnd warm fließen sie an meinen eiskalten Wangen hinab. Aber niemand bemerkt es. Normalerweise werde ich ständig ungebeten angeglotzt und ausgerechnet jetzt übersehen.

Ich muss hier weg.

Ich lasse das Café hinter mir und laufe über den Bürgersteig. Bis nach Hause sind es etwa zwanzig Minuten zu Fuß, aber mit meinen Pumps werden es wohl eher dreißig. Die Tram kommt nicht infrage, weil die Bahnen zu dieser Uhrzeit viel zu unregelmäßig fahren.

Um den Weg abzukürzen, beschließe ich, die Hauptstraße zu verlassen und in eine kleine Seitenstraße einzubiegen. Schicke Altbauhäuser säumen beide Seiten, wirken im schwachen Licht der Laternen jedoch unerwartet düster und bedrohlich.

Wo sind denn alle? Vor dem Café wird die Party des Jahrhunderts gefeiert, aber hier ist niemand. Keine jubelnden Menschen, keine Böller, keine Raketen, die die Nacht erhellen.

Andererseits befinden sich in diesem Viertel fast nur Firmen und Büros, die heute natürlich geschlossen sind. Das *Coffee &*

Books scheint das einzige Lokal zu sein, das im Umkreis geöffnet hat.

Verdammt. Ganz allein ist es hier echt gruselig. Vielleicht hätte ich doch den längeren Weg durch die belebte Rosenthaler Straße nehmen sollen. Aber wenn ich jetzt umdrehe, brauche ich noch länger bis nach Hause.

Nein. Ich schaffe das schon, rede ich mir selbst Mut zu. Das erste Viertel ist geschafft, und wenn ich noch etwas schneller gehe, bin ich bald da.

Um den Weg nicht völlig allein zurückzulegen, versuche ich erneut bei Maya und Sydney anzurufen, komme aber wieder nicht durch. Die Leitungen sind völlig überlastet. Dabei würde ich so gerne mit jemandem reden. Erzählen, was passiert ist.

Plötzlich erklingen leise Schritte hinter mir. Großartig. Offenbar ist dem Universum dieser Moment nicht gruselig genug, nein, es muss meine Verletzlichkeit ausnutzen und jemanden hinter mich platzieren, damit ich erst recht Schiss kriege. Aber da mache ich nicht mit. Kurz entschlossen wechsele ich die Straßenseite.

Ein großer Fehler, wie sich herausstellt, denn nun laufe ich geradewegs auf eine Reihe dunkler Gestalten zu. Meine Kehle schnürt sich zusammen. Scheiße. Und jetzt? Soll ich wieder die Seite wechseln? Oder schnell an ihnen vorbeigehen?

Mein Gehirn ist heillos überfordert, die Synapsen kurzzeitig lahmgelegt. Meine Füße tragen mich wie automatisch weiter, geradewegs auf die Gruppe zu. Es sind drei, nein vier Männer, die sich miteinander unterhalten. Sie alle haben eine Bierflasche in der Hand und blockieren den Gehweg. Das Herz schlägt mir bis zum Hals, während ich auf wackeligen Beinen weiterlaufe.

Ganz ruhig, Vicky. Es sind nur Typen, die an Silvester einen draufmachen. Kein Grund, ihnen irgendwas zu unterstellen. Gleich bist du zu Hause.

Als uns nur noch wenige Schritte trennen, verstummt das Gemurmel der Typen. Sie schauen in meine Richtung und scheinen mich erst jetzt zu registrieren. Einer von ihnen tritt zur Seite, um mich vorbeizulassen. Er sieht nett aus. Vielleicht so alt wie ich. Er ist groß, schlaksig und hat braune Wuschelhaare. Seine Haltung ist krumm und wirkt fast, als würde er zu viel vor dem PC hocken. Meine Panik flaut etwas ab, denn eigentlich wirkt er nun doch harmlos. Trotzdem versuche ich, möglichst schnell an ihm vorbeizuhuschen.

»Hey, schönen Abend noch«, ruft er mir freundlich hinterher.

»Danke«, murmele ich im Affekt, erleichtert darüber, dass die Männer nicht so gruselig waren wie angenommen.

»Du bist echt hübsch.«

Na toll. Zu früh gefreut.

»Wie heißt du?«

Ich laufe weiter und tue so, als hätte ich ihn nicht gehört. Gleich habe ich die Kreuzung erreicht und kann auf die Rosenthaler Straße wechseln.

»Hey, du!«

Schritte folgen mir.

Läuft er mir etwa nach?

Mein Puls rast, während ich meine Beine zwinge, ihr Tempo zu verdoppeln. Verdammte High Heels! Mit ihnen komme ich nur halb so schnell voran.

Die Schritte nähern sich, passen sich meinem Tempo an.

Sie verfolgen mich!

Verpisst euch und lasst mich in Ruhe!, würde ich ihnen am liebsten entgegenschreien, aber meine enge Kehle, mein flacher Atem und rasender Puls verhindern, dass ich auch nur den kleinsten Laut über die Lippen bringe.

Plötzlich legt sich eine Hand auf meine Schulter, und ich

zucke so heftig zusammen, dass ich taumele und fast aus meinen Schuhen fliege.

»Hey, Vorsicht!« Der Typ stützt mich an beiden Armen, dabei wünschte ich, er würde mich lieber fallen lassen. Jetzt ist er mir so nah, dass meine Augen sich neu fokussieren müssen. Trotz meiner Pumps ist er einen halben Kopf größer als ich. Seine Gesichtszüge sind weich, vielleicht ist er sogar jünger als ich. Er sieht eigentlich nicht bedrohlich aus, aber sein Blick ist glasig, sein Atem stinkt nach Bier – und ein sprödes Lächeln umspielt seine Lippen, eines, das das Blut in meinen Adern gefrieren lässt.

»Lass mich bitte los«, sage ich mit bemüht fester Stimme, und versuche seinen Griff abzuschütteln, doch dieser packt im selben Moment wie ein Schraubstock zu. Eben noch lächelnd sieht er mich jetzt an, als hätte ich ihm ins Gesicht gespuckt.

»Wie wär's mit ›danke‹? Ich habe dich gerade davon abgehalten, auf die Fresse zu fliegen.«

Ja, weil du mich erschreckt hast. Und mir gefolgt bist!

»Lass mich los«, sage ich wieder, diesmal lauter.

Aber der Typ lässt nicht los. »Kein Grund, zickig zu werden. Ich wollte doch nur wissen, wie du heißt.«

Und ich habe deine Frage ignoriert, was wohl Antwort genug ist.

»Erst bist du nett und jetzt spielst du die Unerreichbare?« Er lässt seinen Blick über meinen Körper wandern. »Niemand trägt so was, wenn er nicht angesprochen werden will.«

Und schon wieder wird mir meine Kleidung zum Verhängnis.

Angst jagt meine nackten Beine hoch, dieselbe Angst, die ich fast jedes Mal verspüre, wenn ich nachts alleine nach Hause laufe. Die Angst davor, dass ich jemandem mit bösen Absichten begegne. Die Angst, dass *etwas* passiert.

Mein Blick huscht an ihm vorbei. Außer uns und seinen Freunden ist hier niemand. Die Person von der anderen Straßenseite ist nicht mehr da und ich weiß nicht, ob ich erleichtert oder noch verängstigter sein soll.

»Es sei denn, du bist so eine Schlampe, die einen erst heiß macht und dann einfach fallen lässt.« Sein Gesicht kommt viel zu nah. Er sieht mich forschend an, seine Bierfahne umhüllt mich wie warmer, stinkender Nebel.

Die Angst erobert meinen ganzen Körper, und mein Kopf ist wie volltapeziert mit dem Wort, das er gerade gesagt hat.

Schlampe, Schlampe, Schlampe, Schlampe, Schlampe, Schlampe.

»Machst du das absichtlich?«, fragt er leise. »Damit du uns am Ende als die Perversen hinstellen kannst?«

Seine Freunde fangen grölend an zu lachen, und mir wird kotzübel. Ich will mich wegbeamen, will mich auflösen, verschwinden. Aber er steht mir im Weg, und seine Leute flankieren uns.

»So was ist gar nicht nett.« Seine Stimme klingt dunkel und gefährlich ruhig. Erneut packt er meine Schulter, diesmal fester, grober, und als sein Blick zu meinen Lippen wandert, setzt mein Herz vor Schreck einen Schlag aus.

»Vielleicht sollte man Frauen wie dir endlich mal eine Lehre erteilen«, haucht er mir entgegen, und sein Tonfall ist eindeutig eine Drohung. Eine Drohung, die er jeden Moment wahrmachen wird. Und als seine Freunde ihm düster murmelnd zustimmen und ihre dunklen Umrisse immer näher kommen, werde ich vor Angst fast ohnmächtig.

Lass mich los. Lass mich los. Lass mich los.

Aber ich kann nicht mehr reden. Ich bin wie erstarrt. Was auch immer ich über eine solche Gefahrensituation gelernt habe, in diesem Moment weiß ich nicht, was zu tun ist. Soll ich versuchen, ihm eine reinzuhauen? Aber was ist mit den anderen? Ich bin eine gegen vier. Sie könnten wütend werden. Sie könnten mich ebenfalls schlagen. Mich mit ihren Flaschen verletzen. Oder sie könnten …

O Gott. Nein. Nein, nein, nein.

Ich muss hier weg!

Angstinstinkt, aktiviere dich endlich! Wehre dich, wie du gelernt hast, dich gegen Säbelzahntiger und andere Gefahrensituationen zu wehren. Los, bitte. Bitte. *Bitte!*

Und dann erwacht mein Körper aus seiner Starre. Ich öffne den Mund und zwinge alles in mir dazu, den markerschütterndsten Schrei meines Lebens auszustoßen. Mein Kopf läuft rot an, meine Gesichtsmuskeln sind zum Zerreißen angespannt, während ich so laut brülle, wie meine Stimmbänder es zulassen.

Und es funktioniert: Der Mann lässt mich los.

Und ich renne um mein Leben.

21. KAPITEL

Vince

Ein Schrei zerreißt die Stille der Nacht so laut wie Donnergrollen. Ein Schrei, bei dem ich nicht sicher bin, ob es sich bei ihm um einen Menschen oder ein Tier handelt.

Was war das? Eine Frau? Katze? Gab es einen Unfall? Ist jemand in Gefahr? Panik steigt in mir auf und ich tue das, was ich am besten kann: rennen.

Obwohl ich schon fast an der U-Bahn bin, mache ich kehrt. Ich renne den ganzen Weg zurück, in die Richtung, aus der das Geräusch vermutlich kam. Als ich in die Seitenstraße biege, läuft jemand auf mich zu. Ich drossele mein Tempo, weil die Gestalt es nicht tut. Wie eine Geisterfahrerin rast sie mir entgegen. Ich will gerade zur Seite weichen, damit sie mich nicht über den Haufen wirft, als ich sie erkenne.

Vicky?

Sie trägt keine Schuhe. Dumpf prallen ihre nackten Füße bei jedem Schritt auf den Asphalt.

Was zur Hölle?

»Hey!« Ich trete ihr in den Weg und hebe die Hand, um sie auf mich aufmerksam zu machen. Zu spät, denn sie bremst nicht rechtzeitig ab und stolpert geradewegs in mich hinein.

»Vicky!« Wir geraten ins Schwanken, aber ich halte uns aufrecht. Sofort schreit sie auf und windet sich in meinem Griff. Erschrocken lasse ich sie los. Ihr Gesicht ist tränenüberströmt, ihre Mascara verschmiert, die Augen gerötet und schreckgeweitet. Sie keucht, ihre Muskeln zittern vor Anspannung.

»Was ist … Du … Wo sind deine Schuhe? Ich hab jemanden …« Ich unterbreche mein eigenes Gebrabbel, als es mir wie Schuppen von den Augen fällt.

»Der Schrei.« Meine Stimme ist wie belegt. »Warst du das?«

Sie antwortet nicht.

Oh, mein Gott.

»Was ist passiert?«, frage ich alarmiert.

Anstelle einer Erklärung beginnt sie zu schluchzen.

»Vicky? Bitte rede mit mir«, flehe ich und gehe leicht in die Knie, um mit ihr auf Augenhöhe zu sein.

Doch sie schlingt nur die Arme um sich und wippt leicht vor und zurück. »Ichmusshiwe.«

»Was?« Ich verstehe kein Wort.

»Ich … muss hier weg!« Panisch fliegt ihr Blick zum anderen Ende der Straße, und ein Ruck durchfährt ihren Körper. Sie will schon wieder davonstürmen.

»Vicky, warte«, halte ich sie auf. »Du hast keine Schuhe an. Der ganze Boden ist noch voller Streusand.«

Im schwachen Licht der Laterne über uns zeichnet sich der Abdruck ihrer High Heels noch auf ihrer Haut ab. Sie muss sie erst vor Kurzem ausgezogen haben. Mein Magen verknotet sich.

»Ich will einfach nur nach Hause«, flüstert sie erstickt, und erneut strömen Tränen über ihre Wangen.

»Ich bringe dich nach Hause«, verspreche ich. »Du wohnst hier doch ganz in der Nähe, nicht wahr?«

Ich deute ihre seltsame Kopfbewegung als ein Nicken.

»Okay.« Aus einem Impuls heraus greife ich nach ihrer Hand, doch sie weicht zurück.

»Nein!«, kreischt sie und ballt die Fäuste.

Entgeistert sehe ich sie an.

Was zum Teufel ist passiert?

»Okay.« Ich trete einen Schritt zurück und hebe beide Hände, damit sie sie sehen kann. »Ganz ruhig. Ich bin's, Vince. Ich tue dir nichts. Ich tue dir nichts«, wiederhole ich langsam.

»I-ch wi-will na-ch Hause ...«, sagt sie zwischen heftigen Schluchzern.

»Du kommst nach Hause, keine Sorge. Wir ... wir rufen uns einfach ein Taxi, okay?«

Sie wirft einen zerrütteten Blick auf die Straße. »H-hier fahren keine.«

»Doch, bestimmt«, erwidere ich zuversichtlich. »Es ist Silvester. Heute fahren erst recht viele«, füge ich hinzu, obwohl ich gar nicht weiß, ob es stimmt. Aber mit einer App kann ich uns ein Taxi oder Uber innerhalb von wenigen Minuten herrufen.

»Komm«, sage ich und will sie gerade nach vorn zur Hauptstraße lotsen, als ihr Blick auf das Auto neben uns fällt.

»Hast du die App?« Ihre Stimme ist kaum mehr als ein Kratzen. Ich kneife die Augen leicht zusammen, als ich auf der Seite des Wagens das Logo einer Carsharing-Kette erkenne.

»Nein, leider nicht.«

»Ich aber.« Sie löst ihre verkrampften Finger um ihr Handy und fängt zitternd an, darauf zu tippen.

»Lass mich das machen«, sage ich sanft und halte ihr meine offene Hand hin. Nach einem kurzen Zögern überreicht sie mir das Gerät. Die App ist bereits geöffnet. Ich gehe um das Auto herum, bis ich an der Windschutzscheibe einen Code finde, den ich, wie in der App erklärt, eingebe. Es funktioniert. Das Auto öffnet sich.

»Ich fahre, okay?«, teile ich ihr mit und bin erleichtert, als sie nicht protestiert. In diesem Zustand kann sie sich kaum noch auf den Beinen halten.

Ich gehe um das Auto herum und öffne die Beifahrertür, damit sie einsteigen kann. Eigentlich bin ich kein solcher Kavalier, aber das ist gerade eins der wenigen Dinge, die ich für sie tun kann. Vicky folgt mir humpelnd, und ich muss mich mit aller Kraft zusammenreißen, sie nicht zu stützen. Beim Einsteigen fällt mein Blick erneut auf ihre Füße. Ihre Sohlen sind kohlschwarz und an ihrer Haut kleben vereinzelte Reste vom Streusand. Schmerz durchbohrt meine Brust. Schnell wende ich den Blick ab und schließe die Tür. Dann steige ich selbst ein.

In einem fremden Auto zu sitzen ist ziemlich ungewohnt. Es braucht ein paar Sekunden, bis ich kapiert habe, wie hier alles funktioniert. Während ich langsam ausparke und dabei nach hinten schaue, überschlagen sich die Fragen in meinem Kopf. Was ist am anderen Ende dieser Straße passiert? Warum weint sie? Wo sind ihre Schuhe? Wir waren doch keine fünfzehn Minuten voneinander getrennt. Ob sie ausgeraubt worden ist? Was, wenn sie dabei bedroht wurde? Was, wenn …

Nein. Ich umklammere das Lenkrad und trete aufs Gas, als würde ich den letzten Gedanken mit mehr Geschwindigkeit einfach abhängen können.

Die Fahrt dauert knappe zehn Minuten und hätte vermutlich halb so lang gedauert, wenn ich nicht ständig herumliegenden Flaschen und Feuerwerkskörpern ausweichen müsste. Vicky schweigt die ganze Zeit, doch aus dem Augenwinkel sehe ich, wie sie sich immer wieder über das Gesicht reibt. Ihre Tränen sind noch nicht versiegt, sie weint nur still und lautlos. Noch nie in meinem Leben habe ich mich so hilflos gefühlt.

Als ich in ihre Straße einbiege, hebt Vicky die Hand.

»Das Braune«, sagt sie heiser und deutet auf das Haus, in dem sie wohnt. Ich nicke und bremse ab.

»Ich muss noch einen Parkplatz suchen«, murmele ich und

werfe einen resignierten Blick aus dem Fenster. Alles ist zugeparkt.

»Egal, halt an«, sagt sie und ich gehorche. Ohne mich noch einmal anzusehen, schnallt sie sich ab und öffnet die Tür.

»Ich suche kurz einen Parkplatz und komme dann zu dir, okay?«

Sie schüttelt kaum merklich den Kopf. »Musst du nicht.«

»Muss ich nicht oder soll ich nicht? Denn ich will.«

Als Antwort zuckt sie nur mit den Schultern.

*

Nach einer gefühlten Ewigkeit finde ich endlich einen Parkplatz und renne zurück zum Haus. Die Haustür steht offen – hat Vicky sie für mich offen gelassen? Ich will ihr schreiben, ob ich hochkommen soll, aber dann wird mir klar, dass *ich* ihr Handy in der Hand halte, weil ich es brauchte, um den Wagen wieder abzuschließen. Ich drücke zweimal auf die Klingel, um mich anzukündigen, dann stürme ich ins Treppenhaus und nehme zwei Treppenstufen auf einmal bis zum vierten Stock.

Vicky steht bereits in der Tür, eingehüllt in einem rosa Bademantel. Wasser tropft von ihren nassen Haarspitzen auf das Parkett, die Schminke ist aus ihrem Gesicht gewaschen. Ihre Füße sind auch wieder sauber. Nur Reste des schwarzen Lippenstifts kleben noch matt an ihrem Herzmund.

»Kann man nicht mal in Ruhe duschen?«, murrt sie und es überrascht mich, wie sarkastisch sie schon wieder klingt.

»Ich war … Ich habe doch gesagt, dass ich einen Parkplatz suche und dann zu dir komme«, sage ich völlig außer Atem, und reiche ihr das Handy.

»Und ich habe gesagt, dass du nicht musst«, erwidert sie, und nimmt verkniffen ihr iPhone entgegen.

Scheiße. Jetzt habe ich sie noch mehr bedrängt.

»Tut mir leid, ich …«

»Schon gut.« Sie hebt eine Hand, um mich zum Schweigen zu bringen. »Es war ein langer Abend und ich würde mich jetzt gerne etwas ausruhen. Danke, dass du mich hergefahren hast.«

»Natürlich. Aber … geht es dir gut?«

Blöde Frage. Sie hatte gerade einen Zusammenbruch!

Doch der Angstknoten in meiner Kehle lässt mich weder klar denken noch reden. Am liebsten würde ich sie an mich ziehen und so lange und festhalten, bis alle Trauer von ihr abfällt. Aber vermutlich ist das das Letzte, das sie jetzt will. Vermutlich bin *ich* der Letzte, den sie jetzt will.

»Ich bin nur müde. Und ich würde jetzt gern ins Bett gehen.«

»Klar. Ruh dich aus. Wollen … wollen wir vielleicht morgen noch mal reden? Oder wann anders?«

»Müssen wir nicht. Es ist alles gesagt.« Und mit einem Schlag kehrt die Enttäuschung in ihren Blick zurück. Dieselbe, mit der sie mich vorhin am Café verlassen hat. Als wäre das, was danach passiert ist, nie geschehen. Als wäre die Wut auf mich das Einzige, das sie in diesem Moment fühlt.

»Vicky«, sage ich fast schon verzweifelt. »Wenn ich irgendwas tun kann …, wenn du irgendwas brauchst …«

»Nein.« Ihr Tonfall ist endgültig. »Geh.«

Und damit schlägt sie mir die Tür vor der Nase zu. Und ich bleibe zurück. Der Knoten in meinem Hals wird größer. Verteilt den Druck in meinem ganzen Körper. Bringt schreckliche Erinnerungen zurück.

Und knockt mich aus.

*

»Vince?«

Dämmernd schlage ich die Augen auf. Mir ist kalt, mein Rücken schmerzt und ich brauche einen Moment, bis ich wieder weiß, wo ich bin. Ich sitze auf der Fußmatte vor Vickys Wohnung, die Beine angezogen und meine Stirn gegen die Knie gelehnt.

Moment mal … Bin ich etwa eingeschlafen?

Als ich den Kopf hebe, sehe ich, wie Maya sich besorgt über mich beugt. Ihre schwarzen Haare fallen ihr dabei vors Gesicht. Um ihren Hals trägt sie eine Luftschlange wie einen Schal.

»Hey«, sage ich mit kratziger Stimme und räuspere mich kurz.

»Was machst du denn hier?«

»Ich hab Vicky hergebracht und …« Ich schaue mich um. »Wie spät ist es?«

»Halb sechs. Wann seid ihr gegangen?«

»Wir sind schon recht früh … eigentlich kurz nach Mitternacht …«

»So früh?« Ein überraschter Ausdruck tritt in ihr Gesicht. »Kein Wunder, dass wir euch nicht mehr gesehen haben. Sydney und ich haben euch gesucht. Auch Luke hat nach dir gefragt.« Ihr Blick fällt auf meinen zerknitterten Anzug. »Habt ihr euch gestritten, oder warum schläfst du vor der Tür?«

»Ich … Nein, ich wollte eigentlich gar nicht …«

Abrupt verstumme ich, als die Erinnerung an eine barfüßige und völlig aufgelöste Vicky wie eine Welle über mir zusammenschlägt. Etwas Schreckliches ist heute Nacht passiert, etwas, von dem noch niemand etwas weiß. Für die anderen hat sich die Welt einfach weitergedreht. Sie haben getrunken und getanzt und gefeiert, nicht ahnend, dass eine Querstraße weiter Vicky um ihr Leben gerannt ist. Auf der Flucht vor irgendwas. *Oder irgendwem?*

»Ähm, ja, haben wir«, antworte ich wahrheitsgemäß und reibe mir über die Augen. »War eine echt lange Nacht. Ich wollte eigentlich überhaupt nicht mein Lager hier aufschlagen, aber ich … Egal«, winke ich ab. »Jetzt bist du ja da.«

Sofort versteift sie sich. »Was ist passiert?«

Das frage ich mich auch. Aber sie wollte sich mir nicht anvertrauen.

»Das erzählt sie dir lieber alles selbst«, sage ich und stütze mich am Türrahmen ab, um aufzustehen.

»Das klingt so mysteriös.« Maya lächelt nervös, und ich antworte nicht. Mysteriös ist nur eines der vielen Adjektive, die diese Nacht beschreiben.

»Willst du reinkommen und auf dem Sofa weiterschlafen?«, fragt sie, während sie die Tür aufschließt. »Oder in Sydneys Zimmer. Sie ist vorhin mit zu Luke gegangen.«

»Lieber nicht. Ich fahre besser einfach nach Hause.«

»Wie du willst. Aber nimm dir ein Taxi, okay? Du siehst echt fertig aus.«

So fühle ich mich auch.

»Mache ich«, verspreche ich und wende mich zum Gehen, nur, um mich sofort wieder umzudrehen.

»Warte, Maya?«

Sie dreht sich um. »Ja?«

»Würdest … würdest du Vicky nicht erzählen, dass ich die halbe Nacht auf ihrer Fußmatte verbracht habe?«

Sie runzelt die Stirn. »Warum?«

Weil sie sich nicht noch bedrängter fühlen soll.

»Einfach so.«

»Bist du sicher?«

»Ja.«

»Okay, wie du willst.« Sie lächelt mich an und mich überkommt der Gedanke, dass es das letzte Mal sein könnte, das sie das tut. Wenn Vicky ihr später erzählt, was zwischen uns passiert ist, bin ich mit Sicherheit nur noch der Arsch, der ihre Freundin verletzt hat. Der Arsch, von dem sie wünschte, ihm niemals angeboten zu haben, auf dem Sofa zu schlafen.

»Gute Nacht, Vince.« Ihr Lächeln wird breiter, während meines in sich zusammenschrumpft.

»Gute Nacht.«

22. KAPITEL

Vicky

Der Geruch von Pancakes liegt in der Luft. Blinzelnd öffne ich die Augen und krieche ein kleines Stück unter meiner Decke hervor. Ich habe zwar ein Himmelbett, aber gestern habe ich vergessen, die Vorhänge zuzuziehen. Jetzt strahlt Tageslicht auf mich nieder, so grell, dass winzige Staubpartikel vor meiner Nase tanzen.

Wieder schnuppere ich. Der Duft muss aus der Küche kommen. Bestimmt ist Sydney ihrer Neujahrstradition nachgegangen und gerade dabei, fluffig warme Pancakes zu backen.

Neujahrstradition …

Und mit einem Mal bin ich hellwach. Die Erinnerungen prasseln auf mich ein, wie dicke, schwere Hagelkörner: Silvester. Vince. Unser Kuss. Unser Streit. Die Mädchen, die mich als Schlampe beschimpft haben. Mein Abgang. Der betrunkene Typ. Seine Freunde. *Meine Angst.*

Übelkeit steigt in mir hoch. Ich richte mich auf und halte mir den Bauch. Vor Angst, Schmerz, aber auch vor Scham.

»Lass mich bitte los«, spottet meine innere Stimme. Was zur Hölle war los mit mir? Warum war ich verdammt noch mal so freundlich und habe mich nicht ordentlich zur Wehr gesetzt? Ich bin doch sonst nicht auf den Mund gefallen. Außerdem hatte ich mein Handy die ganze Zeit in der Hand. Wie kann es

sein, dass ich nicht daran gedacht habe, die Polizei oder sonst wen anzurufen?

Weil ich nicht konnte, dämmert es mir. Mein Körper war wie paralysiert. Komplette Schockstarre. Over and out. Keine Ahnung, wie ich es geschafft habe, so laut zu schreien, dass der Mann mich vor Schreck losgelassen hat. Keine Ahnung, wie ich auf den Geistesblitz kam, meine geliebten Pumps abzustreifen, um schneller wegzurennen. Geradewegs in Vince' Arme.

Er hat mich gerettet.

Vermutlich sollte ich mich darüber freuen, aber ich tue es nicht. Ich brauchte einen Mann, der mich heil nach Hause bringt, weil ich zu schwach war, um es alleine zu schaffen. Ich musste mich retten lassen.

Genau wie meine Mutter.

Die Erkenntnis schlägt mir wie eine Faust in den Magen. Ich presse mir eine Hand auf den Mund, um das aufkommende Schluchzen zu unterdrücken.

Wie konnte es nur so weit kommen?

Plötzlich wird die Tür aufgerissen, und Maya stolziert in mein Zimmer. Ihre Haare sind zu einem Dutt geknotet. Über ihrem Schlafanzug trägt sie eine von Sydneys Schürzen, was ein so seltsamer Anblick ist, dass mein Gehirn durch die Ablenkung vergisst, dass es gerade die Tränendrüsen aktivieren wollte. Schnell lasse ich die Hand wieder sinken und bin jetzt, wo Maya hier ist, umso dankbarer, dass die Tränen noch nicht geflossen sind.

Maya schaut sich in meinem Zimmer um. Als ihr Blick auf mich fällt, stutzt sie. »Du liegst noch im Bett? Es ist vierzehn Uhr. Ich dachte, du meditierst die ganze Zeit.«

Ich habe fast vierzehn Stunden geschlafen?

»Gestern ist es spät geworden.«

Meine Freundin mustert mich argwöhnisch. »Bist du nicht schon voll früh gegangen?«

Als Antwort zucke ich nur mit den Schultern. Ich bin noch zu erschlagen für weitere Erklärungen.

Glücklicherweise hakt sie nicht weiter nach und sagt stattdessen: »Ich habe Pancakes gemacht.«

Überrascht sehe ich sie an. »*Du* hast Pancakes gemacht?«

»Ja. Sydney ist noch bei Luke, aber das bedeutet nicht, dass unsere Neujahrstradition ausfallen muss.« Sie grinst. »Meine schmecken zwar nicht halb so gut wie die von Syd, aber ich glaube, sie sind trotzdem was geworden.«

Eigentlich habe ich keinen Hunger. Eigentlich ist mir eher danach, so lange im Bett zu liegen, bis ich mit der Matratze verschmelze. Aber Maya hat sich Mühe gegeben und ich will sie nicht hängen lassen.

»Okay. Gib mir einen Moment.«

Ich stemme mich aus dem Bett und gehe erst mal ins Bad, um mich zumindest ein bisschen frisch zu machen. Ich fühle mich wie ein Zombie. Die Hände auf das Waschbecken gestützt betrachte ich mein Spiegelbild. Meine Wangen wirken wie aufgedunsen, in meinen Augen fehlt der Glanz. Noch nie haben sie so leer ausgesehen. Als ob jemand das Licht in mir abgeschaltet hätte. Als ob keiner da wäre.

Ich spritze mir kaltes Wasser ins Gesicht und klatsche mir mehrmals auf die Wangen, in der Hoffnung, etwas frischer auszusehen. Anschließend reibe ich mir mit meinen nassen Händen über die nackten Arme. Obwohl ich gestern Nacht geduscht habe, fühle ich mich noch immer schmutzig. *So, so schmutzig.* Am liebsten würde ich mich schon wieder unter den heißen Strahl stellen, aber ich will Maya nicht länger warten lassen.

Als ich ins Wohnzimmer komme, ist der Tisch bereits gedeckt. Mich erwarten zwei Teller voll aufgetürmter Pancakes, daneben eine Schüssel mit klein geschnittenem Obst, eine Packung Puderzucker und ein Glas veganer Schokocreme. Sogar meine Lieblingstasse hat sie bis zum Rand mit dampfendem Tee gefüllt.

»Danke für deine Mühe«, sage ich belegt und setze mich zu ihr.

»Kein Problem. Guten Appetit.«

Während wir essen, schauen wir weiter *This Is Us*. Wir haben die Folge gestern schon angefangen, aber nicht zu Ende geguckt, weil wir uns dann fertig machen mussten. Duschen, anziehen und schminken für die berühmte Silvesterparty.

Wäre ich einfach nur zu Hause geblieben, denke ich. Dann hätte ich es mir mit einer Pizza auf dem Sofa gemütlich gemacht, weiter meine Lieblingsserie geschaut, und wäre glücklich vor dem Fernseher eingeschlafen. Und mir wäre *das* erspart geblieben.

Ich stochere in meinem Essen herum. Auch wenn die Pancakes gut schmecken, kriege ich nur kleine Babyhappen runtergeschluckt. Ich bin so müde und ausgelaugt, dass selbst Kauen anstrengend ist. Nur deshalb esse ich weiter, weil ich will, dass Maya weiß, dass ich ihre Mühe um unsere Neujahrstradition schätze. Außerdem scheint es so, als ob Maya mir die gelungenen Pancakes überlassen hat, denn ihre sehen deutlich verkohlter aus. Dankbarkeit strömt durch meine Glieder. Maya ist der selbstloseste Mensch, den ich kenne.

Als die Folge zu Ende ist, schaltet Maya den Fernseher aus und stellt ihren Teller neben sich auf das Sofa. Dann sieht sie mich an, abwartend und neugierig. Doch bevor sie mich mit ihren Fragen durchlöchern kann, komme ich ihr zuvor.

»Wie war's gestern noch?«

»Echt cool, aber die Party ist irgendwann eskaliert, weil am Ende viel mehr Menschen gekommen sind als geplant. Tina war richtig sauer, weil Luke die Leute einfach nicht rausschmeißen wollte.«

»Ja, es waren echt viele da«, gebe ich ihr recht. »Aber ich verstehe Luke. Es ist schwer, der Spielverderber zu sein. Und dann ausgerechnet an Silvester. Allerdings verstehe ich auch Tina. Es ist schließlich ihr Café.«

»Ja, aber sie hat meiner Meinung nach fast schon ein bisschen übertrieben. Ich glaube, sie war vor allem deshalb sauer, weil Vera so schnell abgehauen ist. Fast so früh wie du und Vince. Apropos …«, lenkt sie gekonnt ein und sieht mich direkt an. Sie ist noch ungeschminkt, wirkt aber, obwohl sie nur halb so lang geschlafen hat wie ich, deutlich erholter. »Was ist gestern eigentlich passiert?«

»Was meinst du?«, frage ich teilnahmslos.

»Du und er. Ihr wart so schnell weg.«

Ein unsichtbares Band schnürt mir den Hals zu. »Wir haben uns gestritten«, sage ich heiser.

Maya scheint nicht im Geringsten überrascht zu sein. »Und warum?«

»Weil er eine Freundin hat.«

Jetzt fallen ihr fast die Augen vom Kopf. »Was? Wie jetzt?«

»Er behauptet zwar, dass es nicht stimmt und sie *nur* seine Schwester sei, aber ich habe das Bild gesehen. Auf seinem Homescreen ist ein Foto von ihm mit einer Frau«, setze ich als Erklärung hinzu, und klinge dabei erstaunlich emotionslos. *Der* Frau, um genau zu sein.

»Warte. Warte, warte.« Sie schließt die Augen und kneift in ihre Nasenwurzel. »Ich komme nicht mehr mit. Ihr … wie … hä?«

»Wir haben uns geküsst«, rede ich weiter. »Dann haben wir geredet und er hat gemeint, dass er es nicht länger langsam angehen will. Ich war so unfassbar glücklich.«

Gott, ich klinge wie ein naiver, verliebter Teenie.

»Aber das war offensichtlich eine Lüge.« Ich schlucke hart. »Auf seinem Homescreen war ein Bild mit ihm und seiner Freundin. Dieselbe, die er damals auf der Abiparty auch hatte. Selbst wenn er die Wahrheit sagt und sie heute nicht mehr zusammen sind, bedeutet sie ihm immer noch so viel, dass er ein Bild von ihr auf seinem Handy hat.«

Maya wirkt fassungslos. »Oh, mein Gott!«

»Ja, es war grauenvoll«, schließe ich und spüre, wie die Trauer erneut nach mir greift. Verdammt. Wie kann sich dieser Mistkerl nur so schnell in mein Herz geschlichen haben?

Andererseits hatte er die Karten auf den Tisch gelegt und mir schon vorher erklärt, dass es da jemand anderen gibt, der ihm noch wichtig ist … Ob er die Wahrheit gesagt hat? Ob die Person, die ihm geschrieben hat, wirklich nicht sie war?

»Verständlich.« Maya sieht mich traurig an. »Das ist ja auch ein wunder Punkt für dich.«

Verdutzt sehe ich sie an. »Was meinst du?«

»Betrug. Na, weil … Also, wegen … wegen dem, was du mal über deinen Vater erzählt hast«, schiebt sie flüsternd hinterher, als würde ein leiser Tonfall zugleich auch den Sinn ihrer Worte abdämpfen. Aber das tut er nicht, nicht im Geringsten.

Für einen Moment bin ich wie paralysiert. Großartig. Diese Erinnerung hat mir gerade noch gefehlt.

Maya beißt sich auf die Unterlippe, als ihr klar wird, dass sie in viel zu schmerzhaftes Terrain eingedrungen ist. »Egal«, winkt sie schnell ab und setzt ein wackeliges Lächeln auf. »Zurück zu Vince. Ihr habt euch also gestritten, und trotzdem hat er dich nach Hause gebracht?«

Ertappt zucke ich zusammen. Ertappt und verwirrt. »Woher weißt du davon?«

»Ich habe ihn gestern … ich meine, heute Morgen vor der Tür gefunden. Er hat geschlafen und mich eigentlich darum gebeten, dir nichts zu verraten.« Mayas Gesichtsausdruck wird schuldbewusst.

Irritiert blinzele ich. Warum schläft Vince vor meiner Tür?

»Er hat irgendwie besorgt gewirkt«, fährt sie fort. »Deshalb dachte ich …« Sie zögert einen Augenblick und rutscht dann ein Stück nach hinten, um mich besser anzusehen. »Ist gestern noch irgendwas anderes passiert?«

Ich spieße ein Stück Pancake und Banane auf und schiebe es mir achtlos in den Mund. Wenn ich kaue, sieht man hoffentlich nicht, dass sich mein Gesicht bei der Erinnerung an gestern ängstlich verzieht.

Dieser Mann. Er sah so nett und unschuldig aus.

Aber das war er nicht.

Um meine Gedanken von der Erinnerung wegzulenken, sage ich das Erste, das mir einfällt. »Da waren Mädchen, die mich als Schlampe bezeichnet haben. Ich kannte sie überhaupt nicht. Sie haben mich nur kurz angesehen und sich ihr Urteil gebildet.«

»O nein, Vick.« Traurig greift sie nach meiner Hand und drückt sie fest. »Was für gemeine Ziegen!«

»Jepp«, sage ich wieder, zu kraftlos, um ihren Druck zu erwidern.

»Aber seit wann lässt du dir von irgendwelchen Gören den Abend verderben?«, fragt sie nach und klingt dabei argwöhnisch. »Dann nennen sie dich halt »Schlampe«, so what?« Sie macht eine wegwerfende Handbewegung und ich würde am liebsten loslachen. *So what?* Sehe ich vielleicht aus wie eine gefühllose Maschine, die alle Hate-Kommentare ausfiltert?

Nein, ich bin auch nur ein Mensch. Man kann eine Person nicht Schlampe nennen und erwarten, dass sie immer drüberstehen kann. Egal, wie *tough* sie ist. Aber all das kommt mir nicht über die Lippen. Ich habe gerade nicht die Kraft, meine Empörung laut auszusprechen. Vielleicht besteht die Gefahr, dass, wenn ich jetzt anfange, über meine Gefühle zu reden, auch noch die restlichen Details der letzten Nacht aus mir rausströmen.

»Ja, voll«, murmele ich und fasse den stummen Entschluss, weder Maya noch Sydney oder sonst irgendwem von dem restlichen Verlauf der Nacht zu erzählen. Ich werde sie einfach aus meinem Gedächtnis streichen und nie, nie wieder darüber reden. Aber vorher muss ich dafür sorgen, dass Vince ebenfalls die Klappe hält.

Ich fische mein Handy aus der Tasche meiner Schlafhose und ignoriere die vielen Anrufe und Neujahrswünsche auf meinem Homescreen. Auf die kann ich später noch antworten.

Mein Finger tippen auf Vince' Kontakt und ich öffne unseren Chat. Er ist online.

Bevor mich der Mut verlässt, schreibe ich ihm.

23. KAPITEL

Vince

Vicky: Erzähl es bitte keinem.

Ungläubig starre ich mein Handy an, auf dem Vickys neueste Nachricht eingegangen ist. *Ist das ihr verdammter Ernst?*

Schnell antworte ich ihr.

Ich: Ich weiß ja selbst nicht, was passiert ist! Was soll ich schon erzählen?

Vicky: Halt dich da einfach raus, okay? Und mach keine große Sache daraus.

Ich soll keine große Sache daraus machen, dass ich sie barfuß allein auf der Straße gefunden habe? Völlig aufgelöst und bis auf die Knochen verängstigt?

Ich: Ich werde mich raushalten, aber Vicky, bitte. Mach das nicht völlig allein mit dir aus.

Vicky: Noch mal: Halt dich da raus!!!

Ich: Vicky …

Vicky: Nein, Vince, hör auf. Lass einfach.

Frustriert werfe ich mein Handy aufs Bett. Ich könnte schreien vor Wut, weil ich nicht weiß, was ich machen soll. Hätten wir uns nicht gestritten, könnte sie sich mir vielleicht anvertrauen. Aber jetzt bin ich der Letzte, den sie sehen will. Ich hab's echt verkackt. Dieses verdammte Foto. Wäre das nicht gewesen, dann …

Nein. Es ist nicht nur das. Tief im Innern weiß ich, dass es früher oder später ohnehin zur Sprache gekommen wäre. Das tut es immer. Aber niemand versteht es. Deshalb hatte ich auch seit Jahren keine Beziehung mehr, zumindest keine, die über das Körperliche hinausging. Und das war okay für mich. Bis jetzt ist es auch nie relevant gewesen, denn ich hatte niemanden, von dem ich mir wünschte, verstanden zu werden.

Bis jetzt …

*

Zwei Tage später sitze ich bei der Arbeit und starre auf die neuesten Zahlen von Google Analytics. Seit Weihnachten vorbei ist, sinken die Klicks auf die Website des Shops. Lustlos betrachte ich die fallende Kurve und muss plötzlich an Vicky denken. Ob sie den Shop kennt, für den ich arbeite? Ein Gefühl sagt mir, dass sie mehr Tee- als Kaffeemensch ist.

Habe ich ihr jetzt genug Zeit gegeben? Es sind zwar erst zwei Tage vergangen, aber nachdem wir eine Woche lang jeden Tag etwas voneinander gehört haben, fühlt es sich an wie eine Ewigkeit. Abgesehen davon zerfleischt es mich innerlich, dass sie ganz allein damit ist. *Damit.* Ich weiß noch immer nicht, was passiert ist. Das Bild ihrer verängstigten Gestalt geistert ständig durch meinen Kopf. Die Sorge um sie lässt mir keine Ruhe.

Zum hundertsten Mal an diesem Tag öffne ich unseren Chat. Mein Herz macht einen Sprung, als ich sehe, dass sie online ist. Ohne weiter zu überlegen, schicke ich ihr ein »*Hey*«. Nicht gerade geistreich, aber die ellenlangen Entwürfe in meinen Notizen, in denen ich hauptsächlich nur schwafele und nicht zum Punkt komme, sind auch nicht gerade besser.

Mein Atem stockt, als ein »*schreibt* …« neben ihrem Profilbild erscheint.

Vicky: War die Nachricht wirklich von deiner Schwester?

Was? Okay, damit habe ich nicht gerechnet. Schnell antworte ich ihr.

Ich: Ja! Das war sie, das schwöre ich!

Vicky: Okay. Tut mir leid, dass ich dir nicht geglaubt habe.

Verdattert blinzele ich. Ist das ihr Ernst? »*Du musst dich für gar nichts entschuldigen!*«, schreibe ich.

Vicky: Doch. Ich hätte nicht so austicken sollen. Ich war wohl einfach schockiert, dass SIE es war.

Ich: Tut mir leid. Vielleicht hätte ich es dir sagen sollen.

Ich lasse die innerliche Siegerfaust wieder stecken. Dass Vicky auf mich zugeht, Verständnis zeigt, und wir möglicherweise noch eine Chance haben, kommt zu einem so falschen Zeitpunkt, dass ich mich nicht einmal darüber freuen kann. Das zwischen uns ist doch jetzt völlig nebensächlich. Viel wichtiger ist, wie es ihr geht. Und was nach unserem Streit passiert ist. Nach ein paar Sekunden schicke ich die nächste Nachricht hinterher.

Ich: Wie geht es dir?

Vicky schreibt. Löscht die Nachricht wieder. Schreibt. Löscht sie wieder.

Dann geht sie offline.

24. KAPITEL

Vicky

Besuche bei meiner Oma sind in etwa so angenehm wie eine Darmspiegelung ohne Narkose. Jetzt, wo ich hier bin, weiß ich nicht, welcher Teufel mich geritten hat, dem Treffen zuzustimmen. Eigentlich wollte ich nur meine Mutter sehen, weil wir es vor Neujahr nicht mehr geschafft haben. Aber dann hat sie mich eingelullt, weil wir »ewig nicht mehr bei Oma waren, und sie immer alleine ist«. Blabla.

Jetzt bin ich hier und bereue es zutiefst. In der halben Stunde, die unser Besuch gerade mal dauert, hat mich Oma schon dreimal darauf aufmerksam gemacht, wie viel ich zugenommen habe, aber ebenso säuerlich darauf reagiert, als ich es bei einem Stück Kuchen belassen wollte (»Und für wen habe ich mir die ganze Arbeit gemacht?«). Mama hingegen sieht ihrer Meinung nach viel zu krank und dünn aus. Unsere Kleidung passt ihr auch nicht, unsere Schminke sieht billig aus. Kurz gesagt: Alles an uns ist scheiße.

Dabei geht es mir schon mies genug. Die Sache mit Vince belastet mein Herz. Außerdem habe ich mich noch immer nicht von der Silvesternacht erholt. Eigentlich wollte ich nicht mehr darüber nachdenken, aber bedauerlicherweise hat mein Kopf dieses Thema zur Schlagzeile Nummer eins gemacht. Ich kann einfach nicht aufhören, daran zu denken. Dieser Mann wollte mich überwältigen! Obwohl ich von ihm wegwollte, hat er mich weiter festgehalten. Um mir eine *Lehre* zu erteilen. Beim Gedanken daran kommt mir fast der Kuchen hoch. Dabei wirkten er und seine Freunde trotz meiner Angst zunächst sogar harmlos, rein optisch zumindest. Junge Nerds, die an Silvester einen draufmachen.

Ob es am Alkohol lag? Nein, Alkohol ist niemals eine Rechtfertigung! Vielleicht war es ihm einfach egal. Egal, dass ich ihn ignorierte, egal, dass ich ihn bat, mich in Ruhe zu lassen. Vielleicht dachte er sogar, dass ich ihn auch wollte. Weil »Nein« eigentlich »Ja« heißt.

»Niemand trägt so was, wenn er nicht angesprochen werden will«, erinnere ich mich an seine Worte, und schüttele mich innerlich.

»Du bist heute so still«, bemerkt Mama, als Oma aufs Klo verschwindet. Wir sitzen auf dem alten, modrigen Sofa, das schon seit Mamas Kindheit hier steht. Omas Wohnzimmer ist ziemlich altmodisch und überall türmen sich Bücher, alte Zeitungen, Wäschekörbe mit einem Lebensvorrat an Decken, sowie etliche Porzellanfiguren, die einen aus jedem Winkel heraus mit ihren Blicken durchlöchern. Der Platz am Tisch ist so beschränkt, dass unsere Teller kaum Platz darauf finden, aber wehe, jemand von uns kommentiert das kleine Chaos, denn am Ende ist auch das unsere Schuld, weil wir viel zu selten nach ihr sehen.

»Ist irgendwas los, Schätzchen?«, hakt Mama vorsichtig nach.

»Was meinst du?«

»Ich habe das Gefühl, dass dich etwas bedrückt.«

Mir war nicht klar, dass man mir meine Stimmung so deutlich ansieht. Ich habe mich bemüht, sie hinter meinem Pokerface zu verstecken, aber offenbar verrutscht die Fassade allmählich.

Ob ich es ihr erzählen sollte? Eigentlich wollte ich nie wieder darüber nachdenken, aber das funktioniert ohnehin nicht. Außerdem ist das meine Mutter, die hier vor mir sitzt. Mit wem sollte ich reden, wenn nicht mit ihr?

»Okay, an Silvester ist etwas passiert«, beginne ich leise. »Ich war auf dem Heimweg und dann war da dieser Typ, der mich … belästigt hat.«

So, jetzt habe ich es tatsächlich laut ausgesprochen. Und obwohl mich leichter Schwindel überkommt, fühlt es sich trotzdem wie eine Befreiung an, der Sache endlich einen Namen gegeben zu haben.

»Er war nicht allein, er hatte noch andere Freunde, und ich …«

»Oh, mein Gott!« Mama schnappt nach Luft. Ihre Augen sind schockgeweitet, die Hand panisch auf die Brust gepresst. »Was haben sie gemacht?«

»Nichts«, beruhige ich sie schnell. »Zum Glück nichts. Ich bin weggerannt.«

»Achso.« Sofort glättet sich die Stirn meiner Mutter, und sie atmet erleichtert auf. »Also wirklich, du hast mich richtig erschreckt!« Nervös kichernd wendet sie sich dem Tisch zu und nimmt ein weiteres Stück Erdbeerkuchen.

»Ich … hatte trotzdem Angst«, füge ich hinzu, irritiert, dass sie mit einem Mal wieder ganz heiter wirkt.

»Ja, das glaube ich dir«, entgegnet sie nickend. »Aber zum Glück ist dir nichts Schlimmes passiert.« Damit schiebt sie sich eine Gabel voll Kuchen in den Mund und kaut genüsslich.

Ich kann nicht anders, als sie mit großen, ungläubigen Augen anzustarren. »Das war's? Mehr hast du dazu nicht zu sagen? Ich vertraue dir meine Sorgen an, und du kriegst Lust auf mehr Kuchen?«

Die Gabel noch im Mund hält sie inne, und schaut mich überrascht an.

»Ich hatte Angst«, wiederhole ich. »Todesangst. Ich dachte, sie würden …«

»Aber du hast doch gerade gesagt, dass nichts passiert ist«, fällt sie mir sanft ins Wort.

»Aber das hätte es!«

Außerdem ist sehr wohl etwas passiert. Der Mann ist mir zu nahe gekommen. Er hat mich festgehalten. Er hat mein »Nein« ignoriert!

»Süße.« Mama sieht mich an, als wäre ich ein kleines naives Mädchen. »Es bringt doch nichts, sich auf das zu konzentrieren, was alles hätte passieren *können*. Denk lieber daran, dass alles gut gegangen ist.«

Wie denn, wenn ich an kaum etwas anderes denken kann?

»Und vielleicht solltest du nächstes Mal vorsichtiger sein und lieber mit deinen Freundinnen nach Hause gehen. Nachts ist es für eine Frau sehr gefährlich.«

O klar, meine Mutter schiebt mir die Verantwortung zu.

»Aber ich war nun mal alleine«, entgegne ich schnippisch, und sofort verzieht sie das Gesicht.

»Hey, kein Grund, gleich sauer zu werden. Ich habe es doch nicht böse gemeint.«

»Aber mir kommt es so vor, als würdest du die Situation überhaupt nicht ernst nehmen.«

Mama seufzt genervt. »Und was soll ich deiner Meinung nach machen?«

Tröste mich. Nimm mich in den Arm. Sag, dass alles gut wird.

»Was ist denn hier los?«

Großartig. Meine Großmutter besitzt das Talent, immer ausgerechnet dann reinzuplatzen, wenn ihr empathieloses Wesen gerade am wenigsten gefragt ist.

»Vicky ist ein wenig verstimmt. Jemand hat sie neulich Nacht auf dem Weg nach Hause belästigt.«

»Mama!«, rufe ich empört aus. Das habe ich ihr gerade im Vertrauen erzählt. Ahnt sie denn nicht, wie viel Mut es mich gekostet hat, die Sache überhaupt laut auszusprechen? Selbst Maya und Sydney wissen nichts davon, und ihnen erzähle ich sonst alles.

»Bei deinen Outfits wundert mich das nicht«, grunzt meine Oma, und der Schock über ihre Worte lähmt mich einen Augenblick.

»Wie bitte? Soll das jetzt meine Schuld sein?«

»Gewissermaßen schon. Du weißt doch, wie Männer werden, wenn sie ein attraktives Mädchen sehen, das viel Haut zeigt. Das liegt an ihren Trieben.«

»Ihre Triebe?« Ich lache frustriert auf. »Das ist kompletter Blödsinn.«

»Sei nicht so naiv, Kindchen.« Ihr wettergegerbtes Gesicht mustert mich missbilligend. »Schon zu Urzeiten waren die Männer die Jäger, die allem hinterhergerannt sind, während die Frauen nur vor sich hin gesammelt haben.«

»Das stimmt überhaupt nicht, Oma«, widerspreche ich genervt. »Die Jäger- und Sammler-Theorie ist schon sehr lange widerlegt. Früher sind sowohl Frauen als auch Männer jagen gegangen.«

»Das weißt du doch gar nicht.«

»Doch, ich studiere Archäologie!«

»Ach, glaub doch, was du willst.« Sie rümpft die Nase und macht eine wegwerfende Handbewegung. »Tatsache ist, dass Männer trotzdem anders ticken als Frauen. Wir denken mit dem Herzen, sie mit ihren Lenden. Der Verstand schaltet einfach ab. Sie können gar nichts dafür.«

Ich weiß nicht, ob ich lachen oder weinen soll. Alle Menschen über einen Kamm zu scheren ist nichts Neues bei ihr, aber sich sogar auf die Seite der Täter stellen?

»*Sie können nichts dafür?* Willst du sie jetzt allen Ernstes in Schutz nehmen?«

»Oh, erspare mir dieses Opfergetue.« Sie schließt die Augen, als bereite ihr dieses Gespräch Kopfschmerzen, dabei ist es mein Schädel, der kurz vorm Platzen ist. »Kapier es einfach. So sind Männer eben.«

»Nein, nicht alle.« Ich schaue zu Mama, die genau weiß, an wen ich denke. »Papa war nicht so.« Er war lieb und gütig und jedem Lebewesen gegenüber respektvoll. Selbst Mücken konnte er kein Leid antun.

»Der Afghane?« Oma lächelt humorlos. »Der war sogar der Schlimmste von allen.«

»Er war Ägypter!«, schreie ich, kochend vor Zorn. »Und ich will nicht, dass du so über meinen Vater redest! Er war der beste Mensch auf der Welt. Mama, sag doch was!«, fordere ich sie wütend auf.

Aber sie wirft mir nur einen hilflosen »Was soll ich machen? Deine Oma ist halt so«-Blick zu. Ich weiß, dass sie Angst davor hat, mit ihr zu streiten. Konflikte mit Oma gleichen einem Atomkrieg. Es wird immer heftiger und hässlicher, bis eine Partei die Bombe fallen lässt, die alles kaputt macht.

»Okay, das reicht. Diesen Scheiß höre ich mir keine Sekunde länger an.« Polternd stelle ich meinen Teller ab und stehe auf. Ich kann es nicht mehr ertragen, dass sie immer schweigt, wenn die Liebe ihres Lebens durch den Dreck gezogen wird.

»Die Dramaqueen rauscht ab. Welch Überraschung.« Meine Oma schnaubt, und ich bin so kurz davor, das Geschirr an die Wand zu schmeißen. Kein Mensch auf der Welt löst derartige Aggressionen in mir aus wie sie.

Eilig laufe ich zum Flur, schnappe mir meinen Mantel vom Haken und schlüpfe in meine Boots. Dann öffne ich die Tür und lasse sie mit einem lauten Knall hinter mir zufallen.

Die Sonne steht schon tief, aber strahlt noch in einem warmen Orange über den Dächern der Siedlung. Es ist ein viel zu schöner Tag für meine freudlose Stimmung.

Mit schnellen Schritten laufe ich über den Gehweg, während ich wie ein Schlosshund zu heulen beginne. Andere Fußgänger sehen mir verstört nach, aber das kümmert mich nicht, weil mich sowieso immer alle wertend ansehen. Ob es nun Tag ist oder Nacht. Ob ich heule oder nicht. Ob ich was Kurzes oder Langes trage.

»Bei deinen Outfits wundert mich das nicht.«

Ich kann nicht glauben, dass Oma mir die Schuld geben wollte. Ja, sie ist etwas konservativ, aber sie ist immer noch eine Frau, von der ich dachte, dass sie mich noch eher verstehen würde.

Und Mama? Ich schütte ihr mein Herz aus, und sie isst seelenruhig Kuchen? Weil *nichts* passiert ist? Weil sich das Problem ganz einfach löst, in dem ich beim nächsten Mal nicht alleine nach Hause laufe?

Und wenn sie recht haben?, wispert ein verräterischer Teil in mir. Wäre das alles nicht passiert, wenn ich etwas anderes getragen hätte? Hätte ich die Situation verhindern können, wenn ich einen anderen Weg eingeschlagen hätte und nicht völlig allein gewesen wäre?

Nein. Nein, nein. Es ist nicht meine Schuld, erinnere ich mich streng. Es ist *nicht* meine Schuld.

Oder?

Als ich das Ende der Straße erreiche, bleibe ich stehen. Meine Beine fühlen sich an wie Gummi, und meine Tränen tropfen auf den Asphalt. Ich kann keinen weiteren Schritt mehr laufen und weiß nicht, wie ich es in diesem Zustand noch zur

Bahn schaffen soll. Nach kurzem Überlegen fische ich mein Handy aus meiner Tasche und rufe mir ein Uber. Es ist zwar noch hell und wahrscheinlich werde ich mindestens vierzig Euro blechen, aber das ist es mir gerade wert. Mein Körper ist so kraftlos, dass er jeden Moment umzukippen droht.

Glücklicherweise lässt das Uber nicht lang auf sich warten. Schnell hüpfe ich in den Wagen und nenne der Fahrerin meine Adresse. Dann lehne ich mich zurück und atme tief durch. Je mehr wir uns vom Haus meiner Großmutter entfernen, desto mehr löst sich die Enge in meiner Brust. Ich kann wieder besser atmen, mein Puls beruhigt sich, und auch meine Tränen versiegen endlich.

Noch immer halte ich mein Handy in der Hand und als es surrt, glaube ich schon fast, dass es Mama ist, die fragt, wo ich bin, weil sie mir nachgelaufen ist.

Aber ich werde enttäuscht. Natürlich ist es nicht meine Mutter. Es ist der eine Mensch, bei dem mein Herz, trotz allem, was passiert ist, sofort zu rasen beginnt, wenn ich nur seinen Namen lese.

Vince: Hey, noch mal ich. Ich hoffe, es ist okay, dass ich dir schreibe. Um ehrlich zu sein, mache ich mir ziemliche Sorgen um dich. Vermutlich willst du nicht darüber reden, und das ist okay! Aber wenn du irgendwas brauchst, egal was, egal wann, dann lass es mich bitte wissen. Ich denke an dich.

Noch eine Nachricht.

Vince: Und ich vermisse dich.

Und schon heule ich wieder los. Aber diesmal kann ich nicht damit aufhören.

25. KAPITEL

Vince

Mein Montagmorgen beginnt wie üblich mit einer Vorlesung zu Finance Theory. Ich bin müde, weil ich kaum geschlafen habe (mal wieder), aber ich wollte auch nicht schwänzen, nur um weiterhin trostlos im Bett zu gammeln. Außerdem steht mir ein langer Tag bevor. Uni bis sechzehn Uhr, danach Arbeit bis zwanzig Uhr, und im Anschluss noch das Abendessen bei meinen Eltern, weil ich Linh kurzfristig bei Mathe helfen soll – diesmal sogar wirklich!

Tief gähnend betrete ich den Vorlesungssaal. Die Luft im Raum ist abgestanden, als hätte seit den Feiertagen niemand mehr gelüftet, und ich weiß jetzt schon, dass ich gigantische Kopfschmerzen kriegen werde. Auf der Suche nach einem freien Platz stoße ich inmitten des Meers an müden Kommilitonen auf einen bekannten lockigen schwarzen Schopf.

Stimmt. Sydney studiert auch hier. Ob ich mich zu ihr setzen sollte? Bevor ich meine Entscheidung hinterfragen kann, haben sich meine Beine bereits in Bewegung gesetzt. Erst als ich mich in ihre Reihe schiebe und die anderen aufstehen müssen, um mich durchzulassen, bemerkt sie mich. Ihre Augen weiten sich, ihr Mund formt sich zu einem O.

»Hey, ist der Platz neben dir noch frei, oder soll ich mich dahin verziehen, wo der Pfeffer wächst?«, frage ich mit einem unsicheren Lächeln. Zwar haben Sydney und ich uns bisher immer gut verstanden, aber nach der Sache mit Vicky habe ich keine Ahnung, wie sie zu mir steht.

Doch zu meiner Überraschung lächelt sie und nimmt ihre Tasche von dem Stuhl neben sich.

»Danke.« Ich schäle mich aus meinem Mantel und setze mich neben sie. »Echt lustig, dass wir zusammen studieren. Ich habe dich vorher nie wahrgenommen.«

»Ich dich auch nicht. Dabei dachte ich, dass ich alle zumindest vom Sehen kennen würde. Hast du den Bachelor auch hier gemacht?«

»Nein, da war ich auf der HTW. Ich bin erst seit dem Master an der HU.«

»Ach so.«

Und damit endet unser kurzer Small Talk. Ich hole meinen Laptop aus der Tasche und fahre ihn hoch. Bald darauf erscheint unsere Professorin Frau Dr. Ceylan auf dem Podium. Sie ist eine relativ junge Dozentin, die schon mehrere Unternehmen gegründet hat und alles über Finanzen weiß, was es zu wissen gibt. Es folgen ein paar allgemeine Informationen über den restlichen Verlauf des Semesters und die kommende Klausur. Dann startet sie die PowerPoint-Präsentation und beginnt mit ihrem Vortrag.

Aus dem Augenwinkel sehe ich, wie Sydney anfangs noch fleißig mitschreibt, aber irgendwann den Stift sinken lässt und sich zurücklehnt.

»Es steht sowieso alles in der Präsentation«, raunt sie mir zu, obwohl ich der Letzte bin, vor dem sie sich rechtfertigen muss. Seit ein paar Minuten hört sich jedes Wort von Professor Ceylan an wie Vicky.

Vicky, Vicky, Vicky.

Noch immer drehen sich meine Gedanken wie in Dauerschleife nur um sie. Obwohl es erst eine Woche her ist, seit ich

Vicky zuletzt gesehen habe, kommt es mir vor wie eine Ewigkeit. Ob es ihr inzwischen besser geht? Hat sie sich jemandem anvertraut? Denkt sie so oft an mich wie ich an sie?

Vince und Vicky.

Vor meinem inneren Auge sehe ich zwei goldene, ineinander verschnörkelte Vs, gedruckt auf weißen Hochzeitsservietten. Keine Ahnung, warum ich über so was fantasiere. Vielleicht ist es der fehlende Schlaf, vielleicht aber auch die Tatsache, dass selbst unsere Namen perfekt zusammenpassen. Irgendwann halte ich es nicht mehr aus. Ich muss Sydney einfach fragen.

»Wie ... wie geht es ihr?«, flüstere ich. Es braucht einen Moment, bis Sydney begreift, von wem ich rede. Kurz pressen sich ihre Lippen fest zusammen, als wüsste sie nicht, ob sie mir darüber Auskunft geben sollte oder nicht. Doch dann lehnt sie sich leicht zu mir und spricht, ohne mich anzusehen, als wären wir zwei Agenten, die heimliche Informationen austauschen.

»Keine Ahnung. Nicht so gut, glaube ich. Sie wollte nicht mal erzählen, was zwischen euch passiert ist. Aber so habe ich sie noch nie erlebt. Sie ist wirklich verletzt.«

Und vermutlich auch geschockt und traumatisiert.

Denn auch wenn Sydney glaubt, dass ihr Zustand etwas mit mir zu tun haben könnte, dachte ich nach ihrer letzten Nachricht eigentlich, dass wieder alles gut zwischen uns wäre.

Andererseits hat sie mir dann wieder nicht geantwortet. Wann immer ich sie frage, wie es ihr geht, verstummt sie.

»Kannst du ihr sagen, dass sie mir schreiben soll?«, bitte ich Sydney.

Jetzt sieht sie mich doch an, dabei hebt sich eine ihrer Augenbrauen. »Wozu? Um ihr zu erklären, dass es jemand anderen gibt, den du nicht loslassen kannst? Das weiß sie längst.«

Meine Schultern versteifen sich. »Woher weißt du das?«, frage ich alarmiert. Doch nicht hat etwa von Luke? Nein. Das würde er mir niemals antun. Er ist keine Tratschtante, nicht, wenn es um *so was* geht.

»Weil ich diesen Blick kenne.« Sydney mustert mich aufmerksam. »Du guckst genauso, wie ich es fünf Jahre lang getan habe. Kein Mensch konnte verstehen, warum ich die ganze Zeit an Luke festgehalten habe. Er war so tief in meinem Herzen verankert, dass ich keinem anderen eine Chance geben konnte. Und so geht es dir auch, glaube ich. Das ist okay. Niemand kann was für seine Gefühle. Aber wenn sie – deine Freundin oder Ex – immer noch die Nummer eins für dich ist, dann lass Vicky bitte in Ruhe. Das wäre ihr gegenüber nicht fair, denn sie mag dich wirklich.«

»Ich mag sie auch wirklich!«, sage ich lauter als beabsichtigt und sinke verlegen in meinen Stuhl, als sich ein paar Köpfe neugierig nach mir umdrehen.

»Sag das nicht mir, sondern ihr«, wispert sie.

»Sie ignoriert mich aber.«

»Dann gib ihr Zeit.«

»Okay«, willige ich seufzend ein. »Aber … sag ihr bitte noch, dass es mir von ganzem Herzen leidtut. Wirklich. Es tut mir so unendlich leid.«

Denn das ist alles meine Schuld. Nur meinetwegen wollte sie so schnell wie möglich weg. Nur meinetwegen ist ihr das passiert, was ihr passiert ist. Es ist meine verdammte Schuld. Schon wieder.

26. KAPITEL

Vicky

Ich liebe das Alte Ägypten. Die Geschichte, die Architektur, die Kunst – doch am meisten liebe ich die Sprache. Sie ist der Grund, warum wir über die Kultur wissen, was wir wissen. Hieroglyphen, eine Bildsprache, bestehend aus Tausenden von Zeichen. Jedes einzelne von ihnen ist bereits ein Kunstwerk an sich, und gemeinsam ergeben sie einen Text, der uns auf eine Zeitreise schickt. Ist das nicht unfassbar?

Natürlich habe ich meinen Stundenplan auch in diesem Jahr mit reichlich Sprachkursen gefüllt. *Ägyptische Ritualtexte*, *Grabtexte in den Pyramiden von Gizeh*, *Das Ägyptische Totenbuch*, und natürlich auch *Einführung in die hieroglyphisch-ägyptische Schrift und Sprache Teil II.*

Auf den letzten Kurs freue ich mich allerdings am wenigsten, denn im Tutorium sehe ich Mat wieder. Ich atme tief durch, bevor ich durch die Tür zu dem Sprachkurs trete. Als ich an Mat vorbeilaufe, der vorn am Tisch steht und seine Unterlagen auspackt, kreuzen sich kurz unsere Blicke, und ich bin fast ein wenig überrascht, als er mir knapp zunickt. Vielleicht hat sich sein Frust über die Feiertage verflüchtigt. Ich hoffe es, denn momentan ersticke ich in negativer Energie und könnte gern auf weitere verzichten.

Seit Silvester stecke ich in meinem Gedankenkarussell fest, in dem ich mich schwindelig gefahren habe. Inzwischen weiß ich gar nicht mehr, wo oben und unten ist. Mein Leben hängt in einem ganz komischen Winkel, aus dem mir meine alltägliche Welt ganz fremd vorkommt.

Deshalb habe ich mich auch so auf die Uni gefreut. Ablenkung pur, und dieser Tag ist voll davon. Nach der Uni habe ich eine Schicht im Museum und werde meine erste Führung auf Arabisch geben. Mit etwas Glück werde ich gar nicht erst die Zeit haben, den ungewollten Emotionen Raum zu geben.

Nach dem Tutorium klaube ich meine Sachen zusammen und verlasse den Seminarraum. Wie immer mache ich nach jedem Kurs einen kleinen Abstecher zur Toilette.

Mein Spiegelbild überrascht mich. Ich sehe aus wie immer. Nichts an meiner äußeren Erscheinung lässt darauf schließen, dass meine Glieder noch immer leicht schlottern, weil sie es nach über einer Woche nicht geschafft haben, sich von der Angst zu befreien. Und vielleicht ist das sogar besser so. *Fake it, till you make it.* Ich werde einfach so lange lächeln, bis mein Gehirn glaubt, dass es mir gut geht.

Aber vorher muss ich pinkeln. Ich gehe zur einzigen Kabine, in der sich noch Klopapier befindet, und schließe gerade die Tür hinter mir, als das Geräusch von Stimmen hereinströmt.

»Angeblich hatten sie einen Quickie!«

Das Déjà-vu trifft mich wie abrupter Platzregen. Na, wenn das mal nicht der berühmte *Girlsclub* ist. Chelsea, Anita und Greta sind zurück in ihrem Element und haben wie immer nichts Besseres zu tun, als über irgendwen zu lästern.

»Meine Freundin meinte, dass sie es in irgendeinem Hinterhof getrieben hätten. Der Typ hatte danach ein völlig kaputtes Hemd«, erklärt Greta.

»Scheint, als hätten sie Silvester auf ihre eigene Art knallen lassen«, kommentiert Chelsea und die drei kichern los.

»Sorry, aber das geht gar nicht«, sagt Anita. »Sie wechselt die Jungs wie Unterwäsche. Das ist einfach nur eklig! Hat sie denn gar keinen Respekt vor sich selbst? Das mit Mat ist doch noch nicht mal einen Monat her!«

Anscheinend muss irgendwer, der mich kennt, auch auf der Silvesterparty gewesen sein. *Diese Mädchen,* dämmert es mir. Mir war nicht klar, dass sie mich beobachtet hatten. Ob sie mich deshalb als Schlampe bezeichnet haben? Aber wie kamen sie überhaupt darauf, dass etwas Sexuelles passiert ist?

Das Hemd von Vince. Im Eifer des Gefechts habe ich die Hälfte seiner Knöpfe abgerissen. Gut, das hat vielleicht für den ein oder anderen schiefen Blick gesorgt, aber im Ernst, ein Quickie im Hinterhof? Und selbst wenn, was geht sie das an?

Was ist nur los mit diesen Menschen? Sind sie derart besessen von mir? Ist ihr Leben so langweilig, dass sie nichts anderes zu tun haben, als mich permanent schlechtzumachen?

Und warum weine ich jetzt? Es gibt keinen Grund zu weinen! Ich habe nicht mit Vince geschlafen, und selbst wenn, wäre das auch völlig okay gewesen!

Nach allem, was in letzter Zeit passiert ist, kann ich nicht einmal die Kraft aufbringen, aus der Tür zu stürmen und mich zur Wehr zu setzen. Also stehe ich einfach nur steif wie eine Schaufensterpuppe in meiner kleinen Kabine und lasse stumme Tränen fließen, während die drei sich am neusten Klatsch ergötzen und es immer wieder sagen. Immer wieder und wieder.

Schlampe.

*

Die Atmosphäre im *Ägyptischen Hof*, einem lichtdurchfluteten Saal mit vielen Sarkophagen, ist so befreiend, dass ich gar nicht anders kann, als seine überwältigende Pracht wie eine tröstende Umarmung um mich zu legen. Langsam treten die Angst und die Trauer in den Hintergrund und zurück bleibt nur eine positive Aufregung, auf die ich mich jetzt voll und ganz konzentrieren will. In fünfzehn Minuten gebe ich meine erste Führung auf Arabisch. Das viele Üben hat sich gelohnt. Als es so weit ist, gleiten die Worte flüssig wie Atemzüge aus mir heraus.

Natürlich zeige ich der Gruppe nicht jedes Exponat – dafür bräuchte ich Tage, wenn nicht sogar Wochen! –, sondern nur die, die zu der Tour gehören, die sie gebucht hat. Ich versuche dabei zu lächeln und nicht allzu verkrampft zu wirken, weil gleich mehrere Handykameras auf mich gerichtet sind. Mir ist schon an meinem ersten Tag aufgefallen, dass es die Leute selbstverständlich finden, mich ohne mein Einverständnis zu filmen. Es ist komisch und ungewohnt, aber überraschenderweise spornt es mich auch an, mir noch mehr Mühe zu geben.

Zwei Stunden später endet die Führung mit tosendem Applaus. Die Leute sind so begeistert, dass mein Unbehagen mit jedem Klatschen ein Stück mehr verfliegt.

Mission completed.

Lächelnd mache ich mich auf zum Umkleideraum, hole meine Sachen aus dem Schließfach und werde mit einer neuen Nachricht von Mama begrüßt. Sie entschuldigt sich wegen dem, was bei Oma passiert ist.

Klar, *jetzt* zeigt sie sich wieder demütig, nachdem sie mir zum wiederholten Mal in den Rücken gefallen ist und mich wortwörtlich alleine hat stehen lassen.

Heuchlerin.

Dennoch antworte ich ihr und versichere, dass alles gut ist. Ich will nicht mit ihr streiten. Mama hat mich nicht aus Spaß im Stich gelassen, sondern weil sie immer noch zu viel Angst vor ihrer eigenen Mutter hat. Das verstehe ich gut. Oma ist echt total gruselig.

Als mir Mama mit drei hüpfenden rosa Herzen antwortet, spüre ich den Frust allerdings doch wieder hochkommen. Es nervt einfach, dass immer ich die Erwachsene sein muss. Aber gut, es ist nicht zu ändern.

Ich stecke das Handy zurück in die Tasche, schlüpfe in meinen Mantel und nehme die Treppen zum Hauptausgang. An der Tür komme ich jedoch abrupt zum Stehen. Es ist zwar noch nicht mal sieben, aber schon jetzt so dunkel, als hätte jemand einen Eimer schwarzer Farbe über den Himmel gegossen.

Angst umschließt meine Kehle und verdichtet sich, bis ich meinen Puls in meinem Hals spüre. Ich umklammere den kalten Messingknauf, bin aber noch immer nicht in der Lage, die Tür aufzustoßen. Wie paralysiert stehe ich einfach nur davor und muss irgendwann zur Seite treten, um die letzten Besucher vorbeizulassen.

Und dann überkommt mich ein kleiner Geistesblitz. Ich zücke mein Handy und öffne den Chat mit Sydney.

Ich: Hey, bist du noch im Café?

Sydney: Nein, ich hatte schon vor drei Stunden Schluss. Aber Luke ist noch da, falls du dir ein Gratisgetränk schnorren willst. :D

Mist! Ich wollte sie eigentlich fragen, ob sie mich abholen will. Aber da nur ihr Freund da ist …

Ich: Luke hat nicht zufällig Lust mich abzuholen, damit wir zusammen nach Hause fahren können?

Nach kurzem Zögern füge ich hinzu:

Ich: Ich habe ewig gestanden und jetzt tun meine Beine ein bisschen weh. Eine kostenlose Stütze würde ich nicht ablehnen …

Als Antwort schickt Sydney mir einen Lach- und drei Oma-Emojis.

Ich: War das ein Ja? :P

Diesmal dauert ihre Antwort etwas länger. Sydney schreibt und schreibt und schreibt … Eindeutig zu lang für eine Zusage.

Sydney: Hm, ich weiß nicht, Vick. Schaffst du es noch bis ins Café? Du musst doch sowieso die Tram vom Hackeschen Markt nehmen. Ihr könntet euch da treffen. Aber um ehrlich zu sein, will ich Luke ungern fragen, ob er dich extra vom Museum abholt. Er hat auch den ganzen Tag gestanden. :/

Ihre Nachricht verpasst mir einen Dämpfer und für einen Moment ist die Enttäuschung so groß, dass ich mich nicht einmal dafür schämen kann, wie verzweifelt ich schon bin.

Ich: Ach egal, alles gut. :) Wir sehen uns gleich zu Hause!

Dann fahre ich eben alleine. Ich bin schließlich eine starke Frau. Eine starke, unabhängige Frau, die niemand kleinkriegt.

Auch nicht die Dunkelheit. Und erst recht keine blöde Erinnerung.

Beschwingt öffne ich die Tür und trete in die kühle Nacht hinaus. Doch kaum mache ich zwei Schritte, drängt sich die Angst erneut in meine Glieder. Meine Muskeln werden steif, ich will weiterlaufen, doch ich kann nicht. Nicht in *diese* Richtung.

»Niemand trägt so was, wenn er nicht angesprochen werden will.«

Die Worte des Mannes hallen mir im Kopf wider. Schluckend schaue ich an mir herab und registriere, dass ich heute zwar eine Hose und flache Schuhe trage, aber auch den auffälligen Leopardenmantel. Wegen dem starren mich sowieso immer alle an. Ich wäre eine leichte Beute …

Nein. Hör auf, Vicky, schelte ich mich selbst. Du wirst nicht die Schuld bei dir oder deiner Kleidung suchen! Du hast nichts Falsches gemacht!

Du. Hast. Nichts. Falsches. Gemacht.

Aber das positive Zureden funktioniert irgendwie nicht. Was, wenn es wieder passiert? Was, wenn es diesmal …

Mein Atem geht immer schneller, meine Hände fangen an zu zittern. Mir wird so schwindelig, dass ich mich kaum noch auf den Beinen halten kann.

Man sieht einem Menschen nicht an, wie gefährlich er ist. Jeder könnte mir was Böses wollen, und ich würde es nicht wissen. Ich habe keine Garantie. Keine Garantie, dass das nicht noch mal passieren könnte. Und es diesmal nicht ganz so glimpflich ausgeht.

Ein unsichtbarer Teil von mir kippt ohnmächtig zu Boden. Der sichtbare kämpft sich irgendwie zur Straße vor und schafft es, sich ein Taxi zu rufen, das meine leere Hülle sicher nach Hause bringt.

27. KAPITEL

Vince

»Du bist echt armselig«, begrüßt mich Luke hinter dem Tresen.

»Warum? Darf man nicht mit seiner Schwester in ein Café gehen?«, frage ich unschuldig.

»Aber ausgerechnet in *dieses*?«

»Du arbeitest doch hier. Warum sollte ich in ein anderes gehen?«

»Ah, verstehe. Und du bist nicht hier, weil du hoffst, zufällig auf jemand anderen zu treffen?«

»Auf wen denn?«

»Ach, red dich nicht raus, Quang. Dadurch wirkst du nur noch armseliger«, kommt es spitz von der Seite.

»Ja, *Quang*, hör auf deine Schwester«, gibt Luke ihr glucksend recht.

Hitze steigt mir in den Kopf. Natürlich haben sie recht, aber ich werde den Teufel tun und das zugeben.

Ich räuspere mich. »Lukas, dürfte ich bitte mit deiner Vorgesetzten sprechen? Der Service hier ist echt mies.«

Luke grinst so breit, dass fast all seine Zähne zum Vorschein kommen. »Tja, leider ist Tina nicht da, es sind nur Sydney und ich. Was kann ich euch denn bringen? Habt ihr Lust auf eine Eigenkreation? Wie wär's mit der Cinnamon-Sydney?«

»Aww, du hast einen Kaffee nach deiner Freundin benannt?«, fragt Linh entzückt.

»Die Ehre wäre dir vielleicht auch zuteilgeworden, wenn du Luke schon früher deine Gefühle gestanden hättest«, gehe ich dazwischen.

Ja, ich weiß, ich bin gemein. Aber ich konnte es mir einfach nicht verkneifen, was ich allerdings sofort bereue, als eine Hand hart auf meinen Hinterkopf knallt. Au. Diese Frau trägt eindeutig zu viele Ringe.

»Wenn du weiterhin so frech bist, gehe ich«, droht Linh und funkelt mich an.

»Okay, okay, sorry«, entschuldige ich mich und fahre mir über die Stelle, an der ihre Hand mich getroffen hat. »Luke, mach uns bitte zwei Vanilla-Sydneys.«

»Cinnamon-Sydney«, korrigiert dieser mich.

»Oder so.«

Ich warte, bis Luke die Getränke zubereitet hat – eine Frechheit, dass er es *Eigenkreation* nennt, wobei es sich ganz eindeutig nur um eine stinknormale Zimt-Latte handelt –, dann folge ich Linh, die es sich bereits an einem Tisch direkt an der Bücherwand bequem gemacht hat.

»Also, was ist los?«, kommt Linh direkt zum Punkt. Neugier glänzt in ihren dunklen Augen – eine, die ich ihr unmöglich verdenken kann. Wir sind zwar Geschwister, verbringen aber nicht wirklich oft Zeit miteinander (auch wenn unsere Eltern das wegen unserer »Nachhilfestunden« denken). Deshalb passiert es auch so gut wie nie, dass ich sie spontan um ein Treffen bitte.

Aber nach einer weiteren schlaflosen Nacht habe ich es einfach nicht mehr ausgehalten. Ich fühle mich schuldig und hilflos und muss endlich mit jemandem darüber reden. Zwar habe ich Vicky versprochen, den Mund zu halten, aber Linh ist meine Schwester und kennt niemanden aus Vickys Freundeskreis.

»Lass mich raten … es geht um dieses Mädchen. Vicky.«

»Pst, nicht so laut!«, zische ich und deute zur Seite. »Ihre beste Freundin steht gleich da drüben.«

»Ach, von hier hört sie uns doch niemals«, winkt sie ab.

»Trotzdem.«

»Meinetwegen. Und was ist jetzt mit deinem Kommilitonen …« Sie rührt in ihrem Glas, während sie überlegt. »Constantin?«

Constantin?

»Lass den Decknamen«, sage ich genervt.

»Ist dir Constanza lieber?«

»Nein. Und jetzt hör mir einfach nur zu. Ich drehe nämlich bald durch.«

Endlich habe ich ihre Aufmerksamkeit. Abwartend sieht sie mich an, und ich senke den Blick, um mich kurz zu sammeln. Dann erzähle ich, was passiert ist. Ich brauche nicht lang. Die Geschichte ist kurz, denn im Grunde kenne ich selbst nur das Ende.

»Verstehe ich das richtig?« Sie nimmt einen großen Schluck von ihrem Getränk. »Du weißt gar nicht, was passiert ist?«

Ich schüttele den Kopf. »Nein. Vielleicht …« Ich senke meine Stimme. »Vielleicht ist sie ausgeraubt worden. Ihre Schuhe waren weg.«

»Oder sie wurde belästigt«, überlegt Linh, und es erschrickt mich, wie nüchtern sie dabei klingt. »Die Schuhe hat sie vermutlich ausgezogen, um schneller zu rennen. Das hätte ich zumindest getan.«

Entgeistert starre ich sie an. »Wieso machst du dir über so was Gedanken?«

»Hey, ich bin eine Frau.« Sie zuckt mit den Schultern. »Ich muss an so was denken. Uns wird quasi eingebrannt, besonders nachts immer auf uns aufzupassen, weil an jeder Ecke eine potenzielle Gefahr lauern könnte. Ich habe deshalb auch immer Pfefferspray in meiner Tasche. Papa hat es mir irgendwann gegeben.«

Davon höre ich zum ersten Mal. Ich bin so bestürzt, dass meine Augen vom Nicht-Blinzeln ganz trocken werden. Meine kleine Schwester trägt Pfefferspray mit sich herum, weil sie damit rechnet, dass ihr auf der Straße etwas passieren könnte. Noch nie habe ich mich so ahnungslos und naiv gefühlt.

»Versteh mich nicht falsch, Quang, ich bin froh, dass du es mir erzählt hast«, setzt Linh das Gespräch fort. »Aber wie genau soll ich dir jetzt helfen? Ich kenne diese Vicky – ich meine Constanza! – überhaupt nicht.«

»Hast du eine Idee, wie ich ihr helfen kann? Sie weigert sich, mit jemandem darüber zu reden, am allermeisten mit mir. Am liebsten würde ich es einfach ihren Freundinnen erzählen, aber ich weiß nicht, ob ich es dadurch nur noch schlimmer mache. Sie hat gesagt, dass ich mich raushalten soll …«

»Und das musst du respektieren«, fällt Linh mir sanft ins Wort. »Das klingt zwar etwas deprimierend, aber vielleicht kannst du ihr gar nicht helfen. Jeder geht anders damit um. Einige müssen sich mitteilen, andere sind noch nicht so weit. Wahrscheinlich ist sie erst noch dabei, alles zu … verdauen.«

»Aber sie ist so alleine damit. Ich ertrage es einfach nicht, dass sie niemanden hat.«

»Wenn sie jemals nicht allein sein will, dann weiß sie, dass sie auf dich zukommen kann.«

Schweigend richte ich den Blick auf das Bücherregal, während ich über ihre Worte nachdenke. »Wann bist du eigentlich so weise geworden?«

»Hey, unterschätze mich nicht.« Sie grinst und schlürft den Rest ihres Kaffees, ehe sie ganz selbstverständlich nach meinem

Glas angelt, von dem ich bislang noch keinen Schluck getrunken habe. »Mmh, das Zeug ist echt gut.«

»Möchtest du noch einen?«

»Nein, aber ein Cookie wäre nett. Obwohl, mach gleich zwei draus. Einen mit Schokolade, und einen mit Macadamia.«

Meine kleine Schwester ist einfach unverbesserlich.

»Na gut, du Nervensäge.«

Ich stehe auf und nehme ihr leeres Glas mit. Wieder am Tresen angekommen, finde ich nur Sydney vor, die jedoch gerade am Handy ist. Schnell macht sie ein Handzeichen in meine Richtung, um mir zu signalisieren, dass sie gleich für mich da ist. Dann dreht sie sich halb um und spricht leise in den Hörer. »Was ist denn, Vick?«

Sofort spitze ich die Ohren.

»Noch im Café ... Ja, ich mache gleich Feierabend ... Warum denn? Komm du doch einfach her.« Sydney verdreht die Augen. »Dein Ernst? Du brauchst keine fünf Minuten, bis du hier bist. Allerhöchstens zehn ... Hallo? Hallo?« Sie nimmt ihr Handy vom Ohr und starrt es verwirrt an. »Jetzt hat sie aufgelegt.«

»Was ist denn los?«, fragt Luke, der gerade mit einem Turm Untertassen aus der Küche kommt.

»Vicky hat schon wieder gefragt, ob wir sie nach der Arbeit abholen wollen. Dabei nimmt sie die Tram in *unsere* Richtung. Es wäre viel logischer, wenn sie *uns* abholen würde. Jetzt ist sie sauer und hat aufgelegt.« Frustriert lehnt sie ihre Stirn gegen Lukes Schulter. »Ich weiß echt nicht, was in letzter Zeit mit ihr los ist. Sie war schon immer eine kleine Diva, aber das ist ja wohl völlig übertrieben.«

Ist es nicht, denke ich. Nach allem, was passiert ist, hat Vicky Angst, alleine nach Hause zu fahren. In diesen Straßen. In dieser Dunkelheit.

Ich könnte sie abholen.

Ich würde es sofort tun. Aber das würde sie niemals annehmen. Sie will mich ja nicht mal sehen.

Aber … Meine Gedanken wechseln die Fahrbahn und nehmen die Ausfahrt in Richtung *neue Idee.*

Was wäre, wenn wir zur selben Zeit am selben Ort wären? Sagen wir … ich gehe ins Museum, denn ich liebe das Alte Ägypten und so … Und danach könnte ich sie nach Hause bringen. Wie es der Zufall will, bin ich heute mit dem Auto hergefahren, weil ich nachher noch bei meinen Eltern zum Essen erwartet werde.

Ob sie das eher annehmen würde?

»Hey Schwesterchen, hast du Lust, dir die Beine im Museum zu vertreten?«, frage ich, als ich an unseren Tisch zurückkehre.

»Wow, du bist noch armseliger, als ich dachte.« Sie nimmt mir den Teller voll Cookies aus der Hand und schüttelt den Kopf. »Das ist eine ganz blöde Idee.«

»Aber irgendwas muss ich doch machen!«

Ich will nicht so verzweifelt klingen, aber ich bin es nun mal. »Bitte«, flehe ich. »Ich schulde es ihr.«

Jetzt legt sie die Stirn in Falten. »Du schuldest es ihr?«

»Ja.« Meine Brust wird eng. »Nur meinetwegen ist sie weggerannt. Nur …«

Linh unterbricht mich mit einem müden Seufzen. »Ah, jetzt verstehe ich.«

Nein, tust du nicht.

»Kannst du einfach nur mitkommen? Ohne mir eine Moralpredigt zu halten? Ohne mich zu verurteilen?«

Linh dreht einen Cookie in der Hand und mustert mich prüfend.

»Was kriege ich im Gegenzug?«, beginnt sie zu verhandeln, und ein Stein fällt mir vom Herzen.

»Alles«, sage ich sofort und meine es so.

»Auch neue Klamotten?« Sie zieht an ihrem Oversized-Pulli, auf dem heute Ryuk aus *Deathnote* prangt. Von solchen hat sie zwar schon Hunderte, aber offenbar hat meine Schwester ein ernstes Shopping-Problem.

Ich tue so, als müsste ich überlegen, damit sie nicht auf die Idee kommt, noch mehr zu verlangen.

»Ja, okay«, erwidere ich gedehnt.

»Schön.« Sie schlägt mit mir ein und plötzlich pocht mein Herz so stark, dass ich Angst habe, dass meine Rippen brechen könnten.

Gleich werde ich sie wiedersehen.

28. KAPITEL

Vicky

»Und hier sehen Sie die berühmte Büste der Nofretete«, sage ich und deute auf das Exponat in der Glasvitrine. »Das Gesicht einer ägyptischen Königin, das heute jedem auf der Welt bekannt ist.« In der Regel darf in diesem Raum nicht gesprochen werden, da man angeblich nur im Stillen das Ausmaß ihrer Schönheit erfassen kann. Aber Peer meinte, dass ich heute eine Ausnahme machen kann, weil es die letzten Gäste im Museum sind und ich niemand anderen störe. Fotos sind allerdings trotzdem strengstens verboten.

Ich warte, bis sich die Gruppe um den Glaskasten gestellt hat, lasse sie einen Moment das Objekt bewundern, und lege dann los. »Die Büste der Nofretete hat eine Höhe von fünfzig Zentimetern und wiegt etwa zwanzig Kilo. Sie ist recht ungewöhnlich für eine altägyptische Plastik, da in der Regel der Kopf einer Person einzeln erstellt wurde, um ihn später mit einem Körper zusammenzufügen. Diese jedoch zeigt lediglich ihren Kopf bis zu den Schultern und hat keinen Sockel.«

Ich verstumme kurz, als ich Vince' Blick auf mir spüre. Dieser Arsch. Er bringt mich ganz durcheinander. Auf einmal war er da und hat sich ganz selbstverständlich der Gruppe angeschlossen. Als ich ihn entdeckt habe, bin ich vor Schreck fast in einen offenen Sarkophag gefallen.

Was fällt ihm ein, einfach hier aufzukreuzen? Woher wusste

er überhaupt, dass ich hier bin? Und warum zum Teufel schmeißt mein Herz gerade mit Konfetti um sich, während mich zeitgleich die heftigste Basorexie packt?

»Ähm …« Ich räuspere mich und suche schnell nach dem Faden. »Der Zustand ist bemerkenswert. Bis auf das fehlende Ohr und ein paar Schrammen ist sie nahezu unversehrt geblieben.« Ich deute auf den Kopf der Plastik. »Ihr Gesicht ist schmal und proportional und in natürlichen Farben gehalten. Die Augenbrauen geschwungen, die Augenlider gesenkt. Die Augen selbst sind mit einem feinen Lidstrich umrandet, das rechte Auge mit einem schwarzen Kristallstein versehen. Dem linken Auge fehlt der Stein, dieser ist allerdings nicht abgefallen, sondern hat nie existiert.«

»Warum nicht?«

Vince.

»Weil dieses Exponat eine Vorlage war«, erwidere ich bemüht professionell und zwinge mich, ihn anzusehen. Wie immer trägt er ein Hemd, dessen Ärmel hochgekrempelt sind und den Blick auf seine trainierte Muskulatur lenken. Dazu eine lässige Jeans, die sich viel zu perfekt um seine Leiste schmiegt. Ein Kribbeln fährt durch meinen Körper.

»Die Büste war eine Vorlage?«, hakt er nach. Diese Stimme … Flüssiger Samt, der mich warm umschließt.

Ich schlucke, dann nicke ich knapp. »Ja.«

Vince hebt eine Augenbraue, als würde er mir nicht glauben. »Und woher weiß man das?«

»Weil sie in der Bildhauerwerkstatt Amarnas gefunden wurde. Die Vermutung legt nahe, dass sie eine Vorlage war, damit die Gelehrten des Bildhauer' Thutmosis nach ihr arbeiten konnten. Deshalb auch das fehlende Auge. Wahrscheinlich wollte Thutmosis seinen Schülern demonstrieren, wie man es richtig einsetzt.«

»Sie hat also nie in einem Palast oder Tempel gestanden?«, fasst er zusammen und klingt fast entsetzt. »Sie war nur eine stinknormale Schablone?«

Verhaltenes Lachen im Publikum.

»Ja. Eine stinknormale Schablone. Krass, nicht wahr?« Verträumt betrachte ich die Büste. »Dieses wunderschöne Objekt war zu seiner Zeit so unbedeutend wie Sand. Und heute gilt sie als einer der größten archäologischen Funde. Sie hat sogar einen ganzen Saal für sich allein.«

Ich schwenke den Arm durch den Raum, der bis auf den Glaskasten mit der Büste völlig leer steht. Von allen Räumlichkeiten ist der Nordkuppelsaal mein liebster, denn mit seiner riesigen Kuppel, den dunkelgrünen Wänden und den Wandmalereien der klassischen Antike ist er bereits ein Kunstwerk an sich. Ursprünglich sollten hier griechische Skulpturen ausgestellt werden, aber die Büste harmoniert so sehr mit diesem Raum, dass man ihr diesen Platz einfach geben musste.

»Wie sicher ist es, dass Nofretete wirklich so ausgesehen hat?«, fragt ein blonder Mann, der mich von seiner sehr großen Statur, den tiefen blaugrauen Augen und dem warmen Lächeln ein bisschen an Lenny erinnert.

Ob dieser Mann in der Lage wäre, mitten in der Nacht eine fremde Frau zu belästigen? Er sieht nicht gefährlich aus, aber das heißt ja nichts. Der Typ von Silvester wirkte auf den ersten Blick ganz ähnlich. Groß, schlaksig, freundliches Gesicht.

O Gott, hör auf, Vicky! Du kannst doch nicht in jedem Mann auf der Welt eine Bedrohung sehen!

Aber ich weiß nicht mehr, wie und vor wem ich mich schützen soll.

»Auf jeden Fall nicht derart symmetrisch perfekt«, antworte ich, als es mir endlich gelingt, mich aus meiner Gedankenspirale zu befreien. »Die Alten Ägypter haben immer ein bisschen gemogelt, was ihre Darstellung anging.«

Was heute nicht groß anders ist, ergänze ich stumm und denke an all die Fotoapps und Filter, die einem die Augen größer, die Lippen voller und die Haut rein und strahlend machen.

»Sie war trotzdem sehr schön«, sagt eine Frau aus der Menge.

»Ja«, gebe ich ihr recht. »Wunderschön.« Ich blicke auf die Büste, doch in der Spiegelung der Vitrine sehe ich Vince. Er betrachtet nicht die Königin, sondern mich. Durch das Glas sehen wir uns an, reden nicht, lächeln nicht. Die Luft knistert vor lauter Anspannung, wie immer, wenn wir zwei in einem Raum sind. Ob das je anders sein wird? Ich weiß es nicht.

*

Lange nachdem die Führung geendet hat, finde ich mich erneut vor Nofretetes Vitrine wieder. Gegenüber von mir kein anderer als Vince. Durch das Glas hinweg fällt es mir irgendwie leichter ihn anzusehen. Als wäre er ebenfalls nur ein Museumsobjekt, das ich voller Neugier betrachten kann. Doch im Gegensatz zu den vielen anderen Exponaten, ist er mir nach wie vor ein Rätsel, das ich einfach nicht entschlüsseln kann.

Schließlich seufze ich und breche das Schweigen. »Was machst du hier, Vince?«

Ein kleines Zucken seines rechten Mundwinkels. »Willst du die Wahrheit oder die Ausrede hören?«

»Überrasch mich mit einem von beidem, und ich rate.«

»Okay. Ich bin mit meiner Schwester hier, weil ich mal wieder ins Museum wollte.«

Ich kneife die Lippen zusammen, um nicht zu lachen. »Das ist die Lüge.«

»Und wenn nicht?«

»Spar dir das.« Ich mache eine wegwerfende Geste. »Was ist die Wahrheit?«

Ein Schatten legt sich auf sein Gesicht. Vince sieht mich an, aber irgendwie auch nicht. Es ist, als würde er geradewegs durch mich hindurchschauen.

Als er spricht, hallt seine leise Stimme durch den leeren Saal.

»Du hast nicht auf meine Nachricht reagiert, was eigentlich ein ziemlich deutliches Zeichen ist, dass du nicht reden willst. Trotzdem habe ich mir Sorgen gemacht – riesige Sorgen.« Seine Züge verhärten sich. »Ich konnte an nichts anderes mehr denken und habe lange überlegt, wie ich nach dir sehen kann, ohne, dass du dich bedrängt fühlst. Und dann kam mir die Idee mit dem Museum. Wir sind in der Öffentlichkeit und nicht allein. Das hier ist dein Bereich, dein Ort. Hier sind noch andere Menschen und du … Du könntest mich rausschmeißen lassen, wenn du das willst.«

Mein Herz stolpert, fängt sich aber gerade noch wieder.

»Oh«, ist alles, was ich dazu sagen kann, denn die Wahrheit ist, dass ich nicht im Geringsten weiß, wie ich mich fühle. Bin ich gerührt, weil er sich so viele Gedanken um mich gemacht hat, oder sauer, weil er einfach unangekündigt hier aufgekreuzt ist? Vielleicht sogar beides? Oder nichts von allem?

Ich atme leise durch die Nase aus. Mein Kopf fühlt sich heiß und fiebrig an, und mich überkommt das Bedürfnis, meine Stirn gegen das kühle Glas zu drücken. Aber da ich weder den Alarm auslösen noch gefeuert werden will, gebe ich dem Drang nicht nach, und begnüge mich damit, den Blick auf Nofretete zu richten, während ich meine Gedanken zu ordnen versuche.

Vince ist hier, fasse ich stumm zusammen. Direkt vor mir. Uns trennt bloß eine vier Meter hohe Vitrine, die ich leicht umrunden könnte, würden sich meine Beine nicht wie Pudding anfühlen. Ich traue ihnen keinen Schritt zu. Zu sehr bin ich von seiner Anwesenheit überrumpelt.

»Du warst übrigens unglaublich.« Vince' Wimpern werfen kleine Schatten auf sein Gesicht. »Bei der Führung, meine ich. Ich hätte dir ewig zuhören können.«

»Ja, ich habe es ziemlich drauf«, sage ich aus Reflex, spüre jedoch, wie mein Herz vor Freude über sein Lob einen Sprung macht. Obwohl ich es niemals zugeben würde, bin ich bei den Vorträgen noch immer sehr selbstkritisch und unsicher.

»Du hast gar nicht erzählt, dass du Arabisch kannst. Ich habe zwar kein Wort verstanden, aber es klang echt cool.«

Vince hat noch das Ende meiner arabischen Führung mitbekommen und sich im Anschluss auch der deutschen angeschlossen. Das pulsierende Ding in meiner Brust schlägt noch einen Takt schneller.

»Du schminkst dir deine Augen auch immer so«, wechselt er abrupt das Thema und nickt zur Büste.

Ich folge seinem Blick und lächele. »Mit dem Eyeliner? Ja, der ist quasi mein Markenzeichen.«

Über mein Augenlid zieht sich immer ein feiner, dünner Strich bis zum äußeren Augenwinkel, wo er in einer kleinen Welle endet.

»Es sieht schön aus. Du …« Er hält inne und mein Magen dreht sich um die eigene Achse.

Ich sehe schön aus?

Okay, Klartext. Ein Teil in mir freut sich über seinen Besuch. Mehr als das sogar. Ich habe ihn vermisst und damit meine ich nicht nur seine bloße Präsenz, sondern das Gefühl, das ich empfinde, wenn er in der Nähe ist. Das Gefühl zu schweben und ihm so nahe wie möglich sein zu wollen. Intensiv. Wir sind immer so intensiv.

Aber was ist mit seiner Freundin?

Mein Hals schnürt sich zu, als das Foto von seinem Handy erneut vor meinem inneren Auge aufblitzt. Ausgerechnet *sie*. Sie, die er damals fast mit mir betrogen hätte. Sie, der er hinterherrannte, und mich zurückließ. Ich weiß nicht, ob es der Stolz ist, der mir so in die Seiten sticht, oder meine Gefühle für ihn, die möglicherweise noch stärker sind, als mir bislang bewusst war.

Und als würde Vince wissen, wohin meine Gedanken wandern, verändert sich sein Gesichtsausdruck. Er sieht aus, als würde er Höllenschmerzen erleiden.

»Vicky«, fleht er kaum hörbar.

Ich richte den Blick auf die Fliesen am Boden, weil ich ihn gerade nicht ansehen kann. Nicht, ohne zu riskieren, trotz allem, was passiert ist, in seine Arme zu springen.

Ich will das nicht. Ich will ihn nicht so anziehend finden. Das macht alles nur noch komplizierter.

»Bitte …«, sage ich, und weiß selbst nicht, wie der Satz endet. *Bitte lass mich in Ruhe? Bitte bleib hier und lass mich nicht in Ruhe?*

Dumpfe Schritte erklingen im Raum. Ich hebe den Kopf und sehe, wie eine Gestalt geradewegs auf Vince zu spaziert.

»Hey, der Typ im Anzug meinte, dass wir jetzt gehen müssen.«

Die Büste blockiert mir die halbe Sicht, doch ich erkenne ein schwarzhaariges Mädchen, das ich auf siebzehn oder achtzehn Jahre schätze. Sie trägt einen weiten Pulli mit dem Aufdruck irgendeiner Zeichentrickfigur und einen kleinen Rucksack mit dünnen Trägern. In der Hand hält sie einen Keks.

»Ey, du darfst hier nichts essen«, empört sich Vince, doch sie zuckt nur mit den Schultern »Was der Wärter nicht weiß, macht ihn nicht heiß.«

Als ihr Blick auf mich fällt, zuckt sie kurz vor Überraschung zusammen. Ihr Gesicht erhellt sich. Mit dem Keks in der Hand deutet sie auf mich. »Bist du Vicky?«

»Äh, ja?«, entgegne ich leicht überrumpelt.

Ihr Lächeln wird noch breiter. Sofort schaut sie zu Vince und lässt eine ihrer Augenbrauen in die Höhe schießen. »Meinst du nicht, dass sie eine Nummer zu groß für dich ist?«

Vince klappt der Mund auf. »Linh!«

»Ich mein ja nur. Sie ist eine glatte Elf.« Sie mustert ihn abschätzig. »Du bist allerhöchstens eine Sechs.«

Obwohl ich diese Situation noch nicht ganz verstehe, muss ich bei der Bemerkung trotzdem auflachen. Vince schaut zu mir rüber, seufzt tief, und kommt schließlich um die Vitrine herum.

»Vicky, darf ich dir meine kleine nervige Schwester vorstellen? Linh.«

Meine Augen werden groß. »Warte. Du hast *wirklich* eine Schwester?«

»Leider«, knurrt Vince und schüttelt Linhs Hand ab, die ihm gerade in die Wange kneifen wollte. »Na, na, werd nicht frech.

Ich liebe seine Schwester jetzt schon.

»Leider müssen wir tatsächlich schließen«, sage nun auch ich, da einer der Sicherheitsleute mir mit einer Geste zu verstehen gibt, die letzten Gäste endlich wegzuschicken. Dabei entgeht mir selbst nicht, wie bedauernd mein »Leider« klingt.

Ich will noch nicht gehen.

Bevor Vince da war, ging es mir so mies, dass ich die Arbeit schwänzen wollte, um den Heimweg noch im Hellen antreten zu können. Und dann war da dieses beschämende und frustrierende Telefonat mit Sydney. Ich wollte ihr erklären, warum ich nicht alleine nach Hause fahren wollte, hatte aber plötzlich die irrationale Angst, dass sie genauso verständnislos reagieren würde wie meine Familie. Weil ja eigentlich *nichts* passiert ist. *Nichts.* Doch dann war Vince da, hat mich mit seiner bloßen Anwesenheit in den Wahnsinn getrieben, aber auch ziemlich gut abgelenkt. Und jetzt … kehrt die ganze Anspannung wieder zurück.

Vince nickt sofort. »Ja, klar. Wir müssen auch langsam los. Heute Abend essen wir bei meinen Eltern. Ich … äh, du …« Er verstummt und senkt den Blick, als wüsste er nicht, wie er das Folgende sagen soll. »Wir … wenn du willst … ich … ich könnte … ich könnte dich …«

Warum stottert er so?

»Hast du Lust mitzukommen?«, unterbricht Linh sein Gebrabbel. »Zu uns nach Hause, meine ich. Heute machen wir Sommerrollen.«

»Mitkommen?«, wiederhole ich langsam. »Zu euch … und euren Eltern?«

Linh nickt freudig, Vince hingegen sieht genauso überrascht aus wie ich. Offenbar war das nicht das, was er sagen wollte. Doch er fängt sich schnell und schließt sich Linhs Nicken an. »Ja, du kannst sehr gern mitkommen. Also, nur wenn du willst, natürlich.«

Gott, diese Stimme! Wie eine Melodie umschmeichelt sie sanft meine Ohren. Ich fühle mich berauscht, betört und hypnotisiert – und dann antworte ich, ohne nachzudenken.

29. KAPITEL

Vince

Vielleicht lag ich falsch. Vielleicht geht es ihr nicht so schlecht, wie ich dachte. Vielleicht hat sie das, was passiert ist, längst hinter sich gelassen, und ich habe alles falsch interpretiert. Dass sie wollte, dass Sydney sie abholt, könnte auch ihrer Bequemlichkeit geschuldet sein.

Ich werfe einen Blick in den Rückspiegel und sehe Vicky ausgelassen mit meiner Schwester quatschen. Sie sieht genauso aus wie immer, spricht genau wie immer. Breitbeinig und selbstbewusst sitzt sie da, als würde ihr die ganze Welt gehören. Als könnte ihr niemand was anhaben.

Als wäre sie unantastbar.

Ich lenke den Wagen auf die linke Spur und schürze die Lippen. Nein, da ist noch irgendwas. Ich kann es noch nicht greifen, aber ich weiß, dass da mehr ist, als sie der Welt offenbart.

»Hast du schon mal Sommerrollen gegessen?«, fragt meine Schwester Vicky.

»Ja, schon öfter im Restaurant. Aber ich habe sie noch nie selber gemacht.«

»Das macht echt Spaß. Man kann sie füllen, wie man möchte.«

»So wie Wraps?«

»Ja, das Konzept ist eigentlich sehr ähnlich. Gỏi cuốn werden sogar fast genauso gerollt.«

»Klingt lecker. Und euren Eltern ist es wirklich recht, dass ich komme?« Vicky klingt zweifelnd, fast schon ungläubig, als würde ihr erst jetzt klarwerden, dass sie wirklich zugestimmt hat. Auch ich kann es kaum fassen. Natürlich habe ich nichts dagegen, dass sie mitkommt – im Gegenteil! – aber vor ein paar Stunden war ich nicht einmal sicher, ob sie überhaupt ein Wort mit mir wechseln würde. Und jetzt lernt sie meine Eltern kennen.

»Klar. Unser Haus ist jederzeit offen für Gäste.«

»Okay.«

»Hast du eigentlich Instagram?«, wechselt Linh das Thema.

»Ja, habe ich. Wie heißt du da?«

Wenige Sekunden später haben sich die beiden auf Social Media vernetzt.

»Wow, deine Story platzt vor Museumsfotos!«, bemerkt Vicky und lacht leise. Wieder wandert mein Blick zum Rückspiegel. Vicky hat sich über ihr Handy gebeugt, ihre Locken fallen ihr in die Stirn, der Bildschirm erhellt ihr Gesicht. Sie lächelt amüsiert, ein Lächeln, das ich so sehr vermisst habe.

»Das Zeug da drin war echt der Hammer. Mein Lieblingsraum war der mit den Sarkophagen.«

»Der Ägyptische Hof? Ja, der ist wirklich toll.«

»Oh, mein Gott!« Linh schnappt nach Luft und rammt ihr Knie vor Aufregung gegen meinen Sitz. »Ich liebe, liebe, liebe deine Fotos! »Du hast einen so coolen Style.«

Daraufhin lacht Vicky wieder. »Ziemlich geil, oder? Deinen mag ich aber auch.«

Vielleicht ist es kindisch, aber ich kann nicht verhindern, dass mich die Eifersucht packt. Meine Schwester kennt Vicky seit gefühlt fünf Minuten und ist jetzt schon ihre neue beste Freundin. Mir hingegen antwortet sie nicht mal mehr, wenn ich ihr schreibe.

Und doch ist sie jetzt hier.

Aufregung ballt sich in mir zusammen. Obwohl die Fahrt zu meinen Eltern etwa zwanzig Minuten dauert, und ich mich theoretisch seelisch hätte darauf vorbereiten können, weiß ich immer noch nicht, wohin mit mir, als ich den Wagen in die Einfahrt meiner Eltern lenke. Das Herz klopft mir bis zur Kehle. Es stimmt zwar, dass wir jederzeit jemanden zum Essen mitbringen können, aber bisher war Luke mein einziger Gast. Zumindest in den letzten Jahren. Ich bin absolut nicht auf diese Situation vorbereitet und habe keinen Plan, was ich sagen soll.

»Mama, Papa, darf ich euch Vicky vorstellen? Eure zukünftige Schwiegertochter.«

Moment. WAS?!

Wie ein nasser Hund schüttele ich mich kurz und bin auf einmal froh über die Kälte, die hoffentlich auch meine letzten Gedanken einfrieren wird.

Als Linh die Tür aufschließt, begrüßt uns schon im Flur der Duft von Essen. Meine Eltern sitzen bereits am gedeckten Tisch und schauen auf, als wir zu dritt in die Küche kommen.

»Chào mẹ, chào bố«, grüße ich die beiden.

»Chào con«, grüßen meine Eltern zurück und richten ihre Aufmerksamkeit auf unsere Begleitung.

»Das ist Vicky«, stelle ich sie vor und kann nicht verhindern, dass meine Stimme seltsam brüchig klingt. Vicky tritt vor und reicht beiden freundlich die Hand. Es folgt eine kurze Vorstellungsrunde und ich kann beim besten Willen nicht einschätzen, was sie von ihr denken. Meine Eltern sind kritisch. Sehr, sehr kritisch. Meistens bilden sie sich ihre Meinung in den ersten fünf Sekunden, und diese ist danach unumstößlich.

Wir nehmen Platz. Vicky sitzt zwischen Linh und mir und begutachtet den gedeckten Tisch mit neugierigen Augen.

»Danke fürs Vorbereiten«, sage ich auf Vietnamesisch zu meiner Mutter und klinge dabei noch immer etwas zittrig. Scheiße. Ich bin noch nervöser, als ich dachte.

Meine Mutter nickt, während ihre Lippen leicht amüsiert zucken. Vermutlich ahnt sie, was gerade in mir vorgeht.

»Also, da du noch nie Sommerrollen selbst gemacht hast, kommt hier eine kleine Einführung«, sagt Linh zu Vicky, zieht ein rundes Blatt Reispapier aus der Verpackung und tunkt es in die große mit Wasser gefüllte Schüssel. Sie wendet es ein paarmal, bis es überall feucht ist und legt es auf Vickys Teller. »Jetzt musst du kurz warten, bis das Papier aufweicht und kannst es anschließend belegen, wie du willst.« Sie deutet auf den großen Teller mit dem Berg gekochter Reisnudeln. »Die Nudeln sind quasi die Basis, aber du kannst sie im Grunde mit allem füllen, was dir schmeckt. Linh macht eine schwenkende Handbewegung auf dic bunten Teller mit Salat, Gurke, Karotte, Schweinefleisch, Tofu und Garnelen.

»Hier haben wir«, Linh kneift die Augen zusammen, während sie die verschiedenen Schälchen begutachtet. »Einmal Hoisinsoße, Fischsoße und dann noch eine andere, deren Namen ich nicht kenne. Aber diese ist ziemlich scharf.«

Vicky nickt. »Alles klar.«

Und schon geht's los. Ich belege meine erste Sommerrolle mit Reisnudeln, Salat, Garnelen und Gurke. Dann rolle ich sie zusammen und tunke sie in die Fischsauce. Während ich kaue, schaue ich unauffällig rüber zu Vicky. Sie wollte uns allen den Vortritt lassen, um zu beobachten, wie es geht. Zu meiner Überraschung ist ihr die Rolle ziemlich gut gelungen, auch wenn sie etwas zu groß geraten ist. Ein Anfängerfehler, der fast jedem passiert.

»Das ist übrigens geräucherter Tofu«, sage ich mit vollem Mund und schlucke kurz, ehe ich weiterspreche. Mit der angebissenen Sommerrolle deute ich auf den Fleischteller. »Der Rest ist leider nicht vegan. Und die Fischsauce auch nicht.«

»Okay, danke.« Sie schenkt mir ein kleines Lächeln, das mich fast zum Schmelzen bringt.

Sie ist so unfassbar schön.

»Woher kennt ihr euch eigentlich?« Meine Mutter schaut neugierig zwischen Vicky und mir hin und her. Ihr schulterlanges Haar trägt sie heute ausnahmsweise offen und sieht damit aus wie unsere ältere Schwester. Obwohl sie schon fast fünfzig ist, meinen es die Gene ziemlich gut mit ihr.

»Über Luke«, antwortet Vicky. »Er ist seit Kurzem mit meiner besten Freundin Sydney zusammen.«

»Ah.« Wieder lässt ihr Tonfall nicht darauf schließen, was sie denkt.

»Quang und ich haben Vicky heute im Museum besucht«, erklärt Linh fröhlich. »Sie arbeitet dort.«

»Oh, wie schön. In welchem Museum?«, fragt mein Vater interessiert. Er ist von meinen Eltern der Kulturbegeisterte.

»Das Neue Museum ...« Vicky hält sich kurz die Hand vor den Mund, um ihren letzten Bissen runterzuschlucken. Dann fällt ihr Blick auf Linh. »Quang?«, wiederholt sie verwundert.

»Ja, Quang.« Linh nickt zu mir. »Dir hat er sich wahrscheinlich als *Vince* vorgestellt.«

Meine Eltern geben einen seltsamen Laut von sich, der als eine Mischung aus Lachen und Schnauben interpretiert werden könnte. Vicky dreht den Kopf zu mir, den Mund vor Überraschung leicht geöffnet. Doch sie sagt nichts weiter. Wahrscheinlich will sie warten, um mich später unter vier Augen darauf anzusprechen.

Während des Essens redet Linh die meiste Zeit. Ich bin ihr dankbar dafür, denn obwohl die Stimmung locker und gelöst ist, bin ich trotzdem ziemlich angespannt.

Vicky sitzt gerade mit meiner Familie in unserer Küche und isst Sommerrollen!

Das ist absurd! Toll, aber absurd. Gestern habe ich noch befürchtet, nie wieder etwas von ihr zu hören, heute sitzen wir so nah beieinander, dass ich ihr zitroniges Shampoo riechen kann.

Als meine Eltern Vicky nach ihrem Studium fragen, berichtet sie ihnen höflich davon. Sie bleibt vollkommen sie selbst, nimmt keinen anderen Tonfall an und drückt sich auch nicht besonders gewählt aus, wie viele es tun, wenn sie die Eltern ihres Partners kennenlernen.

Partner?!

Fuck, Vince, was ist los mit dir …

Mama und Papa lassen immer noch nicht erkennen, was sie von ihrem Studium, ihrer offenen Art, ihrer Ausdrucksweise oder ihrer gesamten Präsenz halten. Und das, dieses Unwissen, diese Unsicherheit, ob sie sie mögen oder nicht, macht mich dermaßen unruhig, dass ich so stark mit den Beinen wackele, dass ich damit den ganzen Tisch zum Vibrieren bringe. Als meine Mutter mir einen strengen Blick zuwirft, höre ich automatisch auf – und bin dankbar für die erste Regung in ihrem Gesicht.

*

Später helfe ich meiner Mutter beim Abwasch in der Küche. Mein Vater hat sich schon vor einer Weile wegen seiner Kopfschmerzen verabschiedet – ich habe schon geahnt, dass er heute Migräne hat, weil er besonders ruhig war.

Vicky und Linh sitzen jetzt allein am Tisch, aber das scheint kein Problem zu sein, da die zwei sich ohnehin bestens verstehen. Sie reden über alles, über Mode, Fotos, Schule, Uni, Veganismus. Jetzt gerade sind sie bei der Klimakrise und tauschen ihre Gedanken aus wie bei einem Debattierclub. Die beiden reden miteinander, als würden sie sich schon seit Jahren kennen. Es ist schön, dass die beiden sich so gut verstehen.

»Du stehst immer nur auf Deutsche«, murmelt meine Mutter plötzlich, und ich zucke so heftig zusammen, dass ich meinen frisch gewaschenen Teller in die Spüle fallen lasse. Wasser tropft mir auf mein Hemd und meine Hose.

»Was? Nein, sie ist gar nicht deutsch. Also nicht nur. Außerdem sind wir gar nicht … Linh hat sie mitgebracht! E-es war ihre Idee«, stammele ich.

»Jaja, schon gut.« Sie grinst belustigt, als würde sie sich ihren Teil denken, dann schielt sie zum Tisch, an dem die beiden sich noch immer fröhlich unterhalten.

»Ich mag sie«, sagt sie irgendwann.

»Wirklich?« Ich bemühe mich gar nicht erst, mein Erstaunen zu verbergen. Meine Mutter ist der kritischste Mensch, den ich kenne. Jemand muss nur eine falsche Sache sagen, um bei ihr durchzufallen. Sie mag gefühlt niemanden, manchmal bin ich nicht mal sicher, ob sie mich leiden kann. Aber Vicky offenbar schon. Und das ist schräg.

»Ja.« Mama nickt und nimmt mir den Teller aus der Hand. »Sie ist ehrlich und direkt und verstellt sich nicht. Ich mag solche Menschen.«

»Ja, sie ist …« Leugnen ist wohl zwecklos. »Ich mag sie auch.«

Sie wirft mir ein schiefes Lächeln von der Seite zu, doch es verschwindet wieder, als sich im nächsten Moment ein ernster Schleier über ihre Züge legt. Obwohl sie auf Vietnamesisch spricht, dämmt sie die Lautstärke ihrer Stimme. »Weiß sie es?«

Ich runzle die Stirn. »Weiß sie was?«

»Was mit Alex passiert ist.«

Ein überraschender Stoß direkt in mein Herz.

»*Was mit Alex passiert ist*«, hallt es in mir wider. Sofort wird mir schwindelig. Schwarze Punkte tanzen vor meinen Augen, der Boden wankt unter meinen Füßen, die Wände scheinen auf mich zu zukommen. Ich kralle mich an den Rand der Spüle, um das Schwindelgefühl auszugleichen. Nasse, kalte Bilder stürmen ungebeten auf mich ein. Wasser, so viel Wasser und ein Körper, der darin versinkt.

»Nein«, bringe ich gerade so heraus, der Rest bleibt mir im Hals stecken.

Nein, sie weiß nicht, dass meine Freundin tödlich verunglückt ist.

30. KAPITEL

Vicky

Auf der Rückfahrt ist Vince ungewöhnlich still. Nicht, dass er heute sonst viel geredet hätte, aber es ist offensichtlich, dass ihn irgendwas beschäftigt. Ich richte den Blick aus dem Fenster. Die Stadt verschwimmt vor meinen Augen. Obwohl die Heizung aufgedreht ist und sogar mein Hintern gewärmt wird, ist die Atmosphäre zwischen uns von einer distanzierten Kälte erfüllt, die bis in meine Adern kriecht.

Als ich Vince' Spiegelbild im Fenster sehe, drehe ich mich wieder zu ihm. Seine Kiefermuskulatur ist angespannt. Er grübelt stumm vor sich hin und ich werde das Gefühl nicht los, dass er meinetwegen so verstimmt ist.

»Alles okay?«, frage ich vorsichtig.

»Klar.« Er lächelt, aber es wirkt merkwürdig angestrengt.

»War es okay, dass ich heute mitgekommen bin?«

»Natürlich. Ich habe mich wirklich sehr gefreut, dass du dabei warst.«

»Ich mich auch«, sage ich, ohne nachzudenken. »Die Sommerrollen waren echt lecker. Ich fand es schön, dass wir alle irgendwie … zusammen gegessen haben.«

»Ja, so ist das immer in der vietnamesischen Küche. Es gibt viele kleine Schüsseln, aus denen sich jeder etwas nehmen kann. Man teilt sich das Essen sozusagen.«

»Das finde ich cool. In der arabischen Küche ist das glaube

ich ähnlich. Als mein Vater früher für uns gekocht hat, haben wir manchmal sogar von einem großen Teller gegessen.«

Aber jetzt nicht mehr, denke ich verbissen. Jetzt isst jeder sein Stück Kuchen mit einem Klacks Sahne und Vorwürfen garniert.

Vince verstummt wieder und konzentriert sich auf die Straße. Sein Gesicht ist in den Schatten der Nacht getaucht. Er sieht nachdenklich aus. Und konzentriert. Als würde er auf der Frontscheibe ein unsichtbares Sudoku lösen.

Und dann glaube ich zu verstehen: Dass wir beide wieder allein in einem Auto sind und er mich nach Hause fährt, muss Erinnerungen in ihm auslösen. Bisher hat er die Füße stillgehalten und trotz seiner vielen Nachrichten nie nachgehakt, was in der Silvesternacht eigentlich passiert ist. Aber offenbar beschäftigt es ihn, was ich ihm nicht verübeln kann. Mir würde es vermutlich nicht anders gehen.

»Frag einfach«, seufze ich.

Vince hält an einer Ampel und sieht mich leicht irritiert an.

»Das ist es doch, was dir durch den Kopf geht, oder? Du willst wissen, was in der Nacht passiert ist.«

Er mustert mich schweigend, sein Blick ist undurchdringlich. Ob ich mit meiner Theorie falschlag?

»Keine Sorge, ich kann dich beruhigen«, sage ich, und hebe abwehrend die Hand. »Es ist nichts passiert. Zumindest nicht das, was du denkst.«

»Was denke ich denn?«

»Bestimmt an den worst case. Und bevor du jetzt irgendwelche Ratespielchen machst: Da waren diese Typen, die gepöbelt haben. Einer ist mir etwas zu nahe gekommen, und ich bin weggerannt. Ende der Geschichte.« Es überrascht mich, wie bestimmt und gefasst ich klinge, während sich die schrecklichen Bilder der Erinnerungen wie Klauen um mein Herz legen und so fest zudrücken, dass ich kaum Luft kriege.

Vince öffnet schockiert den Mund, doch es kommt kein Ton heraus. Die Ampel springt um, aber er richtet den zerstreuten Blick auf einen unbestimmten Punkt in der Ferne.

»Es ist grün«, sage ich im selben Moment, als jemand hinter uns auf die Hupe drückt.

Vince stutzt einen Augenblick, dann fährt er los, hält das Lenkrad aber so fest umklammert, dass seine Sehnen hervortreten. Ganz kurz fliegt sein aufgebrachter Blick zu mir, dann richtet er ihn wieder auf den Verkehr.

»Das ist ... grauenvoll«, presst er hervor. »Du bist weggerannt.« Seine Stimme zittert. »Du hast deine Schuhe ausgezogen. Das ist ...« Er drückt aufs Gas, statt mit den vorgeschriebenen fünfzig brettern wir mit Tempo siebzig über eine Hauptstraße. »Das ist doch nicht *nichts*. Das ist nicht *nichts!*«, sagt er wieder, diesmal lauter, energischer.

Meine Augen fangen an zu brennen. Nein. Ich will nicht schon wieder weinen. Nicht hier. Nicht vor ihm.

»Fahr langsamer«, sage ich erstickt und sofort nimmt er den Fuß vom Gas und lässt den Wagen ausrollen.

»Ist das der Grund, warum du es niemandem erzählen willst?«, fragt er mit dem Blick zur Frontscheibe. »Weil du glaubst, dass die Leute dein ... Erlebnis nicht ernst nehmen würden?«

Erlebnis ...

»Meine Familie hat es jedenfalls nicht getan«, entgegne ich bitter und spüre einen Kloß in meinem Hals. »Meine Oma meinte, dass es meine Schuld wäre, weil ich so kurze Sachen anhatte. Und meine Mutter ...« Ich lache trocken. »Sie fand es unverantwortlich, dass ich als Frau alleine war. Die beiden haben mir die Schuld gegeben, verstehst du? *Mir.* Gott, das ist so klischeehaft.« Ich schnaube genervt. »Dem Opfer wird immer die Schuld gegeben, wirklich immer. Anstatt ihnen die Hand zu reichen und sie zu trösten, wird weiter auf ihnen rumgehackt. Es ist so absurd.«

Vince starrt mich sprachlos an. Blankes Entsetzen spiegelt sich in seinen Augen wider. »Das ist schrecklich«, sagt er tonlos. »Ich kann nicht glauben, dass sie so reagiert haben …« Er schließt die Augen und schüttelt fassungslos den Kopf. »Es tut mir so leid, Vicky!«

Seine Worte lassen mein Herz stolpern. Keine Ahnung, ob es an seinem Verständnis liegt oder der Entschuldigung, die er mir stellvertretend für meine Familie gibt, aber irgendwas an seiner Reaktion lockert meine Zunge, schenkt mir den Mut weiterzureden.

»Das Ding ist …« Ich halte inne, suche nach den richtigen Worten, finde sie aber nicht. »Also …« Ich schlucke. »Obwohl ich weiß, dass es nicht meine Schuld ist, gibt es da plötzlich auch ein Teil in mir, der mit dem Finger auf mich zeigt. Und dann … dann frage ich mich, wie ich es so weit kommen lassen konnte. Und ob das alles nicht passiert wäre, wenn …« … *ich tatsächlich einen anderen Weg gegangen wäre. Oder was anderes getragen hätte. Oder nicht allein gewesen wäre.*

Beschämt lasse ich den Kopf sinken und würde mich am liebsten im Handschuhfach vor mir selbst verkriechen. Ich kann nicht glauben, dass ausgerechnet ich so etwas je von mir denken würde.

»Bitte sag nichts dazu«, halte ich ihn direkt auf. »Ich wollte das einfach nur einmal laut aussprechen, okay? Keine Moralpredigt oder so.«

»Okay, aber nur eine letzte kleine Sache. Du bist eine tolle, starke Frau, und ich glaube nicht, dass deine Freundinnen …«

»Nein«, schneide ich ihm das Wort ab. »Es ist meine Entscheidung, mit wem ich darüber rede oder ob ich es überhaupt tue.« Nachdem Sydney schon ziemlich genervt davon war, als ich sie gefragt habe, mich vom Museum abzuholen, habe ich erst recht nicht vor, mich noch verletzlicher zu machen.

Vince seufzt ergeben und lehnt sich mit einem »Wie du meinst«-Ausdruck in seinem Sitz zurück. Erst jetzt wird mir klar, dass er nicht mehr fährt und wir angehalten haben. Mein Blick wandert nach draußen. Wir sind da. Vince steht mitten auf der Straße, direkt vor meinem Haus.

Das heißt wohl, dass ich mich jetzt verabschieden muss. Der Kloß in meinem Hals wird noch größer. Dieses Gespräch hat mir den letzten Nerv geraubt, aber ich will trotzdem nicht gehen. Nicht weg von ihm. Und doch sollte ich mich vermutlich endlich ins Bett legen und den nervenaufreibenden Tag hinter mir lassen. Außerdem kann ich nicht klar denken, wenn Vince in der Nähe ist.

Mit einem tiefen Seufzer schnalle ich mich ab. Meine Hand liegt bereits am Türknauf, als mir etwas einfällt, das ich ihn schon die ganze Zeit fragen wollte.

»Vince?«

»Ja?«

»Warum hat deine Schwester dich Quang genannt?«

Ein kleines Schmunzeln umspielt seine Lippen. »Weil ich so heiße. Quang Nguyễn.«

»Und warum hast du dich mir als Vince vorgestellt?«

»Das ist eine lange Geschichte.« Er macht eine wegwerfende Geste. »Aber die Kurzversion ist, dass ich es irgendwann leid war, dass alle Welt meinen Namen nicht richtig aussprechen konnte.«

»Quang«, wiederhole ich langsam. »Sage ich es richtig?«

»Ja, fast.«

»Quang. Quang. Ist doch eigentlich nicht so schwierig.«

»Erklär das mal meinen Lehrern.« Er verdreht die Augen. »Und auch einige Schüler haben es einfach nicht geschafft, sich meinen so *komplizierten* Namen zu merken. Es hat genervt, mich selbst nach Jahren immer wieder neu vorstellen zu müssen, weil alle ständig vergessen haben, wie man meinen Namen richtig ausspricht. Ab der achten Klasse habe ich mich gleich als Vince vorgestellt. Den Namen konnten sie wenigstens behalten.«

»Und warum ausgerechnet Vince?«, frage ich ehrlich interessiert. Nichts gegen den Namen, aber wenn ich mir selbst einen aussuchen könnte, wäre er vermutlich etwas kreativer.

»Wegen Vincent Valentine, einer Spielfigur aus *Final Fantasy VII.* Früher hatte ich eine ähnliche Frisur wie der Typ. Ich glaube, es war sogar Luke, der mich irgendwann mal aus Spaß so genannt hat. Und irgendwann nannten mich alle Vince.«

»Und das ist okay für dich?«

»Ja.« Er zuckt mit den Schultern. »Ich mag den Namen. Und er macht vieles leichter.«

»Aber ist das nicht irgendwie ungerecht?« Ich lege den Kopf schief. »Du unterwirfst dich der Gesellschaft, die zu ignorant ist, deinen Namen richtig zu lernen?«

Überraschter Schmerz liegt in seinem Blick, und erst als er sich abwendet, wird mir klar, dass ich eine Grenze überschritten habe. Mist. Da bitte ich ihn darum, sich nicht in meine Angelegenheiten einzumischen, und tue dann genau dasselbe.

»Das sagt sich leicht von jemandem, der einen in der westlichen Welt geläufigen Namen hat«, erwidert er kühl, und sofort fühle ich mich noch mieser.

»Sorry«, murmele ich verlegen. »Wie du das handhabst, ist deine Sache. Ich wollte nicht anmaßend klingen.«

»Schon okay«, erwidert er, ohne mich anzusehen.

Nein, ist es nicht. Aber ich will ihm nicht ins Wort fallen, und so schließe ich mich seinem Schweigen an, das so leise ist, dass ich meine Gedanken wieder höre. Ich atme flacher, weil die Luft im Auto von all den ungesagten Dingen zwischen uns immer dichter und drückender zu werden scheint. Die Sekunden ziehen sich wie Stunden und plötzlich halte ich es keinen Moment länger hier drin aus.

»Na gut, ich mache mich dann mal auf den Weg«, sage ich und greife nach meiner Tasche, die zwischen meine Füße geklemmt ist. »Danke, dass du mich hergefahren hast. Und auch für die Einladung zum Essen.«

Und für deinen Besuch im Museum. Aber den letzten Gedanken behalte ich für mich.

»Natürlich.« Er lächelt und sucht meine Augen. »Du kannst mir jederzeit …« Den Rest des Satzes lässt er in der Luft hängen und verstummt. »Ich … ich bin für dich da, okay?«, setzt er schließlich von Neuem an. »Wenn du reden willst oder was auch immer.«

Mein Herz gerät ins Stocken. »Okay.« Ich öffne die Autotür und setze einen wackeligen Fuß auf dem Bordstein ab. Die Luft ist kalt, mein Atem bildet kleine Dampfwölkchen. Und obwohl ich nicht weiß, was gerade zwischen uns ist, fühlt es sich irgendwie falsch an, ihn ohne einen Kuss zu verabschieden. Warum ist das so?

»Gute Nacht, Vicky«, höre ich hinter mir und drehe mich automatisch wieder um. Vince' Blick ist voller Wärme, eine Wärme, die sich wie eine Decke um mich legt.

»Gute Nacht … Quang.«

31. KAPITEL

Vince

Jemand sitzt auf meinem Platz. Ein blondes Mädchen, das eindeutig nicht Teil dieser Klasse ist. Oder noch nicht. Vielleicht ist sie neu. Am Anfang des Schuljahrs wäre das nichts Ungewöhnliches.

Jemand anderes fordert mich auf, den Weg frei zu machen, weil ich wie angewurzelt auf der Türschwelle stehe. Kurz entschlossen löse ich mich aus meiner Starre und laufe auf sie zu.

»Hey, eigentlich sitze ich hier«, sage ich mit einem ungewollt drängenden Unterton.

Überrascht schaut sie auf. Ihre langen, offenen Haare sind platinblond, aber der Ansatz braun. Sie hat ein sehr schmales Gesicht, kleine blaue Augen und eine niedliche Stupsnase. Ihre Haut ist porzellanweiß.

Auch sie mustert mich kurz und grinst daraufhin.

»Tja, jetzt nicht mehr«, entgegnet sie keck, und für einen Moment bin ich so irritiert, dass ich vergesse zu blinzeln.

»D-das ist aber mein Platz«, erwiderte ich leicht stockend. »Schon seit der siebten Klasse.«

»Und jetzt ist es meiner. Ab der zehnten. Aber du kannst dich gerne zu mir setzen.« Sie klopft auf den freien Platz neben sich. Dabei grinst sie so breit, als wüsste sie, dass ich unter meiner Hose gelbe Simpsons-Boxershorts trage.

»Ähm …« Ich weiß nicht, was ich sagen soll und setze mich nach weiteren stummen Sekunden tatsächlich hin.

»Wie heißt du?«, erkundigt sie sich und streicht sich eine blonde Strähne hinters Ohr.

»Vince.«

»Vince?« Sie wirkt überrascht. »Irgendwie hatte ich was ganz anderes erwartet.«

Na super. Genervt verdrehe ich die Augen, was das Mädchen wohl so lustig findet, dass es losprustet. Aber nur kurz, denn als sie verstummt, liegt etwas Reumütiges in ihren blauen Augen.

»Hey, so war das nicht gemeint, okay? Freut mich sehr, dich kennenzulernen, Vince. Ich bin Alex.«

Sie reicht mir ihre Hand und ich schüttele sie zögernd.

»Alex? Irgendwie hatte ich was ganz anderes erwartet«, schieße ich zurück.

Wieder lacht sie, und ich … ich muss lächeln.

Dann beginnt der Unterricht. Luke ist noch nicht da, wahrscheinlich kommt er mal wieder zu spät. Oder er schwänzt. Zumindest kann er mich nicht damit konfrontieren, dass ich ihm seinen Platz weggeschnappt habe, wie besagte Alex es mit meinem getan hat.

Unser Klassenlehrer begrüßt erst uns und stellt anschließend die neuen Schüler vor. Said und Alex wiederholen die Zehnte, weil sie für ein Auslandsjahr in den USA waren. Es überrascht mich, dass sich die beiden nicht nebeneinandergesetzt haben, obwohl sie sich kennen.

Aber jetzt sitzt Alex neben mir. Und beugt sich so weit zu mir rüber, dass ihre blonden Haarsträhnen meine Wange streifen und der Duft ihres Parfums in meine Nase weht.

»Weißt du was? Eigentlich heiße ich Alexandra«, erklärt sie geheimnisvoll.

Ich verkneife mir ein Lachen und beuge mich schließlich ebenfalls vor. »Weißt du was? Eigentlich heiße ich Quang.«

Schwer atmend schrecke ich hoch. Meine Stirn ist schweißnass, und obwohl es dunkel ist, dreht sich alles. Ich stütze meine Hände auf dem Bett ab und schnappe japsend nach Luft. Ich wage es nicht zu blinzeln, aus Angst, dass – wenn ich die Augen schließe – sich die Bilder der Vergangenheit noch immer hinter meinen Lidern verstecken.

Erst als das panische Hämmern meines Pulses nachlässt, stehe ich auf und knipse das Licht an. Ich muss richtig wach werden und mich bewegen, sonst falle ich gleich wieder zurück in den Traum. Zurück in die Erinnerung.

Unsere erste Begegnung.

Alex war hübsch und süß, charmant und frech, und spätestens nach der dritten Stunde war ich so verknallt, dass ich ihr gar nicht mehr in die Augen sehen konnte. Zuerst dachte sie, dass ich sie nicht mögen würde, dabei war das Gegenteil der Fall. Ich war von Anfang an hin und weg.

Und bin es immer noch.

Ich presse mir die Faust auf den Mund, um einen aufkommenden Schrei zu ersticken. Das ist der Grund, warum ich nicht an sie denke. Weil es sich dann immer so anfühlt, als würde jemand mein Herz mit einer Käsereibe zerbröseln. Weil ich jedes Mal heulen will, aber die Tränen einfach nicht herauswollen und der Kloß in meinem Hals mich zu ersticken droht.

Und weil ich traurig werde. Todtraurig, weil das alles ist, was von ihr übrig ist. Die Erinnerung. Unsere erste Begegnung. Und unsere letzte.

Rastlos streife ich durch mein einziges Zimmer und fühle mich wie ein eingesperrtes Tier.

Ich muss hier raus!

Doch ein Blick aus dem Fenster untergräbt meinen Einfall sofort. Es ist nachtschwarz, dicke Flocken wirbeln durch die

Luft und der Boden ist vermutlich wieder vereist. Ich kann nicht joggen gehen, habe kein Ventil, um vor den Fetzen des Traumes zu fliehen, die mich noch immer wie unsichtbare Fesseln in ihrer Gewalt haben.

Als auf einmal der Schwindel über mich hereinbricht, lasse ich mich seufzend zurück ins Bett sinken. Ich bin müde. Ich will schlafen. Aber wenn ich es tue, besucht mich wieder Alex im Traum. Die Erinnerungen an sie sind meistens fröhlich, aber gerade das macht es ja so schlimm. Denn dann vermisse ich sie umso mehr, will unbedingt die Zeit zurückdrehen und irgendwas tun. Luke retten, klar. Seine Blutung stillen. Aber auch einen Blick auf Alex werfen, sichergehen, dass sie noch in Richtung des rettenden Ufers schwimmt. Und nicht untergeht.

Ich greife nach meinem Handy. Der Homescreen leuchtet auf und unser gemeinsames Foto strahlt mir entgegen.

Wir waren so jung. Und so glücklich. Die meiste Zeit jedenfalls.

Bevor ich es verhindern kann, öffne ich die Wetter-App Neun Uhr abends in New York, immer noch Schnee, immer noch Minusgrade. Ich stelle mir vor, wie sie vor ihrem Fenster in Brooklyn sitzt, die verschneite Straße ihrer Stadt beobachtet und dabei billige Instantnudeln mampft, weil zu mehr das Geld nicht reicht. Ich stelle es mir vor, weil es genauso sein müsste. Jetzt in diesem Moment sollte sie dort sein, in New York.

Und nicht unter der Erde.

Schuld frisst sich durch meine Arterien. Schuld wegen Alex und Schuld wegen Vicky. Weil meine Gefühle für Vicky immer stärker werden, aber die Gefühle für Alex nicht weniger. Weil ich nicht weiß, wie viel ich Vicky geben kann, da Alex mir fast alles genommen hat. Weil die Vergangenheit mich kaputt gemacht hat und ich in der Gegenwart immer noch kaputt bin.

Ich: Bist du wach?

Kaum habe ich die Nachricht abgeschickt, merke ich, wie unsinnig sie ist. Warum sollte Luke um diese Uhrzeit wach sein? Warum sollte irgendwer um diese Uhrzeit wach sein? Es ist Donnerstag, morgen früh startet das Leben zu gewohnter Zeit und wartet auf niemanden. Auch nicht auf mich.

Ich schmeiße mein Handy irgendwo zwischen die Laken und fische die Fernbedienung aus der Kommode. Wenn ich so aufgeladen bin wie jetzt, dann ist Joggen oder Zocken meist das Einzige, das mich ablenken kann. Nachdem ich gestern Vicky davon erzählt habe, wie ich zu meinem Namen gekommen bin, habe ich wieder Lust auf *Dirge of Cerberus* bekommen, die Fortsetzung von *Final Fantasy VII*. Ich mag Rollenspiele, bei denen ich in eine andere Welt schlüpfen und jemand völlig anderes sein kann. *Vincent Valentine.*

Ich bin gerade dabei, meinen Spielstand zu laden, als es plötzlich an der Tür klopft. Es klingelt nicht, es klopft. Direkt an meiner Wohnungstür. Skeptisch halte ich inne. Wer sollte mir ausgerechnet jetzt einen Besuch abstatten?

»Mach schon auf«, dröhnt es aus dem Hausflur. »Ich bin's.«

Luke?

Mit einem Satz springe ich auf, verheddere mich in meiner Hast jedoch mit den Füßen in der Bettdecke und lande unsanft auf dem Boden. Einen Fluch unterdrückend rapple ich mich wieder hoch, laufe zur Tür und öffne sie.

Im gedimmten Licht steht Luke auf der Fußmatte. Seine Haare sind verstrubbelt, die Augen müde und die Nase von der Kälte gerötet. Unter seiner offenen Jacke trägt er ein weißes

Sweatshirt, dazu eine lange schwarze Jogginghose und weiße Nikes.

»Was machst du hier?«, frage ich irritiert.

»Nach dir sehen.« Er geht an mir vorbei, zieht seine Jacke aus, und hängt sie an die Garderobe.

»Wegen meiner Nachricht? Warum warst du überhaupt wach?«

»Tina hat mich wegen ihrer Liebesprobleme zugetextet. Vera dies, Vera das.« Mein bester Freund gähnt. »Egal. Jedenfalls habe ich dir sofort geschrieben, aber du hast nicht geantwortet. Und dann habe ich mir Sorgen gemacht.«

»Oh. Sorry«, sage ich und kratze mich verlegen am Kopf.

Luke erwidert nichts und schlüpft stattdessen aus seinen Schuhen, in denen er keine Socken trägt. Wahrscheinlich hat er sich nur das Nötigste übergezogen und sich sofort auf den Weg gemacht. Ihn hier zu sehen, verursacht ein wohlig warmes und zugleich auch scharfes Gefühl in meiner Magengegend. Ich bin gerührt und freue mich, dass er hier ist, aber mein schlechtes Gewissen ist trotzdem groß.

Als er zu mir herumfährt, hat er beide Hände in die Hüften gestemmt, eine ganz komische Geste, die irgendwie nicht zu ihm passt.

»Also, was war los?«, fragt er und mustert mich abwartend.

Shit! Ich wollte nicht allein sein, habe aber nicht so weit gedacht, dass Luke eine Erklärung verlangen könnte.

Als Antwort schüttele ich bloß den Kopf.

»Komm schon, Mann.« Er klingt genervt. »Spuck's aus.«

»Es ist nichts«, sage ich und reibe mir über die Stirn. »Ich war … ich konnte einfach nicht schlafen.«

»Warum nicht?«

»Zu viel Kaffee oder so. Keine Ahnung.«

»Ernsthaft?« Luke zieht eine Grimasse. *»Zu viel Kaffee?«*

Okay, das war selbst für meine Verhältnisse eine ziemlich schwache Ausrede.

»Hattest du einen Albtraum?«, fragt er weiter, und sofort schließt die Panik ihre kalte Hand um meinen Hals.

Gequält klappe ich die Augen zu und wende mich ab, um den Schmerz auf meinem Gesicht zu verbergen.

»Schon klar, du willst nicht darüber reden.« Er seufzt. »Auch gut, dann lassen wir das einfach.«

Mein bester Freund kehrt mir den Rücken zu und steuert mein Bett an.

»Äh, was machst du da?«, frage ich, während er die Decke zurückschlägt.

»Wir gehen jetzt schlafen.«

»Wir?!«

»Ja, wir.« Er schiebt sich die Jogginghose von den Beinen und steht jetzt genau wie ich in T-Shirt und Boxershorts da. »Es sei denn, du willst reden.«

Wieder dieser Würgegriff um meinem Hals. Schnell schüttele ich den Kopf. »Will ich nicht.«

»Gut, dann schlafen wir jetzt. Es ist fucking drei Uhr. Du hast morgen Uni, und ich muss arbeiten.« Er gähnt herzhaft, dann schlüpft er unter die Bettdecke und macht es sich gemütlich.

»Ich … dein Ernst? Was ist mit Sydney?«, frage ich und deute aus dem Fenster, obwohl seine Wohnung in der völlig anderen Richtung liegt. »Hast du nicht erzählt, dass ihr heute bei dir seid?«

»Ja, aber die schläft wie ein Stein«, winkt er ab und grinst, als hätte er sich an einen alten Witz erinnert. »Wahrscheinlich merkt sie nicht mal, dass ich weg bin. Und wenn doch, dann bin ich schnell wieder bei ihr.«

»Alter, du musst echt nicht hierbleiben. Es ist wirklich nicht so schlimm …«

»Hör auf zu reden«, unterbricht er mich. »Du warst für mich da, als es mir mies ging, und jetzt bin ich es für dich.«

»Mir geht es nicht mies!«

»Egal. Ich bin jetzt trotzdem hier. Mach das Licht aus und komm.«

Er klopft auf die Laken und findet dabei die Fernbedienung, mit der er kurzerhand den Fernseher ausschaltet. Als er auch die Konsole ausmacht und die laute Lüftung daraufhin verklingt, huscht sein Blick ungeduldig zu mir rüber. »Kommst du jetzt endlich?«

Widerwillig folge ich seiner Anweisung, auch wenn ich die gesamte Situation äußerst merkwürdig finde.

Als ich im Bett liege, taste ich nach meinem Kissen, aber Luke hält es so fest umklammert, als sei es Sydney. Schmunzelnd überlasse ich es ihm und lege mich auf den Rücken.

Mein Bett ist breit, trotzdem liegen Luke und ich erstaunlich eng beieinander. Und es ist … irgendwie nett. Nicht allein im Bett zu liegen hat etwas seltsam Beruhigendes und erfüllt mich mit einer neuen Portion Zuversicht. Ich schließe die Augen, rolle mich auf die Seite und beschließe, das mit dem Schlafen wenigstens zu versuchen.

Bis sich plötzlich ein Arm um meine Schulter legt.

»Alter?«, rufe ich in die Dunkelheit.

»Ja?«

»Nimm deinen Arm da weg!«

»Oh. Willst du der große Löffel sein?«

»Alter!«, sage ich wieder, was ihm ein kehliges Lachen entlockt.

»Ist ja gut.« Er zieht den Arm zurück. »Aber wenn du jetzt nicht schläfst, kann ich für nichts garantieren. Mach die Augen zu!«

»Okay, Mama«, blaffe ich und tue wie geheißen. Diesmal

schließen sich meine Lider sogar fast von selbst, denn mit einem Mal bin ich wirklich müde. Einfach so. Ohne bestimmten Grund. Als hätte ich eine Schlaftablette eingeworfen, die nun endlich wirkt.

»Gute Nacht«, sagt Luke, doch ich kann nicht antworten, denn der heiß ersehnte Schlaf zieht mich endlich zu sich.

32. KAPITEL

Vicky

Als ich aufwache, bereue ich immer noch, dass ich Vince zum Abschied nicht geküsst habe. Trotz all der Scheiße, die gerade bei mir abgeht, ist die Anziehung zu ihm nach wie vor da. Genau wie meine Gefühle für ihn. Vielleicht sind sie nach unserer Begegnung im Museum und dem Essen bei seinen Eltern sogar noch stärker geworden. Meine Lippen brennen beinahe schmerzhaft vor Sehnsucht – ein schwerer Fall von Basorexie. Aber irgendwie tut es auch gut, etwas anderes zu fühlen als bloß Angst oder Leere.

Ich schließe die Augen und denke an Vince. An sein Gesicht, seine Stimme, seinen Mund. Aber anders als bei unserem Mistelzweigmoment bleibt der warme, sanfte Druck auf meine Lippen diesmal aus. Vielleicht funktioniert es nur, wenn wir es im selben Moment versuchen. Missmutig öffne ich die Augen wieder und gähne tief, ehe ich mir die Decke von den Beinen strampele und mich vom Bett erhebe.

Ich brauche nicht zu lauschen, ob jemand im Bad ist, denn Sydney hat letzte Nacht bei Luke übernachtet, Maya hat keine Uni und schläft daher aus. Ich stelle mich unter die Dusche, putze mir anschließend die Zähne und trage ein bisschen Make-up auf.

Zurück in meinem Zimmer ziehe ich mich an, packe meine Sachen zusammen und schalte endlich das Nachtlicht aus.

Auch die Lichterketten auf meinem Balkon leuchten noch. Ich habe alles die Nacht über brennen lassen. Als ich hinausgehe und sie ebenfalls ausschalte, halte ich mich an der Brüstung fest und werfe einen Blick auf die Düsternis unter mir. Es ist dunkel. Verdammt dunkel.

Nimm dich mal zusammen. Die Uni wartet nicht.

Ich reiße mich vom Balkon los und gehe in den Flur. Meine Hand wandert bereits zu meinem geliebten Leopardenmantel, ändert ihre Richtung jedoch in letzter Sekunde und greift nach dem schlichten schwarzen von Maya. Die aufkommende Scham ignoriere ich einfach. Auch, als ich statt in meine Overknees, die perfekt zu meinem heutigen Outfit – taubengrauer Oversize-Pulli mit weißen Perlen und pechschwarze Röhrenjeans – passen würden, in flache weiße Chucks schlüpfe. Oder als ich aus der Haustür trete, zwei Schritte laufe und, nachdem ich eine Gruppe laut lachender Männer an der U-Bahn entdeckt habe, wieder zurückgehe, um mir ein Uber zu rufen, das mich von Mitte bis nach Dahlem bringt und mich dreißig Euro kostet.

Erst als ich den Unicampus erreiche und der saphirblaue Morgenhimmel endlich die Dunkelheit vertreibt, kann ich die Scham nicht länger zurückhalten. Langsam kriecht sie von meinen Knöcheln hoch bis zum Haaransatz. Wie eine leere Flasche, die man bis zum Rand mit süßer, klebriger Scham füllt.

Das war jetzt die fünfte Uber-Fahrt. Fünf Fahrten – zweihundert Minuten, zweihundertdreiundsechzig Euro. Mein Kontostand ist höchstwahrscheinlich im Minus, der Dispo bald ausgeschöpft.

Tränen nehmen mir die Sicht. Eine kurze Nacht, ein winziger Moment hat es geschafft, mich zu brechen. Dabei konnte das Schlimmste sogar verhindert werden. Ich wurde belästigt, ja, aber es kann doch nicht sein, dass ich nach drei Wochen noch immer so viel Schiss habe? Vor diesem Kerl, einem Hosenscheißer, der vielleicht sogar jünger war als ich?

Nein!, hallt eine laute Stimme in mir. *Nein, ich werde mich jetzt nicht dafür fertigmachen. Was passiert ist, war krass, und es ist völlig okay, dass ich Angst habe. Egal, was andere sagen.*

»Ja«, pflichte ich der Stimme laut bei, die viel mehr nach mir klingt. »Es ist etwas passiert, etwas, das mich erschüttert hat.« Ich trockne meine Tränen. »Und wenn ich mir deshalb ein Uber zur Uni nehme, dann nicht, weil ich schwach bin.«

Sondern traumatisiert.

*

»Du hast schon wieder meinen Mantel an!« Mayas Augen sind streng zusammengekniffen, der Zeigefinger anklagend auf mich gerichtet.

»Äh, was?«, frage ich perplex, die Hand noch an der Klinke der Wohnungstür, dort wo mich Maya abgefangen hat.

»Warum fragst du nicht einfach?« Sie greift nach dem Saum des Mantels. »Klar gebe ich ihn dir, aber ich habe die ganze Wohnung auf den Kopf gestellt, weil ich dachte, dass ich ihn verloren hatte.«

»Oh. Ich wollte dir eigentlich noch eine Nachricht schreiben, aber hab's dann vergessen. Sorry«, nuschele ich.

Irgendwas in meinem Tonfall lässt sie aufhorchen, denn im Nu verschwindet ihr strenger Blick. »Alles okay?«

Warum klingt sie so wachsam? Ob sie weiß, dass ich heute mit einem Uber zur Uni und wieder zurückgefahren bin? Ob mich irgendwer gesehen hat?

Selbst wenn, Vicky! Es gibt keinen Grund, sich für irgendwas zu schämen!

»Klar«, sage ich und kämpfe mir ein Lächeln ab. »Und bei dir?«

»Bist du sicher?«, hakt sie misstrauisch nach, und diesmal mischt sich leichte Sorge in ihren Blick. Du wirkst so komisch.«

»Ich bin nicht komisch«, sage ich etwas zu schnell und etwas zu gereizt.

»Das habe ich auch nicht behauptet.«

»Hier ist jedenfalls dein Mantel«, wechsele ich das Thema und überreiche ihn ihr, ehe ich mich aus den Chucks quäle. Nie, nie wieder werde ich mit den Dingern im Januar vor die Tür gehen. Seit heute Mittag spüre ich meine Zehen nicht mehr. Selbst bei der Arbeit im Museum sind sie nicht aufgetaut.

»Ist es wegen Vince?«, fragt Maya weiter.

Verdutzt sehe ich sie an. »Ist was wegen Vince?«

Meine Freundin schaukelt auf ihren unterschiedlichen Paar Socken leicht vor und zurück. »Bist du deshalb so mies drauf?«

»Warum sollte ich mies drauf sein?«, schieße ich zurück, wohl wissend, dass ich gerade tatsächlich schlecht gelaunt klinge. »Ist es nicht eher andersherum? Kaum setze ich einen Fuß durch die Tür, kackst du mich wegen deiner Jacke an.«

»Wow.« Erschrocken weicht Maya zurück, als wäre sie soeben einem unsichtbaren Schlag ausgewichen.

Die nächste Entschuldigung liegt mir bereits auf der Zunge, aber ich schlucke sie wieder runter. »Ich geh mal in mein Zimmer«, sage ich, als ob nichts wäre. Und obwohl ich mich nicht umdrehe, spüre ich ihren Blick selbst dann noch auf mir, als ich die Tür hinter mir schließe.

Zum Glück weiß ich, dass sie mir nicht folgen wird, denn sie weiß, dass ich um diese Uhrzeit für gewöhnlich meditiere und dabei nicht gestört werden will. Auch wenn ich mein Achtsamkeitsritual heute ausfallen lasse. Schon wieder. Irgendwie fehlt mir in letzter Zeit die Lust, mich nur auf mich und meinen Körper zu konzentrieren.

Dabei täte dir etwas Entspannung gerade jetzt gut!

Jaja, Unterbewusstsein. Du weißt es mal wieder besser, aber trotzdem.

Ich schlüpfe in meinen gelben Onesie, ziehe mir dicke Flauschsocken über und trete mit einer roten Decke unter den Arm geklemmt hinaus auf den Balkon. In gewohnter Routine schalte ich meine Lichterkette ein und schiebe die Plane zur Seite, unter der sich meine geliebte weiße Couch versteckt. Die Knie angezogen schlage ich die Decke über die Beine und kuschele mich ein. Auf dem kleinen, mit bunten Mosaiken verzierten Stahltisch vor mir ruht eine halb ausgebrannte Kerze, die ich kurzerhand ebenfalls anzünde und die Luft mit einem nach Apfelkuchen riechenden Duft erfülle.

Entspannt lehne ich mich zurück und betrachte mein kleines Reich. Auf dem Boden ruht ein weißer Teppich mit schwarzem Karomuster, darüber der Mosaiktisch und ein weißer Pouf mit goldenen Stickereien, den ich irgendwann von meinem Vater bekommen habe. Ich sitze oft zum Meditieren darauf.

An der Überdachung sind vier Karabinerhaken befestigt, in denen zwei beige Hängetöpfe baumeln, aus denen im Sommer rosa Nelken sprießen. Bei den anderen beiden schwingen zwei marokkanische Glaslaternen, die mit einem Teelicht ein wunderschön gemustertes Spiel aus Licht und Schatten auf den Balkon werfen.

Und dann sind da natürlich auch meine Lichterketten. Hundert warmgelbe Lichtpunkte – ein *Sternenhimmel,* wie es Vince sagte. Mit seiner wunderschönen, samtigen Stimme, deren Erinnerung an ihren Klang über mein Ohr streichelt wie ein angenehmer Windhauch.

Ich reiße den Blick von den Sternen los und linse über das Balkongeländer. Tiefste Dunkelheit begrüßt mich, und doch kann ich hier draußen sein, wie ich überrascht feststelle. Ohne Panik und ohne Angst, dass ich jemandem in die Arme laufe. Oder Schritte hinter mir erklingen.

Denn … wenn ich wirklich ehrlich zu mir bin, dachte ein Teil von mir, dass mir so etwas nie passieren könnte. Weil ich so stark und laut bin und jeden Menschen in die Schranken zu weisen weiß. Wie naiv ich doch war.

Ich wickle mich noch mehr in die Decke ein. Die Luft ist kalt, aber mild. Die Kapuze meines Pullis verschluckt den Straßenlärm und verwandelt alles in ein mattes Rauschen. Deshalb höre ich Sydney erst, als sie ebenfalls auf den Balkon tritt.

»Vick?«

Ihr Atem bildet kleine Wölkchen. Sie zieht ihren sandfarbenen Cardigan enger um sich und verschränkt die Arme vor der Brust. »Ist dir nicht kalt?«

Doch, aber die Kälte kommt nicht vom Wetter.

»Nein, ich bin dick eingekuschelt«, sage ich und wackele mit den Zehen, die unter der Decke versteckt sind.

»Mmh, es riecht voll gut.« Sydney schnuppert genüsslich.

»Ist die Kerze«, sage ich und weise mit dem Kinn zur Lichtquelle.

»Riecht lecker. Apropos lecker – willst du mitessen? Ich habe eine Quiche gemacht.«

»Eine Quiche?«

»Ja, dieser herzhafte Kuchen. Ani hat mir ihre Tarte-Form ausgeliehen, und ich habe mich an einer mit Spinat versucht. Vegan natürlich.«

»Verstehehe, wir sind also wieder deine Testäffchen, um ein neues Rezept für das Café auszuprobieren«, mutmaße ich, und sie grinst ertappt.

»Möglicherweise. Willst du auch?«

»Um ehrlich zu sein, habe ich keinen großen Hunger.«

Meine Freundin zieht eine enttäuschte Schnute. »Willst du dich dann wenigstens zu uns setzen?«, probiert sie es weiter. »Wir haben schon länger nichts mehr zusammen gemacht. Obwohl wir zusammenwohnen, sehe ich dich kaum noch.« Vermutlich war es nicht ihre Absicht, vorwurfsvoll zu klingen, aber das schlechte Gewissen packt mich trotzdem.

»Die Arbeit«, rechtfertige ich mich schwach, denn sie hat recht. Die Wahrheit ist, dass ich mich ganz bewusst zurückgezogen habe. Eigentlich bin ich ein sehr geselliger Mensch, aber gerade bin ich lieber für mich allein.

»Wir würden uns jedenfalls freuen, wenn du dich uns anschließt«, säuselt sie und klimpert mit den Wimpern, als würde sie ihre Verführungstechnik zum Besten geben.

»Meinetwegen«, gebe ich mich geschlagen und schäle mich aus der Decke, ehe ich einer glücklich hüpfenden Sydney ins Wohnzimmer folge, in dem bereits ein Teller mit einem Stück Quiche auf mich wartet.

»Du musst sie nicht essen, wenn du nicht willst«, sagt sie gleich, doch ich zucke mit den Schultern und setze mich zu Maya. Ein paar Happen werde ich schon schaffen.

»Wie war die Uni?«, erkundigt Sydney sich.

»Gut.«

»Hat Mat heute genervt?«, fragt Maya, während sie den Rand der Quiche zerteilt.

»Nein, ich habe ihn zum Glück nicht gesehen.«

Aus irgendeinem Grund scheinen meine Freundinnen nicht zufrieden mit dieser Antwort zu sein, denn sie starren mich an, als sei ich ein verlassener Welpe, der allein unter einer Autobahnbrücke wohnt.

»Bist du noch traurig wegen Vince?«, fragt Sydney.

»Nö«, sage ich mit vollem Mund und nehme, bevor ich schlucke, noch einen Happen. Die Quiche schmeckt überraschend gut.

»Falls es dich beruhigt«, sagt Sydney, »ich habe versucht, ein bisschen was aus Luke herauszukitzeln, und er hat mir mehrmals bestätigt, dass Vince definitiv und unter gar keinen Umständen eine Freundin hat.«

Das hat Vince mir selbst schon gesagt, denke ich. Außerdem geht es ja nicht darum, ob er Single ist oder nicht, sondern wie tief er emotional noch in der alten Geschichte drinsteckt. Dem Foto auf seinem Handy nach zu urteilen wohl sogar noch sehr tief.

»Und dass er dich sehr mag«, fügt sie geheimnisvoll hinzu.

Ja, auch das ist nichts Neues für mich, liebe Syd.

Aber auch darum geht es nicht.

»Okay«, sage ich nur und nehme den nächsten Bissen.

Sydney wirkt enttäuscht, als hätte sie eher erwartet, dass ich ihr bei dieser Nachricht vor Freude um den Hals falle.

»Ach, Süße.« Sydney wuschelt über mein Haar. »Das wird schon alles wieder. Mach dir keinen Kopf deswegen.«

»Tue ich nicht«, entgegne ich kauend, doch sie überhört mich. »Ich glaube, dass das, was du jetzt brauchst, ein bisschen Ablenkung ist. Vielleicht können wir am Wochenende in einen Sexshop fahren und dir einen neuen Vibrator besorgen.«

Fast verschlucke ich mich an dem Stück Quiche.

Maya kichert hinter vorgehaltener Hand. »Oder wir düsen los zum nächsten Club und gehen auf – wie sagst du immer? Auf die Suche nach *Frischfleisch?*«

Ich fasse mir an die Brust. Ein bisher unbekannter Schmerz schießt durch mein Herz. Ich spüre, wie mir die Gabel langsam aus der Hand gleitet, weil diese sich mit einem Mal ganz weich und klamm anfühlt.

»Was?«, frage ich, nachdem ich den Kloß im Hals endlich losgeworden bin. »Ich soll mir einen Vibrator kaufen und gut ist? Ich soll einen x-beliebigen Deppen ficken und meine Sorgen sind weg? Geht's noch?«

Plötzliches Schweigen bricht über das Wohnzimmer herein. Ein Schweigen, das so vollkommen ist, dass man den Kühlschrank trotz der verschlossenen Küchentür surren hört.

»D-das war ja nur ein Vorschlag«, stammelt Sydney, verwirrt und unsicher. »Du gehst doch gern in solche Läden. Wir waren doch erst vor ein paar Monaten in einem.« Sie gestikuliert mit der Gabel in ihrer Hand, als würde sie ein Bild in der Luft zeichnen. »Und du liebst doch … Sex.«

Meine Kehle fängt an zu brennen. Vermutlich wollte sie es mit ihren Worten nur besser machen, und nicht schlimmer.

»Ist das alles, was ich für euch bin?«, frage ich heiser. »Eine sexgeile Ische, die an nichts anderes als ans Masturbieren denkt? Eine Schlampe?«

Sydney öffnet überrascht den Mund, doch der Schock über meine Worte lähmt ihre Zunge.

»*Schlampe?* Jetzt übertreib mal nicht Vick. Das hat niemand gesagt«, schaltet Maya sich ein und schiebt ihren Teller zur Seite.

»Ich übertreibe?«, fahre ich sie an und drücke meinen Rücken durch, um gerader zu sitzen. »Du schlägst vor, ich soll mir die Seele aus dem Leib vögeln, und Sydney, die ganze fünf Jahre einem Typen hinterhergetrauert hat, rät mir, einfach neues Sexspielzeug zu kaufen.«

»Hey! Das habe ich so nie gesagt«, verteidigt sich Sydney und stellt ihren Teller ebenfalls ab. »Leg mir bitte keine Worte in den Mund. Es war nur als Aufmunterung gedacht.«

»Ich brauche keine Ablenkung«, sage ich scharf. »Ich habe doch gesagt, dass alles gut zwischen mir und Vince ist.«

»Ist das so?«, hakt Maya nach. »Wir kennen dich, Vick, du kannst uns nichts vormachen. Seit Wochen stehst du neben dir. Entweder du bist bei der Arbeit, in der Uni oder du verkriechst dich in deinem Zimmer. Seit Silvester haben wir kaum ein Wort mit dir gewechselt. Seit der Sache mit Vince!«

Nein. Nicht seit Vince. In dieser Nacht ist noch mehr passiert. Aber das wissen sie nicht. Weil ich es ihnen nicht gesagt habe. Kann ich ihnen deshalb einen Vorwurf machen? Nein. Aber kann ich trotzdem verletzt sein, dass sie mir bei Kummer zu einem neuen Vibrator raten?

Tausendprozentig ja.

»Und jetzt tu bitte nicht so, als wärst du Schwester Victoria, die Abstinenz geschworen hat. Du liebst Sex und hast noch nie ein Geheimnis daraus gemacht. Dein häufigstes Hashtag bei Instagram heißt #sexpositivity! Außerdem hast du selbst schon öfter gesagt, dass es keine bessere Ablenkung für dich gibt. Da kannst du es uns doch nicht übel nehmen, dass wir diese Vorschläge bringen. Was ist denn auf einmal los mit dir? Du bist schlecht drauf, okay. Aber das gibt dir nicht das Recht, deine Laune an uns auszulassen«, schließt Maya schimpfend.

Wow … *so* hat sie noch nie mit mir geredet. Zwar kriegen Sydney und ich uns manchmal in die Haare, weil wir uns schon ewig kennen, aber bei Maya und mir dachte ich immer, dass wir nicht einmal dann zanken könnten, wenn wir es wollten. Offensichtlich lag ich falsch.

»Fürs Protokoll: Es ist wirklich alles gut zwischen mir und Vince. Tatsächlich war ich neulich sogar bei seiner Familie zum Essen eingeladen. Oh, ihr seid überrascht?«, frage ich, als sie ihre Augen aufreißen. »Um ehrlich zu sein, bin ich es auch. Von diesem Gespräch! Wenn ihr also beim nächsten Mal automatisch davon ausgeht, dass meine eventuelle schlechte Laune etwas mit Liebeskummer zu tun haben könnte, dann seht euch bitte etwas genauer um. Es gibt tausend Dinge, die einem den Tag vermiesen können. Das Wetter, die Uni und manchmal auch die eigenen besten Freundinnen, die einem das Gefühl geben, dass man nichts anderes im Kopf hat als Sex!«

Mit diesen Worten stehe ich auf und knalle den Teller mit meinem kaum angerührten Stück Quiche auf den Tisch. Dabei zerbricht der Teller in zwei grotesk symmetrische Hälften. Unter anderen Umständen würde ich loslachen, aber jetzt kann ich nur heulen.

Ich wirbele herum, lasse das Chaos hinter mir und verlasse fast rennend das Wohnzimmer.

Und dann, kurz bevor die Tür ins Schloss fällt, höre ich es. Das Wort, mit dem sie mich immer aufziehen, nicht ahnend, wie sehr sie mir in diesem Moment, in diesem Kontext damit wehtun.

»Dramaqueen!«

33. KAPITEL

Vicky

Zwei Uhr morgens, und ich stehe unter der Dusche. Vielleicht aus Trotz, aber vor allem, weil ich nicht schlafen kann. Das Wasser ist heiß, der Dampf riecht nach Kokos, der Duschschaum fühlt sich luftig weich an und macht ein knisterndes Geräusch. Ich lasse meine Hände über meinen nassen Körper gleiten und schließe die Augen. Wandere hinauf zu meinen Brüsten, massiere sie, knete sie, fahre hinab zu Sam – ja, meine Vulva hat einen Namen!

Ich lehne mich gegen die Duschwand, hebe ein Bein an, lasse das Wasser weiter auf mich prasseln und stelle mir vor, es wären andere Hände, die Sams empfindsamste Stelle berühren.

Aber bei mir tut sich nichts. Die übliche Erregung baut sich nicht auf. Ich versuche es mit dem Duschkopf, stöhne dabei, ramme mir meine Nägel in die Haut. Doch noch immer passiert nichts. *Nichts.* Irgendwann ist Sam so wund, dass ich den Duschkopf wieder zur Seite lege.

Es geht einfach nicht. Aber das muss es!

Okay, ein allerletzter Versuch. Ich greife nach dem Schaumduschgel, sprühe mir einen Klecks auf die Hand und beobachte, wie es zu einem großen Schaumberg wächst. Dann verteile ich es auf meinen Brüsten und massiere sie so sanft und sinnlich wie nie zuvor. Ich kenne meinen Körper, ich weiß, was er mag. Jetzt muss ich ihn nur noch aus der Reserve locken.

Wieder stöhne ich, dann wieder und wieder. Wenn ich es mir nur stark genug einrede, schaffe ich es vielleicht, mein Gehirn auszutricksen.

Aber mein Körper streikt und sagt ganz klar »Nein«.

Nein, Vicky, ich fühle es nicht. Nein, ich bin nicht erregt. Bitte hör jetzt auf, mich anzutatschen, es bringt nichts.

Die Tränen kommen abrupt und ohne Vorwarnung. Obwohl das Wasser heiß ist, kann ich sie trotzdem auf meinem Gesicht spüren. Ich fühle, wie sie sich ihren Weg meine Wange hinab bis zu meinem Dekolleté bahnen, wo sie sich im Schaum auf meiner Haut verlieren.

Meine Haare kleben platt an meinem Kopf, mein Pony verdeckt meine Augen. Obwohl es schon so spät ist, schreie ich frustriert auf, doch der Laut verwandelt sich erst in ein Schluchzen und anschließend in ein Lachen.

Ich lache, weil es so absurd ist. Ich lache, weil Sydney und Maya recht hatten. Ich liebe Sex. Er entspannt mich, heitert mich auf und bringt mich in Ekstase. Vor allem aber erdet er mich. Beim Sex bin ich so sehr im Einklang mit meinem Körper wie sonst nie. Voller Gefühl und Energie, voller Freude und Leidenschaft, voller Kraft und Antrieb. Und ohne ihn ist es, als würde ein essenzieller Teil von mir fehlen.

Klar, für die meisten ist es vielleicht kein Weltuntergang, ein paar Wochen lang ohne Sex auszukommen. Es gibt schließlich etliche andere Ablenkungsformen, etliche andere Ventile. Aber das hier fühlt sich so endgültig an. Als hätte ich mit meiner Libido auch einen Teil meines Selbst verloren.

War's das jetzt? Bin ich für immer kaputt?

34. KAPITEL

Vince

»Okay, und was hat sie noch gesagt?«, frage ich und beuge mich über die Hantelbank, auf der Lenny gerade dabei ist, hundert Kilo Gewicht nach oben zu stemmen.

»Nichts. Das war's«, keucht er mit rotem Kopf. Seine verschwitzten blonden Strähnen kleben ihm an der Stirn.

»Aber sie hat nicht gesagt, warum sie sich gestritten haben?«, hake ich nach und richte mich wieder auf, weil die gebeugte Haltung allmählich auf meinen Rücken geht.

Vorhin habe ich Luke und ihn spontan gefragt, ob sie trotz der späten Uhrzeit Lust hätten, mit ins Fitnesscenter zu kommen. Lenny war sofort dabei, aber Luke hat abgesagt, mit der Ausrede, dass er Sydney trösten müsse, weil sie und Maya sich mit Vicky verkracht haben. Und das hat mich neugierig gemacht.

Natürlich hatte ich nicht vor, Lenny auszuquetschen, aber ich kann die Gelegenheit, Mayas besten Freund direkt vor meiner Nase zu haben, auch nicht ungenutzt verstreichen lassen.

»Eigentlich darf ich dir das alles gar nicht erzählen. Maya bringt mich um, wenn sie erfährt, dass ich darüber rede.«

»Aber es geht hier um einen Notfall!«, sage ich fahrig.

Lenny stutzt und legt die Langhantel ab, um sich aufzurichten. »Wieso denn Notfall?«, fragt er schwer atmend und greift nach seiner Trinkflasche.

»Weil … Vicky geht es gerade nicht gut.«

»Warum?« Er schraubt den Deckel auf.

Ich schüttele den Kopf. »Kann ich nicht sagen.«

»Ach, du schweigst, aber ich soll mein Versprechen brechen?« Hastig trinkt er einen Schluck, wobei ihm ein bisschen Wasser aus dem Mund tropft.

»Bitte.« Ich falte die Hände wie zum Schwur. »Ich will einfach nur wissen, was passiert ist. Ich mache mir Sorgen.« Aus Luke konnte ich nichts rauskriegen, weil Sydney ihm kein Sterbenswörtchen erzählt hat – nie habe ich sie mehr für ihre Loyalität verflucht! Aber Lenny hat selbst gesagt, dass Maya ihm fast alles erzählt. Ich bin sicher, dass er mehr weiß, als er zugibt.

Natürlich könnte ich auch Vicky fragen, aber seit unserem letzten Treffen haben wir weder geredet noch geschrieben. Ich will ihr den Raum geben, den sie braucht. Sie weiß, dass sie sich jederzeit melden kann.

»Bitte«, sage ich wieder, bereit, notfalls die ganze Nacht zu betteln.

Lenny hält den Kopf gesenkt und richtet den Blick auf seine Flasche. Gleich habe ich ihn, das spüre ich …

»Na schön!« Er seufzt ergeben und ich unterdrücke ein triumphierendes Grinsen. »Es ging um dich.« Lenny spielt mit der Flasche. »Vicky ist seit eurer … na ja, seit der Sache, die zwischen euch passiert ist, ziemlich mies drauf.«

Woher weiß er … Ach stimmt. Maya erzählt ihm alles.

»Die beiden wollten sie wohl etwas aufheitern, aber Vicky hat extrem gereizt reagiert und mehrmals betont, dass ihre schlechte Laune überhaupt nichts mit dir zu tun habe. Und Maya so: Doch. Und sie: Nein. Und dann hat sich das alles irgendwie hochgeschaukelt. Joa, und jetzt reden sie nicht mehr miteinander. Maya ist immer noch ziemlich sauer.«

»Hä?«, mache ich verwirrt, nicht sicher, ob ich alles verstanden habe. »Aber Moment – ist Vicky nicht im Recht? Es ist doch verständlich, dass sie gekränkt ist, wenn man ihr nicht glaubt. Wer steht schon darauf, wenn man ihm seine Gefühle abspricht?«

Lenny lächelt träge und wirft mir einen »Komm schon«-Blick zu. »Natürlich ist Vicky deinetwegen traurig. Sie will es nur nicht zugeben.«

»Ist sie nicht! Ich meine, ja, vielleicht ein bisschen«, wiegele ich ab. »Aber wer weiß, was ihr noch durch den Kopf geht. Das könnt ihr doch nicht wissen!«

»Es war ja nicht nur das. Sie ist auch komplett an die Decke gegangen, als die beiden ihr vorgeschlagen haben, durch Sex auf andere Gedanken zu kommen. Dabei redet sie selbst öfter über Sex als über das Wetter. Sie war einfach krass übersensibel.«

Oder sie wollte nicht erneut sexualisiert werden, nachdem sie kürzlich fast überfallen wurde.

Wut steigt in mir hoch.

»Echt nicht cool von den beiden«, sage ich, unfähig, den Ärger in meiner Stimme zu verbergen.

Lenny verdreht die Augen. »Klar, dass du dich auf ihre Seite stellst. Hey, stimmt es eigentlich, dass sie neulich bei deinen Eltern …«

»Ich stelle mich nicht auf ihre Seite«, falle ich ihm scharf ins Wort. »Ich bewerte nur die Fakten. Und die lauten, dass die beiden Vicky verletzt haben und es nicht einmal einsehen. Das ist echt das Letzte. Vicky braucht nicht noch mehr Stress in ihrem Leben.«

Sie braucht ihre Freundinnen. Aber mit denen wird sie jetzt erst recht nicht mehr reden wollen, nachdem sie sie aufgezogen haben.

»Du meinst … wegen dem, was zwischen euch vorgefallen ist?«, fragt Lenny vorsichtig.

Nein.

Als Antwort zucke ich nur unbestimmt mit den Schultern.

Lenny massiert sich den Oberarm und mustert mich skeptisch. »Was ist da eigentlich zwischen euch?«

»Ich mag sie«, sage ich mit fester Stimme. Inzwischen fällt es mir immer leichter, es auszusprechen. »Und sie mich glaub ich auch.«

»Aber?«, nuschelt er, den Mund wieder an der Flasche.

»Das ist kompliziert. Ich bin kompliziert.«

»Bist du echt«, stimmt er mir glucksend zu, ehe seine Miene einen sichtbar härteren Zug annimmt. »Warum eigentlich?«

»Keine Ahnung. Vermutlich, weil ich nicht gut mit …« Der Rest meiner Worte verliert sich, als ich am anderen Ende des Raumes einen schwarzen Schopf erblicke. Die Frisur – weiche Locken auf dem oberen Teil seines Schädels, der Rest fast kahl rasiert – ist in meinem Gehirn unauflöslich mit einer bestimmten Person verknüpft. Mir stockt der Atem.

Das kann nicht sein.

Nach dem Unfall ist er zum Studieren weggezogen. Der Kontakt ist abgebrochen, und ich habe ihn nie wiedergesehen.

Aber als er ins Licht tritt, besteht kein Zweifel.

Said. Einer meiner besten Kumpels aus der Schule.

Ich kann nicht glauben, dass er jetzt hier steht, in grauem T-Shirt, schwarzer Sporthose und weißen Adidas. Und doch ist es nicht sein Anblick, bei dem sich mir der Magen dreht. Es ist die Person, deren Hand er hält. Die blonde Frau mit dem schmalen Gesicht und den meerblauen Augen.

Kalter Schock schießt durch meine Blutbahnen und verwandelt mich in eine Eisskulptur. Nur meine Augen bewegen sich noch, beobachten sie, folgen ihnen.

Said sagt irgendwas und schaut sich im Raum um. Als er mich entdeckt, erschrickt auch er – so sehr, dass sich seine Hand um die seiner Begleitung verkrampft, was ihr ein lautes »Au« entlockt, das durch den ganzen Raum hallt.

Es dauert nicht lang, bis auch sie mich sieht, und der Moment, in dem unsere Blicke sich treffen, ist zugleich auch der, in dem meine Glieder wieder zum Leben erwachen.

Ich drehe mich um und lasse Lennys »Wohin gehst du?« unbeantwortet, denn ich bin bereits dabei, um mein Leben zu rennen.

35. KAPITEL

Vicky

Nafi: Hey Süße, wo warst du die letzten Tage?

Ich: Zu Hause. Mir geht's nicht so gut.

Nafi: O nein! Was fehlt dir?

Ich: Nicht viel. Ich bin einfach nur so müde und fühle mich extrem ausgebrannt.

Nafi: Aber vergiss nicht, dass bald Prüfungen sind …

Stöhnend lege ich mein Handy weg. Sicher meint Nafi es nicht böse, aber dass er weniger Anteilnahme zeigt, als wenn ich mit hohem Fieber im Bett liegen würde, tut trotzdem ein bisschen weh. Ist ja nicht so, dass ich absichtlich schwänze. Es geht mir nicht gut. Seit Tagen war ich nicht draußen und habe nur selten mein Zimmer verlassen.

Außerdem belastet mich der Streit mit Maya und Sydney. Gleich am nächsten Morgen habe ich meinen Ausbruch bereut und wollte mich entschuldigen, allerdings waren die beiden noch immer stinkig, was wiederum meinen Zorn neu entfacht hat. Ja, sie können nicht wissen, wie es mir gerade geht, aber ich finde, dass sie zu weit gegangen sind.

Und jetzt reden wir seit fast einer Woche nicht mehr miteinander. Für einen solchen Streit ist das schon peinlich übertrieben, aber irgendwie habe ich mich damit auch arrangiert. Jetzt muss ich mich wenigstens nicht verstellen und so tun, als wäre alles okay – auch, wenn man mir meine Laune offenbar doch angesehen hat. Na ja, irgendwann werden wir uns schon wieder zusammenreißen.

Mehr Bauchschmerzen bereitet mir die Uni, die ich, wie Nafi bereits festgestellt hat, völlig links liegen lasse. Und die Arbeit genauso. Die ganze Woche schon war ich nicht da, weil ich mich einfach nicht nach draußen in die Dunkelheit zwingen konnte. Ursprünglich dachte ich zwar, dass mich die viele Arbeit von »der Sache« ablenken würde, aber sie hat alles nur schlimmer gemacht, mein Konto geplündert und mir den letzten Energiesaft entzogen.

Natürlich werde ich mich irgendwann wieder der Welt stellen müssen, aber um ehrlich zu sein, haben mir die Tage zu Hause die nötige Ruhe gegeben, die ich gebraucht habe. Langes Schlafen, Meditieren und Serien schauen. Nach Silvester war einfach so viel los – die Arbeit, die Uni, der Streit mit meinen Freundinnen und ja, auch das Drama mit Vince.

Vince … Er fehlt mir. Seit Tagen haben wir nicht miteinander geredet. Ich glaube, er will mich nicht nerven, dabei wünschte ich, er würde es tun. Vielleicht sollte ich mich einfach melden. Vielleicht wartet er sogar darauf. Aber was soll ich sagen?

Hey, ich habe Sehnsucht nach deiner Stimme – sag einfach irgendwas. Gib mir noch einen Mistelzweigkuss oder besser gleich einen richtigen.

Hm. Ja, vielleicht mache ich das einfach. Ich mein, gut, es ist schon fast Mitternacht, aber was soll's? Und schon habe ich mein Handy in der Hand.

Ich liebe meinen Hang zur Impulsivität, denn wenn ich eine Entscheidung getroffen habe, fackele ich nicht lange rum und werde aktiv.

»Vicky«, sagt er nach dem fünften Klingeln. Er schnauft ziemlich, und im Hintergrund höre ich schnelle Schritte. Ob er gerade am Joggen ist?

»Hey. Störe ich?«

»Nein.« Die Schritte werden langsamer. »Ich war nur … ich bin gerannt.« Er hustet kurz, als hätte er sich verschluckt. »Sorry, ich bin … ich bin ein bisschen durch den Wind.«

Nicht nur du, mein Lieber.

»Ähm, ich wollte eigentlich bloß fragen, ob wir uns sehen wollen. Ich weiß, es ist schon megaspät. Wenn es gerade ungünstig ist …«

»Ja!«, schmettert er in den Hörer. »Ich meine, nein, nicht ungünstig«, sagt er etwas leiser. »Ja, ich … ich würde dich voll gerne sehen.«

Meine Wangen prickeln, als die Wärme hineinschießt.

»Okay. Macht es dir was aus, wenn du zu mir kommst? Ich … will nicht raus.«

Und es tut gut, dass ich dir den Grund dafür nicht erklären muss.

Ein kurzes Schweigen folgt am anderen Ende der Leitung.

»Natürlich«, sagt er dann. »Ich bin sogar in der Nähe. Ich habe nur … Also, ich bin ein bisschen verschwitzt und habe noch meine Sportsachen an.«

»Mir macht das nichts aus. Aber du kannst auch erst mal in Ruhe nach Hause gehen und dich umziehen.«

»Das geht nicht. Meine Sachen sind noch im Fitnessstudio. Egal«, winkt er ab und redet weiter, bevor ich nachhaken kann. »Ich komm gleich, okay?«

»Okay.«

Im nächsten Moment ist die Leitung tot.

Vince war tatsächlich in der Nähe, denn keine zehn Minuten später klingelt es an der Tür. Ich betätige den Türöffner, und es surrt. Dann hallen Schritte durchs Treppenhaus.

Als er die Tür erreicht, hebe ich überrascht die Brauen. Ich wusste bereits, dass Vince in Sportmontur auftauchen würde, aber es ist trotzdem seltsam ungewohnt, ihn ohne Hemd oder dergleichen zu sehen. Aber es gefällt mir. Seine ungemachten Haare, die ihm wild in die Stirn fallen, das schwarze Sweatshirt, das seinen Bizeps betont. Die kurze Hose, die mir einen Blick auf seine durchtrainierten Beine gewährt.

»Hey«, sagt er rau.

Gott, diese Stimme …

Er lächelt schief, ein Lächeln, das meine Synapsen durchbrennen und mein Herz rasen lässt, als säße es in einem Ferrari.

Und dann kommt es einfach so über mich. Ich mache einen Schritt in seine Richtung, ziehe ihn an mich und küsse ihn.

36. KAPITEL

Vince

Meine Schwester steht voll auf K-Dramen. Wenn ich bei meinen Eltern zu Besuch bin und mal wieder eins läuft, schaue ich hin und wieder mit. Ich verstehe nicht viel von dem Genre, aber mir ist nicht entgangen, wie strange es aussieht, wenn sich die Leute küssen. So steif und distanziert. Meistens ist es der Typ, der den ersten Schritt macht. In Slow Motion beugt er sich vor, schließt die Augen und legt seine Lippen auf die seines Gegenübers. Die andere Person erstarrt zumeist, hält die Augen offen, und erwidert den Kuss nur zaghaft. Ganz anders als in Hollywoodstreifen, bei dem nach dem ersten Lippenkontakt bereits BH und Boxershorts auf dem Boden liegen und sich die Schauspieler in Richtung Bett beamen.

Was ich damit sagen will: Ich fand die Küsse komisch, aber noch komischer finde ich, dass ich gerade ebenfalls zur Fraktion »Steife Küsser« gehöre.

Als Vickys Lippen auf meine treffen, bin ich so überrascht, dass ich zur Salzsäule erstarre. Meine Lippen sind noch immer leicht geöffnet, die Augen aufgerissen. Dass ihr kleiner herzförmiger Mund mich heute küssen würde, habe ich null erwartet. Als ich sie das letzte Mal berührt habe, hat sie vor Panik laut aufgeschrien. Und jetzt … küsst sie mich.

Doch bevor ich überhaupt darauf reagieren kann, ist es im nächsten Moment auch schon wieder vorbei.

»Tut mir leid«, sagt sie und beißt sich leicht verschämt auf die Unterlippe, ein seltsamer Ausdruck, der irgendwie gar nicht zu ihr passt. »Kleiner Basorexie-Moment. Ich hoffe, das war okay?«

»Ja.« Ich nicke schnell, mein Herz läuft einen Marathon.

Mehr als okay.

Vicky trägt schon ihre Schlafsachen – ein weinrotes Sweatshirt und eine rot-weiße Schlafhose mit Weihnachtsmotiven darauf. Frauen, die nach den Feiertagen noch Weihnachtszeug tragen, sind ziemlich sexy, wie ich gerade feststelle.

Wie immer ist sie wunderschön, und doch – in ihren Augen fehlt das übliche freche Funkeln. Ohne ihren geschwungenen Lidstrich sieht sie viel jünger aus. Ihre Wangen wirken eingefallen, und mir scheint fast, als wäre sie etwas ausgezehrter als bei unserer letzten Begegnung.

»Wir sind übrigens allein. Die anderen sind …« Ihre Lippen verziehen sich zu einer schmalen Linie. »Wir haben uns gestritten.«

Ich nicke. »Hab ich schon gehört.«

Vicky torkelt einen Schritt zurück und bedenkt mich mit einem überraschten »Was zur Hölle?«-Blick.

»Lenny«, erkläre ich, woraufhin sie »Maya« stöhnt und genervt den Kopf schüttelt.

»Wieso muss sie ihm auch alles erzählen? Ach egal. Komm!« Sie greift nach meiner Hand und lotst mich in Richtung ihres Zimmers.

Sie lädt mich zu sich ein, küsst mich und hält meine Hand.

Das … bedeutet doch irgendwas, oder?

Genau wie bei meinem letzten Besuch ist das Licht in ihrem Zimmer ausgeschaltet. Diesmal ist es jedoch deutlich kühler, weil die Balkontür offen ist.

»Wollen wir raus auf meinen Balkon gehen?«, fragt sie und

deutet auf ihr kleines Außenreich. »Also, wenn dir nicht zu kalt ist, natürlich … Obwohl, du warst gerade beim Sport, oder?«, fällt es ihr wieder ein. »Willst du vielleicht erst mal duschen? Nicht, dass du dich noch erkältest.«

Ich würde tatsächlich gern duschen und sowohl den Schweiß als auch die kürzliche Begegnung mit der Vergangenheit von mir waschen. »Ja, wenn es keine großen Umstände macht?«

»Tut es nicht.« Sie tritt wieder aus ihrem Zimmer und deutet nach links. »Da ist das Bad. Über der Waschmaschine findest du einen Korb mit frischen Klamotten. Ich glaube, da müssten auch einige von Luke drin sein. Und die Handtücher sind im Schrank unter dem Waschbecken.«

»Okay, bis gleich.«

Im Bad angekommen, befreie ich mich schnell aus meiner Kleidung und springe unter die Dusche. Das Wasser ist angenehm warm auf meiner Haut. Am liebsten würde ich ewig unter dem heißen Strahl stehen. Trotzdem beeile ich mich, denn dieser Moment fühlt sich viel zu awkward an, um ihn hinauszuzögern. Ich mein, ich stehe gerade nackt unter Vickys Dusche …

Als ich mich abtrockne und im Wäschekorb nach Klamotten wühle, entkommt mir ein kleines Lachen. Da sind *meine* Jogginghose und *mein* Sweatshirt. Von wegen Luke hat sie nach dem Sport nicht versehentlich eingesteckt …

Ich schlüpfe in die frische Kleidung, dann sammele ich meine schmutzigen Sachen vom Boden auf und trete aus der Tür.

Ich finde Vicky auf ihrem kleinen Balkon, der mit einer weißen Sofacouch, einem kleinen Tisch und unzähligen Kerzen und Lichterketten ausgestattet ist.

»Voll gemütlich«, stelle ich fest und atme schnuppernd die Luft ein. »Wonach riecht es hier?«

»Apfelkuchen. Liegt an der Kerze.«

Ich lächele. »Da kriegt man ja glatt Hunger.«

Sofort richtet sie sich auf. »Möchtest du was essen?«, fragt sie und stockt dann. »O Mann, was bin ich für eine schlechte Gastgeberin, ich habe dir nicht mal was zu trinken angeboten! Leider habe ich auch nicht viel da, aber wir könnten was bestellen. Nach dem Sport hast du bestimmt Hunger.«

»Um ehrlich zu sein, habe ich gar keinen Sport gemacht. Ich wollte eigentlich, aber …« Dann habe ich Said gesehen. Mit *ihr.*

»Dann bist du vor irgendwas weggerannt …«, beendet sie meinen Satz mit einem müden Lächeln.

Überrascht blitzen meine Augen ihr entgegen. »Woher …?«

»Allmählich durchschaue ich dich«, erwidert sie und winkt mich zu sich. Als ich neben ihr Platz nehme, breitet sie die Decke über unsere Beine aus.

»Also, willst du erzählen, was passiert ist?«

Wie auf Knopfdruck spannt sich jeder meiner Muskeln an. Stumm presse ich die Lippen aufeinander, während ich nach oben zu den Lichterketten linse. *Zu den Sternen.*

»Ich hatte ein unangenehmes Aufeinandertreffen mit … jemandem aus der Vergangenheit.«

»Oh.« Vicky hebt beide Brauen und beißt sich kurz auf die Unterlippe. »Sie?«

Ich schüttele den Kopf, woraufhin sie nur knapp nickt und sich nicht anmerken lässt, ob sie diese Antwort innerlich frustriert.

»Habt ihr geredet?«, fragt sie weiter.

Ich schüttele den Kopf. »Nein, ich bin vorher abgehauen.«

»Natürlich bist du das.« Jetzt lacht sie hell auf und lässt ihre niedliche Zahnlücke zum Vorschein kommen. Es kommt mir wie eine Ewigkeit vor, seit ich sie zuletzt ehrlich lächeln gesehen habe.

»Weißt du, ich stelle mir das bei dir immer so wie in alten Zeichentrickfilmen vor«, redet sie weiter. »Du siehst die Person und verschwindest Speedy-Gonzales-mäßig so schnell mit einem Puff, dass nur eine in der Luft schwebende Silhouette übrig bleibt.«

Ich verdrehe die Augen. »So dramatisch war es nun auch wieder nicht.«

»Doch, ich glaube, dass es ganz genau so war.«

»Jetzt du«, fordere ich sie auf. Teils aus dem Wunsch, nicht länger über mich zu reden, aber auch, weil ich neugierig bin.

»Was meinst du?« Sie mustert mich irritiert.

Warum bin ich hier? Warum hast du mich geküsst? Warum sitzen wir hier auf deinem Balkon?

»Wie geht es dir?«

Ihre Schultern entspannen sich. Vermutlich hat sie eine schlimmere erste Frage erwartet.

»Geht so. Und dir?«

»Mir auch.«

Dann verstummen wir, wobei unsichtbare Worte überall in der Luft schwirren. So viele, dass man sie kaum greifen, kaum zählen kann. Es ist offensichtlich, dass wir beim anderen nachhaken, aber selbst nicht auspacken wollen.

Irgendwann halte ich es nicht mehr aus. »Warum redest du nicht mit deinen Freundinnen?«, platze ich heraus.

Vicky blinzelt mich irritiert an. »Äh, wie bitte?«

»Tut mir leid«, sage ich schnell, mache aber dennoch keinen Rückzieher. »Ich verstehe es einfach nicht. Warum fällt es dir so schwer, dir helfen zu lassen? Ich habe dir angeboten, für dich da zu sein. Ich habe dir gesagt, dass du mit mir reden kannst. Aber das hast du nicht. Warum machst du alles mit dir selbst aus, warum redest du nicht wenigstens mit deinen besten Freundinnen?«

Okaay, laut ausgesprochen klingt das alles etwas vorwurfsvoll. Unsicher blicke ich in ihre Richtung, innerlich bereits darauf gefasst, dass sie mich mit einem verbalen Fußtritt zur Tür hinaus befördert.

Aber zu meiner Überraschung bleibt Vicky ganz ruhig, kuschelt sich tiefer unter die Decke und zuckt mit den Schultern. »Was gibt's da nicht zu verstehen? Ich bin eben nicht gern abhängig von anderen.«

»Ist mir schon klar, aber *warum?* Woher kommt das?«

Jetzt stöhnt sie, dabei bildet ihr Atem eine fast trichterförmige Rauchwolke. »Spielst du jetzt den Therapeuten, oder was?«

»Beantworte einfach nur meine Frage. Bitte«, setze ich hinterher.

»Wirst du mir dann auch eine beantworten? Ganz ehrlich und direkt, egal, was für eine es ist?«

Ich schlucke. Will ich das wirklich?

»Ja, okay.«

»Na gut.« Vicky nimmt einen tiefen Atemzug, hält kurz inne und atmet langsam wieder aus. Schließlich beginnt sie zu erklären. »Es ist so: Ich hasse es, nach Hilfe zu fragen. Ich hasse es, andere zu brauchen oder in irgendeiner Weise von jemandem abhängig zu sein. Das … erinnert mich zu sehr an meine Mutter.« Sie macht eine kurze Pause, streicht sich eine Strähne hinters Ohr und richtet ihre grünen Augen fast schon hypnotisch auf das Lichterkettenmeer über uns.

»Ich mache ihr keinen Vorwurf deswegen«, fährt sie fort. »Mama hatte eine echt schwierige Kindheit. Ihr Vater ist früh gestorben und sie hat eine sehr … sagen wir, komplizierte Mutter. Irgendwann hat sie dann meinen Vater getroffen, und er hat sie dazu motiviert, auszuziehen und ihr eigenes Leben zu führen. Sie sind zusammengezogen, waren überglücklich und haben irgendwann mich bekommen. Aber dann ist mein Vater auch gestorben, was unfassbar hart für sie war, da schon wieder ihre wichtigste Bezugsperson gegangen ist. Eine männliche starke Schulter, wohlbemerkt.« Sie räuspert sich kurz, und ich weiß nicht, ob das ein spottender Laut ist oder sie wirklich einen Kloß im Hals hat.

Mitgefühl keimt in mir auf. Mitgefühl und eine viel zu vertraute Leere. Jemanden so früh zu verlieren, verändert einen.

»Jedenfalls war sie unfassbar traurig, so traurig, dass ich lernen musste, für mich selbst da zu sein, wenn sie es nicht konnte. Und dann hat sie jemand Neues kennengelernt und es ging ihr besser. Aber als sie sich getrennt haben, ging es ihr wieder schlechter ... bis zum nächsten Mann und dann der nächsten Trennung. Na ja, und so weiter und so fort.«

Vicky dreht ihren Kopf zu mir, die Augen finster zusammengekniffen. »Meine Mutter lässt sich von Männern retten, verstehst du? Sie macht ihr eigenes Glück von anderen Menschen abhängig. Von einem *Mann*. Und das hasse ich. Ich verurteile sie nicht, aber ich möchte trotzdem nicht so sein wie sie.«

»Und deshalb überkompensierst du und machst es genau andersherum?«, sage ich, ohne nachzudenken.

Sie runzelt die Stirn. »Was meinst du?«

»Na ja, du willst so sehr unabhängig sein, dass du nicht einmal dann Hilfe annimmst, wenn du sie wirklich brauchst. Ist das nicht sogar genauso schlimm? Im Stillen zu leiden, den Schmerz auszuhalten, lieber zu streiten, als Klartext zu sprechen? Ich finde beide Extreme nicht sonderlich ... gesund.«

Vicky öffnet den Mund und schließt ihn wieder. Ihre Miene ist undurchdringlich. Langsam wendet sie sich ab und lehnt ihren Ellbogen gegen das Balkongeländer.

»Sorry«, sage ich zerknirscht. »Ich wollte dich nicht verletzen oder so. »Ich …«

»Wenn dein Satz mit ›finde trotzdem, dass du mit jemandem darüber reden solltest‹ endet, spar's dir einfach«, unterbricht sie mich, ohne den Blick von der schwarzen Skyline Berlins zu lösen. »Ich … kann nicht. Und ich will auch nicht. Danke für deine Psychoanalyse, aber es ist trotzdem meine Sache, wie ich damit umgehe.«

»Okay«, sage ich betreten. Vicky dreht ihren Kopf wieder zu mir und sieht mich an. Und obwohl zwischen ihren dunklen Augenbrauen diese skeptische Falte ist, bin ich auch erleichtert, dass sie sich mir wieder zugewandt hat. Als würde sie einen winzigen Schritt auf mich zugemacht haben.

»Jetzt bin ich dran mit den Fragen«, sagt sie und umfasst meinen Arm, als müsste sie befürchten, dass ich andernfalls wieder wegrennen würde. Dann sieht sie mir so tief in die Augen, dass ich instinktiv wegsehen möchte.

»Deine Freundin … oder Ex oder wie auch immer. Wie heißt sie eigentlich?«

Vermutlich ist das noch die am leichtesten zu beantwortende Frage, aber mir wird trotzdem kurz schwarz vor Augen.

»A-Alex«, sage ich stockend und schiebe die Hände unter die Decke, weil meine Körpertemperatur plötzlich um gefühlt zehn Grad gesunken ist.

»Alex«, wiederholt sie, und mein Herz bleibt kurz stehen. »Cooler Name. Also, diese Alex.«

Mann! Muss sie ihren Namen so oft hintereinander aussprechen?

»Wie lange wart ihr zusammen?«

»Drei Jahre«, presse ich hervor.

»Und ihr kennt euch aus der Schule?«

Ich nicke.

»Aber es ist vorbei?«

»Ja.«

»Trotzdem denkst du noch an sie?«

Boah! Diese Fragen! Ihretwegen brauche ich bald einen Herzschrittmacher. Andererseits – woher sollte sie auch wissen, wie falsch es sich anfühlt, ausgerechnet mit Vicky über sie zu reden? Überhaupt über sie zu reden?

»Ja. Manchmal.«

Vicky nickt, als hätte ich einen Test bestanden. Als sie wieder spricht, verschluckt die Dunkelheit fast ihre Worte. »Hand aufs Herz: Besteht die Möglichkeit, dass ihr je wieder zusammenkommen werdet?«

Ich schüttele den Kopf. »Nein.«

»Und warum nicht?«

»Weil ich dich mag.«

Die Worte sind raus, bevor ich sie überhaupt denke. Vickys Augenlider flattern erstaunt, dabei bin ich noch überraschter als sie. Diese Äußerung war völlig ungefiltert. Mein Herz hat ihre Frage gehört und ihr geantwortet. Und das Lustige ist: Bis zu diesem Moment wusste ich selbst nicht mit Sicherheit, dass ich so empfinde.

Alex und ich kommen nicht wieder zusammen. Aber nicht nur, weil sie … gegangen ist, sondern weil ich Gefühle für Vicky habe. Starke Gefühle, intensive Gefühle.

Ich riskiere einen vorsichtigen Blick. Sie lächelt. Erleichtert, vielleicht auch gerührt. Aber nur kurz, denn im nächsten Moment schiebt sich das typische selbstbewusste Funkeln in ihre Smaragdaugen.

»Natürlich tust du das«, stimmt sie mir zu und macht eine wegwerfende Handbewegung. »Ich bin ja auch der Hammer. Ich bin die Steigerung von ›am perfektesten‹. Ich. Bin. Einfach. Krass.«

Lächelnd betrachte ich sie und traue mich schließlich, nach ihrer Hand zu greifen. »Das bist du.«

Und zack – auf einmal sind wir wieder ein Wir. *Vince und Vicky.*

37. KAPITEL

Vicky

Vince bleibt über Nacht. Wir schlafen in meinem Bett, er auf dem Rücken, ich auf der Seite. Mein Kopf ruht an seiner Schulter, mein linkes Bein liegt über seinen. Zwischendurch weckt mich mein vor Aufregung rasender Herzschlag. Es ist ungewohnt, ihm mit einem Mal körperlich so nah zu sein. Aber auch schön. Sehr schön. Unsere Körper fügen sich perfekt aneinander, wie zusammenpassende Tetris-Steine.

Vince ist wirklich hier, dämmert es mir, und wieder spüre ich, wie mein Magen vor Freude einen kleinen Salto schlägt. Er ist hier, bei mir. Er hat sich mir anvertraut. Er ist nicht weggegangen.

Er mag mich.

38. KAPITEL

Vince

Das ist das erste Mal seit fünf Jahren, dass ich eine Frau so im Arm halte. Natürlich gab es in den letzten Jahren noch einige Bekanntschaften, aber bei keiner habe ich geschlafen und mit keiner eine Bettdecke geteilt. Keine war wie Vicky.

Meine Stirn ist mit Schweißperlen bedeckt, mein Herz pocht wie wild gegen meine Rippen. Ich fühle mich wie ein Teenager, der zum ersten Mal neben seinem Schwarm liegt und nicht fassen kann, dass es wirklich passiert. Vickys Bein ist genau gegen meine Erektion gepresst. Sie bewegt sich leicht im Schlaf, wahrscheinlich unbewusst, aber ich … pulsiere.

Und dann rasen sie auf mich zu, heiße Fantasien, die wie eine Welle über mir zerschellen. Ich sehe Vicky – nackt, auf mir, unter mir, vor mir, hinter mir.

Ich will sie.

So sehr. Im Stehen, im Sitzen, im Liegen. Auf ihrem Balkon. Ihr Mund um meine Härte, mein Mund zwischen ihren Beinen. Die Körper dicht aufeinandergepresst und unsere Hände überall.

Und obwohl ich nur vor mich hinträume, ist da auf einmal dieser Fast-Moment. Der »Fuuuck, gleich komme ich«-Moment.

Fuuuck, gleich komme ich!

Fuck, Fuck, Fuck!

Etwas unsanft schiebe ich Vickys Bein zur Seite, stehe auf, schwanke ins Badezimmer, lasse die Hose runter und komme mit einem unterdrückten Stöhnen im Waschbecken.

Verdammt. Was macht diese Frau nur mit mir?

39. KAPITEL

Vicky

Neben einem Menschen, den man mag, aufzuwachen, ist ungewohnt. Ich finde es unerwartet intim, fast intimer als Sex, denn nirgendwo sind wir Menschen verletzlicher als im Schlaf.

So auch Vince. Er schläft so fest, dass er es überhaupt nicht mitkriegt, als ich ihm sanft den Kopf streichele. Sein Haar ist leicht verwuschelt und die Lippen zu einem ungewollten Schmollmund verzogen. Er sieht jünger aus, wenn er schläft, und obwohl dieser Anblick, und überhaupt seine ganze Anwesenheit, völlig neu für mich sind, fühlt es sich trotzdem vertraut an. Vertraut und richtig.

Ich lehne den Kopf an seine Schulter, schließe die Augen und kuschele mich an seinen muskulösen Körper. Obwohl er noch immer schläft, zieht er mich fester an sich, und die Intimität dieser unbewussten Geste bringt mein Herz zum Rasen. Von ihm gehalten zu werden, fühlt sich so verdammt gut an. Stockend atme ich gegen seine Brust und spüre, wie die Bienen in meinem Bauch zum Leben erwachen. Das hier, er und ich.

40. KAPITEL

Vince

Vicky geht an diesem Morgen nicht zur Uni. Ich weiß nicht, ob es das erste Mal ist, aber ich frage nicht nach. Stattdessen bleibe ich einfach neben ihr liegen und beschließe, ebenfalls zu schwänzen. Heute hätte ich einen Kurs mit Sydney – wahrscheinlich sogar besser, dass ich nicht hingehe. Das rede ich mir zumindest ein.

Wir schlafen bis elf, dann durchstöbern wir die Küche, plündern den Gefrierschrank und machen uns über Sydneys Gebäck her. Zum Frühstück gibt es Bananenbrot, Macadamia-Cookies und von Weihnachten übrig gebliebene Vanillekipferl. Vickys Mitbewohnerin hat das mit dem Backen wirklich ziemlich drauf.

»Du riechst immer an deinem Essen, weißt du das?« Vicky grinst mich mit vollem Mund an. »Vor jedem einzelnen Bissen.«

Ich bin überrascht, dass es ihr auffällt. Klar kenne ich diesen Tick auch von mir, aber den meisten fällt es gar nicht auf.

»Und du siehst beim Essen süß aus, weißt du das?«, kontere ich. »Vor jedem Bissen und währenddessen und danach auch.«

»Ähm, kein Mensch sieht beim Kauen süß aus. Nicht mal ich.« Sie wirft sich die ungemachten Haare zurück.

»Doch.« Ich nicke gewissenhaft. »Wie ein kleines Kaninchen. Dir beim Essen zuzusehen bringt einen dazu, ein Cookie sein zu wollen.«

»Um zerkaut und gegessen zu werden?« Sie lacht hohl, dabei fliegen ihr ein paar Krümel aus dem Mund. »Ein schräger Wunsch. Aber wenn wir schon bei schräg sind.« Sie schluckt und deutet kritisch auf meinen Teller. »Wer isst Bananenbrot mit Schokocreme und Bananenscheiben?«

»Ähm, und wer tunkt seinen Cookie in Erdbeermarmelade und verziert ihn mit Schokodrops?«, frage ich zurück. »War dir der Keks nicht süß genug?«

Erneut lacht sie und nimmt einen Schluck Tee aus ihrer monströsen Star-Wars-Tasse. »Na gut«, sagt sie und stellt den Becher wieder ab. Einigen wir uns darauf, dass wir beide auf süße Dinge stehen.«

Ich reiche ihr meine krümelige Hand. »Deal.«

41. KAPITEL

Vicky

Als unsere Lippen sich endlich wieder treffen, weiß ich nicht, ob wir je damit aufhören können – aufhören wollen. Wir küssen uns wieder und wieder und wieder. Unsere Zungen spielen und tanzen miteinander und senden bei jeder gegenseitigen Berührung ein angenehmes Kribbeln durch meinen ganzen Körper.

Wir liegen auf dem Sofa, unser Zucker-Frühstück auf dem Tisch vor uns. Ich spüre, wie es in Vince' Hose anschwillt, aber er unternimmt nicht den Versuch weiterzugehen. Er küsst mich, seine Hände ziehen mich sanft an sich, aber das war's auch schon.

Er will mir die Führung überlassen.

Wir gehen nur so weit, wie ich es will. Es ist ein stillschweigendes Abkommen, und die Tatsache, dass ich die Kontrolle über diese Situation habe, dass *ich* entscheide, wie viel ich zulassen kann und wie viel nicht, wiegt mich in die wohlig warme Sicherheit, die ich so dringend brauche.

Leidenschaft durchfährt mich, und doch bleibt es nur beim Küssen. Weil ich spüre, dass ich noch nicht so weit bin. Weil ich mich nicht zwingen will, mich nicht zwingen kann. Weil das alles ist, zu dem ich gerade fähig bin.

Tatsächlich überrascht es mich sogar, dass ich es schaffe, überhaupt so weit zu gehen. Jetzt in diesem Moment fühle ich mich wohl und sicher in der Nähe eines Mannes. Aber sobald ich mit Dunkelheit konfrontiert werde, denke ich an den anderen Mann. An *dessen* Berührung – und dann rebelliert mein Körper.

Ich verstehe mich selbst nicht. Angst ist doch nur die Unsicherheit vor etwas Unbestimmten, was noch nicht eingetroffen ist. Warum lasse ich mich von ihr lähmen? Das ist so absurd.

42. KAPITEL

Vince

Eine Stunde später finden Vicky und ich uns auf ihrem Erdnuss-Teppich wieder. Vorhin hat sie in einem Nebensatz erwähnt, dass sie ihre tägliche Meditation in letzter Zeit schleifen lässt, und als ich sie gefragt habe, wie ihr kleines Ritual abläuft, war sie plötzlich motiviert und wollte es mir zeigen.

Und so sitzen wir uns jetzt im Schneidersitz gegenüber, das Becken aufgerichtet, der Rücken lang. Im Hintergrund dudelt entspannende Musik, sanfte Harfenklänge, gepaart mit Wellenrauschen. Die Augen geschlossen, lasse ich mich von Vickys tiefer Stimme leiten und tue, was sie sagt. Lasse die Schultern rollen, den Kopf kreisen. Lausche meinem Atem und spüre, wie mein Körper immer schwerer wird. Erst die Beine, dann das Becken, dann der Bauch, dann die Arme, der Rücken, der Hals und zum Schluss der Kopf. Alles wird schwer. Sogar mein Kiefer, meine Wangen, meine Lider und meine Haare.

Keine Ahnung, wann ich mich zuletzt so entspannt gefühlt habe. Die ganze Energie beim Sport rauszulassen ist zwar ebenfalls befreiend, aber das hier ist neu. Und es fühlt sich verflucht gut an.

43. KAPITEL

Vicky

Ich fühle mich irgendwie falschherum. Ich bin immer noch ich selbst, aber irgendwie auch nicht. Es ist, als stünde alles auf dem Kopf. Mein ganzes Leben. Ich erkenne mich nicht wieder, und das macht mir Angst.

Doch jetzt, in Vince' Armen, treten alle Ängste in den Hintergrund. Da ist nur noch Wärme. Wärme und Liebe und wohlige Geborgenheit.

»Vince und Vicky«, murmelt er plötzlich in mein Haar. Draußen auf meinem Balkon liegen wir einander zugewandt auf meiner Sofacouch. Eigentlich ist sie viel zu klein für uns beide, aber ich sag's ja – wir sind wie zwei passende Tetris-Steine!

»Vince und Vicky«, sagt er wieder, er lallt es fast, als wäre er betrunken. *Liebestrunken.*

»Was ist damit?«, frage ich ihn neugierig.

Seine Augen glänzen im Schein der Lichterketten wie zwei goldene Münzen. Als er spricht ist seine Stimme wieder klar, aber leise, beinahe unsicher. »Findest du nicht auch, dass die Namen perfekt zusammenpassen?«

Seine Worte streicheln über meine Seele, so sanft und zart, dass ich innerlich zerfließe. Unsere Namen rauschen wie ein Ohrwurm durch meine Ohren.

Vince und Vicky. Vince und Vicky. Vince und Vicky.

Sie passen perfekt zusammen. *Wir* passen perfekt zusammen. »Vince?«

»Hm?«, macht er und küsst meinen Scheitel.

»Du hast recht. Die Lichterketten sehen wirklich aus wie Sterne.«

44. KAPITEL

Vince

In der Nacht träume ich von Alex. Sie macht Schluss mit mir, weil sie nach New York will. Unsere Beziehung erdrücke sie nur, wir sollten es beenden, und so weiter. Dann küsst sie mich, stößt mich weg, küsst mich, stößt mich weg. Ich hasse es, dass sie mich wie einen Spielball behandelt, aber ich kann es ihr nicht sagen, weil die dunklen Wellen über uns zusammenbrechen, meine Kleidung sich mit eiskaltem Wasser vollsaugt, und sie von einer Woge mitgerissen in der schwarzen Tiefe versinkt.

Als ich nach Luft ringend hochschrecke, schlägt mir das Herz bis zum Hals, und es braucht einen Moment, bevor ich begreife, wo ich bin. Mit trägen Lidern sehe ich mich um. Ich liege in Vickys Himmelbett, das hellgelbe Nachtlicht brennt, weil ihr die Dunkelheit zu bedrohlich war. Ihr Arm ist eng um mich geschlungen, ihre Stirn gegen meinen Rücken gedrückt. Sie atmet leise in mein Shirt, und jeder Atemzug hinterlässt ein wohliges Kribbeln auf meinem Schlüsselbein.

Ein Feuer entzündet sich in mir, so heiß, dass ich drohe zu verglühen. Vicky wird nie erfahren, wie sehr ich es brauche, genau in diesem Moment von ihr gehalten zu werden.

Sie hilft mir, ohne es zu wissen.

Nie hätte ich gedacht, jemals wieder so etwas für einen anderen Menschen zu empfinden. Tränen fließen mir über die

Wangen, weil gerade so viel Liebe in mir ist, dass ich es fast nicht aushalte.

Und dann mache ich es einfach. Ich taste nach meinem Handy und der Homescreen strahlt mir entgegen. Durch den salzigen Schleier meiner Tränen sehe ich das Foto ein letztes Mal an. Ein. Letztes. Mal.

Dann ändere ich das Bild.

45. KAPITEL

Vicky

»Wir müssen noch warten, bis Maya weg ist«, flüstere ich zwischen unseren Küssen. Wäre nämlich echt komisch, wenn sie wüsste, dass Vince hier übernachtet hat. Sogar zwei Nächte.

»Okay«, flüstert er zurück und umfasst meine Hüften, um mich näher an sich zu ziehen und so tief und gefühlvoll zu küssen, dass sämtliche Kraft aus meinen Muskeln schwindet. Es erstaunt mich immer wieder selbst, wie funkensprühend und entflammend wir sind. Wie zwei geladene Atome. Wir wären locker ein neues Element im Periodensystem wert.

Vince spürt die Leidenschaft wohl ebenfalls, das sagt mir seine nicht ganz subtile Dauererektion. Auch wenn er bisher immer auf einen kleinen Anstandsabstand zu achten scheint, drückt jetzt seine Härte unwillkürlich gegen meine Hüfte. Er will mich, respektiert aber meine Grenzen und tut einfach so, als hätte nicht jemand ein Zelt in seiner Hose aufgeschlagen. Und deshalb küssen wir uns nur. Wir küssen, küssen, küssen. Mehr nicht.

Es ist so absurd. Vor ein paar Wochen noch wären wir jetzt beide nackt gewesen, um uns herum ein buntes Konfetti aus Kondomverpackungen. Aber jetzt ist es alles so Verkehrte-Welt-mäßig. Mein Körper widersetzt sich mir, von meiner Libido fehlt noch immer jede Spur. In meinem Kopf hängen schon überall westernartige WANTED-Plakate, aber bisher blieb die Suche erfolglos.

»Soll ich dich zur Uni fahren?«, fragt Vince, als wir uns voneinander lösen. »Mein Auto steht noch beim Fitnesscenter. Ich könnte schnell rübergehen und dich dann abholen.«

»Lieb von dir, aber das musst du nicht«, winke ich ab und verschränke meine Finger mit seinen. Eher bereitet mir der Rückweg Sorgen, aber darüber will ich jetzt nicht nachdenken.

»Okay, aber ich meins' ernst.« Er mustert mich mit zusammengezogenen Augenbrauen. »Wenn du mich brauchst, bin ich da. Sag das auch deinem tief verwurzelten Unabhängigkeitsdrang.«

Ich grinse. »Er hat dich gehört und zeigt dir den Stinkefinger.«

Leicht kopfschüttelnd fährt er mit seinem Daumen über meine Lippen. »Frecher Unabhängigkeitsdrang.«

Ein wohliger Schauer jagt über meinen Rücken. »Sag das noch mal.«

»Unabhängigkeitsdrang?«

»Mmh«, brumme ich. »Deine Stimme plus ein Wort mit vielen Silben. Das ist alles, was ich brauche.«

In seinen Augen blitzt es frech. Grinsend beugt er sich zu meinem Ohr vor.

»Vince und Vicky«, haucht er betont verführerisch. »Na, turnt dich das an?«

Ich nicke. »Mehr davon. Schön viele Silben.«

Er blinzelt. »Ernsthaft?«

»Das waren nur je zwei Silben. Ich will mindestens fünf!«

Er lacht leise und überlegt kurz. Dann: »Bahnhofsgaststätte.«

Japsend schnappe ich nach Luft. Das ist so gut! »Noch eins!«

Er grinst und flüstert dann in mein Ohr: »Parkscheinautomat.«

Ich fächere mir selbst Luft zu. »Mehr!«

Diesmal muss er etwas länger überlegen. »Dinosaurierexponate.«

Jetzt muss ich doch losprusten. »Okay, wie fallen dir so schnell diese Wörter ein?«

»Du musst einfach nur zwei lange Worte miteinander verbinden. Außerdem habe ich als Kind viele Vorlesewettbewerbe gewonnen.«

»Ein Wunder, dass sie dich nicht disqualifiziert haben«, bemerke ich kritisch. »Bei deiner Moderatorenstimme hattest du bestimmt einen klaren Vorteil.«

»Kann sein«, gibt er unbescheiden zurück, und will mich gerade wieder küssen, als er im letzten Moment innehält.

»Übrigens, wenn du wieder … Angst oder so hast«, druckst er, »dann kann es dir vielleicht helfen, an Worte mit fünf oder sechs Silben zu denken. Das kann … ablenken, glaub ich. Weil man dann *daran* denkt. Und nicht an … das andere.«

Ob er damit Erfahrungen hat? Ob er das kennt? Die Angst? Die Panik?

»Okay«, sage ich und behalte meine Fragen vorerst für mich.

Ein Sonnenstrahl stiehlt sich durch die Gardinenritze und zieht seine leuchtende Spur quer über Vince' Gesicht. Im Schein der Sonne sehe ich zum ersten Mal seine Iris. Leuchtendes Braun, eine Mischung aus Kaffee und Nugat. Wie die Fassaden einer Pyramide in der Abenddämmerung.

Pyramide … Mist, ich hab ja gleich Uni!

Heute Morgen war ich seltsam motiviert hinzufahren. Vielleicht lag es an dem gestrigen Tag mit Vince, aber meine Akkus sind wieder aufgeladen. Ich bin bereit, mich dem Leben zu stellen.

»Ich muss ganz kurz in die Küche und meine Thermosflasche auffüllen. Danach sollten wir aber dringend los.«

»Alles klar. Bis gleich.«

In der Küche ist das Licht eingeschaltet, und in dem kleinen Radio läuft der Achtziger-Jahre-Sender. Gerade singen Bill Medley und Jennifer Warnes darüber, dass sie *the time of their lifes* hatten. Maya ist nicht mehr hier, aber vermutlich noch irgendwo in der Wohnung.

Im Wasserkocher finde ich noch einen Rest heißes Wasser, das ich mir schnell in meine schwarze Thermosflasche gieße. Den Rooibos-Teebeutel schmeiße ich aus Zeitgründen einfach hinterher und schraube kurzerhand den Deckel zu.

Dann hallen Schritte im Flur, und ich halte inne. Als ich mich umdrehe, sehe ich Maya mit ihrem Skateboard im Türrahmen stehen. Sie trägt ihren schwarzen Mantel und dunkelblaue Timberlands mit gelben Schnürsenkeln.

»Hey.« Sie spielt nachdenklich an ihrem Ohrpiercing.

»Hey.«

»So lange haben wir uns noch nie gestritten«, macht sie den Anfang und zieht einen traurigen Schmollmund.

»Ich weiß«, sage ich ungewollt distanziert, und sofort schiebt sich ein finsterer Ausdruck vor ihre Augen.

»Ehrlich gesagt dachte ich, dass du nach ein paar Tagen wieder abkühlen und dich entschuldigen würdest, aber da das offenbar nicht der Fall war, würde ich das Ganze einfach gut sein …«

»Moment mal«, unterbreche ich sie. »Was? Du …«, stammele ich und setze von vorn an. »Ich gebe ja zu, dass ich an dem Tag etwas zickig war, aber wo bleibt meine Entschuldigung?«

»Wofür? Ich habe nichts Falsches gesagt. Wir beide wollten dich nur aufheitern!«

»Ich habe gesagt, dass meine Laune nichts mit Vince zu tun hat, und ihr habt mir nicht geglaubt. Ihr habt mir nicht geglaubt!«, wiederhole ich zwei Oktaven höher. »Stattdessen habt ihr meine Worte einfach überhört und mir einen One-Night-Stand Schrägstrich neuen Vibrator aufquatschen wollen. Als ob Liebeskummer das Einzige wäre, um das es ging. Als ob ein Typ alles wäre, woran ich denke.«

»Jaja, du bist nicht wie deine Mutter.« Maya seufzt, während sie den Kopf in den Nacken legt. »Und was war es dann, das dich so beschäftigt hat?«

Dieser Tonfall. Ich hasse ihn. Als ob sie nur mitspielt, damit ich Ruhe gebe, es aber eigentlich nicht einsieht.

»Als ob ich dir das jetzt noch sage«, erwidere ich und verschränke die Hände vor der Brust. »Außerdem – was bringt es, wenn du es sowieso nicht einsiehst?«

»Wenn ich was nicht einsehe? Dass du nicht total an Vince hängst?« Sie lehnt ihr Skateboard gegen die Wand, um die Küche mit großen Schritten zu durchqueren. Damit verringert sie unseren Abstand, und doch kommt es mir so vor, als wäre sie nie weiter weg gewesen. »Du hast Liebeskummer, okay. Das ist hart und schmerzhaft. Aber dass du es partout verdrängst, macht es auch nicht besser. Steh doch einfach zu deinen Gefühlen und lass dir helfen. Wir wollen wirklich für dich da sein, aber das geht nur, wenn du auch mit uns redest.«

Wow. Das ist fast wie ein Nachmittag mit Mama und Oma. Ich werde konsequent überhört und missverstanden.

»Und schon wieder bezeichnest du mich als Lügnerin«, stelle ich resigniert fest und greife nach meiner Thermosflasche, um zu überprüfen, ob sie dicht ist.

»Weil ich weiß, dass da mehr ist, als du zugibst. Ich weiß es, Vick«, sagt sie eindringlich. »Ich kenne dich. Irgendwas zerfrisst dich, und es tut mir weh, das mitanzusehen. Ich will für dich da sein, aber du redest nicht mit mir! Das … das ist so scheiße! So sind wir doch nicht!« Ihre Stimme bricht. Dann fleht sie fast. »Bitte rede mit mir!«

Fast im selben Moment fällt ein Schatten in die offene Küche. Maya folgt meinem Blick und kriegt beim Anblick von Vince fast einen Herzinfarkt.

Ja, ganz recht. Der leibhaftige Vince befindet sich in unserer Wohnung. Derselbe Vince, über den wir gerade geredet haben, und der vermutlich jedes einzelne Wort mitgekriegt hat.

Obwohl er wieder seine frisch gewaschenen Sportklamotten trägt, mit denen er hergekommen ist und seine Haare halb zerzaust, halb platt auf seinem Kopf liegen, strahlt seine gerade und selbstsichere Haltung eine strenge, schuldirektorartige Autorität aus.

»Zwischen uns ist alles okay«, sagt er kühl und sieht meiner Freundin fest in die Augen. »Mehr als okay sogar.« Er klingt zwar freundlich, aber irgendwie auch angepisst. Seine Stimme hallt in der Küche, samtig weich, aber auch messerscharf wider. »Vielleicht glaubst du deiner Freundin endlich, wenn auch ich es dir sage.«

Maya schweigt. Wut und Scham und ganz versteckte Trauer glimmen in ihren Augen auf, doch kein Laut kommt aus ihrem Mund. Stattdessen geht sie einfach aus der Küche, lässt ihr Skateboard stehen und verschwindet in ihrem Zimmer. Das laute Türknallen zerreißt die Stille und ein bisschen auch mein Herz. Denn sie hat recht: Sie kennt und durchschaut mich.

Ja, etwas zerfrisst mich. Aber es ist nicht Vince.

46. KAPITEL

Vince

»Alles okay?«, frage ich, während wir die Treppe hinabsteigen.

»Ja, passt schon«, winkt sie ab und schwingt sich die Tasche über die Schultern. »Wir beide waren einfach zu geladen.« Das Wort »geladen« hallt durchs Treppenhaus. »Irgendwann werden wir uns schon wieder vertragen und darüber lachen, wie kindisch wir waren.«

»Sicher?«, frage ich hörbar skeptisch.

»Ja«, erwidert sie gedämpft und es klingt wie das traurigste Ja der Welt.

»Vicky«, sage ich und greife nach ihrem Arm, um sie zum Stehen zu bringen.

Rede mit ihr, fordere ich mit meinen Augen, weil ich mich nicht traue, es schon wieder auszusprechen. Aber Vicky versteht mich und schüttelt leicht den Kopf.

»Ich … ich kann mich jetzt nicht weiter damit beschäftigen. Ich bin schon spät dran und muss mich beeilen, sonst verpasse ich die U-Bahn.« Sie schüttelt meinen Griff ab und rennt die letzten Treppenstufen hinunter. Erst draußen kommt sie wieder zum Stehen.

»Wo musst du lang?«, fragt sie gehetzt.

»Nach links.«

Sie nickt in die andere Richtung. »Ich nach rechts.«

»Soll ich dich noch zur U-Bahn begleiten?«

»Brauchst du nicht.« Sie fischt ihre Ear Pod Box aus dem Leopardenmantel und steckt sich die Hörer in die Ohren. Dann stellt sie sich auf die Zehenspitzen und haucht mir einen schnellen Kuss auf den Mund. »Wir schreiben, okay?«

Betreten nicke ich, traurig, weil die Hilflosigkeit mich erneut in ihre Tiefen reißt. »Okay.«

Vicky wirbelt herum und flitzt nach rechts in Richtung U-Bahn. Bevor sie um die Ecke verschwindet, schaut sie noch mal zu mir rüber und winkt. Meine Kehle wird eng, doch ich zwinge mich zu einem Lächeln und winke zurück.

Fünf Minuten später stehe ich noch immer wie angewurzelt vor Vickys Haus. Aus dem Augenwinkel sehe ich, wie mir Menschen, die vorbeilaufen, verwunderte Blicke zuwerfen. »Wie kann man bei dem Wetter joggen gehen?«, sagt eine, dabei kann ich mich gerade nicht mal von der Stelle rühren.

Zögernd betrachte ich die braune Hausfassade.

Ob ich es tun sollte?

Eigentlich will ich es nicht, und überhaupt fallen mir tausende Gründe ein, die dagegensprächen.

Es geht mich nichts an. Ich sollte Vickys Grenzen respektieren und nicht über ihren Kopf hinweg für sie entscheiden. Es ist nicht meine Sache, wie sie mit diesem Problem umgeht.

Aber ich kann nicht mehr länger zusehen. Es geht einfach nicht. Selbst mit mir will sie nicht reden. Weil sie nicht *abhängig* sein will. So ein Scheiß.

Ich weiß, was es mit einem macht, wenn man seine Probleme immer nur für sich behält. Vielleicht glaubt man, dass sie dadurch irgendwann von selbst verschwinden, aber das tun sie nicht. Sie breiten sich nur immer weiter aus, wie ein schwarzes Loch, das irgendwann so groß wird, dass es einen von innen heraus verschluckt.

»Dir ist aber schon klar, dass du damit das Todesurteil eurer Beziehung unterschreibst?«, bemerkt mein Unterbewusstsein. *»Dann war's das. Dann hattet ihr bloß diesen einen gemeinsamen Tag, aus dem so viel mehr hätte werden können. Dann werdet ihr euch nie wieder so nahe sein. Nie wieder in einem Bett schlafen, nie wieder gemeinsam frühstücken, meditieren, und euch so fest im Arm halten, dass ihr glaubt, ohne den anderen nicht mehr atmen zu können.«*

Ja, ich weiß. Ich weiß, ich weiß, ich weiß. Deshalb ist es ja so schwer. Ich will Vicky nicht verlieren. Aber noch weniger will ich, dass sie sich selbst verliert.

»Vince?«, fragt Maya, als ich zwei Minuten später vor der Wohnungstür stehe. Ihre Schultern sind versteift, ihre Augen rot und geschwollen. Nach dem Streit mit Vicky muss sie geweint haben. Weil sie auf dem völlig falschen Dampfer ist und es einfach nicht versteht. Wie soll sie auch, wenn sie nicht weiß, was passiert ist.

»Hey, ich … ich … ich …«

… *kann es nicht bringen.*

Ich hasse es, dass Vicky leidet, ich hasse es, dass Maya leidet, und sie alle im Streit sind. Aber ich bin der Einzige, dem Vicky sich anvertraut hat, und ich kann ihr nicht in den Rücken fallen. Damit würde ich ihr den einzigen Menschen nehmen, mit dem sie im Moment offen reden kann und sich nicht erklären muss – auch wenn ich es selber bin.

»Ich … dachte, ich hätte was vergessen«, stammele ich und halte die Tränen zurück, die sich vor lauter Zerrissenheit in mir aufstauen, »a-aber … doch nicht.«

Damit drehe ich mich um, haste nach unten und lasse sie stehen.

47. KAPITEL

Vicky

Nachdem ich eine Woche nicht zur Uni gegangen bin und nun kurz vor den Prüfungen wieder hier aufschlage, fühle ich mich wie in einem trashigen Zombiefilm. Überall schlurfen Menschen herum, die Rücken gekrümmt, dunkle Schatten unter den Augen und in den Händen Kaffeebecher. Die Klausurphase ist die Zeit, in der alle Studierenden sämtliches Wissen des ganzen Semesters in Höchstgeschwindigkeit in ihr Kurzzeitgedächtnis ballern. Ob ich auch immer so aussehe, wenn ich nicht gerade ausgeruht vom Schwänzen komme?

Ich umklammere meine Thermosflasche, während ich an der U-Bahn-Haltestelle Dahlem Dorf aussteige und den anderen Studierenden in Richtung Campus folge. Kurzerhand überhole ich die Meute, weil Untote echt langsam sind, und schaffe es, obwohl ich eine Bahn verpasst habe, trotzdem pünktlich zu meinem ersten Kurs.

»Hey, geht's dir wieder besser?«, fragt mich Nafi, als ich den Stuhl zurückschiebe und mich zu ihm setze. Trotz der Kälte sind seine Pulliärmel wie immer hochgekrempelt, um seine detailreichen Sleeves zur Schau zu stellen.

»Ja, danke«, sage ich, und schäle mich aus meinem Schal. »Was habe ich verpasst?«

»Nichts, nur Mats cholerischen Ausbruch, weil wir nicht so schlau sind wie er.«

»Dann war es ja gut, dass ich nicht da war«, bemerke ich ehrlich erleichtert, und breite meine Unterlagen vor mir auf dem Tisch aus.

Gleich haben wir *Ägyptische Ritualtexte* bei Professor Wessel, einer Dozentin, die nicht viel Wert darauf legt, ob jemand anwesend ist oder zuhört. Nafi und ich nutzen den Kurs gern für ein privates Kaffeekränzchen. Aber heute nicht. Nach unserer Begrüßung sind wir ungewohnt still. Ich bin nicht in Stimmung für das übliche Geplauder, und auch Nafi wirkt irgendwie angespannt.

Nach einer halben Stunde bricht er schließlich das Schweigen. »Hey, ist ... ist eigentlich alles okay bei dir?«, fragt er leise.

»Was meinst du?«, erwidere ich, und werfe ihm einen verwirrten Blick zu.

»Na ja, du warst die ganze Woche nicht da und ...«

»Ich war krank.«

»Ja, ich weiß, das hattest du mir ja schon geschrieben«, beeilt er sich hastig zu sagen, und schielt kurz nach vorn.

Professor Wessel deutet mit ihrem Laserpointer auf eine Grabmalerei, bei der es sich der Darstellung nach zu urteilen um das Mundöffnungsritual handelt, von dem ich schon mal in einer anderen Vorlesung gehört habe. Alle Köpfe sind gebannt zur PowerPoint gerichtet, niemand scheint uns zu beachten.

»Sorry. Ich war nur ...« Nafi bläst die Wangen auf und hält einen Augenblick die Luft an. »Okay«, seufzt er, »was ich eigentlich sagen wollte: War da noch mehr? Du warst krank, okay, aber ... ist gerade noch etwas anderes bei dir los?«

»Was meinst du?«, frage ich wieder, diesmal wachsam.

Nafi zögert, und sein Blick huscht unsicher über mein Gesicht. »Ich kann es auch nicht beschreiben. Aber du ... bist anders in letzter Zeit.« Er macht eine bedeutungsvolle Pause und fährt ernst fort: »Du schwänzt nie, Vick. Selbst als du diese fette Mandelentzündung hattest, die uns alle hätte anstecken können, bist du mit Maske und Handschuhen zur Uni gefahren.«

Allmählich drehen wir uns im Kreis. »Willst du mir unterstellen, dass ich nicht krank war?«

»Nein, ich frage, ob da *noch mehr* war. Warum du trotz Krankheit nicht zur Uni gegangen bist.«

»Es war nicht wegen Mat, wenn du das glaubst.« Meine Antwort klingt wie eine Warnung.

Wehe, Nafi, wehe, du glaubst, dass ich diesem aufdringlichen Typen hinterhertrauere.

»Gott, nein. Ich weiß, dass du nichts von ihm willst«, wehrt er schnell ab. »Sorry, Vick. Ich wollte nicht streiten oder so. Ich war nur beunruhigt, und dann bist du immer in einem Uber zur Uni gekommen und irgendwie habe ich mir …«

Mehr höre ich nicht, denn mein Puls pocht so laut in meinen Ohren, dass alle anderen Geräusche in einem matten Rauschen versinken.

Da dachte ich doch tatsächlich, dass ich der einzige Nicht-Zombie hier wäre – offenbar war ich als Erste befallen. Dass Maya und Syd etwas gemerkt haben, überrascht mich nicht, aber sogar Nafi ist aufgefallen, dass irgendwas los ist. Wahrscheinlich hat er mindestens einmal mitbekommen, wie ich mich mit einem Uber zur Uni kutschieren ließ.

Klar könnte ich mir jetzt irgendwas ausdenken. Ein »Ich verdiene so viel Geld im Museum, dass ich es mir leisten kann.« Aber das will ich gar nicht. Warum mache ich überhaupt ein Geheimnis daraus? Ich bin nicht schuld. Ich bin nicht schuld.

Ich bin nicht schuld.

Vielleicht sollte ich einfach Klartext reden.

»Okay. Es ist wirklich etwas los«, sage ich aus einem Impuls heraus.

Sofort richtet Nafi sich auf, als ob er instinktiv wüsste, dass das, was ich gleich sage, seine volle Aufmerksamkeit verdient.

»Du kannst mit mir über alles reden, Vick«, sagt er sanft. »Ich weiß, wir sind jetzt nicht Best Friends oder so, aber ich mag dich und …«

»Ich wurde belästigt«, platze ich heraus, mitten in der dritten Reihe, mitten im überfüllten Kurs.

Scheiß drauf. Es gibt nichts, für das ich mich schämen muss. Nichts.

Nafi wird kreidebleich. Er öffnet den Mund, doch es kommt kein Wort heraus.

»An Silvester«, rede ich weiter. »Ich war auf dem Weg nach Hause und bin geradewegs in die Arme von ein paar betrunkenen Typen gelaufen. Einer von ihnen hat mich besonders stark bedrängt.« Mein Hals wird dick. »Er hat mich gepackt und …«

»O mein Gott.«

»Ich bin weggerannt«, sage ich schnell und schiele zur Seite, um zu überprüfen, ob jemand mithört. »Ich konnte mich losreißen und bin weggerannt. Aber es war trotzdem wirklich schlimm.«

»Glaube ich dir.« Er nickt. »Fuck, das tut mir echt voll leid. Hast du … hast du dir deshalb immer ein Uber genommen?«

Ich muss mich für nichts schämen. Ich muss mich für nichts schämen.

»Ja. Momentan kriege ich Panik im Dunkeln. Vor allem in verlassenen Gassen.«

Und raus ist es. Puh. War gar nicht so schwer.

»Verständlich.« Nafi hebt die Hand, als wolle er über meinen Arm streichen, zieht sie jedoch im letzten Moment zurück. Wahrscheinlich weiß er nicht, ob es nach meiner »Ich wurde belästigt«-Bombe angemessen ist, mich anzufassen.

Stille breitet sich zwischen Nafi und mir aus. Wir wenden uns wieder nach vorn und lauschen Professor Wessels Worten. Ich schnappe mir meinen Stift und kopiere die Hieroglyphen der Wandmalerei, einfach weil ich irgendwas tun will. Leider lenkt es mich nicht so sehr ab wie erhofft. Ich habe gerade etwas Großes geteilt, was uns beide unbeholfen und sprachlos zurückgelassen hat. Eine komische Stimmung schwebt über uns, die ich nicht verstehe. Es hätte wie nach einem reinigenden Gewitter sein müssen, aber stattdessen ziehen noch mehr dunkelgraue, schwere Wolken über mir auf. Und erdrücken mich.

Mein Herz klopft gestresst. Da ist Angst in mir, aber ich weiß nicht, wovor. Nur, dass ich mich lange nicht mehr so verletzlich gefühlt habe. Als hätte ich meinen Brustkorb mit bloßen Händen aufgerissen und gesagt: »Sieh her, so sieht es in meinem Innern aus.«

Und mit einem Mal kann ich nicht mehr atmen. Ich schnappe nach Luft, doch es ist, als würde mir jemand die Kehle zudrücken und zugleich mein Herz quetschen. Angst lähmt meine Glieder, Angst und Panik. Keuchend halte ich mir die Brust und spüre, wie sich Tränen ihren Weg gnadenlos nach draußen kämpfen. Ich dachte, es würde mir besser gehen, wenn ich darüber rede, aber in Wahrheit fühlt es sich so an, als würde ich gleich sterben.

»Vicky?«, erklingt Nafis besorgte Stimme neben mir, und als er mich sanft an der Schulter berührt, zucke ich zusammen, als hätte er mir einen Stromschlag verpasst. Obwohl ich tief im Innern weiß, dass mir jetzt in diesem Moment keinerlei Gefahr droht, schaltet mein Körper trotzdem sein leuchtend rotes Alarmsystem ein.

»Nein«, kreische ich, entwinde mich seinem Griff und springe auf.

Stille senkt sich über den Raum. Fünfundvierzig Gesichter wenden sich mir zu. Weil ich heulend vor ihnen stehe und dem Namen Dramaqueen mal wieder alle Ehre mache.

Professor Wessel erhebt sich ebenfalls und starrt mich irritiert an. »Frau Malik«, beginnt sie mahnend, redet jedoch nicht weiter, da ich in Windeseile meine Sachen zusammenpacke und aus der Tür stürme.

Ich renne, als würde mich jemand verfolgen, schubse versehentlich Leute um, die mir fluchend irgendwas hinterherrufen, und drossele mein Tempo erst, als die Toiletten in mein Sichtfeld kommen.

Zitternd drücke ich die Klinke runter und betrete den kühlen Raum. Dann schließe ich die Tür und lehne mich schluchzend dagegen. Meine Beine zittern so sehr, dass sie mich nicht mehr tragen können. Ich rutsche immer weiter an der Wand hinab, bis mein Hintern auf die verschmutzten Fliesen knallt. Der Gestank nach verkalkten Klorohren schlägt mir entgegen, doch das kümmert mich nicht. Ich lege den Kopf zwischen die Beine und versuche gleichmäßig ein- und auszuatmen.

Jetzt ist es offiziell. Mein Leben ist eine Soap, und eine ziemlich trashige obendrein. Im Grunde ist alles dabei – ein Familiendrama, eine komplizierte Liebesgeschichte und eine Protagonistin, die einen in den Wahnsinn treibt und hin und wieder für Lacher sorgt.

Als sich mein Puls allmählich beruhigt, hebe ich wieder den Kopf und starre gedankenverloren auf die verschlossenen Kabinentüren vor mir. Eigentlich dachte ich, es würde helfen, mich mitzuteilen, mit Vince konnte ich schließlich auch darüber reden. Aber diesmal hatte es einfach nur einen retraumatisierenden Effekt. In mir war dieselbe Angst wie an Silvester, nur zehnmal stärker.

Stumm wische ich mir über die Wangen und ziehe die Nase

hoch. Keine Ahnung, ob ich noch mal zurück zum Kurs gehen sollte. Ich weiß, dass ich mich nicht dafür schämen muss, was passiert ist, aber ich tue es trotzdem. Loszukreischen und heulend aus dem Seminar zu stürmen, ist nun mal verdammt unangenehm. Noch dazu haben mich diese Leute in tiefster Verletzlichkeit erlebt, ein Zustand, den ich kaum vor mir selbst zulassen kann.

Plötzlich klopft jemand an die Toilettentür. Ganz leise, ganz zaghaft, als wäre ich ein scheues Reh, dass es keinesfalls zu erschrecken gilt. Jede Wette, dass das Nafi ist, der nach mir sehen will. Wahrscheinlich schulde ich dem armen Kerl eine Entschuldigung. Er tätschelt bloß meine Schulter, und ich renne kreischend weg.

»Victoria?«

Moment mal. Das ist nicht Nafi. Das ist …

Chelsea?

Was will die denn?

»Bitte mach die Tür auf«, sagt sie leise, aber drängend.

Zögernd rappele ich mich auf und wische mir die Tränen von den Wangen. Als ich die Tür öffne, stoße ich ein abfälliges Lachen aus. Natürlich hat sie ihre Clique mitgebracht.

»Hey, Leute, was gibt's?«, frage ich heiter, und mache eine einladende Geste, um sie wie Gäste ins Klo zu bitten. Kurz stehen Chelsea, Greta und Anita unschlüssig herum, ehe sie nacheinander eintreten und sich im Dreieck vor mir aufbauen. An der Spitze natürlich Chelsea. Eigentlich sehen sich die drei überhaupt nicht ähnlich, aber sie alle tragen die Haare zu einem hohen Pferdeschwanz und haben einen goldenen Nasenring auf der rechten Seite.

»Wir … wollten nach dir sehen«, beginnt Chelsea und umklammert ihre Tasche ein wenig fester. »Wir haben mitbekommen, was im Kurs passiert ist, weil …«

»Ihr Lauscher seid?«, beende ich den Satz für sie.

Scham flackert in Chelseas Blick auf und bestätigt mir, was ich mir ohnehin schon dachte. Sie haben alles mitgehört. Boah, diese Ziegen! Dabei habe ich doch extra leise geredet. Haben die mich etwa verwanzt, als ich nicht hingesehen habe?

»Nein, wir …«

»Ihr wolltet ein persönliches Interview führen, damit ihr später dem ganzen Campus davon berichten könnt?«, rate ich weiter. »Tja, alles, was ich dazu sagen kann, ist: Fickt euch. Ihr könnt mich gern zitieren.«

Ich erwarte alles – dass sie sich über mich und meine Situation lustig machen, verspotten, verhöhnen. Ich bin sogar dafür gewappnet, dass Chelsea wirklich ein Diktiergerät aus ihrer Tasche hervorzieht, weil sie nicht anders kann, als das Leben anderer zu belauschen, zu kommentieren und zu kritisieren.

Aber womit ich niemals gerechnet hätte, ist, dass Chelsea die Arme um mich schlingen würde. Mein gesamter Körper verkrampft sich, als sie tröstend über meinen Kopf streichelt und »Es tut mir so leid« flüstert.

48. KAPITEL

Vince

Das *Coffee & Books* ist voll und stickig. Es riecht nach Kaffee und Kuchen, aber so hochkonzentriert, dass ich unwillkürlich die Nase rümpfe.

»Hey, was machst du hier?«, begrüßt mich Luke, der hinter dem Tresen gerade Milchschaum in eine halb volle Tasse Kaffee gießt. »Du arbeitest heute auch, oder? Willst du einen Kaffee zum Mitnehmen?«

»Nein, ich … also ja, ich muss gleich arbeiten gehen, aber ich wollte vorher mit dir reden.«

»Jetzt? Gerade ist schlecht.« Er weist mit dem Kinn zur Schlange, die bis zum Ausgang reicht.

Seine Kollegin Vera, die gerade Bestellungen in die Kasse tippt, murmelt ihm irgendwas zu, woraufhin er nickt und sich die Hafermilch schnappt, um sie in einen silbernen Topf zu gießen.

»Wann hast du Pause?«, frage ich und stelle mich an die Seite, um nicht den Weg zu blockieren.

»Eigentlich schon vor einer Stunde, aber heute ist einfach zu viel los.« Er stellt ein Glas auf der Getränkeausgabe ab. »Großer Latte Macchiato mit Hafermilch?«, brüllt er in die Menge. Eine Frau erhebt sich von ihrem Sitz und nimmt ihn dankend entgegen.

»Übrigens hat Tina mir endlich das Silvester-Drama verziehen«, erzählt er, während er sich um den nächsten Kaffee kümmert.

Silvester-Drama … Dass ich nicht lache.

»Du weißt schon, als alles eskaliert ist und so.« Luke grinst frech. »Sie war echt sauer, weil ich die Party nicht mehr unter Kontrolle hatte. Aber jetzt hat sie mir grünes Licht gegeben, und ich kann eine neue Veranstaltung planen. Vielleicht sogar etwas, das regelmäßig stattfindet. Irgendwas, bei dem sich die Leute einmal die Woche treffen.«

»Klingt cool.«

»Jetzt du. Geht es um Said?«

Beim Klang seines Namens zucke ich unwillkürlich zusammen. Ich hatte Luke gestern von der Begegnung berichtet, aber ausgelassen, mit wem er da war, und auch nicht erzählt, dass Said mich daraufhin bei Instagram angeschrieben hat, weil er *reden* will. Ich habe nicht geantwortet.

»Nein, es geht um etwas anderes. Aber kannst du überhaupt Kaffee kochen und gleichzeitig zuhören?«, frage ich mit einem Blick auf die wartende Kundschaft.

»Hey, unterschätz mich nicht, sonst war's das mit den Gratisgetränken!«, warnt er, woraufhin mein Mundwinkel ein klein wenig zuckt. Ich hätte nicht gedacht, dass ich es heute zu einem Lächeln bringen würde.

»Also, was ist los?«, fragt er.

Ich nehme den tiefsten Atemzug meines Lebens, dann erzähle ich es ihm. Weil ich es Maya und Sydney nicht erzählt habe, aber ganz sicher explodieren werde, wenn ich mich nicht auch jemandem anvertraue.

Ich lasse nichts aus, erzähle alles – von ihrer Belästigung, wie ich sie gefunden und nach Hause gefahren habe, bis hin zu ihren aktuellen Angstzuständen. Es fühlt sich so falsch an, die Worte laut auszusprechen. Und gleichzeitig ist es, als würde ich mit jedem Satz, der meinen Mund verlässt, etwas freier atmen können. Denn obwohl es in dieser Geschichte nicht um mich geht, wird mir erst jetzt so richtig klar, wie sie auch mich traumatisiert hat.

Luke sieht mich nicht an, während er meinen Worten lauscht, aber sein Mund ist vor Schreck halb geöffnet. Auch Vera scheint zuzuhören, das verraten mir ihr stoischer Blick auf die Kasse und ihre lahme Reaktionsfähigkeit. Ein Gast muss sogar dreimal seine Bestellung wiederholen, weil sie mir zuhört statt ihm. Es ist unangenehm, dass sie das alles auch mitbekommt, dabei rede ich absichtlich schon extrem leise.

Als ich ende, betrachtet mich Luke eine Weile schweigend. Erst ein sich räuspernder Kunde befreit ihn aus seiner Starre.

»Ich weiß nicht, was ich sagen soll«, meint Luke daraufhin, und wischt sich die Hände an der Schürze ab. »Das ist einfach nur krass. Und sie hat es wirklich niemandem erzählt?«

»Nein. Vermutlich hätte sie es auch mir nicht gesagt, wenn ich nicht quasi dabei gewesen wäre.« Mit den Fingern klopfe ich nervös gegen den Tresen. »Ich hätte es vorhin fast Maya erzählt.«

Luke reißt die Augen auf. »Auf keinen Fall, Alter! Das wäre voll der Vertrauensbruch!«

»Ich weiß. Ich habe es ja auch nicht getan«, sage ich schnell. »Aber ich war wirklich kurz davor.«

»Trotzdem – egal, wie gut du es meinst, wie sie damit umgeht, ist ihre Sache.«

»Du klingst schon wie Linh«, seufze ich, dennoch dankbar, dass er mir zustimmt, dass ich ihren Freundinnen nichts erzählt habe.

Aber warum fühle ich mich dann trotzdem wie das größte Arschloch?

»Du bist kein Arschloch, wenn du ihre Wünsche respektierst«, klinkt Vera sich plötzlich in die Unterhaltung ein.

Oh. Habe ich das letzte etwa laut gedacht? Und Moment mal …

»Hast du alles mitgehört?«

Vera antwortet nicht, starrt mich einfach nur schweigend an.

»Aber ihre Freundinnen sind ihr am wichtigsten«, halte ich dagegen und drücke mir die Handballen auf meine Augen, wieder kurz vorm Heulen. »Und ich will nicht der Arsch sein, der es von Anfang an wusste, aber nichts getan hat, obwohl ihm klar war, dass sie Hilfe braucht.«

Lukes Ausdruck verhärtet sich. »Du bist nicht schuld«, sagt er langsam. »Manchmal passieren schlimme Dinge, aber das Schlimmste, was man machen kann, ist sich selbst …«

»Schon gut, ich weiß, worauf du anspielst«, halte ich ihn auf und seufze müde. »Darum geht es gar nicht.«

»Und worum dann?«

»Um Vicky. Ich will, dass sie sich besser fühlt. Sicher. Und ja, es klingt bevormundend, aber ich glaube wirklich, dass es das wird, wenn sie damit nicht mehr alleine ist.«

»Das glaube ich auch«, stimmt Luke mir zu, und sein Ausdruck verändert sich. »Sydney ist echt fertig seit dem Streit. Sie hat gesagt, dass die drei sich eigentlich alles erzählen und noch nie einen so seltsamen Streit hatten. Und doch«, rudert er zurück, »ist es Vickys Entscheidung, wie sie mit dieser Sache umgeht. Ich habe dich auch nie dafür verurteilt, dass du nicht über A… ü-über diese Sache reden wolltest«, rettet er sich schnell.

Ertappt wende ich mich ab. Er hat recht. Ich rede nicht darüber. Ich kann das, was passiert ist, auch nach Jahren nicht begreifen, kann mit niemandem sprechen, und erwarte jetzt, dass Vicky es tut?

»Hier.« Luke reicht mir einen Schokomuffin. Wenn ihm die Worte fehlen, setzt er für gewöhnlich auf kleine Gesten.

»Danke«, sage ich, lege das Küchlein jedoch vorerst zur Seite, weil ich gerade nichts runterbekomme.

»Hey, Luke«, ruft Vera.

Mein bester Freund neigt den Kopf in ihre Richtung. »Ja?«

Sie zögert einen Moment. Als sie schließlich zum Sprechen ansetzt, richtet sie ihre braunen Augen erst auf ihn, dann auf mich. »Ich glaube, ich habe eine Idee, was unsere nächste Veranstaltung im *Coffee & Books* sein könnte.«

49. KAPITEL

Vicky

Wenn mir jemand gesagt hätte, dass ich jemals mit Chelsea, Anita und Greta die Uni schwänzen und den Tag stattdessen in einem überteuerten Zehlendorfer Café verbringen würde, ich hätte ihn oder sie ausgelacht. *Wozu?*, hätte ich gefragt und dabei ein müdes Lächeln von mir gegeben. Wir hassen uns, besser gesagt hassen sie mich. Das wäre doch verschwendete Lebenszeit.

Dachte ich jedenfalls.

Nun sitzen wir schon seit Stunden an dem weißen, verschnörkelten Tisch und reden. Weil das Gespräch, das wir führen, viel wichtiger war als ein Kurs.

»Wahrscheinlich kennt das jede Frau«, sagt Greta, während sie an ihrem dritten Caramel Macchiato nippt. »Das unwohle Gefühl, nachts auf dem Heimweg. Die Panik, wenn plötzlich jemand hinter einem herläuft.«

Wir anderen nicken zustimmend.

»Obwohl ich kein schreckhaftes Mädchen bin, habe ich ständig Angst, dass etwas passieren könnte«, wirft Anita ein und lehnt sich gegen das blumengemusterte Polster der Sitzbank. »Angst vor …« Sie senkt den Kopf und macht eine »Ihr wisst schon«-Geste.

»Ach, kommt schon. Nennen wir das Kind doch beim Namen.« Chelsea lehnt sich ebenfalls zurück und zupft sich einen

Fussel von der Bluse. »Wir haben Angst, dass ein Typ in einer dunklen Ecke lauert und uns etwas antut. Dass er uns überfällt und *vergewaltigt.*«

Schockiert öffne ich den Mund. Wir sind hier mitten in einem überfüllten Café und Chelsea sagt das V-Wort, als käme es Wetter-Small Talk gleich.

»Hey, schaut mich nicht so an.« Chelsea hebt die Schultern. »Ihr denkt doch genauso. Oder etwa nicht?«

»Doch«, gebe ich ihr verzögert recht. »Ich mein … es ergibt ja auch Sinn. Frauen wird von klein auf eingetrichtert, dass sie immer auf sich aufpassen müssen. Besonders nachts, wenn sie allein sind. Mein Vater meinte immer, dass er Angst hat, dass mich jemand *klauen* könnte. Klauen!«, wiederhole ich fahrig. »Das ist doch absurd! Ich bin mit dem Wissen aufgewachsen, dass ich als Mensch geklaut werden könnte.«

»War bei mir ähnlich«, bemerkt Greta und trinkt den letzten Rest ihrer Latte.

»Meint ihr, Jungs haben auch solche Ängste?«, fragt Anita laut in die Runde.

»Bestimmt«, bekräftige ich. »Aber ich nehme an, es sind andere Ängste. Ausgeraubt oder verprügelt zu werden, vielleicht. Aber wahrscheinlich nicht »geklaut« oder … vergewaltigt zu werden.«

So. Jetzt habe ich es auch gesagt. Und es hinterlässt einen faden Geschmack auf meiner Zunge, der Übelkeit in mir aufsteigen lässt.

»Es war so schlimm an diesem Abend«, sage ich heiser, und kann nicht verhindern, dass mich meine Erinnerung erneut in diese Situation versetzt, umringt von einer angetrunkenen Gruppe fremder Männer. Allein und ausgeliefert. »Die Typen sahen so … normal aus. Keine gruseligen Kerle in Ledermontur, sondern eher wie welche, die gerade aus dem Schachclub kommen. Nicht, dass man es einem Menschen ansehen kann, wozu er fähig ist ... Oder ... ja, vielleicht dachte es ein Teil von mir sogar. Vielleicht dachte ich, dass ich schlau genug wäre, um erkennen zu können, wenn ich ...«

»Stopp! Wir suchen die Schuld hier nicht bei uns«, erinnert mich Chelsea streng.

Ich nicke schnell. »Absolut! Ich weiß es ja selbst. Es ist nur ...«

Gott, wie scheiße ist es, dass ich mir meine eigenen Gefühle schon wieder ausreden will? Frustriert senke ich den Kopf auf die Tischplatte. Noch nie haben sie mich so unsicher und verletzlich erlebt. Wäre ich jetzt nackt, würde ich mich vermutlich trotzdem weniger entblößt fühlen.

»Und seitdem hast du Angst draußen?«, erkundigt sich Anita vorsichtig.

»Nur im Dunkeln«, verbessere ich und schaue wieder auf. »Und vor größeren Männergruppen, die mir von der Anzahl und körperlich völlig überlegen sind. Aber im Grunde ist das alles auch nichts Neues für mich. Es ist ja nicht so, dass mir noch nie irgendwelche seltsamen Gestalten über den Weg gelaufen wären, oder man mir eindeutige Angebote hinterhergerufen hätte. Das war schon immer unangenehm und gruselig, aber diesmal war es noch viel schlimmer«, ergänze ich schauernd. »Es war so *nah*. Und nachdem wirklich fast etwas passiert wäre, ist jetzt irgendwie alles ...«

»Hey, es *ist* etwas passiert!«, unterbricht mich Chelsea so laut, dass selbst die Bedienung hinter dem Tresen verwundert zu uns herüberschaut. »Es geht nicht darum, das eine traumatische Ereignis mit dem anderen abzuwiegen. Das, was dir passiert ist, war schlimm. Dein Herz hat einen Riss bekommen. Dein Leben ist nicht mehr so, wie es einmal war. Du hast viel Angst in dir. Das ist nicht *nichts*. Das ist alles!«

Ein Sturm tobt in ihren Augen. Sie senkt den Kopf, eine Träne kullert ihre Wange entlang, und für ein paar Sekunden sind wir alle wie erstarrt. Erstarrt, weil Chelsea uns gerade etwas gebeichtet hat, ohne es offen auszusprechen.

»Willst du darüber reden?«, frage ich tonlos.

Chelsea schüttelt den Kopf, während sie die Nase geräuschvoll hochzieht und sich die Tränen aus den Augenwinkeln wischt. »Nein, passt schon. Und es ist auch nicht das, was ihr denkt«, stellt sie im nächsten Satz klar.

»Aber es ist auch nicht *nichts*«, wiederhole ich ihre vorherigen Worte, woraufhin Chelsea mir ein schwaches, aber dankbares Lächeln schenkt. Ich lächele zurück, doch meine Lippen bekommen einen Krampf, als sie nach meiner Hand greift.

Ähm, nichts gegen diese Geste, aber das ist immer noch Chelsea, die hier vor mir sitzt. Chelsea, die über mich Sachen wie *»Sie sieht aus wie eine Prostituierte, die gerade von der Arbeit kommt«* sagt und sich daraufhin ins Fäustchen lacht.

Chelsea scheint mein Unbehagen zu bemerken und zieht die Hand schnell wieder zurück. Als wäre das nicht schon peinlich genug, versinken wir zu viert in ein unangenehmes Schweigen, das mit jeder Sekunde tiefer und erdrückender wird.

»Hört mal, Leute«, sage ich und schlage beide Hände auf den Tisch. Die drei zucken zusammen, weil das Geräusch lauter war als erwartet, und scheinen offenbar zu wissen, was jetzt kommt.

O ja, jetzt wird Klartext geredet!

Unruhig rutschen sie auf ihren Stühlen hin und her und werfen sich stumme Blicke zu. Dann, plötzlich, fängt Greta in Lichtgeschwindigkeit an, ihre Sachen zusammenzupacken.

»Ich muss jetzt leider los«, murmelt sie mit einem gepressten Lächeln. »Ist schon spät. Ich mach mich dann mal auf den Weg. War nett mit euch.«

Fluchtartig verlässt sie das Café, und ich schaue ihr mit einem enttäuschten Blick hinterher. Konfrontationen sind wohl nicht so ihr Ding.

Die anderen bleiben jedoch.

»Okay«, setze ich von Neuem an, und lehne mich zurück, um die beiden besser ansehen zu können. »Ich bin nicht nachtragend, aber was ihr über mich gesagt habt, ging einfach zu weit. Ihr habt mich eine Schlampe genannt. Ihr habt über die Beziehung mit Mat gelästert und sogar meine Kleidung durch den Dreck gezogen. Das war so ziemlich Kindergarten-Niveau-Deluxe. Aber jetzt seid ihr auf einmal so nett zu mir. Ich bin euch zwar echt dankbar für eure aufbauenden Worte, aber ich verstehe nicht, warum. Ich finde das alles sehr widersprüchlich.«

Meine Worte verklingen, und zurück bleibt nur Stille. Chelsea und Anita werfen sich einen unsicheren Blick zu, und eine kurze Schrecksekunde lang glaube ich, dass sie ebenfalls ihre Sachen packen und vor einer offenen Aussprache fliehen werden.

Doch dann ergreift Chelsea unverhofft das Wort. »Na schön. Ich war wütend auf dich.« Sie atmet tief aus, als hätte sie für dieses Geständnis allen Sauerstoff der Welt gebraucht. Dann holt sie erneut tief Luft. »Du bist ständig in deinen knappen Sachen durch die Gegend stolziert, warst laut und tough, und hast immerzu irgendwelche Typen abgeschleppt.«

»Und das findest du schlimm, weil?«, frage ich, während ich den Zuckerstreuer vor mir hin und her schiebe.

»Weil …« Sie zögert. »Ich manchmal auch so sein möchte.«

Anita starrt ihre Freundin an, ich jedoch muss mir ein Grinsen verkneifen.

»Du hast also deine Unsicherheiten auf mich projiziert. Du warst neidisch«, fasse ich im ruhigen Tonfall einer Therapeutin zusammen.

Der Klassiker.

Chelsea beißt sich auf die Unterlippe, dabei bleibt ein wenig Lippenstift an ihren Zähnen haften. »Vielleicht. Aber es ging eigentlich nicht gegen dich als Person, glaub ich.«

»Mhm.« Ich nicke, noch immer ganz im Therapeutenmodus. »Und was ist mit dir?«, wende ich mich Anita zu. »Warum hast du mich so gehasst?«

Diese ringt mit sich und schüttelt nachdenklich den Kopf, als würde sie dadurch ihre Gedanken herausschütteln können. »Ich stehe auf Mat!«, platzt es schließlich aus ihr heraus, und ich weiß nicht, ob ich weinen oder lachen soll.

»Du bist also sauer, weil ich etwas mit ihm hatte?«

»Nicht direkt deshalb, sondern eher, weil du nichts Ernstes von ihm wolltest. Jeder wusste, wie sehr Mat dich mochte, aber du hast ihn wie einen geschmacklosen Kaugummi ausgespuckt. Und so springst du immer mit den Typen um. Du willst nie etwas Festes und brichst ihre Herzen. Und ja, ich finde es nun mal eklig, wenn Frauen wie du mit so vielen unterschiedlichen Typen Sex haben.«

Frauen wie ich …

Hach, ich liebe diese Menschen, die ein paar deiner Instagram Storys anschauen und glauben, dich vollends durchschaut zu haben.

»Interessant«, bemerke ich trocken. »Aber lass mich ein paar Dinge klarstellen.« Ich richte mich auf und schlage die Beine übereinander. »Erstens habe ich Mat weder benutzt noch ausgespuckt. Ich hatte Sex mit ihm, und es war von Anfang an unverbindlich – was ich schon vorher deutlich gemacht habe. Danach ist jeder seiner Wege gegangen.« Das ganze *»Wubba lubba dub dub«*-Drama und was noch alles folgte, verschweige ich ihnen allerdings.

»Zweitens ist das, was du hier beschreibst, schlimmstes

Slutshaming. Du musst nicht toll finden, dass ich nicht nur mit einem einzigen Typen in meinem Leben Sex hatte, aber du solltest akzeptieren, dass nicht jeder eine feste Beziehung mit seinem Seelenverwandten sucht. Außerdem«, wende ich mich wieder Anita zu, »stimmt es gar nicht, dass ich nie etwas Festes will. Um ehrlich zu sein, finde ich es sogar ziemlich anmaßend, dass du das einfach so behauptest, ohne die Wahrheit zu kennen. Es stimmt zwar, dass ich gern unverbindlichen Sex habe – und auch das sollte akzeptiert werden –, aber ich bin nicht gegen feste Beziehungen oder so. Tatsächlich habe ich momentan sogar einen Freund.«

Die Worte verlassen meinen Mund, bevor ich sie überdenken kann. Wow, Moment. Habe ich das gerade wirklich gesagt? Vince – mein Freund?

Meine Wangen fangen an zu brennen.

»Es ist noch ganz frisch«, setze ich schnell hinterher.

»Oh, mein Gott! Wie heißt er?«, erkundigt sich Anita und hat ein entzücktes »Darf ich deine Brautjunger sein«-Gesicht aufgesetzt.

»Er heißt jedenfalls nicht Mat«, sage ich ausweichend und wechsele damit galant das Thema. »Du hast also freie Bahn.«

Ihre Ohren werden rot. »Ach, wer weiß, ob er mich überhaupt auch mag«, stammelt Anita verlegen.

»Das findest du nur heraus, wenn du die Initiative ergreifst. Aber für den Fall, dass er etwas von jemand anderem will, rate ich dir, deine Zurückweisung weder an ihm noch an der jeweiligen Person auszulassen.«

Anita nickt reumütig. »Tut mir leid.«

»Mir auch«, sagt Chelsea und will schon wieder nach meiner Hand greifen, als sie es sich im letzten Moment anders überlegt. »Um ehrlich zu sein, habe ich bis zum heutigen Tag nie daran gedacht, dass auch du deine Sorgen und Ängste hast. Du wirkst immer so tough und selbstbewusst – als ob dir niemals jemand etwas anhaben könnte, und wenn doch, er oder sie es bereuen würde. Du bist schließlich Vicky. *Die* Vicky!«

Ich weiß nicht, ob ihre Worte als Kompliment gemeint sind, aber *die* Vicky hat gerade einen dicken Kloß im Hals, weil ihr Gegenüber zugegeben hat, dass sie sie für einen gefühllosen Stein gehalten und ihr damit indirekt ihre Menschlichkeit abgesprochen hat.

Doch auch wenn ich sonst mit einer großen Portion Selbstsicherheit gesegnet bin, kann ich trotzdem ängstlich und unsicher sein. Eine starke Frau und eine verletzte Seele. Das ist nicht unlogisch, sondern menschlich. Denn ebendas macht unsere Persönlichkeiten so wertvoll, und ihre Vielschichtigkeit kann nicht in Schwarz oder Weiß unterteilt werden.

»Ich hoffe, das war nicht blöd?«, erkundigt sich Chelsea vorsichtig, nachdem ich eine ganze Weile geschwiegen habe.

»Nein, schon gut«, winke ich ab, in erster Linie dankbar, dass wir endlich ehrlich miteinander sprechen. Keine Ahnung, ob wir jemals so etwas wie Freundinnen werden, aber ich bin fast sicher, dass die Ära der Anfeindung vorbei ist.

Nach unserem Klärungsgespräch bleiben wir im Café sitzen und reden hauptsächlich über die Uni. Zu meiner Verwunderung ist es echt cool. Vor mir sitzen zwei Archäologie-Geeks, die dieselbe Sprache sprechen wie ich. Wir unterhalten uns über die Kurse, über Dozierende, über Wunschpraktika, Themen für die Masterarbeit und wie wir uns unsere Zukunft nach dem Studium vorstellen.

Dann schließt das Café, und es wird Zeit zu gehen. Nach Hause.

In der Dunkelheit.

Bis jetzt konnte ich den Gedanken an die Rückfahrt erfolgreich verdrängen, doch nun, während ich auf den Ausgang zusteuere, tritt die Angst erneut in den Vordergrund. Das Gespräch heute war wohltuend, aber es hat meine Panik nicht auf wundersame Weise verschwinden lassen. Das Problem ist, dass ich absolut kein Geld mehr habe, um mir wieder ein Uber zu rufen. Nicht umsonst habe ich mir nur einen Espresso bestellt, weil er das billigste Getränk auf der Karte war.

An der Tür komme ich abrupt zum Stehen und schaffe es nicht, den nächsten Schritt nach draußen zu setzen. Vom Café aus sehe ich eine Gruppe von vier rauchenden Männern, die die U-Bahn ansteuern. Bestimmt haben sie nichts Böses im Sinn und wollen genau wie ich einfach nur nach Hause. Vielleicht sind sie die liebsten Menschen auf der Welt, aber gerade macht es keinen Unterschied. Die *Angst* macht keinen Unterschied.

Ich spüre meinen Herzschlag durch meinen gesamten Körper pulsieren. Zitternd warnt er mich, will mich mit seinen festen Donnerschlägen davon abhalten weiterzulaufen, nur um mich zu schützen. Aber wie soll ich dann nach Hause kommen?

Ich will nicht Vince anrufen, auch wenn mir anscheinend keine andere Wahl bleibt. Aber vielleicht doch? Vielleicht frage ich Mama, ob sie mir diesen Monat finanziell etwas unter die Arme greifen kann. Irgendwie fällt es mir leichter, Hilfe von Frauen zu akzeptieren als von Männern. Außerdem ist das meine Mutter. Von ihr kann ich ja wohl Geld annehmen, ohne mich schuldig zu fühlen.

Damit kommst du heute nach Hause, aber was ist morgen? Und was ist im nächsten Monat?, fragt meine innere Stimme mit erhobenen Augenbrauen.

Ja, was ist nächsten Monat? Diese Ausweichtaktik wird nicht ewig funktionieren. Aber vielleicht wird es mir bis dahin besser gehen. Abgesehen davon habe ich nicht genügend Kraft, um weiterzudenken. Jetzt geht es erst mal darum, ohne Panikattacken nach Hause zu kommen.

Aber davon wird die Angst auch nicht schwinden, säuselt meine besserwisserische innere Stimme wieder.

Meine Fresse, oder ich fahre einfach mit meinem Ticket nach Hause und spare mir das ganze Geld. Wer weiß, vielleicht ist nur der erste Schritt der schwierigste. Die ersten Schritte in Richtung Dunkelheit. Durch die nächtlichen, verlassenen Straßen, in denen nie irgendjemand ist, weil kein Arsch in Dahlem Dorf wohnt.

O Gott. Ich muss da jetzt durch, aber ich weiß nicht, wie. Gequält schließe ich die Augen und würde mich am liebsten nach Hause beamen. Warum gibt es so was noch nicht, verdammte Scheiße? Ich würde meine Seele sogar an Luzifer persönlich verkaufen, nur, um diesen Skill zu bekommen.

»Hey, willst du, dass wir dich nach Hause begleiten?«, fragt mich Chelsea plötzlich von der Seite, und ich öffne wieder die Augen. Ihr Blick ist lächelnd und verständnisvoll, als wüsste sie ganz genau, dass ich gerade versuche, Kontakt zu Satan aufzunehmen. Auch Anita lächelt, und in ihren Augen lese ich: »Wenn du nicht allein bist, ist es vielleicht weniger schlimm.«

Sie wollen mich begleiten. Weil sie wissen, wie viel Angst und Verletzlichkeit in mir tobt.

In diesem Moment spüre ich eine so große Welle der Dankbarkeit, dass ich den beiden am liebsten um den Hals fallen würde. Wer weiß, denke ich mit einem Anflug prickelnder Hoffnung. Vielleicht werden wir eines Tages doch noch so etwas wie Freundinnen.

50. KAPITEL

Vicky

Anita und Chelsea begleiten mich bis zur Haustür. Der Höflichkeit halber bitte ich sie herein, bin aber trotzdem froh, als beide ablehnen. Der Tag mit ihnen war schön, aber auch überfordernd. Ich sehne mich nach tiefer Stille und Ruhe auf meinem Balkon. Zum Abschied nehme ich beide lange in den Arm und gebe ihnen wortlos zu verstehen, wie dankbar ich ihnen bin. Das gilt auch für Greta. Sie hat sich zwar rar gemacht, weil sie meinem Anschiss entkommen wollte, aber davor hat auch sie die Uni sausen lassen, um für mich da zu sein. Das werde ich keiner von ihnen je vergessen.

Als ich die Wohnungstür öffne, brennt Licht im Flur, und aus dem Wohnzimmer dringen Fernsehgeräusche. Mit einem stechenden Gefühl im Bauch wird mir klar, dass ich mir insgeheim eine verlassene Wohnung gewünscht habe. Ich liebe meine besten Freundinnen, aber ich habe keine Kraft mehr zum Streiten.

Doch vielleicht ist es nun an der Zeit, auch mit ihnen zu reden. Dann werden wir hoffentlich wieder zum Frieden zurückkehren.

Ob ich es wagen sollte?, überlege ich, während ich Mayas Skateboard zur Seite schiebe und die schwere Tasche von meiner steifen Schulter wuchte.

Schritte trotten in meine Richtung. Ich hebe den Kopf und

sehe Sydney und Maya im Türrahmen stehen. Beide sind bereits in ihre Schlafsachen geschlüpft. Maya trägt zwei Zöpfe, die ziemlich ungleichmäßig aussehen. Sie hat bei so was einfach zwei linke Hände, deshalb flechte ich ihr normalerweise immer die Haare. Vermutlich hat das diesmal Sydney übernommen, die zwar wunderschöne symmetrische Hefezöpfe formen kann, aber deren Talent bei Mayas Haaren irgendwie versagt. Trauer bohrt sich durch meine Rippen und findet zielgenau mein Herz. Das ist alles ganz falsch. Die Welt steht völlig kopf. Wir sollten nicht zerstritten sein. *Ich* hätte Mayas Haare frisieren sollen.

»Hey«, sage ich mit belegter Stimme.

»Hey«, erwidern beide, und ich verbuche es als kleinen Erfolg, dass sie nicht wütend klingen. Trotzdem will ich wissen, ob ich mit meiner Einschätzung richtigliege.

»Sind wir noch sauer aufeinander?«, taste ich mich vorsichtig weiter.

Die beiden schütteln den Kopf. »Ich hoffe nicht«, fügt Maya kleinlaut hinzu und spielt mit einem ihrer schiefen Zöpfe.

»Okay, gut.« Erleichtert atme ich aus. »Ich … ich muss euch nämlich etwas erzählen. Und es fällt mir wirklich alles andere als leicht, aber ich glaube, ihr solltet es trotzdem wissen.«

Fünf Minuten später sitzen wir unter einer Decke eingekuschelt im Wohnzimmer. Ich brauche nicht lang, um den beiden zu berichten, was in der Silvesternacht geschehen ist, und nachdem ich heute bereits Nafi und dem *Girlsclub* davon erzählt habe, kommen mir die Worte erstaunlich leicht über die Lippen.

Sydney und Maya sagen kein Wort, hören nur schweigend zu, aber ihre entsetzten Blicke sprechen Bände. Damit haben sie wohl nicht mal im Ansatz gerechnet.

»Warum hast du uns nichts gesagt?«, fragt Sydney, nachdem ich geendet habe.

»Weil ich nicht konnte«, antworte ich, während ich das Sofakissen umschlinge. »Am Anfang war es zu frisch und schmerzhaft. Ich wollte diese Nacht einfach nur aus meinem Gedächtnis streichen. Aber leider hat das nicht so funktioniert, wie ich dachte, was mir eigentlich hätte klar sein müssen, denn wann hat es schon jemals geholfen, etwas zu verdrängen?« Ich schnaube über meine eigene Naivität. »Und dann hatte ich den genialen Einfall, meiner Familie davon zu erzählen, deren Reaktion allerdings so schlimm war, dass es mir vorerst mit dem Beichten gereicht hat. Ihr wisst schon, der ganze ›Was hattest du an?‹-Scheiß. Natürlich weiß ich, dass ihr niemals so denken würdet«, schiebe ich hinterher, als ich spüre, wie sich Maya neben mir versteift. »Selbst wenn ihr es versuchen würdet, könntet ihr nicht so unsensibel sein wie sie.«

»Und trotzdem hast du nichts gesagt«, stellt Sydney fest und zupft nachdenklich an ihren Flauschsocken.

»Ja, weil …« Okay, einfach wie ein Pflaster abreißen. »Weil ich Angst davor hatte, dass ihr meine Gefühle nicht ernst nehmen würdet.«

Sydney sperrt den Mund weit auf. »Warum um Himmels willen sollten wir das tun?«

»Weil ich noch glimpflich davongekommen bin. Weil ich weglaufen konnte, und das Schlimmste, das mir passiert ist, irgendein Bubi war, der mich festgehalten hat. Das war furchtbar, ja, aber es hätte auch noch übler ausgehen können.«

»Aber Vick, das ist doch kein Wettbewerb. Es ist gut, dass nicht noch mehr passiert ist, aber es ist trotzdem *etwas* passiert«, sagt Maya und wiederholt damit Chelseas Worte. Keine Ahnung, wie oft ich es noch hören muss, bis ich es endlich vollkommen glauben kann.

»Fakt ist, dass das Machtverhältnis ungleich war«, redet Maya weiter und kneift die Augen wütend zusammen. »Die Typen waren dir körperlich überlegen, haben dich bedroht, dich angefasst und dir gezeigt, dass du keine Chance hattest. Sie haben Grenzen überschritten!«

Ihre Worte detonieren in meiner Brust wie eine Bombe. Schweigend halte ich den Kopf gesenkt, versuche der Erkenntnis auszuweichen, die mich wie eine Ohrfeige trifft.

»Ich hoffe, das war jetzt nicht zu direkt?«, erkundigt sich Maya vorsichtig.

»Nein, überhaupt nicht«, winke ich ab. »Aber ich glaube, mir wird gerade zum ersten Mal selbst so richtig bewusst, dass meine Reaktion nicht falsch oder übertrieben war.«

»Welche Reaktion?«, fragt Sydney sanft.

Ich hole tief Luft. »Meine Angst.«

Sydney stutzt. »Natürlich ist sie das nicht. Angst ist ein Gefühl, sie kann gar nicht falsch oder übertrieben sein. Gefühle sind immer richtig. Und wenn dein Körper mit Angst reagiert, dann doch nur, weil er versucht, dich vor einem weiteren Trauma zu schützen.«

»Deshalb hast du dich nicht getraut, mit uns zu reden?«, fasst Maya fragend zusammen. »Weil du deine Ängste *übertrieben* fandest?«

»Ja. Und … vielleicht habe ich mich auch ein klitzekleines bisschen geschämt …«, presse ich hervor.

»Geschämt? Vor uns?«, japst Maya.

Ich nicke dumpf und schaffe es nicht, ihnen in die Augen zu sehen. »Manchmal habe ich das Gefühl, dass ihr in mir immer nur die starke und toughe Feministin seht. Die, die sich von niemandem unterkriegen lässt und jeden Typen, der es wagt, sie ungefragt anzurühren, augenblicklich zum Mond schießt.«

»Vick …«, beginnt Sydney.

»Aber ich bin ein Mensch mit Gefühlen«, unterbreche ich sie heiser. »Ich bin keine Maschine. Egal, wie selbstbewusst und vorlaut ich mich gebe, auch mich kann man brechen.«

Die beiden schlingen ihre Arme um mich, und das ist der Moment, in dem meine emotionale Mauer erst ins Bröckeln gerät und schließlich zusammenbricht. Von ihnen gehalten zu werden, von ihnen geliebt und unterstützt zu werden, bedeutet mir so viel, dass sich die Tränendrüsen augenblicklich aktivieren und wie auf Knopfdruck losschießen. Ich lasse alles raus, meine Trauer, meine Angst, meine Verzweiflung.

Sydney und Maya müssen ebenfalls weinen, und auch wenn es seltsam klingt, tut es irgendwie gut, diesen Schmerz nicht allein zu fühlen. Es tut gut, dass sie mit mir weinen. Diese Reaktion habe ich mir von meiner Mutter gewünscht. Dass sie in Tränen ausbrechen würde, weil jemand ihrem Baby zu nahe gekommen ist, und nicht, dass sie Kuchen isst und mir rät, beim nächsten Mal einfach nicht alleine nach Hause zu laufen.

Das ist nicht die Lösung, Mama!, schnauze ich sie in Gedanken an. Nicht ich war schuld, sondern die Gesellschaft, die Menschen – in diesem Fall Männer –, die Grenzen überschreiten, ohne Konsequenzen davonkommen lässt. Das strukturelle Problem wird nicht verschwinden, indem die Frauen sich weiterhin unterdrücken lassen.

»Tut mir so leid wegen dem Spruch mit dem Vibrator«, sagt Sydney und drückt mich schluchzend an sich. »Wir haben deine Gefühle einfach übergangen, und dich zu Sex und Selbstliebe motiviert.«

»Mir tut es auch leid«, sagt Maya mit geröteten Augen und schließt sie gequält, wobei kleine Tränen ihre Wangen hinunterkullern. »Nachdem ich weiß, was passiert ist, komme ich mir so unfassbar gemein vor. Die ganze Zeit dachte ich, dass es an

Vince liegt und du dir deine Gefühle nur nicht eingestehen willst. Das war so … Gott, ich habe dich regelrecht bedrängt, mit der Sprache rauszurücken, weil ich dachte, dass ich es besser weiß.«

»Du hast ja gespürt, dass etwas los war«, wende ich versöhnlich ein und hebe ihr Gesicht an, um ihr in die Augen sehen zu können.

»Trotzdem tut es mir leid«, murmelt sie schniefend. »Die Sache mit Vince, aber auch, was ich gesagt habe, um dich aufzumuntern. Nach allem, was dir passiert ist, ist Sex vermutlich das Letzte, woran du denkst.«

»Da ist leider was dran«, gebe ich ihr recht. »Ich glaube, ich habe meine Libido verloren. Ich habe keinen Bock mehr aufs Vögeln, ist das zu fassen?« Es soll eigentlich lustig klingen, aber gegen Ende bricht meine Stimme und straft meine Worte Lügen.

»Das kommt bestimmt alles wieder«, versichert Sydney zuversichtlich.

»Hoffentlich. Aber komischerweise habe ich kein Problem mit körperlichen Berührungen«, sage ich, und hake mich demonstrativ bei beiden unter. »Ich konnte Vince küssen und die ganze Nacht in seinen Armen liegen, ohne dass ich Panik hatte. Da war zwar keine wirkliche Erregung, aber auch keine Angst. Nur draußen im Dunkeln kriege ich Schiss. Das ist doch irgendwie schräg, oder?«

»Ich glaub, jeder reagiert anders auf so was«, meint Sydney nachdenklich. »Einige können nach einem solchen Vorfall keine Berührungen mehr ertragen, andere schon. Einige haben Angst im Dunkeln, andere nicht. Vielleicht kommen einige sogar ohne seelische Wunden davon, vielleicht kommen sie aber auch erst viel später zum Vorschein.«

»Außerdem ist es völlig normal, dass die Libido hin und

wieder blockiert ist«, fügt Maya hinzu. »Es kann vom Stress sein, oder Hormonschwankungen, oder auch von … ja, Erlebnissen, die Körper und Geist erst mal verarbeiten müssen.«

Staunend betrachte ich meine Freundinnen von der Seite, nicht wissend, was ich noch hinzufügen soll, weil sie es so gut auf den Punkt gebracht haben.

»Ihr habt völlig recht«, stimme ich ihnen zu. »Ich muss meine Angst nicht verstehen. Trotzdem hat sie ihre Berechtigung … Und was die Lust auf Sex angeht … ich hoffe einfach, dass sie sich irgendwann mal wieder blicken lässt.«

»Hoffe ich auch. Und, äh, noch mal zurück zu Vince …«, sagt Sydney mit einem schelmischen Grinsen, so breit und geschwungen wie ein Sichelmond.

Und mit einem Mal schwenkt die gedrückte Stimmung in Aufregung über. Warum habe ich das dringende Bedürfnis, meinen Kopf in einem Kissen zu vergraben?

»Ihr seid also wirklich …«, beginnt Maya, aber ich falle ihr schnell ins Wort.

»Ja, ich glaube schon. Aber ich kann gerade nicht über ihn reden. Nach all den aufbrausenden Gesprächen heute schaffe ich dieses nicht auch noch.«

»Okay, klar«, meint Maya schnell und lächelt verständnisvoll.

»Aber vielleicht später«, verspreche ich vage, woraufhin sich angenehmes Schweigen über den Raum senkt. Ich atme tief durch und versuche die Unterhaltung sacken zu lassen, aber vermutlich werde ich den restlichen Abend meditieren müssen, um nach diesem aufwühlenden Tag endlich zur Ruhe zu kommen.

»Ähm, Leute, ich habe gerade eine komische Nachricht von Vera bekommen«, sagt Sydney mit einem verdutzten Blick auf ihr Handy.

»Deine Kollegin? Ich dachte immer, dass ihr nicht viel miteinander zu tun habt«, werfe ich überrascht ein.

»Haben wir auch nicht. Ich wusste nicht einmal, dass sie meine Nummer hat.«

»Was schreibt sie?«, fragt Maya und versucht über meine Schulter hinweg auf Sydneys Handy zu schielen. Aber Sydney schwärzt den Bildschirm und legt das Handy zur Seite. Dann wendet sie sich uns zu und spielt nervös mit ihren Fingern.

»Ich weiß nicht, ob ich euch davon erzählt hatte, aber Luke will schon seit Längerem seine erste regelmäßige Veranstaltung im Café planen. Vera soll wohl den ersten Termin leiten, und es wird ein …« Sie macht eine bedeutungsvolle Pause, und ich weiß nicht, ob sie damit die Spannung aufbauen will, oder selbst Zeit braucht, um die Information sacken zu lassen. »Ein … Selbstverteidigungskurs für Frauen. Und …« Sydney schaut erst mich, dann Maya, und dann wieder mich an. »Sie lädt uns alle drei ein mitzumachen.«

Ein *Selbstverteidigungskurs*. Für uns *alle drei*. Vera kommt ausgerechnet heute auf die Idee, einen Kurs anzubieten, in dem Frauen lernen sollen, sich zur Wehr zu setzen? Das kommt mir wie ein äußerst seltsamer Zufall vor. Kaum jemand weiß, was mir passiert ist. Nur Nafi, der *Girlsclub* und jetzt auch Maya und Syd.

Und Vince. Der zufälligerweise auch Vera kennt. Aber wie kann das sein?

Stirnrunzelnd zücke ich mein Handy, ignoriere die vielen Mitteilungen, die mich über den Tag erreicht haben, und scrolle zu dem Chat mit Vince. Auch er hat mir geschrieben, vor Stunden schon.

Vince: Vicky, ich habe es Luke erzählt. Es tut mir so leid, aber mich hat die Geschichte selbst so mitgenommen, dass ich, nachdem was heute zwischen dir und Maya war, einfach mit jemandem reden musste. Das Problem ist, dass Vera das auch mitbekommen hat, und jetzt will sie einen Kurs oder so auf die Beine stellen. Ich habe es nicht richtig verstanden, aber es war nicht meine Idee, ehrlich! Ich wollte überhaupt nicht, dass sie das mitbekommt, und eigentlich hätte ich es auch nicht Luke erzählen dürfen! Und wo wir schon dabei sind, meine Schwester Linh weiß es auch. Scheiße! Ich habe dein Vertrauen missbraucht. Es tut mir so leid, Vicky. Bitte hass mich nicht. :(

Seine Worte punktieren mir die Brust. *O, Vince.* Wenn ich gewusst hätte, dass mein Leid dir so nahegeht, hätte ich niemals von dir erwartet, dass du es nur für dich behältst.

Keine Sekunde lang habe ich darüber nachgedacht, was diese Geheimnistuerei mit ihm machen könnte. Er war zwar immer so erpicht darauf, dass ich mit ihm rede, aber das bedeutet nicht, dass meine Worte nicht trotzdem etwas in ihm ausgelöst haben.

Schnell schreibe ich ihm.

Ich: Ich bin nicht sauer.

Seine Antwort folgt fast augenblicklich. Als ob er bis gerade eben die ganze Zeit auf sein Handy gestarrt und auf meine Rückmeldung gewartet hätte.

Vince: Im Ernst???

Ich: Ja.

Vince: Du bist nicht sauer?

Ich: Ich bin nicht sauer.

Vince schreibt, dann löscht er die Nachricht, beginnt eine Sprachaufzeichnung und bricht diese ebenfalls ab. Dann schreibt er wieder, und ich will gerade das Handy zur Seite legen, als er die Nachricht schließlich abschickt.

Vince: Kann ich zu dir kommen?

51. KAPITEL

Vince

»Ich habe dich vermisst«, sage ich, als ich mich zu ihr ins Bett kuschele. Es ist dunkel im Raum, die Vorhänge ihres Himmelbetts sind zugezogen. Lediglich die Lichterketten aus dem Balkon spenden ein schwaches Licht.

»Ich dich auch.« Das Bettgestell gibt ein leises Quietschen von sich, als sie ihre Beine um meine schlingt und ihren Kopf an meine Brust drückt.

»Bist du wirklich nicht böse?«, frage ich vorsichtig.

»Nein.«

Erleichtert atme ich aus und vergrabe meinen Kopf in ihrem Haar. »Ich hatte echt Schiss. Als du so lange nicht geantwortet hast, dachte ich, das war's jetzt.«

»Das war's aber nicht«, flüstert sie und streichelt mir sanft über den Rücken.

»Tut mir leid, dass ich mit anderen darüber gesprochen habe«, sage ich wieder. »Das stand mir überhaupt nicht zu.«

Vicky legt den Kopf ein Stück zurück und schenkt mir ein trauriges Lächeln. »Und mir tut es leid, dass dich meine Geschichte auch belastet hat.«

Hat sie gar nicht, will ich automatisch sagen, doch ich schließe den Mund wieder, weil ich nicht lügen will. Stattdessen beuge ich mich vor, streife ihre Nasenspitze leicht mit meiner und küsse sie. Erst sanft und behutsam, doch dann überrollt mich die angestaute Sehnsucht, und mein Druck wird fester. Der Wunsch, sie auf mich zu ziehen und ihr Gewicht auf mir zu spüren, wird so übermächtig, dass ich mich schnell wieder von ihr löse. Ich will Vicky nicht drängen. Sie soll über das Tempo bestimmen. Und Vicky protestiert nicht, was mir umso mehr zeigt, dass es richtig ist, jetzt aufzuhören. Das ist okay. Schließlich sind wir uns gerade trotzdem nah. Nicht nur unsere Körper halten sich im Arm, unsere Seelen tun es irgendwie auch – und ja, ich weiß, wie absurd und esoterisch das klingt. Trotzdem fühlt es sich so an. Als wäre da dieses *Etwas* in ihr und mir, das sich zusammengeschlossen hat. So nah habe ich mich glaub ich noch nie einem Menschen gefühlt. Es macht mir fast ein bisschen Angst.

»Vicky?«, sage ich leise.

»Ja?«

Ich schließe die Augen und hole tief Luft. »Ich glaube, ich liebe dich.«

Unter meinem Griff spüre ich, wie sie sich kurz versteift, doch dann lockern sich ihre Muskeln und sie hebt den Kopf, sucht meinen Blick. Ihr Ausdruck ist ernst und verwirrt zugleich.

»Ich glaube, ich liebe dich auch?«

Es klingt wie eine Frage, und vielleicht ist sie das auch. Trotzdem gerät mein Herz leicht aus dem Takt, und als unsere Lippen sich diesmal treffen, geht es von ihr aus. Der Kuss ist zart und hingebungsvoll. Vicky schmiegt ihren Körper an meinen und streichelt über meinen Haaransatz am Nacken, was mich erschaudern lässt. *Intensiv*. Alles mit ihr ist so verflucht intensiv. Ob wir uns nur ansehen oder küssen, es spielt keine Rolle. Wir sind pures Gefühl, pure Energie.

Als wir uns wieder voneinander lösen, rolle ich mich auf den Rücken und spüre die Wirbel knacken. Den ganzen Tag war ich unter Strom, jetzt endlich kann sich mein Körper entspannen.

Vicky legt den Kopf auf meine Brust, und ich atme ihr zitroniges Shampoo ein. So schwer es mir normalerweise fällt einzuschlafen, kann ich jetzt die Augen kaum aufhalten. In Vickys Anwesenheit überkommt mich immer eine so tiefenentspannte Ruhe, dass ich mich einfach nur im Moment verlieren will. Vielleicht sollte ich mir noch einen Wecker stellen, für den Fall, dass ich gleich wirklich einschlafe. Ich darf nicht verpennen.

Da fällt mir ein …

»Was machst du eigentlich morgen?«, wispere ich in ihr Haar.

»Wenn du schon so fragst, dann vermutlich irgendwas mit dir.« Ihr Tonfall klingt amüsiert.

»Das hoffe ich. Hast du Lust mit zum Tết zu kommen?

»Tết?«

»Tết Nguyên Đán, das ist das Neujahrsfest in Vietnam, und im Grunde auch das einzige, das meine Familie wirklich zelebriert. Ich würde mich freuen, wenn du dich anschließt.«

Ihre Augen weiten sich. »Wirklich?«

»Klar.«

»Aber ist es nicht so ein wichtiges Fest?«, fragt sie, und ihr warmer Atem trifft angenehm auf meine Brust. »Da kommt doch bestimmt deine ganze Familie.«

Du bist auch meine Familie.

»Ist es auch. Aber meine Eltern und Linh kennst du ja schon. Und Luke ist auch dabei, falls dich das irgendwie beruhigt.«

Auch, wenn ich mir nicht vorstellen kann, dass sie wegen der vielen fremden Menschen zögert.

Vicky denkt eine Weile nach, und ich will den Vorschlag gerade wieder zurücknehmen, um sie nicht unter Druck zu setzen, als sie schließlich antwortet. »Okay.«

*

Als ich Vicky diesmal mit zu meiner Familie nehme, fühlt sich alles daran anders an. Diesmal halte ich ihre Hand. Diesmal ist sie nicht nur *eine* Freundin. Und jeder weiß das, nicht zuletzt, weil meine Eltern sich schon vor Wochen die Freiheit erlaubt haben, allen Familienmitgliedern von der geheimnisvollen Veganerin zu erzählen, die ich neulich mit zum Essen gebracht habe.

Und obwohl Vicky sofort freundlich empfangen wird und großes Lob dafür erntet, dass sie, auf meinen Vorschlag hin, auch etwas in der Glücksfarbe Rot angezogen hat, wirkt sie viel schüchterner als beim letzten Mal. Am liebsten würde ich ihr keine Sekunde von der Seite weichen, werde aber irgendwann notgedrungen in die Küche verfrachtet, um meiner Tante bei den Bánh Chưng zu helfen (und über meine neue Freundin ausgefragt zu werden). Glücklicherweise leisten Luke und Linh ihr Gesellschaft, mit denen sie sich ohnehin blendend versteht. Und schließlich taut sie auf, redet mehr, traut sich, Raum einzunehmen, und schafft es wie immer, jeden in ihren Bann zu ziehen.

Das Fest ist schön. Wir essen, reden, lachen, beten, wünschen uns ein frohes neues Jahr (Chúc mừng năm mới) und essen noch mehr. Einzig und allein unangenehm ist, dass Vicky und ich zur ungewollten Attraktion des Abends werden und für meinen Geschmack zu viele »Hochzeitswitze« gerissen werden. Aber so ist halt meine Familie. Manchmal ein bisschen too much, und doch liebe ich sie und wünsche mir keine andere.

»Das war ein richtig cooler Abend«, sagt Vicky, als wir auf dem Rückweg im Auto sitzen. Obwohl es ein Umweg war, erst Luke nach Hause zu bringen, habe ich es trotzdem gemacht, um am Ende noch ein bisschen gemeinsame Zeit mit ihr allein zu haben.

»Das freut mich sehr«, sage ich und kann die Erleichterung in meiner Stimmung kaum verbergen, weil ich bis zu diesem Moment nicht ganz sicher war, ob sie sich inmitten all der neuen Eindrücke wirklich wohlgefühlt hat.

»Und es war das zweite Neujahrsfest, das wir zusammen verbracht haben.«

»Stimmt«, stelle ich überrascht fest. Zwei Neujahrsanfänge mit Vicky. Wobei das letzte gemeinsame Fest leider zu viele Schattenmomente hatte.

»Hast du eigentlich so was wie Vorsätze fürs neue Jahr?«, fragt sie. »So was wie mehr Fitness – na gut, in deinem Fall vermutlich nicht, aber vielleicht mehr Yoga, mehr gesunde Ernährung oder so?«

Ja. Nicht ständig vor meinen Gefühlen wegrennen.

»Nicht so richtig. Aber es ist schon ein cooler Gedanke, alles Schlechte zurückzulassen, und mit der Hoffnung, dass es besser wird, ins nächste Jahr zu starten.«

Daraufhin schweigt sie, und inzwischen kenne ich sie gut genug, um zu spüren, wenn ihre Stimmung mehr an Schwere gewinnt. Mein Blick huscht zu ihr rüber. Vicky schaut aus dem Fenster, in der Spiegelung sehe ich ihr nachdenkliches Gesicht.

»Mein Jahr hat wirklich beschissen angefangen«, murmelt sie seufzend. Ihr Atem beschlägt dabei leicht die Fensterscheibe. »Ich könnte definitiv einen Neuanfang brauchen.«

Bei ihren Worten setzt sich ein tonnenschwerer Stein auf mein Herz. Wenn ich könnte, würde ich ihren Schmerz und alle schlechten Erinnerungen einfach wegradieren.

»Dann rechnen wir nach dem Mondneujahr, okay?«, schlage ich vor und greife nach ihrer kalten Hand. »Ab jetzt wird ein neues Kapitel aufgeschlagen, eines, das hoffentlich bessere Zeiten mit sich bringen wird.«

Bessere Zeiten.

Vince und Vicky.

»Okay, dann …« Ihr Lächeln kehrt zurück, und als sie den Kopf schief legt, tritt ein fragender Ausdruck in ihre Augen. »Frohes neues Jahr, schätze ich?«

Ich nicke lächelnd. »Frohes neues Jahr. Möge dieses glücklicher werden als das letzte.«

52. KAPITEL

Vicky

Ein feiger Teil von mir wollte nicht hingehen und einfach nur zu Hause bleiben. Sich lieber gemütlich aufs Sofa schwingen und ein informatives YouTube-Video reinziehen, als die eigenen sicheren Wände zu verlassen und sich wieder seinen Ängsten zu stellen.

Trotzdem bin ich jetzt hier. Weil ich tief im Herzen weiß, wie wertvoll dieser Selbstverteidigungskurs ist. Und weil ich nicht alleine bin. Meine Freundinnen sind die ganze Zeit bei mir.

Das *Coffee & Books* ist rappelvoll. Alle Tische und Stühle sind zur Seite geschoben. Der Kurs war für zwanzig Frauen vorgesehen, aber ich zähle fast dreißig. Dabei hat es nicht einmal einen öffentlichen Aushang gegeben. Das Kollegium hat im Café einfach ein bisschen rumgefragt, und viele Gäste waren sofort Feuer und Flamme. Vermutlich sollte mich das freuen, aber es verursacht mir eher Bauchkrämpfe, weil es so viele Frauen gibt, die lernen wollen, sich zu verteidigen.

Sie alle sind im Alter zwischen zwanzig und vierzig. Unter ihnen befinden sich Studierende mit einem HU- Uni Beutel, und auch welche in teuren Anzügen. Es gibt sogar eine Schwangere. Einige von ihnen wirken auf mich so selbstbewusst und tough, dass ich nie erwartet hätte, dass ausgerechnet sie einen solchen Kurs aufsuchen würden. Und doch sind wir alle hier. Weil uns irgendwas dazu getrieben hat, uns besser schützen zu wollen.

Oder irgendwer.

Der Kurs soll für die Dauer eines Monats an einem Abend pro Woche stattfinden und fünf Euro pro Stunde kosten. Vera wollte anfangs gar kein Geld annehmen, aber Tina hat darauf bestanden und entschieden, nur zwanzig Prozent der Einnahmen fürs Café einzufordern. Ich war nie gut in Mathe, kann aber trotzdem ausrechnen, dass das weder ein lukratives Geschäft für Vera noch fürs Café ist. Die beiden tun das ganz offensichtlich für uns: die Frauen, die lernen wollen, sich selbst zu verteidigen.

Auch Tina ist anwesend, und ich weiß nicht, ob sie mitmachen will oder als Inhaberin des Cafés die Veranstaltung nur beobachten möchte. Luke, der das Ganze geplant hat, ist nicht da. Lenny ist der einzige anwesende Mann und steht am Tresen, falls die Kursteilnehmerinnen sich später etwas zu essen oder trinken bestellen möchten. Während des Unterrichts wird er sich allerdings im Pausenraum aufhalten, um uns nicht zu stören.

»Stellt euch in zwei Reihen auf«, weist Vera uns an, die genau wie wir ihre übliche Alltagskleidung trägt. Irgendwie hatte ich erwartet, alle in Sportmontur zu sehen, aber Vera hatte gesagt, dass wir im Falle eines Angriffs höchstwahrscheinlich auch keine Sportkleidung tragen würden. Dennoch sind ihre schwarzen Haare zu einem strengen Dutt gebunden und die Ärmel ihres blauen Hemdes hochgekrempelt.

Wir tun wie geheißen und stellen uns auf. Glücklicherweise sind die Jalousien des Cafés runtergezogen, sodass niemand reinschauen kann. Unglücklicherweise ziehen mich Maya und Sydney ganz streberhaft in die vorderste Reihe, direkt vor Veras Nase. Diese fixiert mich wie ein Adler seine Beute. Unbehaglich trete ich von einem Bein aufs andere, weil ich vermute, dass sie diesen Kurs meinetwegen ins Leben gerufen hat. Oder vielleicht nicht direkt meinetwegen, aber mein Erlebnis ist der Grund für diesen Einfall.

»Willkommen«, sagt Vera, und klatscht laut in die Hände. Zum ersten Mal sehe ich einen entschlossenen Ausdruck in ihrer sonst so gleichgültigen Miene. Auch ihr Tonfall ist anders. Härter, schärfer.

»Ich bin Vera, siebenundzwanzig Jahre alt, und arbeite als Barista im *Coffee & Books.* Seit ich zwölf bin, trainiere ich Kampfsport. Judo und seit einigen Jahren auch Krav Maga.« Sie räuspert sich kurz und deutet dann auf unsere Gruppe. »Ihr wisst alle, warum ihr hier seid. Ihr wollt lernen, euch selbst zu verteidigen. Lernen, euch in einer gefährlichen Situation zur Wehr zu setzen und ihr zu entkommen. Bevor ich euch sämtliche Tipps und Tricks zeige, müsst ihr allerdings eines wissen: Es erfordert sehr viel Mut, sich zu verteidigen. Mut, dem Gegenüber in die Augen zu sehen und zuzuschlagen. Mut, der anderen Person wehzutun, obwohl das eigentlich nicht eure Art ist. Wenn es drauf ankommt, müsst ihr zuschlagen. Das tut ihr nicht, weil es euch Spaß macht, sondern weil ihr damit Zeit schinden könnt, um dem Angreifer zu entkommen.«

Im Raum ist es so still, dass nicht einmal Atemgeräusche zu hören sind. *Zuschlagen,* hallt es in meinem Kopf wider. Ich balle die Hände zu Fäusten, die sich mit einem Mal ganz schwach anfühlen. Ich habe noch nie jemanden geschlagen, und der Gedanke, es zu tun, fühlt sich falsch an.

»Habt also den Mut, euch zu verteidigen«, fährt Vera fort und geht in eine Angriffsstellung, die mich ans Boxen erinnert. »Und habt den Mut zuzuschlagen. Fest zuzuschlagen. Klar soweit?«

Niemand sagt ein Wort, doch wir alle nicken.

»Gut. In den nächsten Wochen werde ich euch viele Selbstverteidigungstechniken aus dem Krav Maga beibringen, aber heute fangen wir mit den Basics an. Ich zeige euch, wie ihr mit einfachen Übungen die Schwachstellen des Körpers, auch Primärstellen genannt, treffen könnt. Denn egal, wie stark euer Gegenüber ist, jeder Mensch hat besonders sensible Punkte am Körper, die er bei einem Angriff auf euch nicht schützen kann. Diese sind fast der gesamte Bereich des Kopfes.« Sie hält sich eine ausgestreckte Hand vors Gesicht und macht kreisende Bewegungen. »Augen, Nase, Mund, Ohren, Kehlkopf. Aber auch Genick, Genitalien, Hand- und Fußgelenke und vor allem die Knie. Konzentrieren wir uns zunächst aufs Gesicht. Irgendwelche Freiwilligen, die mir zur Hand gehen wollen?«

Sie schaut in die Runde, doch niemand meldet sich. Veras Blick huscht zu mir, doch ich schüttele kaum merklich den Kopf. Nein. Ich will nicht die Angreiferin spielen, und ganz bestimmt nicht das Opfer.

Nicht schon wieder.

»Okay, alles klar. Dann …« Ich glaube schon fast, dass sie irgendjemanden wahllos aus der Menge picken wird, als sie unvermittelt »Lenny?« ruft.

»Ja?«, dröhnt es verzögert aus dem Nebenraum.

»Kannst du kurz herkommen?«

Lenny öffnet die Tür und streckt seinen Kopf hindurch. »Hm?«

»Komm«, winkt Vera ihn zu sich herüber.

Lenny stutzt einen Augenblick, dann fängt er sich wieder und schlängelt sich mit einem verlegenen Lächeln an uns vorbei.

»Hi«, sagt er in die Runde und hebt leicht die Hand.

»Hi«, sagen wir alle im Chor zurück.

»Du spielst jetzt meinen Angreifer, okay?«, weist Vera ihn an.

»O-okay.« Er nickt fast schüchtern. »Was soll ich machen?«

»Greif nach meinem Unterarm.«

Lenny tut wie geheißen, fühlt sich aber sichtlich unwohl dabei. Er überragt Vera zwar um gefühlt zwei Köpfe, doch mit seinem blonden Wuschelkopf und seinem »Ich lerne heute meine Schwiegereltern kennen«-Outfit (blaue Jeans und sauberes weißes Sweatshirt), sieht er aus wie der liebste Mensch auf der Welt, der keiner Fliege etwas zuleide tun würde.

Aber so ging es mir auch mit den Leuten an Silvester. Keiner von ihnen sah bedrohlich aus.

Man kann einem Menschen nicht ansehen, wie gefährlich er ist.

»Gut, du hältst mich fest«, sagt sie und schüttelt kurz ihren Arm. »Aber ich kann jetzt das hier machen.« Sie tut so, als würde sie ihm ins Auge schlagen. »Dein Auge ist eins deiner wichtigsten Organe. Ich kann dich dort kratzen oder dir gleich einen Schlag verpassen. Du wirst reflexartig loslassen und taumeln, weil du nichts mehr siehst. In dieser Zeit kann ich abhauen. Selbst wenn du mich mit beiden Händen packst.«

Sie greift nach Lennys Händen und positioniert sie auf ihren Schultern.

Mein Mund wird ganz trocken, als die Erinnerung erneut auf mich einstürmt. Ich spüre mein Herz in meiner Brust rasen und versuche langsam durch die Nase ein- und durch den Mund auszuatmen. Wie bei der Meditation. Ein und aus. Ein und aus. Ein und aus.

Langsam beruhigt sich mein Puls wieder.

»Meine Hände sind trotzdem frei«, spricht Vera weiter. »Ich kann dir ins Auge schlagen, aber auch auf die Nase. Mit der Faust, und noch besser mit dem Handballen.« Sie demonstriert es. »Deine Augen fangen an zu tränen, und das wird mir wieder etwas Zeit verschaffen. Eine andere empfindliche Stelle ist dein Mund. Ein fester Stoß gegen den oberen Kiefer.« Sie simuliert es. »Oder gegen deinen Kehlkopf.« Sie hält ihren Handballen an seine Kehle.

Lenny schluckt, und ich tue es automatisch auch.

»Nicht zu vergessen die Ohren.« Vera tut so, als würde sie ihm mit ihren Handflächen gegen seine Ohren schellen. »Dann haut ihr ab oder ihr greift das nächste Ziel an.« Sie wiederholt die Schläge auf alle bisher gezeigten Schwachstellen so routiniert, als könnte sie es im Schlaf tun. »Wichtig ist dabei der Mut zum Zuschlagen«, schärft sie uns erneut ein. »Schlagt zu, wenn es darauf ankommt, und tut es mit Kraft. Es geht nicht darum, jemanden krankenhausreif zu prügeln, sondern lediglich darum, der gefährlichen Situation zu entkommen. Ein paar feste Hiebe reichen schon aus.«

Damit beendet Vera ihren Vortrag und fordert uns auf, uns in Zweiergruppen zusammenzutun. Damit wir alle einen Partner haben, muss Lenny bleiben und mit Maya üben, die anscheinend ziemliche Freude dabei hat, ihrem besten Freund eine simulierte Abreibung zu verpassen.

Ich trainiere mit Sydney, und diese nickt mir unsicher zu, um mir den Vortritt zu geben.

Okay, dann bin ich wohl die Angreiferin. Sanft packe ich sie an den Schultern, und Sydney simuliert die gezeigten Schläge. Je öfter sie es tut, desto sicherer werden ihre Bewegungen.

»Und das soll schon reichen?«, murmelt sie vor sich hin.

»Ja, im Idealfall reicht das schon aus«, antwortet Vera, die soeben an uns vorbeigekommen ist. »Knock dein Gegenüber kurz aus und renn weg. Macht euch am besten auch besonders laut bemerkbar«, sagt sie in die Runde und dreht weiter ihre Runde. »Schreit, so laut ihr könnt.«

Ein Schrei. Nur dieser hat mir die nötige Zeit verschafft, um wegzurennen. Ein Zittern durchfährt mich, als der Flashback erneut über mich hereinbricht.

»Alles okay?«, fragt Sydney besorgt, und ich nicke benommen, obwohl wir beide wissen, dass das nicht die Wahrheit ist.

»Waren alle einmal dran?«, fragt Vera die Gruppe.

»Ja«, antwortet Sydney, obwohl ich es noch nicht war. Doch ich beschwere mich nicht, sondern drücke zum Dank ihre Schultern, bevor ich sie loslasse. Noch einmal das Opfer zu sein, hätte ich nicht ertragen. Vielleicht in der nächsten Woche, aber jetzt gerade ist es mir zu viel.

Die Zeit verfliegt förmlich. Vera zeigt uns noch, wie man jemanden aufs Knie und in den Schritt schlagen kann, dann sind die sechzig Minuten auch schon rum.

Am Ende setzt tosender Applaus ein. Ich klatsche vermutlich am lautesten und höre auch dann nicht auf, als meine Handflächen brennen. Erst als mir etwas Feuchtes am Kinn runtertropft, fällt mir auf, dass ich weine. Ob vor Dankbarkeit oder Überforderung, weiß ich nicht so genau. Vielleicht sogar vor Angst. Die Stunde heute hat mich sehr viel gelehrt, aber zugleich auch viele Erinnerungen an die Oberfläche gespült.

Im Anschluss bleiben die meisten noch im Café. Sydney stellt sich mit Lennart hinter den Tresen, weil der Ansturm überraschend groß ist. Trotz der Uhrzeit bestellen viele einen Kaffee. Ich verzichte auf zusätzliches Herzrasen und bleibe bei einem Leitungswasser.

»Wie fühlst du dich?«, erkundigt sich Maya bei mir. Wir beide lehnen an einem der Bücherregale. Die alten Wälzer drücken mir in die Seite, aber hier haben wir wenigstens etwas Privatsphäre.

»Keine Ahnung«, gebe ich schulterzuckend zu. »Irgendwie empowert, irgendwie auch erschöpft. Es war zwar nur eine

Stunde, aber mein Kopf platzt jetzt schon vor Informationen.«

»Wenn du willst, können wir die Techniken zu Hause üben«, schlägt Maya vor und tippt sich gegen die Schläfe. »Damit sie sich einprägen.«

»Das wäre schön. Und bitte ... lass uns nie wieder streiten.«

Sie schlingt die Arme um mich und hält mich einen Augenblick lang ganz fest. »Nie wieder«, flüstert sie.

»Vicky?« Vera tritt an ans heran, und Maya lässt mich wieder los. Sie mustert uns abwartend, woraufhin Maya stumm versteht und zurücktritt, um uns allein zu lassen.

Vera stellt sich zu mir und ist mir so nahe wie noch nie. Ihre Augen sind braun-grün und erinnern mich an mit Bäumen gesäumte Berge. Ihre Hautfarbe ist ein paar Nuancen heller als die von Sydney, und ich bemerke ein paar kleine Schweißperlen auf ihrer Stirn, als hätten wir tatsächlich Sport betrieben.

»Wie geht's?«, fragt sie, und ihre Stimme hat wieder ihren typischen monotonen Tonfall angenommen.

»Überwältigt trifft es, glaube ich, am ehesten«, gebe ich zu.

Vera nickt. »Verständlich.«

»Aber dein Kurs war toll, ehrlich.«

»Danke.« Ihre Lippen zucken, doch sie lächelt nicht. Ihr Blick ist ernst. Da sie leise spricht, beugt sie sich ein Stück vor. »Hast du überlegt, ihn anzuzeigen?«

Ihre Direktheit überrumpelt mich, sodass ich ein paar Sekunden lang gar nichts sagen kann.

»Ähm, nein, ich glaube nicht, dass das was bringt. Meine Beschreibung: ›weißer Typ mit kurzen Haaren und braunen Augen‹ trifft auf jeden zweiten Horst zu. Ansonsten erinnere ich mich an fast gar nichts mehr. Ich hab keine Ahnung, was er überhaupt für Kleidung getragen hat. Und selbst wenn es irgendwo eine Kamera gäbe, die diesen Vorfall gefilmt hätte, ist da immer noch das Problem, dass Opfer immer auf jede erdenkliche Weise herabgesetzt werden. Wer weiß, was die Behörden mir alles vorwerfen würden. Dass es unglaubwürdig ist, dass ich mich erst jetzt zu Wort melde, vielleicht. Dass es lächerlich ist, dass ich mich beschwere, obwohl der Typ mich bloß ein bisschen grob gepackt hat. Oder dass es sich vielleicht sogar nur um ein *Missverständnis* handeln muss, weil meine Kleidung nach ›Sprich mich an! Ich will deine Aufmerksamkeit!‹ schreit.«

Zu meiner Verwunderung fühlt es sich überhaupt nicht komisch an, so offen mit ihr zu reden. Eher ist es, als würde man die Schlinge um meinen Hals lockern und ich endlich wieder besser atmen können.

»Um ehrlich zu sein, glaube ich auch nicht, dass sie ihn fassen werden«, sagt sie und nickt zustimmend. »Aber an deiner Stelle würde ich es trotzdem tun.«

»Für meinen Seelenfrieden?«, frage ich spottend.

»Vielleicht. Und vielleicht auch für alle anderen Menschen, die aus denselben Gründen nicht zur Polizei gehen. Aber je mehr Leute es tun, je mehr Vorfälle registriert werden, desto weniger wird so was als ›Einzelfall‹ abgetan, und desto mehr kann die Gesellschaft als Einheit vorgehen. Es ist wie beim Domino. Wenn der erste Stein fällt, fallen auch die anderen.«

»Und die Dominos stehen für die Perverslinge?«

»Nein, für das System«, korrigiert sie mich. Ein angriffslustiges Flackern liegt in ihren Augen. »Das System, das dringend eine Reform benötigt. Eine Reform, in der Menschen die nötige Unterstützung kriegen, die sie brauchen und verdienen. Und eine Reform, in der ein Bewusstsein für solche Situationen geschaffen wird, damit so etwas gar nicht erst vorkommen kann.«

»Klingt utopisch«, murmele ich verbissen.

»Ist es auch. Noch«, fügt sie hinzu, und diesmal lächelt sie sogar. Nur mit dem linken Mundwinkel, aber immerhin.

»Danke, Vera. Für … alles.« Am liebsten würde ich sie umarmen, aber ein Gefühl sagt mir, dass sie das nicht möchte.

»Nicht dafür. Sehen wir uns nächste Woche?«

»Auf jeden Fall.«

*

Der Kurs hat um neun Uhr abends geendet, aber die letzten Teilnehmerinnen sind erst um elf gegangen. Jetzt sind nur noch Maya, Sydney, Lenny und ich im *Coffee & Books*.

»Wir haben so viel Trinkgeld bekommen«, sagt Sydney, als sie sich mit einem erschöpften Seufzen zu uns stellt. Die letzten zwei Stunden haben sie und Lenny wie am Fließband gearbeitet. Ihr Zopf hängt schief, ihr Blick verrät Müdigkeit. »Aber Lennart und ich haben entschieden, dass das Geld an Vera und das Café geht. Vera hat tolle Arbeit geleistet und sollte ruhig mehr dafür bekommen.«

»Finde ich fair«, sagt Maya. »Wo steckt sie eigentlich?« Sie sieht sich um. »Und wo ist Tina? Sind sie schon gegangen?«

»Schaut mal nach draußen«, fordert uns Lenny grinsend auf. Wir folgen seinem Blick und reißen dann allesamt die Münder auf. Trotz der Spiegelung erkenne ich Tina mit Vera. Sie lehnen an der Tür und sie küssen sich. Nein, sie verschlingen sich!

»Endlich«, seufzt Sydney. »Das wurde aber auch Zeit.«

»Ja, noch länger hätte ich diese sexgeladene Stimmung nicht mehr ausgehalten«, gibt ihr Lennart lachend recht.

Maya gibt einen entzückten Laut von sich, und ich zwinge mich ebenfalls zu lächeln. In Wahrheit aber schließt sich Schwermut um mein Herz, weil ich bei ihrem innigen und vertrauten Anblick sofort an Vince denken muss, und trotz unserer gemeinsamen letzten Tage den bitteren Rest Zweifel einfach nicht loswerde. Sie ist die ganze Zeit da, wie ein Schatten, der mich auf Schritt und Tritt verfolgt, auch wenn man ihn nicht sieht. Warum bloß ist das so?

Als sich Lenny verabschiedet – Vera und Tina merken nicht einmal, als er sich an ihnen vorbeizwängt – sind es nur noch meine Freundinnen und ich.

»Was ist los?«, fragt mich Sydney von der Seite. Offenbar verbirgt mein Lächeln meine Stimmung nicht länger.

»Keine Ahnung«, seufze ich.

»Ist irgendwas mit Vince?«

»Nein. Wobei ... Ich glaube, ich bin unsicher.«

»Weswegen denn unsicher?«, erkundigt sich Maya ehrlich überrascht. »Wegen deiner Gefühle?«

»Nein.« Das Wort kommt mir so endgültig über die Lippen, dass es keinen Grund zum Zweifeln lässt.

»Wegen seiner?«

»Auch nicht. Obwohl ... ja, vielleicht schon,«, gebe ich zu, und schaffe es nicht, mich der Erinnerung zu entziehen, als Vince damals seiner Freundin hinterher ist. Und mich zurückließ.

Maya zieht die Stirn kraus. »Aber Vick, er ist total verrückt nach dir, das sieht jeder.«

»Ich glaube, ich liebe dich«, geistern seine Worte durch meinen Kopf, und ich spüre, wie ein warmes Prickeln über meine Haut fährt.

Vince liebt mich, und ich glaube ihm. Er hat gesagt, dass er nicht mit ihr zusammenkommen wird, weil er mich mag. Warum also sind da noch immer diese Zweifel? Kann ich es nicht einfach gut sein lassen und genießen? Warum muss ich überall das Drama suchen, wenn es doch diesmal vielleicht gar keins gibt?

»Ich glaube, ich bin noch immer eingeschüchtert von seiner Ex-Freundin«, gestehe ich. »Das zwischen ihnen war sehr ernst, ich weiß nicht, was passiert, wenn diese Alex eines Tages einfach wieder in sein Leben tritt, so wie Luke bei dir«, erkläre ich an Sydney gewandt. »Er hat zwar gesagt, dass er nur mich will, aber die erste Liebe vergisst man nicht, da würdest du mir ja wohl zustimmen, oder?«

Ich warte ihre Antwort gar nicht ab und rede weiter. »Was, wenn ich mich jetzt mit ganzem Herzen darauf einlasse und sie eines Tages plötzlich wieder da ist? Sie ist immer in seinem Kopf.« Ein frustrierter Laut verlässt meinen Hals, als mir klar wird, wie sehr mich diese Angst belastet. »Er redet nicht über sie, aber ich weiß, dass es so ist. Sie ist sogar sein verdammter Homescreen. Und die zwei kennen sich schon seit der Schule. Eine Romanze wie aus einem kitschigen High-School-Film. Wie kann ich da mithalten? Und warum sollte ich das überhaupt müssen? Ich werde nicht um die Gunst eines Mannes buhlen, der noch immer an seiner ersten … hey, was hast du?«, frage ich Sydney, die trotz ihrer dunklen Hautfarbe kreidebleich wird.

»Welchen Namen hast du gerade genannt?«, flüstert sie.

»Ähm … Alex?«, wiederhole ich irritiert, woraufhin sich ihre Augen weiten.

»Was ist los?«, frage ich alarmiert.

»O mein … Gott«, stammelt Sydney.

»Was?«, fragt nun auch Maya völlig panisch.

Sydney ringt nach Worten, aber es kommt kein Ton raus, und am liebsten würde ich sie schütteln, damit sie endlich mit der Sprache rausrückt.

»Alex. Jetzt verstehe ich es«, wispert sie. »Alex«, wiederholt sie heiser. »Alex ist … Sie ist … ich dachte, sie wäre …« Sydney schüttelt den Kopf und sammelt sich kurz. »Ich habe euch doch von Lukes Unfall erzählt«, setzt sie von Neuem an. »Er war nach der Abiparty mit Freunden unterwegs, und sie hatten Lust auf einen frühmorgendlichen Sprung in die Spree.«

»Bei dem Unfall wurde er am Kopf verletzt«, ergänzt Maya, und Sydney nickt. »Das auch, aber …« Wieder atmet sie tief ein. »Sein … sein Freund Alex ist dabei verunglückt … Oder seine *Freundin* wohl eher.«

Mein Herz hört auf zu schlagen. Ein, zwei, vielleicht auch drei Takte lang.

»Bist du sicher?«, haucht Maya, und ihre Miene spiegelt blankes Entsetzen wider.

»Ganz sicher«, versichert Sydney mit zitternder Unterlippe. »Luke träumt manchmal von dem Unfall und ruft dabei hin und wieder den Namen Alex. Ich habe nie nach Details gefragt, weil ich nicht in der Wunde bohren wollte, aber … ich meine … wie wahrscheinlich ist es, dass es noch eine weitere Alex im Freundeskreis gibt?«

Alex. Vince' Freundin heißt Alex. *Hieß* Alex. Denn sie ist gestorben. Vor fünf Jahren.

Unser erstes Gespräch über sie kommt mir wieder in den Sinn.

»Hast du eine Freundin?«

»Nein … also … Nicht so richtig.«

»Es ist kompliziert?«

»Ja.«

Nein. Es ist gar nicht kompliziert. Vince hat seine Freundin verloren. Und obwohl ich diese Alex nicht persönlich kannte und sie mich bei unserer einzigen Begegnung als Schlampe beleidigt hat, verspüre ich die vertraute lähmende Trauer. Die Trauer, wenn man einen geliebten Menschen zu früh an den Tod verliert.

Schwindel verdreht mir den Kopf, meine Knie geben nach, und ich klappe wie ein Kartenhaus zusammen. Das Bücherregal hinter mir wackelt, Bücher stürzen auf beiden Seiten zu Boden.

Maya und Sydney knien sich neben mich, und aus ihren Gesichtern lese ich die reinste Überforderung. Sie wissen nicht, was sie tun sollen, und mir geht es ähnlich. Nur eines weiß ich mit absoluter Sicherheit.

Ich muss sofort zu Vince.

53. KAPITEL

Vince

Als Vicky mir schreibt, ob sie zu mir kommen könne, weiß ich sofort, dass irgendwas nicht stimmt. Es ist schon spät, und normalerweise treffen wir uns bei ihr. Außerdem hatte sie doch heute diesen Selbstverteidigungskurs.

In meiner Überforderung weiß ich gar nicht, was genau ich ihr antworte, aber als Vicky eine halbe Stunde später in ihrem Leopardenmantel vor meiner Tür steht, ist sowieso alles egal, weil unsere Körper wie zwei Magnete zueinanderfinden. Ich atme den zitronigen Duft ihres Shampoos ein und spüre ihre weichen Locken an meinen Wangen. Am liebsten würde ich genau diesen Moment für immer einfrieren.

»Hey«, flüstere ich und neige den Kopf, um sie besser ansehen zu können. Ihr Gesicht strahlt tiefste Erschöpfung aus.

»Hey.« Sie stellt sie sich auf die Zehenspitzen und drückt unvermittelt ihre Lippen auf meine. Als sie sich viel zu schnell von mir lösen will, lege ich eine Hand an ihren Nacken, ziehe sie näher zu mir und küsse sie zurück, diesmal länger und tiefer. Mein Mund öffnet sich leicht und trifft mit meiner Zungenspitze auf ihre. Vicky seufzt, taumelt leicht und krallt sich an meiner Brust fest, doch sie hört nicht auf. Wir küssen uns, und es ist, als wäre mein gesamter Körper elektrisch aufgeladen. Als würde Strom von mir zu ihr überfließen, und andersrum. Wir sind pure Energie auf Hochspannung.

Dann ist es vorbei, denn wir wissen beide instinktiv, dass dieser Kuss jetzt vorerst enden muss.

Vickys Lippen sind gerötet und geschwollen, genau wie ihre Augen.

»Hast du geweint?«, frage ich und streiche mit dem Daumen sanft über ihre Wange.

Sie zuckt mit den Schultern.

»Wegen des Kurses?«

»Nein«, sagt sie nur, und ich beschließe nicht weiter nachzuhaken. Vielleicht will sie nicht reden, sondern einfach nur gehalten werden. Ich bette mein Kinn auf ihren Kopf und drücke sie wieder an mich.

Da wir noch immer vor der Tür auf meiner Fußmatte stehen, zieht frostige Winterkälte in den Raum und beschert meinem Hals eine Gänsehaut. Meine Arme immer noch um Vicky geschlungen, laufe ich mit ihr rückwärts in die Wohnung und schließe die Tür mit einem Fußtritt.

»Wie bist du hergefahren?«, erkundige ich mich, während ich uns in Richtung Sofa lotse.

Vicky antwortet nicht sofort, da sie ihren Blick neugierig durch mein Zimmer wandern lässt. Meine Altbauwohnung ist klein und minimalistisch eingerichtet. Mama sagt immer, dass hier Dinge wie Gardinen, Pflanzen oder Sofakissen fehlen, die dem Raum ein bisschen Leben einhaucht, aber ich mag es lieber schlicht. Blanke Wände, einfarbige Möbel, einfarbige Bettwäsche.

Ich habe nur ein Zimmer, und dieses ist sowohl in einen Wohn- als auch in einen Schlafbereich unterteilt. Auf der einen Seite befinden sich mein Bett und Kleiderschrank, auf der anderen ein braunes Ledersofa und ein flacher hölzerner Tisch. Dazwischen eine Anrichte, auf der mein Fernseher mitsamt Konsole thront.

»Sydney und ich sind mit der U-Bahn gefahren, und Luke hat uns an der Haltestelle abgeholt«, antwortet sie, als wir am Sofa ankommen. »Die beiden haben mich hierherbegleitet und sind dann weiter zu Luke.«

»Ach so«, sage ich, und helfe ihr aus dem Mantel, unter dem sie einen langen senfgelben Pulli, eine schwarze Strumpfhose und schwarze Doc Martens trägt. Stumm nehme ich ihr die Jacke ab und laufe zum Flur, um ihn an die Garderobe zu hängen. Dann kehre ich wieder ins Zimmer zurück.

»Setz dich«, biete ich ihr an und nehme auf dem Sofa Platz. Vicky folgt meiner Aufforderung, lässt sich zu meiner Überraschung aber nicht neben mir nieder, sondern auf meinem Schoß.

Mein Puls fährt hoch, als sie meinen Hals wie einen Rettungsanker umklammert. Ihre Wimpern kitzeln mein Schlüsselbein, ihr Atem fällt warm auf meine Brust. Ich schlinge die Arme um ihre Hüften und halte sie fest umschlungen.

Das ist alles, was ich wollte.

Vicky in meinen Armen. Mein Wunsch ist in Erfüllung gegangen. Ich sollte mich wie der glücklichste Mensch der Welt fühlen, aber in Wahrheit kann ich es kaum genießen, weil sich alles an diesem Moment wie ein Abschied anfühlt. Oder reagiere ich gerade über?

»Willst du darüber reden?«, versuche ich es erneut.

Vicky hebt den Kopf leicht an und mustert mich fragend.

»Ich meine … falls der Kurs irgendwelche bösen Erinnerungen in dir hervorgerufen hat«, setze ich vorsichtig hinzu, und bereue es sofort, als Vicky zusammenzuckt und hastig den Kopf schüttelt, als müsste sie die plötzlich aufkommenden Bilder verscheuchen. »Nein, Vince, das ist es nicht. Der Kurs war sogar ziemlich cool. Aber … es gibt da noch etwas, über das wir vielleicht reden sollten.«

Oh Gott. Ich wende mich ab, weil mir ihr mitleidiger Blick ein Loch in mein Herz brennt. Ich wusste es, denke ich. Ich wusste, dass das hier viel zu schön war, viel zu perfekt. Letztendlich ist es doch immer das Gleiche. *Das, was ich liebe, wird mir weggenommen.*

»Hast du es dir wieder anders überlegt?«, frage ich tonlos.

Verwirrung schwirrt in ihren grünen Augen. »Was meinst du?«

Muss ich es wirklich laut aussprechen? »Mit …« Ich schlucke schwer und hole tief Luft. »Uns.«

Vicky reißt die verquollenen Augen auf. »Was? Nein!«

Nein? Hat sie wirklich *Nein* gesagt?

»Wie kommst du denn darauf? Ich sitze gerade auf deinem Schoß. Ich bin zu dir gekommen, ich war am Neujahrsfest bei deinen Eltern. Und ich hab dir gesagt, dass ich dich liebe! Das habe ich vorher noch nie zu jemandem gesagt!«

»Oh«, bringe ich hervor und reibe mir mit der freien Hand verlegen über den Kopf, weil ihre Worte so Sinn machen. »Das heißt, wir sind noch … Vince und Vicky?«, frage ich trotzdem, und hasse es, wie unbeholfen und verletzlich ich klinge.

»Ja, das sind wir«, sagt sie und klopft mir leicht auf den Kopf. »Sag das bitte auch deinen Verlustängsten.«

»Ich richte es ihnen aus«, murmele ich, und für einen kurzen Moment lächelt sie. Dann fällt ihr die unbeschwerte Fröhlichkeit jedoch aus dem Gesicht und mit einem Mal ist ihr Blick wieder todtraurig. Fast glaube ich, dass sie gleich wieder losweinen wird, als sie blinzelnd den Kopf schüttelt und es sich wohl anders überlegt.

»Wir müssen aber trotzdem miteinander reden, Vince. Es geht nicht um uns, sondern um dich und …«

Weiter kommt sie nicht, denn in diesem Moment hämmert es an der Tür, und wir beide zucken zusammen.

Erschrocken krabbelt Vicky von meinem Schoß, dabei kann sie sich gleich wieder dorthin zurück setzen, denn ich hatte nicht vor, jemandem mitten in der Nacht die Tür zu öffnen. Außer Luke, aber der kann es nicht sein, weil er weiß, dass Vicky hier ist.

Fuck. Und wenn es Said ist?

Meine Gedanken rasen los. Mein ehemaliger Kumpel weiß zwar nicht, wo ich wohne, aber er könnte es leicht herausfinden. Nur würde er doch niemals unangekündigt nachts vor meiner Tür stehen. So aufdringlich ist er nicht.

Oder?

»Wer klingelt denn noch um diese Uhrzeit?«, flüstert Vicky argwöhnisch.

»Keine Ahnung.«

»Willst du aufmachen?«

Ich schüttele den Kopf. Irgendwas sagt mir, dass ich es bereuen werde, wenn ich das tue.

Da klopft jemand. Direkt an meine Wohnungstür.

»Ich weiß, dass du zu Hause bist«, ertönt eine ungeduldige Frauenstimme.

Gut, es ist also nicht Said, aber das macht es auch nicht besser, im Gegenteil. Jetzt wünsche ich mir zehn Saids, die mir die Bude einrennen. Oder hundert.

Mir wird schlecht, so schlecht, dass ich mir instinktiv die Hand auf den Mund presse.

Was zur Hölle macht *sie* hier?

54. KAPITEL

Vicky

Vince ist ganz blass, schon fast grün im Gesicht.

»Alles okay?«, frage ich überflüssigerweise, denn er presst seine Hand vor den Mund, als müsse er sich übergeben.

»Soll ich dir einen Eimer holen? Oder die Person wegschicken?«, füge ich hinzu, als es wieder ungeduldig an der Tür klopft.

»Nein«, sagt er tonlos. »Ich … Vielleicht mache ich lieber kurz auf.«

Um ehrlich zu sein, fände ich es besser, er würde sich hinlegen, doch ich widerspreche ihm nicht. »Soll ich mitkommen?«, biete ich ihm stattdessen an.

Vince schüttelt den Kopf. »Nein. Bleib … bleib am besten einfach hier sitzen. Ich bin gleich wieder da, okay?«

»Okay.«

Vince stemmt sich hoch und taumelt leicht. Reflexartig hebe ich meine Hände und halte ihn, damit er nicht umfällt.

»Bin zu schnell aufgestanden«, murmelt er.

Oder ist es, weil ein Gefühlsorkan in ihm tobt?

Vince läuft mit schwankendem Schritt in Richtung Flur, stützt sich kurz am Rahmen ab. Obwohl ich ihm versprochen habe, sitzen zu bleiben, rastet mein inneres Drama-Radar völlig aus. Egal, was gleich passiert, ich will dabei sein.

Vielleicht bin ich ja doch eine klitzekleine Dramaqueen.

Leise folge ich ihm und stecke den Kopf aus der Wohnzimmertür. Vince holt tief Luft, greift zitternd nach dem Knauf und stößt schließlich die Tür auf.

Eine blonde Frau steht auf der Fußmatte. Sie trägt eine weiße Daunenjacke mit einem anthrazitfarbenem Fellkragen, darunter eine schwarze Röhrenjeans und schwarze Stiefel. Ihre helle Erscheinung strahlt unter dem gedimmten Flurlicht. Hastig wirbele ich herum und drücke mich gegen die Wand. Mein Magen sackt ab, als ich sie erkenne.

Alex.

Aber wie kann das sein? Ist sie nicht …

»Daria«, begrüßt Vince sie mit kratziger Stimme. »Was machst du hier?«

Daria? Okay, also nicht Alex. Aber sie sieht ihr so unglaublich ähnlich. Ob das ihre jüngere Schwester ist?

»Hey, tut mir leid, dass ich einfach so reinschneie, aber ich habe es nicht mehr ausgehalten.«

»Woher weißt du, wo ich wohne?«

»Ich habe Linh angeschrieben.«

»Linh?« Zorn bebt in seiner Stimme. »Woher kennst du meine Schwester?«

»Wir waren doch auf derselben Grundschule«, erklärt sie. »Sie war einen Jahrgang unter mir.«

Stille senkt sich über den Flur. Wieder will ich rüberschielen, aber diesmal traue ich mich nicht einmal zu atmen, weil es so leise ist.

»Kann ich vielleicht reinkommen?«, fragt sie schüchtern. »Es dauert nicht lang.«

»Das geht nicht. Ich … ich habe gerade Besuch.«

»Oh, okay.« Sie klingt enttäuscht. »War ja auch sehr spontan. Dann vielleicht ein andermal?«

»Ja, mal sehen.«

Wieder eine Pause.

»Vince«, beginnt sie, doch er unterbricht sie.

»Bist du jetzt mit Said zusammen?«, erkundigt er sich in einem Tonfall, den ich nicht deuten kann.

Said. Diesen Namen kenne ich noch nicht.

»Ja. Seit ein paar Monaten. Wir haben uns zufällig auf einer Party getroffen. Seit Kurzem wohnt er wieder hier. Wir haben viel geredet und ... na ja, irgendwie hat es dann gefunkt.«

»Cool. Freut mich für euch«, erwidert Vince, und ich bin nicht sicher, ob ich mir den sarkastischen Tonfall nur einbilde.

»Sag das nicht so«, meint Daria, die wohl etwas Ähnliches wahrgenommen hat.

»Warum? Ich mein's ernst. Ist doch schön, dass ihr euch gefunden habt. Und dass du ihm scheinbar verzeihen konntest.«

»Bitte lass uns kurz reden. Ich will es dir erklären.«

»Wozu? Ihr braucht meinen Segen nicht. Und selbst wenn, wünsche ich euch alles Gute.«

»Doch nicht deswegen, sondern ... es geht um das, was ich damals zu dir gesagt habe.«

»Was meinst du?«, fragt er, und klingt nun eindeutig ironisch. »Dass du mir die Schuld dafür gibst, dass deine Schwester in der Spree ertrunken ist? Dass es eigentlich Saids Idee war, ins Wasser zu springen, du aber deine ganze Wut trotzdem an mir abgeladen hast und jetzt mit Said zusammen bist?«

Obwohl ich schon grob wusste, was passiert ist, treiben mir seine Worte eine eisige Kälte in die Glieder. Seine Stimme ist so wütend und spöttisch, nicht ruhig und beherrscht wie sonst.

»Er war nicht schuld daran. Und du auch nicht«, setzt sie schnell hinterher. »Das weiß ich jetzt. Damals war ich noch jung und traurig und unglaublich wütend, aber du kannst mir doch nicht ewig vorhalten, was ich als trauernde Dreizehnjährige mal zu dir gesagt habe.«

»Okay. Danke für deinen Besuch.«

»Vince, warte«, hält sie ihn auf.

»Ich kann jetzt nicht reden. Ich –« Er spricht etwas leiser. »Meine Freundin ist im Zimmer nebenan.«

Meine Freundin.

Die zwei Worte wirbeln im selben Takt durch meinen Kopf wie die tanzenden Bienen in meinem Bauch. Vermutlich ist es unangemessen, ausgerechnet jetzt so viel Freude zu empfinden, aber dieser Titel macht es – uns – irgendwie noch realer.

Vince und Vicky.

»Oh. Ich wusste nicht, dass du eine Freundin hast.« Daria klingt überrascht. »Ich dachte immer …«

»Ja, ich weiß, was du dachtest«, fällt er ihr ins Wort. »Hat auch sehr lange gedauert, bis ich wieder bereit war.« Er seufzt. »Aber ich kann jetzt wirklich nicht mehr reden. Lass uns schreiben oder so, okay?«, sagt er etwas freundlicher gestimmt.

»Okay.«

Wieder schweigen sie. Daria geht nicht, und Vince schließt auch nicht die Tür.

»Vince?«, bricht Daria die Stille.

»Ja?« Jetzt klingt er wieder genervt.

»Sieh mich an.«

Als er nicht reagiert, wiederholt sie die Worte. »Sieh mich bitte an.«

»Ich kann nicht.« Seine Stimme versagt. »Du siehst ihr so ähnlich.«

Ein Schniefen, und ich weiß nicht, ob es von Vince oder Alex' Schwester kommt.

»Okay«, sagt Daria mit belegter Stimme. »Tut mir leid. Ich dachte nur ... Als ich dich im Fitnesscenter gesehen habe und du vor uns weggerannt bist, wollte ich einfach mit dir reden und mich entschuldigen.«

Also war sie es, vor der er neulich Nacht geflohen ist. Das »Aufeinandertreffen mit jemandem aus der Vergangenheit«. So langsam setzt sich das Puzzle zusammen.

»Es tut mir ehrlich leid, Vince. Ich bereue, was ich damals als Kind zu dir gesagt habe, vor allem, weil ich nicht die Einzige war, die um sie getrauert hat. Aber mir geht es endlich wieder besser. Und dir zum Glück auch, wie es scheint. Vielleicht können wir einen Neuanfang wagen. Wenn du magst, denk darüber nach und ruf mich an.«

Vince antwortet nicht, vielleicht nickt er, vielleicht schüttelt er auch den Kopf. Ich wünschte, er würde irgendwas sagen, das mich besser verstehen lässt, was gerade in ihm vorgeht. Doch er tut es nicht.

Als die Tür ins Schloss fällt, zucke ich zusammen. Schnell will ich zurück zum Sofa flüchten, aber Vince hat sich schon umgedreht und gibt einen erschrockenen Laut von sich, als er mich direkt an der Tür entdeckt. Seine Augen sind rot geädert, als hätte er um jeden Preis versucht, nicht zu weinen. Er sieht allerdings nicht traurig aus, sondern entsetzt.

»Hast du gerade mitgehört?«

»Ja«, gebe ich kleinlaut zu. »Das war Alex' Schwester, oder?«

Vince stöhnt auf und läuft an mir vorbei in sein Zimmer.

»Ich weiß, dass sie es war«, beantworte ich mir die Frage selbst. »Du kannst mit mir reden, Vince.«

»Ich will nicht darüber reden«, knurrt er.

»Okay, klar. Ich dachte nur ...«

»Ich. Will. Nicht. Darüber. Reden«, fällt er mir scharf ins Wort, und jetzt fließen seine Tränen doch. Schnell dreht er sich von mir weg und wischt sein Gesicht mit dem Handrücken ab, als fürchte er, mir zu viel Verletzlichkeit zu offenbaren. Sein Anblick zerreißt mein Herz.

»Vince«, sage ich traurig und trete vorsichtig an ihn heran. Als er sich nicht umdreht, lege ich die Arme um seinen Bauch und drücke ihn an mich. Sein gesamter Oberkörper vibriert, als würde er mit aller Macht ein Schluchzen unterdrücken.

»Es ist alles gut«, sage ich sanft und bin erleichtert, als er mich nicht wegstößt, sondern nach einem kurzen Zögern seine Hände auf meine legt.

»Ich will nicht darüber reden«, sagt er wieder, diesmal schwer atmend und mit bebendem Brustkorb. »Es bringt nichts.«

Ich verstehe, warum er so denkt. Er hat seine Freundin verloren, und das Reden darüber würde sie auch nicht zurückbringen. Aber Vince steht kurz vor einer Panikattacke, und ich will irgendwie das Feuer löschen, bevor es sich ausbreitet.

»Okay, dann nicht reden«, sage ich leise und schmiege meinen Kopf gegen seinen Rücken. »Gibt es etwas anderes, was ich für dich tun kann?«, setze ich sanft hinterher.

»Du kannst nichts tun.« Er schaukelt leicht vor und zurück. »Niemand kann was tun. Niemand.«

»Vince …«

»Nein.« Er schüttelt hastig den Kopf, taumelt dabei und würde vermutlich fallen, wenn ich ihn nicht halten würde. »Du verstehst das nicht.«

»Doch, ich verstehe. Ich … weiß, was passiert ist.«

Sein Oberkörper spannt sich in meiner Umarmung an. »Das, was du vorhin gehört hast, war …«

»Sydney hat es mir erzählt«, komme ich ihm zuvor, um ihm gar nicht erst die Möglichkeit zu geben, mir irgendeine Ausrede aufzutischen. »Und die weiß es von Luke«, füge ich hinzu und lasse ihn unsicher los.

Vince sieht mich entsetzt an, den Mund leicht geöffnet, die Nasenflügel aufgebläht. Sein Atem geht immer schneller, so schnell, dass ich fürchte, dass er jeden Moment hyperventilieren könnte.

»Vince?«, frage ich besorgt.

»Ich muss hier weg.« Er fährt herum und fängt planlos an, durchs Zimmer zu laufen. Wie ein Tier in einem zu kleinen Käfig.

»Warte, Vince. Ganz ruhig«, sage ich und greife nach seinem Arm.

»Nein.« Er weicht zurück, ein gequälter Ausdruck verzerrt sein Gesicht. Als hätte er Höllenschmerzen und könnte nichts daran ändern. Ich will losheulen, verkneife es mir aber.

»Okay«, sage ich langsam und versuche Fassung zu wahren. »Was kann ich tun? Soll ich …« Ich spreche nicht weiter, denn ich will jetzt nicht gehen und ihn in diesem Zustand alleine lassen.

»Nichts«, antwortet er abgehackt und läuft zur Garderobe. Ganz kurz fürchte ich, dass er mir meinen Mantel zuwirft und mich einfach rausschmeißt, aber er greift nach seinem eigenen. »Ich muss nur raus«, sagt er gehetzt.

»Raus?«

»Ja.« Er schlüpft schnell in ein altes Paar Vans, dann läuft er weiter in Richtung Haustür.

»Wohin denn?«, frage ich und greife ebenfalls nach meinem Mantel, entschlossen, ihm zu folgen. Egal, wohin.

»Keine Ahnung.« Er stolpert leicht und hält sich am Türrahmen fest. »Aber ich muss weg. *Allein*«, schiebt er mit einem schnellen Seitenblick hinterher.

»Allein?«, wiederhole ich ungläubig. »Nein, Vince«, stöhne

ich frustriert und klatsche die Hände auf die Oberschenkel. »Du kannst doch nicht immer wegrennen. Außerdem schneit es noch und ist überall rutschig!«

Aber er scheint mich gar nicht mehr zu hören. Und als ich an seiner Jacke ziehe, läuft er trotzdem weiter aus der Tür hinaus, bis wir im Hausflur stehen und ich automatisch loslasse, weil ich mit meinen Socken in etwas Nasses trete. Ich trage weder Schuhe noch Jacke, und dass ich Vince nicht mehr festhalte, scheint wie ein Startschuss auf ihn zu wirken. In Windeseile saust er die Treppe runter und ist einen Atemzug später schon verschwunden.

Ich drehe mich um und gehe zurück in seine Wohnung. »So ein Arschloch!«, schreie ich, nachdem ich die Tür zugeschlagen habe. Er hat mich einfach hier alleingelassen, und weiß, dass ich ihm nicht nach draußen in die Dunkelheit folgen werde, weil ich ihm nicht folgen *kann*. Doch dann überkommt mich ein schlechtes Gewissen. Nicht nur, weil ich ihn beschimpft habe, für das, was er gerade braucht, um mit seinen Gedanken und Gefühlen klarzukommen. Ich habe ihm meine Hilfe aufgedrängt, obwohl er sie nicht wollte.

Tränen aus Wut, Frust und Schuld fließen über meine Wangen, während ich in meinem Mantel hektisch nach meinem Handy suche. Ich werde ganz bestimmt nicht Däumchen drehen, während er in diesem Zustand und bei diesem Wetter allein unterwegs ist. Mit klammen Fingern scrolle ich zu seinem Kontakt und rufe ihn an.

Es klingelt – in der Wohnung.

Scheiße! Er hat sein Handy hiergelassen! Ich drücke meinen Handballen gegen den Mund und ersticke einen frustrierten Schrei. Das darf doch nicht wahr sein. Vince rennt vor seinen Gefühlen weg, und ich kann nichts machen. Ich könnte ihn zwar eventuell einholen, wenn ich ihm jetzt hinterherrenne, aber ich kann nicht. Ich kann einfach nicht in die Dunkelheit hinaus.

Du verurteilst ihn dafür, dass er sich nicht seinen Ängsten stellt, dabei machst du dasselbe.

Das ist nicht das Gleiche, schimpfe ich mein Unterbewusstsein aus. Meine Angst ist anders. Ich habe keine Sicherheit. Mir könnte wieder etwas passieren.

So ist das Leben. Du hast keine Garantie. Aber du bremst dich selbst aus, indem du der Angst weiterhin so viel Raum gibst.

Seit wann ist mein Unterbewusstsein so weise? Und warum macht es mir ausgerechnet jetzt Druck, wenn ich sowieso halb am Durchdrehen bin?

Heulend laufe ich zu seinem Handy, das noch immer klingelt, weil ich ihn immer noch anrufe. Als mir klar wird, wie albern das ist, schalte ich es ab und werfe es auf Vince' zerwühltes Bett. Das blöde Ding bringt mir auch nichts mehr. Jetzt bleibt mir nichts anderes übrig, als hier auf ihn zu warten. Wie eine Topfpflanze, die sich nirgendwohin bewegen kann, denn ich kann ja nicht einfach hinaus in die Nacht stürmen.

Vince' Handy leuchtet auf.

Verpasster Anruf von Vicky.

Ich lache hohl. Da will mich wohl jemand verspotten, schönen Dank auch. Aber dann, kurz bevor der Bildschirm wieder schwarz wird, sehe ich es – das Bild.

Ich bücke mich nach seinem Handy und betätige den Knopf an der Seite, um den Homescreen zu aktivieren.

Mit zusammengekniffenen Augen betrachte ich das Foto hinter der Benachrichtigung. Es ist nicht mehr das von ihm und Alex. Es ist eins … von mir.

Da bin ich, im Museum, zu meiner Linken die Büste von Nofretete. Ich schaue nicht in die Kamera, aber ich lächele.

Vince muss das Foto während der Führung aufgenommen haben.

Und jetzt bin ich sein Homescreen. Ich bin es. Nicht Alex. Ich bin es. Ich, ich, ich.

Geh ihm jetzt verdammt noch mal hinterher!, schreit meine innere Stimme. *Überwinde deine scheiß Angst. Für ihn. Und vor allem für dich!*

Okay. Ich versuche es.

Mit rasendem Herzen schlüpfe ich in Jacke und Schuhe. An der Tür rufe ich mir noch mal in Erinnerung, was Vera uns heute eingebläut hat: Laut schreien, um mich bemerkbar zu machen. Dann die Primärstellen angreifen. Augen, Nase, Mund, Ohren, Kehlkopf … ähm …. Knie, Weichteile … und noch irgendwas, was mir gerade nicht einfällt, aber das sollte trotzdem reichen.

Hoffentlich.

Mein Herz schreit wie auf einem Punk-Konzert, als ich die Tür öffne. Es fleht mich an, in der Wohnung zu bleiben, doch diesmal tue ich ihm den Gefallen nicht.

Und dann renne ich los. Ich renne und renne und renne. Durch weichen Schnee und tiefste Dunkelheit.

Und ich habe keinen blassen Schimmer, wo ich Vince suchen soll.

55. KAPITEL

Vince

Der Schnee durchweicht meine Schuhe, doch ich registriere es kaum. Meine Hülle ist taub, in mir ist eine Leere, wie ich sie schon lange nicht mehr gefühlt habe.

»Du hast sie umgebracht«, brüllt Darias Stimme mich im Geiste an, und plötzlich gibt der Boden unter mir nach. Ich taumele und falle – in den Abgrund der Vergangenheit. Und mit einem Mal bin ich nicht mehr hier draußen. Ich bin in einer vollen Kirche, mit einem geschlossenen Sarg aus Mahagoniholz, davor ein Foto von meiner Freundin.

Es war der zweittraurigste Tag meines Lebens. Bis auf Luke, der wegen seines Unfalls noch auf der Intensivstation lag, war unser gesamter Jahrgang bei der Beerdigung. Sie alle weinten, wirklich alle. Meine ehemaligen Mitschüler, meine Lehrer, meine Eltern, Alex' Eltern, Said und ich. Selbst die Pfarrerin ließ sich von der zerreißenden Stimmung anstecken und musste hin und wieder innehalten, um sich über die Augen zu wischen.

Es war zu tragisch, um wahr zu sein. Ein wunderschönes achtzehnjähriges Mädchen, das gerade die Schule beendet hatte und endlich mit dem Leben durchstarten wollte, war von einer Sekunde auf die andere nicht mehr da. Niemand verstand es, am allerwenigsten ich.

An die Zeremonie kann ich mich kaum noch erinnern, aber

ich werde nie vergessen, wie Daria mit ihren zarten dreizehn Jahren auf mich zugestürmt ist.

»*Wie konntest du nicht auf sie aufpassen?*«, hallte ihre Stimme durch den Kirchsaal und ließ alle zu uns herumfahren. Ihr Gesicht war vom vielen Weinen gerötet.

»*Warum konntest du sie nicht aufhalten? Warum konntest du sie nicht retten? Warum bist du hier und sie nicht?*« Sie wurde immer aufgebrachter. »*Du hast sie umgebracht! Es ist deine Schuld, hörst du? Deine Schuld! Deine Schuld! Deine Schuld!*«

Ihre Mutter zerrte sie von mir weg und warf mir aus ihren verweinten Augen einen fast schon entschuldigenden Blick zu. Im Gegensatz zu ihrer jüngeren Tochter hatte sie ihre Emotionen besser im Griff und gab mir nicht die Schuld an Alex' Tod, obwohl ich es ihr nicht übel genommen hätte, wenn sie es getan hätte.

Aber sie kannte ihre ältere Tochter. Sie wusste, was für eine unberechenbare Naturgewalt sie war, und hatte keinen Zweifel daran, dass sie aus freien Stücken ins Wasser gesprungen war, wie Said und ich es ihr erzählt hatten. Ihr war klar, dass ich immer der Vernünftige von uns beiden gewesen war. Eher hätte ich sie zurückgehalten, als in Gefahr gebracht. Dennoch verfolgten mich Darias Worte. Das tun sie bis heute, und das macht mich krank.

Denn ich stimme ihr zu. Obwohl ich versucht hatte, Alex vom Sprung abzuhalten, frage ich mich bis heute, ob ich es nicht doch irgendwie hätte verhindern können.

Was, wenn ich bei der Party nicht zu Vicky gegangen wäre? Was, wenn Alex und ich uns nicht gestritten hätten und viel früher nach Hause gegangen wären?

Sie wäre nie gesprungen. Und auch wenn wir heute nicht mehr zusammen wären, wäre sie heute vielleicht hier.

Oder in New York.

Aber dann hätten Vicky und ich uns niemals kennengelernt.

Vielleicht Jahre später durch Luke und Sydney, aber auf keinen Fall mit diesen die Jahre überdauernden Emotionen. Und darauf basiert schließlich alles, oder?

Mein Brustkorb verkrampft sich. Natürlich würde ich alles tun, um Alex zurückholen zu können, aber die Vorstellung, Vicky nicht in meinem Leben zu wissen, fühlt sich in diesem Moment fast so schmerzhaft an wie der Verlust von Alex.

Obwohl ich ständig wegrutsche und mich so kalt fühle wie der eisige Schnee, der auf mich fällt, beschleunige ich meine Schritte. Ich renne, fliehe, in der Hoffnung, meine Gedanken abzuhängen.

Ich habe Vicky in meiner Wohnung alleingelassen.

Und das Schlimmste ist, dass ich die Situation ausgenutzt habe. Ich wusste, dass sie mir nicht folgen würde. Und sie weiß es vermutlich auch. Ich habe ihre Angst zu meinem Vorteil genutzt, damit ich allein sein konnte, obwohl ich eigentlich nichts lieber will, als jetzt bei ihr zu sein.

Aber so bin ich eben. Unlogisch. Kompliziert. Ein Wrack. Vielleicht erkennt Vicky jetzt endlich, wie kaputt ich eigentlich bin. Es würde mich nicht wundern, wenn sie nun eindeutig die Schnauze voll von mir hat. Aber das macht es nicht weniger schmerzhaft.

Schnaufend bleibe ich stehen, beuge mich vor und stütze meine Hände auf den Knien ab. Ich kann nicht mehr. Ich bin so müde. Der Schmerz in meiner Brust gleicht einem Loch, das mich von innen verschlingt. Ich fasse mir ans Herz und verziehe das Gesicht.

Das ist einfach zu viel. Ich will das alles nicht mehr fühlen. Ich will, dass es vorbei ist.

Einfach nur vorbei.

Vermutlich liegt es am Schnee, dass ich den Bordstein nicht von der Straße unterscheiden kann. Und vermutlich liegt es an der defekten Glühbirne, dass das Auto mich nicht sofort sieht. Helle Scheinwerfer strahlen mich an, der Schock lähmt meine Muskeln, und den Fahrer vermutlich auch. Ein lautes Hupen ertönt, aber keiner von uns weicht aus. Dafür geht alles viel zu schnell.

Und dann werde ich umgerissen.

56. KAPITEL

Vicky

»Habt ihr keine Augen im Kopf? Das ist eine verdammte Straße!«, brüllt uns der Autofahrer im Vorbeirauschen an.

Ich bin so geladen, dass ich ihm auf die Motorhaube schlagen würde, wenn er noch hier wäre. Stattdessen reiße ich meine Arme hoch und strecke ihm wütend den Mittelfinger entgegen – egal, ob er eigentlich im Recht ist.

»Vicky?«, fragt Vince, als ich meinen Schraubstockgriff um seinen Kragen löse und ihn zu mir herumwirbele.

»Live und in Farbe, du Arsch. Du bist echt verdammt anstrengend, weißt du das?«, fauche ich. »Es ist eine Sache, wenn du vor deinem eigenen Schatten wegrennst, aber kannst du dabei nicht wenigstens auf Autos achten? Es ist scheißglatt bei dem ganzen Schnee. Du warst kurz davor, zu Brei zermatscht zu werden!«

Er blinzelt mich an, als wäre ich eine Fata Morgana. Seine Haut ist blass vor Kälte, seine Nasenspitze gerötet. »Vicky?«, fragt er wieder. »Du … bist hier?«

»Ja, das bin ich«, entgegne ich und klinge nicht halb so schnippisch, wie ich eigentlich will.

»Wie hast du mich gefunden?«

»Deine Schuhabdrücke.« Ich deute hinter mich auf den Gehweg, wo sich unsere Spuren im hellen Schnee abzeichnen. »Ein Glück, dass du der einzige Blödmann bist, der um diese

Uhrzeit und im Neuschnee unterwegs ist. Du hast einen ziemlich flotten Gang, weißt du das?«

Vince hat so große Schritte gemacht, dass ich dachte, ihn erst in Brandenburg wieder einzufangen. Ich sollte diesem Kerl eine Leine umlegen.

»Und wenn wir schon dabei sind«, schimpfe ich weiter. »Hast du mal überlegt, gegen ein Kissen zu hauen, wenn du frustriert bist? Musst du jedes Mal so dramatisch in die Nacht verschwinden?«

Vince schaut sich um, und als er links von sich den Eingang zum Humboldthain Park entdeckt, weiten sich seine Augen.

Ja, ganz recht. So weit bist du gerannt.

Als er sich wieder mir zuwendet, schüttelt er leicht irritiert den Kopf. »Du bist mir hinterhergelaufen«, stellt er fest und klingt dabei fast fragend. »Aber … was ist mit deiner Angst?«

»Die ist noch da, danke der Nachfrage«, brumme ich. »Aber die Angst um dich war dann doch stärker.«

Vince öffnet den Mund und schließt ihn wieder, offenbar nicht wissend, was er sagen soll.

»Wir machen das jetzt so«, sage ich und umfasse seine Arme, komme aber kurz aus dem Konzept, als seine freiliegenden Hände nach meiner Hüfte greifen und mich an ihn ziehen. Vermutlich ist es eine unbewusste Geste, er tut es einfach, um mir näher zu sein. Mein Herz pocht schneller, doch ich dränge das Zittern aus meiner Stimme, als ich rede.

»Wenn du das nächste Mal wegrennst, musst du langsamer laufen, weil meine Kondition echt am Arsch ist. Verstanden?«

Offenbar nicht, denn Vince starrt mich an, als würde ich eine andere Sprache sprechen.

»Wenn ich … was?«

»Ich bin halt nicht so sportlich wie du«, verteidige ich mich und recke das Kinn.

»Du … hast noch nicht genug von mir? Du … würdest mir einfach folgen, wenn ich wieder wegrenne?«

Meine Wangen fangen an zu brennen. »Jetzt mach es nicht kitschig.«

»Warum?«, haucht er und sein warmer Atem kitzelt meine Stirn.

»Weil wir füreinander da sind und uns gegenseitig auffangen, bevor wir am Boden liegen«, sage ich wie das Selbstverständlichste auf der Welt. Denn genau das ist es für mich.

Ein weicher Ausdruck legt sich in seinen Blick.

»Vince und Vicky«, murmelt er lächelnd, und ich nicke. »Vince und Vicky.«

57. KAPITEL

Fünf Jahre zuvor

Vince

Ich suche Alex' Blick, aber sie ignoriert mich, als würde sie mich nicht kennen, und nippt ungerührt an ihrem Bier. Als sie den letzten Schluck trinkt, stellt sie die leere Flasche unter eine der vielen orangen Berliner Mülltonnen, damit Flaschensammler sie mitnehmen können.

Luke und Said laufen ein Stück vor uns her, halten Händchen und singen zu Justin Biebers Love Yourself, *das vorhin im Späti gedudelt hat. Ich habe als Einziger auf ein Getränk verzichtet, denn es ist fast neun Uhr morgens, verdammte Scheiße! Wir alle sollten im Bett liegen und uns ausruhen. Die Nacht war lang, es ist so viel passiert, und am liebsten würde ich einfach in den nächsten Bus steigen, weil es mir mit dieser Horde allmählich reicht.*

Aber ich kann diese Kindsköpfe nicht sich selbst überlassen. Außerdem sollte ich versuchen, endlich Frieden mit meiner Freundin zu schließen.

Ich lasse mich noch ein Stück zurückfallen und bin erleichtert, als Alex es mir gleichtut, obwohl sie mich noch immer nicht ansieht. Luke und Said grölen den Song weiter, dabei kennen sie weder die Lyrics, und ich glaube auch nicht die Melodie. Wenn ich nicht so genervt wäre, würde ich mich einfach anschließen und mitmachen.

Aber das geht nicht. Zu irgendwelchen Popsongs singen ist das Letzte, das ich jetzt tun will.

»Können wir bitte miteinander reden?«, frage ich meine Freundin von der Seite.

»Worüber?« Sie starrt stur geradeaus. »Dass das zwischen uns so was von vorbei ist?«

Ich stöhne laut, während wir über die Oberbaumbrücke gehen. »Ich habe dir gesagt, dass es mir leidtut, dass ich mit einer anderen Frau geredet habe.«

»Du hast nicht mit ihr geredet, du hast sie angesehen, als wäre sie die Liebe deines Lebens«, korrigiert sie mich finster. »Ich schwör dir, mich hast du noch nie so angesehen.«

»Das stimmt doch gar nicht.«

»Doch, das stimmt und das weißt du auch. Und es stresst mich, dass du es nicht einmal einsehen willst.« Ein verletzter Ausdruck liegt in ihren Augen, doch sie blinzelt ihn rasch weg.

Links von uns saust eine gelbe U-Bahn vorbei. Der Boden unter uns rattert kurz.

»Weißt du, was mich stresst?«, frage ich und bleibe stehen. »Dass du jeden zweiten Tag mit mir Schluss machst und dann wieder ankommst.«

»Tja, mach dir da mal keine Sorgen«, sagt sie und lehnt sich ans steinerne Geländer. »Diesmal war's das endgültig.«

Endgültig. *Es ist immer* endgültig.

Übermorgen werden wir ja sehen, wer recht hat.

»Warum willst du das mit uns überhaupt noch?«, fragt sie, den Blick aufs Wasser gerichtet, während wir die Brücke passieren. Zu unserer Linken säumen sich Trauerweiden, zu unserer Rechten Hochhäuser. Ganz vorne ragt das untere Gerüst des Fernsehturms auf, der Rest von ihm versinkt im Nebel. Eben noch schien die Sonne, aber jetzt ist der Himmel wolkig und grau. Als hätte man den Farben der Welt sämtliche Sättigung entzogen.

»Die letzten Monate haben wir uns doch nur gestritten«, fügt sie hinzu, und ihre blauen Augen schielen kurz in meine Richtung.

»Ja, weil wir eine kleine Krise hatten, aber …«

»Es war keine kleine Krise. Wir sind schon lange nicht mehr glücklich.«

Ein Speer durchbohrt meine Brust und lässt mich kurz zusammenzucken. »Hör auf.«

»Was? Ich hab doch recht. Du hängst doch nur deshalb so an mir, weil ich die erste Frau war, an die du randurftest.«

»Oder ich hänge an dir, weil ich dich liebe«, sage ich grimmig.

»Klar liebst du mich. Ich liebe dich auch«, erwidert sie mein Geständnis, und klingt dabei unerwartet sanft. Dennoch sieht sie mich noch immer nicht an, und jetzt kehrt auch die Härte in ihrer Miene zurück. »Aber die Schule ist vorbei, und ich gehe weg.«

»Und ich werde auf dich warten«, sage ich stur, woraufhin sie schnaubt. »Nie im Leben würdest du so lange auf mich warten.«

»Doch!«

»Nein. Ich wette, dass du dich, kaum dass ich weg bin, wieder an jemanden ranmachen wirst. Vielleicht nicht sofort, vielleicht hältst du sogar eine ganze Weile durch, aber irgendwann hast du keinen Bock mehr darauf, auf mich zu warten.«

»Red keinen Scheiß«, sage ich verärgert. »Natürlich werde ich auf dich warten!«

»Das hast du heute Abend ja sehr gut bewiesen.«

»Das schon wieder.« Seufzend schiebe ich mir die Hände in die Hosentaschen. »Da mache ich einen blöden Fehler, und du wirst ihn mir auf ewig vorhalten.«

»Und was, wenn es kein Fehler war?«, fragt sie und mustert mich zweifelnd. Eine blonde Strähne hat sich in ihren Wimpern verfangen, und ich unterdrücke den Impuls, meine Hand auszustrecken und ihre Haare zurückzustreichen. »Was, wenn es deine Bestimmung ist, mit dieser Frau zusammenzukommen?«

»Bestimmung«, spotte ich. »Ich kenne sie doch nicht einmal.«

»Dann lern sie kennen«, schlägt sie vor und wischt ihre Strähne nun selbst zur Seite.

»Ist das dein verdammter Ernst?«

»Klar. Ich will, dass du glücklich bist. Auch, wenn das bedeutet, dass ich dich loslassen muss.«

Ich komme nicht dazu, sie zu fragen, ob sie das ironisch meint oder nicht, denn in diesem Moment dröhnt ein »Ey!« von der anderen Seite der Brücke.

Luke und Said haben nicht mitbekommen, dass wir stehen geblieben sind. Jetzt laufen sie uns in ihren zerknitterten Anzügen wieder entgegen. Als wir uns ebenfalls wieder in Bewegung setzen, greife ich instinktiv nach Alex' Hand, doch sie entzieht sie mir.

Und wenn es wirklich vorbei ist? Der Gedanke daran punktiert mir die Herzkammern.

Aber irgendwie ... lässt er mich auch aufatmen. Und ich verstehe nicht, warum.

»Na, habt ihr euch wieder vertragen?«, ruft Luke über den Lärm eines vorbeifahrenden Autos.

»Nein.« Alex verschränkt die Arme vor der Brust. Alle Sanftheit ist wieder von ihren Zügen radiert. »Wir haben Schluss gemacht, schon vergessen?«

»Morgen überlegst du es dir eh wieder anders«, grinst Said und weicht lachend ihrem Tritt aus. »Was denn? Ich hab doch recht.«

»Das werden wir ja sehen«, brummt sie.

Said verdreht die Augen und stützt sich mit beiden Händen auf dem Geländer ab. Ein wehmütiger Ausdruck legt sich über sein Gesicht. »Ohne Scheiß, ich würde jetzt so gerne schwimmen.«

»Ich auch. Mir ist so heiß«, sagt Luke und zieht an seinem Kragen, um Luft durchzulassen.

»Man soll hier nicht schwimmen«, erinnere ich meine Freunde, doch sie überhören mich.

»Glaubt ihr, es ist tief?«, denkt Said laut.

»Ich glaube eher, es ist hoch«, überlegt Luke.

»Ach, das ist doch nicht hoch«, winkt Alex ab. »Die paar Meter. Das ist vielleicht die Höhe vom Dreier im Schwimmbad. Von hier könnte man mit einem hübschen Köpper einfach reinspringen.«

»Hübscher Köpper?«, wiederhole ich fassungslos. »Es ist hoch! Verdammt hoch!« Ich weiß, die drei haben einen sitzen, aber können sie jetzt nicht einmal mehr Höhen einschätzen?

»Vince, mach dich locker«, grinst Luke mich mit glasigem Blick an.

»Wie denn, wenn ihr gerade so anstrengend seid?«

»Nicht unsere Schuld«, entgegnet er schulterzuckend. »Du wolltest ja nichts trinken.«

Ja, zum Glück, denke ich. Und so, wie sie gerade drauf sind, haben sie mir sämtlichen Spaß am Alkohol vielleicht sogar für immer verdorben.

»Lasst uns einfach gehen«, bitte ich müde, und setze mich in Bewegung.

»Nein, ich will jetzt schwimmen«, beschließt Said.

Sofort wirbele ich wieder herum. »Was?!«

»Oh ja, schwimmen!« Alex klatscht fröhlich in die Hände. »Das wird geil.«

»Nein, wird es nicht! Wir werden nicht in dieses verdreckte Wasser springen!«

»Du musst ja nicht«, meint Luke, und am liebsten würde ich ihm eine reinhauen, weil er ebenfalls an Bord ist.

»Hey!«, sage ich zu Said, der bereits aufs Geländer geklettert ist. »Komm da sofort runter! Wir dürfen das nicht!«

Die anderen lachen los.

»Alter, du klingst gerade wie der Opa meines Opas«, gluckst Said und segelt im nächsten Moment von der Brücke. Der Schrei bleibt mir im Hals stecken, als wir restlichen drei uns über das Geländer

beugen und sehen, wie Saids Silhouette ins schwarze Wasser eintaucht, und sein Aufprall kreisförmige Wellen schlägt. Es dauert nicht lang, bis er wieder auftaucht und einen gellenden Schrei von sich gibt.

»Scheiße, ist das kalt!«, ruft er aus und wird im nächsten Moment von Luke und Alex klatschend bejubelt.

»Jetzt ich«, verkündet Alex und schlüpft aus ihren hohen Schuhen, bevor sie ihren nackten Fuß auf das mit Graffiti beschmierte Steingeländer stemmt.

Mein Hals schnürt sich zu. »Nein«, halte ich sie auf und ziehe an ihrem Arm. »Bitte, Baby. Lass das, ja?«

»Du hast mir gar nichts zu sagen«, entgegnet sie schnippisch und schüttelt meinen Griff ab.

»Bitte«, flehe ich wieder und es ist mir egal, wie jämmerlich ich gerade klinge. »Bitte spring da jetzt nicht runter. Bitte tu's nicht.«

»Oder du springst mit mir«, schlägt sie vor. »Weil du mich ja so sehr liebst«, setzt sie ironisch hinterher.

»Natürlich liebe ich dich, aber …«

»Dann beweise es.« Ein wölfisches Lächeln umspielt ihre vollen Lippen. »Wenn ich du wäre, würde ich mit meiner Freundin ins Wasser springen.«

Wenn ich du wäre …

Gott, wie ich dieses Spiel hasse. Während der Schulzeit war es vielleicht noch witzig, aber jetzt sind wir erwachsen. Wir bringen uns nicht mehr aus Spaß in Lebensgefahr, und es ist mir scheißegal, dass ich wie der Opa von Saids Opa klinge.

»Wusste ich's doch«, sagt Alex, als ich nichts erwidere. Sie lacht, aber es klingt enttäuscht und verbissen. »Tja, dann halt allein.«

»Warte«, versuche ich sie aufzuhalten und packe ihr Bein.

»Lass mich los!«, zischt sie.

»Nein!«

Alex flucht laut, dann schlägt sie nach meiner Hand. Reflexartig ziehe ich sie zurück, und das ist der Moment, in dem sie springt.

Und mein Herz stehen bleibt.

Alle Geräusche um mich herum verstummen. Alex fällt wie in Zeitlupe, ihre Beine strampeln, als würde sie in der Luft laufen – und dann versinkt auch sie im Wasser, direkt neben Said, der sie die ganze Zeit über anfeuert.

Als sie nicht sofort auftaucht, handele ich, ohne nachzudenken. In Windeseile steige ich aufs Geländer und springe kopfüber ins Wasser.

Keine Ahnung, wie lange ich falle, es fühlt sich wie eine Ewigkeit an. Eine Ewigkeit, in der Alex noch immer nicht auftaucht. Als ich plötzlich das Wasser um mich herum spüre, fühlt es sich an, als würden mich Millionen kleiner Nadeln stechen. Das Wasser ist eisig und schmeckt genau, wie es riecht – nach Kanal und Erde.

Prustend tauche ich wieder auf und sehe mich hektisch um. Alex! Verdammt, wo ist sie?

»Hey, du Delfin! Das war ein Eins-a-Köpper«, lobt mich Said, doch ich antworte nicht, weil ich nach wie vor meine Freundin suche.

Jemand tippt mir auf den Kopf, und ich fahre herum.

Das Wasser schwappt in leichten Wellen gegen ihre Schultern. Die nassen Haare kleben ihr am Kopf, die Schminke zieht sich in schwarzen Schlieren über ihr Gesicht. Und doch strahlt sie über das ganze Gesicht.

»Wow, Baby. Du bist mir wirklich gefolgt«, haucht sie und fängt an zu kichern. »Du bist so ein Trottel, weißt du das?«

»Mach das nie wieder!«, herrsche ich sie an. »Im Ernst, Baby. Wehe, du machst das …«

Doch sie unterbricht meine Schimpftirade, in dem sie mich an ihren nassen Körper zieht und küsst.

Und es ist der schönste und letzte Kuss, den sie mir gibt.

58. KAPITEL

Vicky

»Und was ist dann passiert?«, frage ich, während wir Hand in Hand über die verlassene Chausseestraße spazieren. Inzwischen hat es aufgehört zu schneien, doch der weiße, pulvrige Schnee liegt noch immer überall und knirscht unter unseren Füßen.

»Dann war Luke dran«, sagt er, und sein Tonfall klingt verbissen. »Aber wie immer musste dieser Arsch einen draufsetzen und hat versucht, rückwärts reinzuspringen. Sein Kopf ist gegen das Geländer geknallt und er ist wie ein lebloser Sack ins Wasser geplatscht.« Er atmet stockend aus. »Sein Aufprall hat so große Wellen geschlagen, dass wir alle ein Stück weggespült wurden. Und dann … keine Ahnung.«

Vince hält kurz inne und reibt sich über die Augen. »Said war glaub ich der Erste, der nach ihm getaucht hat. Da war so viel Blut«, flüstert er und stockt. »Als wollte er die verdammte Spree rot färben. Bis er ins Krankenhaus gekommen ist, wusste ich nicht, ob er nur bewusstlos war oder sich schon längst von der Welt verabschiedet hat.« Ein kleines Frösteln durchfährt ihn. »In diesem Moment gab es nur noch Luke, verstehst du? Nur er war in meinem Kopf. Ich durfte meinen besten Freund – meinen Bruder – auf keinen Fall verlieren.«

Ich nicke und umschließe seine Hand etwas fester. Sie ist

eiskalt. Kurzerhand stopfe ich unsere verschränkten Hände in meine Mantelasche.

»Said und ich haben ihn zu zweit in Richtung Ufer geschleppt«, redet er weiter. »Frag mich nicht, wie wir das bei der Tiefe und Kälte geschafft haben. Niemand von uns hatte einen Rettungsschwimmer-Schein, vermutlich war es der reine Überlebensinstinkt, der uns hat handeln lassen.«

»Und … Alex?«, hauche ich ihren Namen in die Stille.

»Die war nicht mehr da«, sagt er tonlos.

»Sie war nicht mehr da?«

»Nein.« Sein Brustkorb hebt und senkt sich schnell. »Ich habe mich umgeschaut, und sie war auf einmal weg. Die Strömung hat sie mitgerissen.«

»Was …« Meine Kehle wird trocken, und ich stoppe, weil ich mich gar nicht traue, weiterzureden.

»Höchstwahrscheinlich hatte sie einen Schock. Und dann einen Krampf. Ich habe ehrlich gesagt keine Ahnung, wie, wann und wo es passiert ist, weil ich nach Lukes Unfall so auf ihn fokussiert war und erst viel später gemerkt habe, dass sie nicht mehr da war.«

Panik ergreift von ihm Besitz, seine Hand zuckt zurück, als wolle er sie aus meiner Manteltasche ziehen und schon wieder davonrennen. Doch er bleibt, die Hand zitternd, und ich drücke sie kurz, als wollte ich ihm wortlos dafür danken.

Schweigend laufen wir weiter. Der Wind pfeift uns um die Ohren, fast schon heulend, als wollte die Natur uns die passende Hintergrundmusik zu diesem tief bedrückten Augenblick schenken.

Ich erwarte gar nicht, dass Vince mir noch mehr erzählt, als er es schließlich doch tut.

»Am frühen Abend wurde sie dann gefunden«, sagt er heiser, und meine Knie zittern bei seinen Worten. »Es war der grauenvollste Tag meines Lebens. Meine Freundin war tot, und es hieß, dass Luke den Unfall vielleicht auch nicht überleben würde. Ich war einfach nur am Boden zerstört.«

Ich bleibe stehen und zwinge Vince ebenfalls anzuhalten. Langsam zupfe ich am Kragen seiner Jacke, ziehe ihn an mich und schließe die Arme um ihn. Als er an meiner Schulter zu weinen beginnt, umarme ich ihn noch fester. Auch ich kann die Tränen nicht länger zurückhalten.

»Es tut mir so leid«, flüstere ich an seiner Brust.

Er antwortet nicht, aber das ist okay. Behutsam streiche ich über seinen Rücken, so lange, bis sein Oberkörper nicht mehr bebt und der letzte leise Schluchzer in der Dunkelheit verklingt.

»Daria hat mich gehasst«, wispert er an meiner Schulter. »Sie war nur ein Kind, aber sie hat mir die ganze Schuld gegeben.«

»Aber das warst du nicht, und das weißt du«, sage ich ruhig.

»Trotzdem …«

»Nein«, halte ich ihn auf und wische ihm mit beiden Daumen die Tränen von den Wangen. Unter meiner Berührung zuckt er kurz zusammen, wahrscheinlich, weil meine Hände so kalt sind.

»Es ist normal, dass man nach einem solchen Verlust die Schuld bei sich selbst sucht«, fahre ich fort. »Ich kenne das. Nach dem Tod meines Vaters habe ich mir die Schuld für *alles* gegeben. Ich habe mir eingeredet, dass ich ihn als Kind viel zu oft auf die Palme gebracht habe, und er aus lauter Stress geraucht und schließlich Lungenkrebs bekommen hat. Ziemlich weit hergeholt, aber meiner Mutter ging es genauso. So ist das nun mal mit Hinterbliebenen. Wenn etwas Schlimmes passiert, was überhaupt keinen Sinn ergibt, sucht man verzweifelt nach einem Grund, und vor allem nach jemandem, dem man die Schuld in die Schuhe schieben kann. Auch wenn man es selbst ist.«

Darauf erwidert Vince nichts, doch er nickt mehrmals, so, als würde er meinen Worten im Stillen zustimmen.

Wir setzen uns wieder in Bewegung. Ein weiterer Windstoß pfeift uns entgegen und erinnert mich daran, dass ich gerade mitten in der Nacht durch die Stadt spaziere.

Und ich habe keine Angst.

Keine Ahnung, ob es am Adrenalin liegt, an Vince oder an der Tatsache, dass noch vereinzelte Casinos, Spätis und Dönerbuden geöffnet haben, aber die übliche Angst hat meinen Körper diesmal nicht fest im Griff … Und ich werde den Teufel tun und es hinterfragen.

Schweigend spazieren wir durch die Nacht. Meine Hände und Füße sind kalt, aber ansonsten wärmt mich das Laufen. Als wir an einem arabischen Imbiss vorbeikommen, frage ich Vince, ob wir uns etwas Warmes zu trinken holen wollen. Vince nickt gleichgültig, wartet jedoch vor dem Lokal, während ich schnell reinflitze. Auf Arabisch bestelle ich uns zwei Tees, und obwohl mich weder der Ladenbesitzer noch die Bedienung loben, bin ich insgeheim stolz auf meine sprachlichen Fortschritte. In der kurzen Zeit, in der ich im Museum arbeite, sind fast all meine Kenntnisse zurückgekehrt.

»Und was ist jetzt mit diesem Said?«, frage ich, als wir wieder draußen sind, und nippe an dem viel zu süßen Tee.

»Was soll mit ihm sein?«, fragt Vince und umklammert seinen Pappbecher mit den Händen, als wäre der Tee für ihn nichts weiter als eine Wärmeflasche.

»War er dein Kumpel?«

Er nickt. »Ein sehr guter sogar. Aber nach dem Unfall ist er umgezogen und der Kontakt ist abgebrochen, was schade war, weil ich ihn eigentlich immer mochte.«

»Und jetzt ist er mit Daria zusammen?«

»Ja, anscheinend.«

»Du klingst nicht sonderlich erfreut darüber«, stelle ich fest, und nehme noch einen Schluck.

»Doch ... ich mein, eigentlich ist es mir egal, ob sie zusammen sind oder nicht, aber ich gebe zu, dass es mich schon etwas geärgert hat, dass Said so glimpflich davongekommen ist, während ich ihren ganzen Hass abbekommen habe. Daria konnte mich ohnehin nie leiden und war immer auf der Seite ihrer Schwester. Wann immer zwischen uns Schluss war, hielt sie zu Alex und gab mir die Schuld, selbst, wenn sie nicht einmal wusste, worum es ging.«

»Klingt ein bisschen kindisch.«

»Sie war ja auch ein Kind.« Sein tiefer Seufzer hängt noch eine Weile als Atemwolke in der kalten Luft. »Aber jetzt ist sie erwachsen und zeigt Einsicht. Eigentlich sollte ich ihre Entschuldigung einfach annehmen und weiterziehen.«

»Aber du bist wütend.«

»Ja, das bin ich. Und weißt du, was mir gerade erst so richtig klar wird?« Vince reckt den Kopf und stiert finster auf die wolkenlose Nacht. »Wie wütend ich auf Alex bin.«

Überrascht lege ich die Stirn in Falten. »Weil sie damals verlangt hat, dass du ihr hinterherspringst?«

»Nein, obwohl ... Ja, vielleicht ein bisschen, aber so war sie eben. Sie hat immer bekommen, was sie wollte, selbst wenn sie mich emotional erpresst hat.« Er seufzt, bevor er fortfährt. »Aber eigentlich meinte ich uns als Paar. Sie hatte recht, wir waren nicht mehr glücklich. In den letzten Monaten hatte sie mich so oft mit gebrochenem Herzen liegen gelassen und ist trotzdem immer wieder zu mir zurück, sodass ich am Ende völlig verwirrt war. Damals war ich zu verliebt, um zu merken, wie scheiße das von ihr war, und dann ... na ja, dann war sie nicht mehr hier. Aber ich konnte meine Wut auf sie nie richtig rauslassen, weil die Trauer um ihren Verlust alles überschattet hat.«

»Das verstehe ich«, sage ich leise.

Er schielt kurz in meine Richtung. »Wirklich?«

Ich nicke. »Sehr gut sogar. Ich konnte die Wut auf meinen Vater auch nie richtig rauslassen.«

Vince betrachtet mich neugierig von der Seite. Er hat keine Kapuze, und seine Haare sind mit vereinzelten weißen Flocken bedeckt. Mir ist gar nicht aufgefallen, dass es wieder angefangen hat zu schneien.

Wir zwei holen uns hier noch die Erkältung unseres Lebens.

»Warum warst du wütend auf ihn?«, traut sich Vince schließlich zu fragen.

»Weil er meine Mutter betrogen hat«, sage ich seltsam nüchtern. »Aber kurz nachdem es rauskam, wurde der Krebs diagnostiziert. Und dann ist er gestorben. Ich war so unfassbar traurig über diesen Verlust und konnte mich deshalb nie mit dem auseinandersetzen, was er getan hatte.«

»Aber die Wut war natürlich trotzdem da«, stellt er leise fest, und nimmt nun doch einen Schluck Tee.

»Das war sie«, gebe ich ihm leise recht. »Und ehrlich gesagt ist sie das noch immer. Natürlich will ich keinen Groll mehr gegen einen Menschen hegen, der tot ist, aber es macht mich wütend und traurig. Manchmal weiß ich gar nicht, wer dieser Mensch eigentlich war.«

»Er war dein Vater«, sagt Vince behutsam. »Ein kleiner Fehler … oder großer Fehler«, korrigiert er sich und fährt fort, »definiert einen Menschen nicht. Niemand ist perfekt. Dein Vater hat vielleicht Scheiße gebaut, aber er war immer noch derselbe Mensch, den du geliebt hast. Trotzdem darfst du enttäuscht über das sein, was er getan hat. Es kann ja Hand in

Hand gehen. Deine Liebe zu ihm, aber auch die Wut und Enttäuschung über sein Handeln.«

Ich werfe meinen leeren Becher in einen Mülleimer und schiebe mir die Hände in die Manteltaschen, während ich über Vince' Worte nachdenke.

»Ich glaube, du hast recht«, stimme ich ihm zu. »Ich werde meinen Vater immer lieben, aber ich muss mich auch mit dieser Wut auseinandersetzen.«

Vince brummt zustimmend.

»Trotzdem wird das Thema Betrug wohl immer ein wunder Punkt bei mir bleiben«, setze ich hinterher. »Wahrscheinlich war ich deshalb auch so enttäuscht von dir, als du zu mir gekommen bist, obwohl du eine Freundin hattest. Damals vor fünf Jahren«, ergänze ich, als ob er es nicht selbst wüsste. Seine reuevolle Mine spricht ohnehin für sich.

»Ich weiß, dass ich das schon vor Monaten gesagt habe, aber noch mal: Es tut mir leid«, entschuldigt er sich. »Ich wollte weder dich noch sie verletzen. Im Nachhinein glaube ich, dass damals schon ein Teil von mir mit Alex abgeschlossen hatte. Wie sonst hätte ich gleich am Anfang so tiefe Gefühle für dich entwickeln können?«

Seine letzten Worte lassen eine neue Frage in mir aufkommen, doch es braucht ein paar Atemzüge, bis ich mich traue, sie laut auszusprechen.

»Okay, vielleicht sagt sich das als Außenstehende leicht, aber warum seid ihr überhaupt zusammengeblieben, wenn ihr ganz eindeutig nicht mehr glücklich miteinander wart?«

Vince verstummt und lässt sich diesmal besonders Zeit mit einer Antwort. »Ich glaube, es war die Gewohnheit«, sagt er dann. »Wir waren jahrelang zusammen, kannten den anderen in- und auswendig, und irgendwie war es leichter zusammenzubleiben, als uns zu trennen und komplett von vorn zu beginnen. Unsere Leben waren so sehr miteinander verwoben, wir hatten denselben Freundeskreis, kannten die Familie des anderen … Es war einfach leichter, zusammenzubleiben. Und vielleicht auch bequemer«, räumt er ein. »Alex hat zwar oft versucht, die Beziehung zu beenden, ist aber schließlich trotzdem immer wieder zurückgekommen. Und ich habe es über mich ergehen lassen, weil es … ja, bequemer so war«, sagt er wieder. »Klingt dumm, ist aber so.«

»Es klingt nicht dumm, sondern menschlich«, widerspreche ich sanft. »Wir Menschen fürchten uns nun mal vor Neuanfängen und bleiben manchmal lieber beim Vertrauten, selbst wenn es uns unglücklich macht. Vielleicht war es auch so bei meinem Vater«, dämmert es mir. »Meinst du, er hat meine Mutter betrogen, aber nicht verlassen, weil er keinen Neuanfang wagen wollte?«

»Puh, keine Ahnung«, gesteht er und wirkt leicht überfordert. »Das ist glaube ich eine andere Nummer. Vielleicht solltest du besser noch mal mit deiner Mutter darüber reden.«

»Ja, vielleicht«, stimme ich ihm zu, beschließe aber trotzdem, damit zu warten. Egal, was Papa getan hat, sie hat ihn aus ganzem Herzen geliebt und ist nie richtig über ihn hinweggekommen. Jetzt ist sie endlich wieder glücklich mit jemand anderem. Ich will ihr das nicht kaputt machen.

Und vielleicht ist es sowieso egal, denn was geschehen ist, ist geschehen. Die einzige Person, die mir meine Fragen beantworten könnte, ist nicht mehr da, und so oder so werde ich Papa trotzdem immer lieben und vermissen.

Wir passieren die U-Bahn-Haltestelle Naturkundemuseum, dessen Architektur in ihrem Umkreis einen unweigerlich wissen lässt, dass man sich nicht mehr im verspielten Wedding, sondern im steifen Mitte befindet. Hier findet man keine Spätis und auch keine Dönerbuden. Und da die meisten prunkvollen Altbauten als Büros und Praxen benutzt werden, sind sie in der Nacht dunkel und leblos. Eine leere Tram fährt an uns vorbei, dieselbe, die mich nach Hause bringen würde – und erst jetzt wird mir klar, wie lange wir schon laufen. Bestimmt schon über eine Stunde. In der Nacht. In der Dunkelheit. Und ich habe noch immer keine Angst.

Oder … vielleicht ein kleines bisschen. Das alarmierende Gefühl in meiner Brust ist definitiv da. Aber gerade hält nicht die Angst die Zügel in der Hand, sondern ich. Und zum ersten Mal seit Wochen spüre ich Hoffnung in mir aufkeimen. Hoffnung, dass dieser Zustand nur temporär ist und eines Tages überwunden werden wird. Hoffnung, dass dieser Fremde es nicht geschafft hat, mich zu brechen. Dass die Angst sich allmählich zurückziehen wird, und ich mein gewohntes Leben eines Tages wieder fortsetzen kann.

*

Das Brandenburger Tor ragt auf dem Pariser Platz in den dunklen Nachthimmel wie eine leuchtende Krone. Vince und ich spazieren darauf zu, und mein Herz schlägt aufgeregt. Vor drei Monaten waren wir schon mal hier, und seitdem ist so viel passiert. Damals waren wir nur Vince und Vicky.

Jetzt sind wir Vince *und* Vicky.

»Warum bist du damals weggerannt?«, frage ich, als wir direkt in einem der Durchgänge des Wahrzeichens stehen. Meine Frage wiederholt sich in einem kleinen schallenden Echo. »Nach unserem Kuss, meine ich. Du warst völlig geschockt und bist weg.«

Vince fixiert die geschwungene Decke über uns und macht ein Gesicht, als wäre die Antwort darauf völlig klar. »Weil ich Schuldgefühle hatte.«

»Warum?«, frage ich weiter. »War ich die erste Person, der du nach Alex nähergekommen bist?«

Er schüttelt den Kopf und sucht dann meinen Blick. »Aber du warst *die* Person.«

Ich öffne leicht den Mund. »*Die* Person?«

»Ja.« Nun sieht er mich direkt an. »Die Person, von der Alex noch vor mir wusste, dass ich sie mag. Die Person, die mir indirekt klargemacht hat, dass ich nicht mehr glücklich in meiner Beziehung bin. Ich hatte einfach Schuldgefühle. Es kam mir vor, als würde ich Alex betrügen, weil du es warst, die ich wollte. Und teilweise habe ich diese Gefühle noch immer. Als würde ich sie die ganze Zeit hintergehen.«

Mein Herz trommelt in meiner Brust. »Hast du denn tief in dir drin immer noch das Gefühl, dass du mit ihr zusammen bist?«, frage ich leise.

Vince schüttelt den Kopf. »Nicht mehr. Ich werde sie immer lieben, aber ich will nur noch mit dir zusammen sein. Also …« Sein Blick wird unsicher. »Wenn du das noch willst, natürlich. W-willst du denn?«

Ich lache über seine Wortwahl. »Ja, ich will«, entgegne ich theatralisch und halte ihm die rechte Hand hin. »Aber wo ist mein Ring?«

Ein belustigtes Lächeln umspielt seine Lippen. »Den kriegst du noch.«

»Maya hat mal gesagt, dass wir schöne Kinder haben würden«, sage ich, ohne nachzudenken.

Vince nickt voller Ernst. »Verdammt schöne«, raunt er mir zu und lässt seinen Blick ehrfürchtig über meine Augen wandern.

»Aber sie wären richtige Dramaqueens«, warne ich ihn vor.

»Und Dramakings«, fügt er hinzu und verzieht die Lippen zu einem verlegenen Lächeln, ein Lächeln, das eine neue Ladung Endorphine durch mich hindurchströmen lässt.

Vince und Vicky. Dramaking und Dramaqueen.

Als die Sehnsucht überkocht, werfe ich mich schwungvoll in seine Arme. Der Schnee hat unsere Jacken durchnässt, aber das spielt in diesem Moment keine Rolle. Weil Vince hier ist. Weil er mir so viel erzählt hat und nicht davongelaufen ist.

Und weil ich jetzt endlich alles verstehe.

»Danke«, murmelt er in meine Halsbeuge.

»Wofür?«, frage ich, während ich zu ihm aufschaue. Die letzten Stunden sind nicht spurlos an ihm vorbeigegangen, das Gesicht blass, die Haare zerzaust, die Augenringe tief. Und doch haben sie seiner Schönheit keinen Abbruch getan.

»Für alles.« Unter meinem Griff zuckt er mit den Schultern. »Aber vor allem, dass du trotz deiner Panik hinter mir her bist und mich vor dem Auto gerettet hast. Keine Ahnung, ob du die Angst endgültig überwunden hast, aber du bist hier, und das zeigt schon viel.«

Mein Puls rast bei seinen Worten.

»Tja, jetzt sind wir wohl quitt«, scherze ich nervös. »Du hast mich damals gerettet und ich dich. Ein fairer Deal, würde ich sagen.«

Aber Vince schüttelt den Kopf und zieht die Augenbrauen zusammen. »Ich habe dich nicht gerettet, Vicky«, sagt er sichtlich genervt. »Natürlich hätte ich es sofort getan, aber du hast das ganz allein geschafft.«

Ich verstumme und weiß nicht, was ich sagen soll. Er hat recht. Ich habe mich selbst befreit. Ich habe geschrien, meine liebsten High Heels geopfert, und bin weggelaufen.

»Aber ich finde trotzdem, dass du es ein bisschen übertreibst mit deiner ›Kein Mann soll mich retten‹-Einstellung. In einer solchen gefährlichen Situation sollte man nicht wählerisch sein, welches Geschlecht einem im Notfall hilft.«

»Ich weiß«, sage ich verschämt und unterdrücke den Impuls,

mir die Hände vors Gesicht zu halten. »Es ist albern und bescheuert, und vor allem unnötig. Aber auch, wenn das trotzig klingt, möchte ich dennoch versuchen, mir immer selbst aus der Patsche helfen zu können. Ich will unabhängig sein. Ich will es mir nicht zu leicht machen und mich wie meine Mutter einfach retten lassen.«

Veras Selbstverteidigungskurs ist ein Anfang. Natürlich werde ich nie die Garantie haben, dass mir eines Tages nicht doch etwas passieren könnte, aber ich will versuchen, der Angst nicht mehr die Oberhand zu überlassen. Sie darf da sein, aber sie darf nicht für mich entscheiden.

»Natürlich verstehe ich das«, versichert er. »Aber – und ich hoffe, du wirst nicht böse, wenn ich das sage …«, meint er und verzieht leicht das Gesicht. »Ich finde, dass du ziemlich streng zu deiner Mutter bist. Du hast gesagt, dass du sie nicht verurteilst, aber ganz offensichtlich tust du es trotzdem die ganze Zeit. Damit will ich nicht sagen, dass du nicht eindeutige Narben von ihrem Verhalten davongetragen hast, aber es wirkt, als hättest du sehr viel unterschwelligen Groll auf sie. Abgesehen davon glaube ich sogar, dass es noch schwerer ist, von jemandem abhängig zu sein als andersherum.«

Seine Worte rammen mir ein Messer in die Brust, und lassen Gefühle aus mir herausfließen, die ich am liebsten fortwischen möchte. Scham. Schuld. Wut. Und doch bin ich ihm dankbar für seine radikale Ehrlichkeit, dankbar, dass er mir einen Spiegel vorhält.

»Vielleicht hast du recht«, sage ich. »Ich bin streng zu ihr und möglicherweise viel wütender auf sie als angenommen. Ich sage zwar, dass ich sie nicht verurteile, aber ich tue es trotzdem.«

»Ihr solltet dringend miteinander reden«, rät er mir wieder, und ich nicke.

»Das sollten wir.«

Vince lächelt sanft, dann muss er gähnen, und es ist ein so süßer Laut, dass ich ihn am liebsten als Handywecker einspeichern würde. Von diesem Gähnen geweckt zu werden, kann nur ein entspanntes Aufstehen garantieren.

»Müde?«, frage ich ihn.

»Geht eigentlich. Eher aufgekratzt. Aber vermutlich sollten wir trotzdem bald los.«

»Wollen wir zu mir gehen?«, schlage ich vor. »Von hier ist es nicht so weit.«

»Okay.« Er wirft mir einen prüfenden Blick zu »Aber ... Es ist schon echt spät. Sollen wir uns ein Taxi nehmen?«

»Nein.« Ich schüttele den Kopf und lächele voller Mut und Zuversicht.

»Lass uns laufen.«

EPILOG

Sechs Monate später

Vince

In New York sind es fünfunddreißig Grad, nicht unüblich für Mitte August, aber es ist trotzdem so stickig, dass ich kaum atmen kann. Vermutlich kann man es mir einfach nicht recht machen. Im Winter ist es mir zu kalt, im Sommer zu heiß. Meiner Meinung nach sind der Frühling und Herbst viel zu underrated.

Es ist fast schon absurd, wie sehr die Stadt meinen Vorstellungen entspricht. Manhattan sieht genauso aus wie in den Filmen. Menschen in stylishen Outfits, Hotdog-Stände an jeder Ecke und Wolkenkratzer, bei denen man kaum die Spitze erkennen kann. Alles ist so gigantisch. Berlin hat gefühlt drei Hochhäuser am Potsdamer Platz – hier herrscht ein völlig anderes Großstadtlevel. Es ist laut, überfüllt, und der Verkehr nimmt kein Ende. Aber ich liebe es und weiß, dass es Alex auch geliebt hätte.

Wenn auch nicht gleich Manhattan. Vermutlich wäre ihr der Rummel zu touristisch gewesen. In anderen Bezirken hätte sie sich wohler gefühlt. Ein Brooklyn-Girl durch und durch, das mit einem pastellblauen Hollandrad durch Williamsburg fährt und in ihrem Korb einen Strauß roter Tulpen und eine Tüte Bagels transportiert.

Ich hätte es ihr so sehr gewünscht.

Es war Daria, die mich auf die Idee gebracht hat, herzufliegen. Um *abzuschließen.* Sie und ihre Mutter haben vor Jahren wohl dasselbe gemacht. Mir selbst kam dieser Einfall nie. Mehr noch wäre ich dieser Stadt eher aus dem Weg gegangen, als dorthin zu gehen, wozu Alex niemals mehr in der Lage sein würde.

Aber Daria hatte recht. Es hilft wirklich. Hier in dieser Stadt, weit weg von zu Hause, fühle ich mich ihr auf eine unbeschreibliche Weise verbunden. Manchmal spüre ich sie sogar, so, als ob ein Teil von ihr tatsächlich hier in dieser Stadt wäre.

Früher dachte ich, dass ich über sie hinwegkommen würde, indem ich nie wieder über sie rede. Doch jetzt weiß ich, dass ich gar nicht über sie hinwegkommen kann. Sie wird immer ein Teil von mir sein. Ich werde sie immer lieben und immer vermissen. Aber ich darf mein Herz auch für jemand anderen öffnen. Ich darf jemand anderen lieben und muss mich deshalb nicht mit Schuldgefühlen bestrafen.

Auch meine Wut auf sie ist endgültig verraucht. Ich bin nicht mehr sauer. Weder auf sie noch auf Daria, Said … oder mich. Alles ist vergeben. Und das ist gut so.

Vorgestern war ihr sechster Todestag.

Ich bin früh aufgewacht, habe mich in ein kleines Bistro gesetzt, einen schwarzen Kaffee und einen Schokomuffin bestellt und bin anschließend einmal um die ganze Küste Manhattans vom East- bis zum Hudson River spaziert. Danach bin ich durch Harlem geschlendert, habe mich vor der Treppe eines fremden Hauses niedergelassen und das Treiben der Stadt beobachtet. Und obwohl ich den ganzen Tag allein in Erinnerungen geschwelgt habe, konnte ich ihn trotzdem besser ertragen als die letzten fünf Jahre.

Nur in der Nacht war es schwer. Ich war unruhig und habe zusammenhangloses Zeug geträumt. Aber zum Glück war Vicky da. Sie hat mich in den Arm genommen, beruhigend auf mich eingeredet und so lange gehalten, bis ich irgendwann wieder eingeschlafen bin.

Ich bin froh, dass sie sich doch noch entschieden hat, mitzukommen. Mit ihr war die Zeit hier nicht nur leichter, sondern auch spaßiger. New York hat eine ganze Menge zu bieten, und obwohl wir schon seit fast einer Woche hier sind, ist noch längst nicht alles gesehen. Bis auf die Museen.

Wir haben alle abgeklappert, vom American Museum of Natural History über das Museum of the City of New York bis hin zum Museum of Sex. In einigen davon waren wir sogar mehrmals. Das Metropolitain Museum of Art haben wir ganze vier Mal besucht, den heutigen Tag eingeschlossen. Jetzt in diesem Moment ist Vicky in einem der vielen Säle und nimmt vermutlich irgendwelche Sarkophage oder Mumien ins Visier.

Ich habe erst oben auf der Terrasse auf sie gewartet, bin wegen der Hitze aber dann runter zum Souvenirgeschäft gegangen, weil dieses angenehm klimatisiert ist. In meiner Tüte steckt ein kleines Geschenk für Vicky, über das ich hier durch Zufall gestolpert bin. Ich bin sicher, dass sie sich freuen wird.

Mein Handy vibriert in meiner Hosentasche. Eine Benachrichtigung von Instagram. *vickysnicepics hat nach langer Zeit wieder etwas gepostet.*

Ich öffne das Bild und kann nicht anders, als breit zu lächeln. Vicky läuft über einen Zebrastreifen der Kamera entgegen und streckt frech die Zunge raus. Sie trägt ein silbern schimmerndes Tuch als Neckholder-Top, einen schwarzen ledernen Minirock und Overknees, die einen schwindelerregend hohen Absatz haben. Ihre grünen Augen sind mit Lidstrichen im Kleopatra-Stil versehen, die Augenlider grau schattiert und die Lippen glänzend schwarz geschminkt. Ihre lockigen braunen Haare liegen in einem Mittelscheitel und fallen offen über ihre Schultern. Hinter ihr erstrahlt die Ästhetik Sohos: altmodische Laternen und braune Backsteinhäuser mit großen Schiebefenstern und schwarzen Feuerleitern.

Es ist das erste Bild, das sie aus unserem Urlaub postet. Das Foto ist wunderschön, keine Frage (ich Meisterfotograf habe es ja auch geschossen!), doch es ist die Caption, die mich umhaut. Stumm lese ich mir die Zeilen durch und spüre gigantische Ehrfurcht in mir aufsteigen.

Hey, ich bin Vicky und ich habe euch etwas zu sagen.
Meine Kleidung gibt euch nicht das Recht, mich anzufassen. Ich könnte nackt durch die Gegend laufen, und es würde trotzdem nichts an dieser Tatsache ändern. Was ich anziehe, trage ich für mich, und nicht für eure ungebetenen Komplimente.
Es ist nicht meine Schuld, wenn ihr keinen Respekt vor Frauen habt. Es ist nicht meine Schuld, wenn ihr euch Signale einbildet. Es ist nicht meine Schuld, wenn ihr ein »Nein« ignoriert. Es ist nicht meine Schuld, wenn euer verletzter Stolz euch Grenzen überschreiten lässt. Wenn ich etwas von euch will, dann lasse ich es euch wissen. Wenn nicht, dann hört auf, euch etwas anderes einzureden.
Und an alle Slutshamer da draußen: Ich trage, was ich will, wie ich will. Wenn's euch nicht passt, Pech gehabt. Aber wenn ihr mich deshalb als Schlampe beleidigen wollt, dann haltet einen Augenblick inne und fragt euch mal selbst, warum ihr so denkt. Überlegt, was der Grund dafür sein könnte, dass ihr es auf meine äußere Erscheinung abgesehen habt, und ob es wirklich etwas mit mir zu tun hat … oder eher mit euch selbst.
Liebe Grüße aus New York!
Vicky

Adieu, wunderschöner Tempel von Dendur. Ich finde es zwar irgendwie seltsam und auch leicht befremdlich, dass dein gesamter Komplex in dieses Museum geschifft wurde, aber du wirst mir trotzdem fehlen. Auch dich, Ramses II, werde ich vermissen. Von allen Exponaten ist mir deine kolossale schwarze Statue am liebsten. Nicht zu vergessen dich, o liebste Hatschepsut. Mir war nicht klar, dass auch du als Sphinx dargestellt wurdest. Du gehörtest zu den wenigen Frauen, die auf einer verewigt wurden. Ich bin so stolz auf dich.

Schniefend wende ich mich ab und fahre mit den Fingern das Geländer entlang, während ich die Treppe runter zum Foyer nehme. New York war unglaublich, aber dieses Museum wird mir am meisten fehlen.

Ich steuere das Souvenirgeschäft an, wo ich Vince vermute. Meinem liebenswerten Freund taten irgendwann die Füße weh, und vermutlich habe ich ihn auch ein bisschen mit meinem endlosen Gebrabbel über das Alte Ägypten genervt. Hoffentlich habe ich ihn nicht zu lange warten lassen.

Ich entdecke ihn in einer Sitznische. Er trägt ein weißes T-Shirt, das seine gebräunte Haut betont, dazu eine kurze schwarze Hose und weiße Chucks. Ein Teil von mir hat sich noch immer nicht daran gewöhnt, dass er während unseres Urlaubs auf seine üblichen Hemden verzichtet hat.

»Hey, Fremder«, begrüße ich ihn.

Vince schaut auf und schenkt mir ein Lächeln, das mich nach all den Monaten noch immer schmelzen lässt.

»Hey. Hab vorhin deinen Post gelesen. Hast du das alles gerade geschrieben?«

»Nein, gestern Abend schon. Aber vorhin hat mich der Mut gepackt, und ich habe es einfach abgeschickt.«

»Ist richtig toll geworden«, bemerkt er. »Sehr ehrlich und berührend.«

Meine Wangen röten sich. Normalerweise reagiere ich bei Komplimenten weitaus weniger bescheiden, aber dieser Text hat mich eine ganze Portion Überwindung gekostet. »Danke.«

»Er hat schon über hundert Likes.«

»Wirklich?« Nicht dass ich mir irgendwas aus Follows und Likes machen würde, aber der Gedanke, dass es da draußen mindestens hundert weitere Menschen gibt, die dieselbe Ansicht vertreten, lässt mein Herz freudig hüpfen.

»Ja. Schau.« Er reicht mir sein Handy, und sofort zieht mich mein eigenes Bild in den Bann.

Ich sehe gut aus. Sexy und selbstbewusst.

Und furchtlos.

New York bei Nacht ist der Hammer, und ich bin unendlich dankbar, dass ich immer mehr lerne, mit meiner Angst umzugehen. Zwar ist es in letzter Zeit ohnehin einfacher geworden, weil es abends lange hell bleibt, aber ich bin trotzdem stolz auf mich. Jener Vorfall an Silvester hat mich nicht kleingekriegt. Vielleicht bin ich seitdem sogar noch stärker geworden.

Außerdem habe ich Veras Rat befolgt und den Mistkerl doch noch angezeigt. Wie nicht anders zu erwarten, wurde er zwar nicht aufgespürt, aber ich habe es trotzdem getan, um ein Zeichen zu setzen. Ein Zeichen, das hoffentlich etwas Größeres bewirken wird.

»Wollen wir?«, frage ich und deute in Richtung Ausgang. Vince nickt und erhebt sich von seinem Stuhl.

Mach's gut, MET, verabschiede ich mich und streife mit den Fingern die Tür, während wir dem Menschenstrom nach draußen folgen.

»Was hast du in der Tüte?«, frage ich, während wir über die 5th Avenue schlendern.

»Ein Geschenk.«

»Ein Geschenk?«, wiederhole ich. »Für mich?«

»Klar.«

»Was ist es?«, frage ich aufgeregt.

»Sieh selbst nach.« Er bleibt stehen und reicht mir die weiße Tüte, in der sich ein großer, flacher Gegenstand abzeichnet.

»Ein Buch?«, rate ich und nehme die Tüte an mich. »Fühlt sich auf jeden Fall so an.«

»Vielleicht?« Er grinst.

»Eine Bildersammlung von all den Schätzen?« Aber dann müsste es bestimmt dicker sein. Dieses fühlt sich sehr dünn an.

Als ich es aus der Tasche ziehe, steht mir der Mund weit offen.

Nein, oder?

»Ist es das?«, fragt Vince und ich nicke langsam.

Mein Lieblingskinderbuch. Die Geschichte von Rana, der Archäologin. Vince und ich haben nur ein einziges Mal darüber gesprochen, und das ist schon Ewigkeiten her.

Aber er hat sich erinnert.

»Leider ist die Ausgabe auf Englisch und nicht auf Arabisch«, wendet Vince ein, doch ich höre ihn kaum.

Ranas Adventures In The Desert lautet der Titel, darunter die Illustration der kleinen Rana mit ihrem süßen Expeditionsoutfit. Ihre schwarzen Locken wehen im Sandsturm, den Hintergrund ziert eine große Pyramide.

Die Erinnerungen in mir explodieren wie ein Feuerwerk. Vor meinem inneren Auge sehe ich das junge Gesicht meines Vaters und ich lausche seinem sanften ägyptischen Akzent, während er mir vorliest und mich dabei fest im Arm hält. Trauer, Freude und tiefe Sehnsucht sausen in geballter, bittersüßer Nostalgie durch meinen Körper.

Dieses Buch ist nicht nur ein Buch. Ranas Geschichte hat mich nachhaltig geprägt. Hätte ich sie nicht gelesen, wäre mein Leben wohl völlig anders verlaufen, und ich stünde heute nicht vor dem berühmten MET-Museum.

»Danke«, hauche ich und drücke das Buch wie ein Baby an meine Brust.

Vince lächelt warm. »Sehr gern.«

»Liest du mir später etwas vor?«, frage ich ihn, als wir unseren Spaziergang wieder aufnehmen. »Schön langsam mit sauber betonten Silben?«

»Klar. Ich weiß doch, dass du es heiß findest, wenn ich Englisch rede.«

Das habe ich ihm zwar nie direkt gesagt, aber mein nicht ganz subtiles Schmachten hat es ihn wohl selbst erkennen lassen. Ertappt grinse ich wie ein Honigkuchenpferd, was Vince dazu veranlasst, sich vorzubeugen und mir ganz leicht in die Nase zu beißen. Das macht er oft, und ich liebe es.

Diesmal jedoch ist es anders. Ein Kribbeln fährt durch meinen ganzen Körper, weil meine Gedanken an diesen Biss so schnell flitzen, dass ich sie nicht einfangen kann. Und doch leuchtet eine Botschaft in meinem Gehirn hellauf.

Ich will, dass er mich auch an anderen Stellen beißt.

Dieser Wunsch kommt mir nicht zum ersten Mal. Aber mit jeder Wiederholung wird er größer und stärker. Vince und ich waren uns schon oft nah, vor allem auf emotionale Weise. Aber noch nie so. Und seit einiger Zeit fleht mein Körper nach mehr. Mehr Vince. Mehr Nähe.

»Worauf stehst du eigentlich so?«, frage ich, während wir über eine Ampel laufen.

»Was meinst du?«

»Beim Sex.«

Eine Gruppe Touristen ruckt ihre Köpfe in unsere Richtung, und wir stolpern fast in sie hinein, weil sie mitten auf der Straße stehen geblieben sind.

Ups, da habe ich wohl vergessen, dass das S-Wort überall auf der Welt bekannt ist.

»Ähm.« Vince lächelt leicht verlegen, als wir die Gruppe überholen. »Auf alles, glaub ich.«

»Auf alles?«

»Denk schon. Ich bin auf jeden Fall offen.«

Gut zu wissen.

»Und …« Wir lassen uns ganz kurz los, da ein roter Hydrant unseren Weg blockiert. »Würdest du sagen, dass du der dominante Part bist, oder eher nicht?«

Sein Atem stockt kurz, und er räuspert sich. »Ähm. Auch da bin ich offen.« Er denkt kurz nach. »Aber ich mag es gern, der dominante Part zu sein. Und du?«

Ich halte seinen Blick, ohne die Miene zu verziehen. »Ich auch.«

Zwei Dominante. Prickelnde Vorfreude schießt durch meine Venen.

Er schluckt. »Warum fragst du das alles?«

»Weil ich glaube, dass ich … die letzte Nacht einfach im Hotel verbringen will.«

Seine Hand verkrampft sich, als er begreift, und sofort schießt mir Hitze ins Gesicht.

Es ist nicht so, dass wir uns in den letzten Monaten gar nicht angerührt hätten. Wir wissen, wie der andere ohne Kleidung aussieht, und haben mit unseren Händen auch schon die einen oder anderen Stellen erkundet. Aber so richtig losgelegt haben wir nie, und das lag an mir. Ich war noch nicht so weit. Ich wollte mir Zeit geben, um alles zu verarbeiten und mich nicht unter Druck setzen.

Aber jetzt ist es anders.

Ich will es.

Das spüre ich so sehr, dass mein ganzer Körper vor Verlangen brennt.

Vince' Blick flackert unter meinem. »Wirklich?«

Ich nicke und war mir keiner Sache so sicher wie dieser. »Wirklich.«

*

Vince presst mich gegen die Retrotapete, kaum dass wir die Tür des Hotelzimmers hinter uns geschlossen haben.

»Sicher?«, fragt er, als unsere Lippen nur noch wenige Zentimeter voneinander entfernt sind.

Ich nicke. »Ganz sicher.«

»Okay, aber du sagst, wenn irgendwas …«

»Ja«, unterbreche ich ihn und ziehe ungeduldig an dem Kragen seines T-Shirts. »Aber ich will das hier, okay?«

»Okay.« Vince' Daumen streicht über meine Unterlippe. Er betrachtet meinen Mund, als würde er darin versinken wollen. Dann schiebt er eine Hand in meinen Nacken, umfasst mit der anderen meine Hüfte und zieht mich enger an sich heran. Als sich unsere Lippen berühren, werden meine Knie weich.

Ich öffne meinen Mund und lasse ihn in mich. Unsere Zungen spielen miteinander, erst sanft, dann immer fordernder, als würden sie sich duellieren. Ganz leicht beißt er auf meine Unterlippe, und mir entweicht ein kleines Stöhnen.

Vince löst sich wieder von mir und streift, ohne den Blick von mir zu lösen, erst den einen Träger meines Kleides von meinen Schultern, und dann den anderen. Anschließend wandert er mit seinen Fingern zu dem seitlichen Reißverschluss und zieht ihn langsam runter. Sofort kriecht Gänsehaut über meine Beine und Arme, aber nicht wegen der kühlen Brise der Klimaanlage, sondern vielmehr wegen der Hitze, die sich in mir ausbreitet.

Sanft fällt mein Kleid zu Boden. Vince lässt den Blick über meinen violetten Spitzen-BH und das dazugehörige Höschen gleiten. In seinen Augen glüht heißes Verlangen.

»Mehr nicht?«, frage ich, als er keine Anstalten macht, mich weiter auszuziehen.

Er schüttelt den Kopf. »*Noch* nicht.«

»Na gut. Dann kommst du erst mal dran.«

»Nein.« Er hält meine Hand auf, als sie zum Bund seiner Hose wandert. Sein Griff ist fest, seine Stimme tonangebend. »Jetzt kümmern wir uns erst mal um dich.«

Überrascht schnappe ich nach Luft. Vince hat sich die Zügel geschnappt und …

Es gefällt mir.

Sein Blick rutscht zu meinen High Heels, und ein kleines, verwegenes Lächeln tritt auf seine Lippen. »Lass sie an, okay?«

»Warum? Macht dich das an?«, necke ich ihn, doch er lacht nicht.

»Alles an dir macht mich an, Vicky.«

Sämtliches Blut schießt in meinen Unterleib. O Gott. Ich will ihn so sehr. Ihn halten, spüren, schmecken, und das mit einer solchen Intensität, dass mein Körper zittert.

»Wo soll ich dich küssen?«, fragt er mit einem ungewohnt dunklen Tonfall.

»Hier.« Ich recke ihm den Hals zu.

Wieder dieses verwegene Lächeln, als er sich meinem Gesicht nähert. Mit der Nase streift er meine Wange entlang, dann weiter über meine Kehle, bis hin zu meinem Hals. Seine Zungenspitze fährt leicht über meine Haut. Ich erschaudere und packe ihn am Hintern, um ihn fester gegen meine Hüften zu drücken.

»Und jetzt?«, haucht er.

Zitternd deute ich auf meine linke Brust.

Vince küsst sich mein Dekolleté hinunter. Jede einzelne seiner Berührungen sendet Luststöße zwischen meine Beine. Erst küsst er sich am Saum meines BHs entlang, anschließend lässt er seine Zunge leicht unter den Stoff wandern, was mein Blut noch mehr in Wallung bringt. Zum Schluss schiebt er den Bund mit den Zähnen Stück für Stück zurück, und meine Haut prickelt an jeder Stelle, die nicht mehr von Stoff bedeckt wird.

Als er meine Brustwarze in den Mund nimmt und leicht daran knabbert, stöhne ich laut. »O Gott, Vince.«

Mit einem schnellen Klick segelt der BH zu Boden, und es fühlt sich so befreiend an, dass nun kein Hindernis mehr zwischen seinem Mund und meinen Brüsten liegt.

Aber ich will mehr. Mehr von ihm, mehr von seinem Körper.

Fiebrig zerre ich an seinem T-Shirt, während er weiter meine linke Brust mit seiner Zunge liebkost und die andere mit seiner Hand massiert. Nur ganz kurz lässt er von mir ab, damit ich ihm das Shirt abstreifen kann.

Ein leises Wimmern entwischt mir, als er sich langsam und rhythmisch an mir reibt. Sein Oberkörper ist das reinste Spiel aus Muskeln. Wo auch immer ich ihn berühre, alles ist fest und sehnig. Meine Lider flattern, und ich atme flach, während ich blind an seinem Gürtel fummele. Als ich seinen Reißverschluss umfasse, fängt Vince seine Hand mit meiner ab.

»Warte.«

»Ich kann nicht warten!«

»Doch.«

Er sagt es so herrisch und bestimmt, dass mein Verlangen noch größer wird.

»Aber ich will dich jetzt«, sage ich trotzig.

»Wo?« fragt er rau, und beim Klang seiner Stimme zieht sich mein gesamter Unterleib zusammen. »Wo?«, wiederholt er heiser. »Wo willst du mich, Vicky?«

Na gut, wenn er es so will.

Als Antwort packe ich grob seinen Kopf und versuche ihn runterzuschieben. Vince' Augen blitzen wölfisch, als hätte er nur darauf gehofft, dass ich ihn darum bitte.

Langsam küsst er sich runter, verweilt kurz an meinem Nabel und zieht mit den Zähnen leicht an meinem Piercing.

Gänsehaut. Überall. Gänsehaut.

Doch er wandert weiter. Immer weiter, immer tiefer.

Ich kralle meine Finger in seine Haare, als er meinen Slip ein Stück nach unten schiebt, und sehe die Erregung in seinen Augen, als er fühlt, wie feucht ich bereits bin.

Als er mit seinen Lippen über meine Mitte streift, tanzen kleine Sterne vor meinen Augen. »Vince«, japse ich, und lege ein Bein über seine Schulter. »Hör nicht auf.«

Und das tut er nicht. Seine Zunge massiert mich mit kreisenden Bewegungen, langsam aber mit Druck. Die Lust in mir wächst immer weiter, und als er an mir saugt, falle ich fast um vor Anspannung.

»Vince …« Ich rutsche immer mehr an der Wand hinunter. »Ich … O Gott, du …« Weiter komme ich nicht, denn als er zusätzlich einen Finger in mich hineinsteckt, bricht das Beben so plötzlich über mich herein, dass sich jeder Muskel in mir zusammenzieht.

Eine vertraute Welle der Ekstase durchflutet mich, eine, die so heiß und intensiv ist, dass ich nicht einmal schreien kann.

Stattdessen geben meine Beine einfach nach, und ich lande auf seinem Schoß.

Vince fängt mich auf und schlingt fest die Arme um meinen Rücken. Ein paar Sekunden lang sagt niemand von uns ein Wort. Dann hebe ich langsam den Kopf. Seine Pupillen sind geweitet, seine Lippen glänzen feucht.

»Das …«, beginnt er, doch ich gebe ihm nicht die Möglichkeit weiterzureden, da sich die Flut der Erregung in mir erneut aufstaut und ich diesmal will, dass er auch etwas davon hat.

»Was machst du da?«, fragt er, als ich an seinem Gürtel zerre.

»Hose. Jetzt sofort!«, befehle ich.

Vince stockt kurz, doch er nickt grinsend und tut wie geheißen. Als er seine Erektion befreit, die bereits erwartungsvoll in die Höhe ragt, werde ich fast ohnmächtig vor Verlangen. Ich will ihn ganz tief in mir spüren und kann keine Sekunde länger warten.

Vince geht es anscheinend auch nicht schnell genug, denn er hebt mich mit einem Ruck hoch und küsst mich, während er mich zum Bett trägt. Sanft legt er mich auf den weißen Laken ab und öffnet die Kommode neben dem Bett. Eine schwarze Plastikverpackung blitzt zwischen seinen Fingern hervor. Er reißt sie auf, zückt das Kondom und streift es sich in einer schnellen Bewegung über. Die Hitze zwischen meinen Schenkeln ist kaum noch zu ertragen. Vince will sich auf mich legen, aber diesmal bin ich es, die die Zügel in der Hand hält.

Schwungvoll wirbele ich ihn herum, und setze mich auf ihn. Sein Blick fällt auf die Schuhe, die ich noch immer trage, und sein Atem wird schneller. Dann, ganz langsam, senke ich mich auf ihn herab, und das bittersüße Gefühl ist überwältigend. Vince atmet zischend ein und verzieht lustvoll das Gesicht.

»Du … fühlst dich so gut an«, flüstert er stockend.

Ich weiß, Baby. Ich weiß.

Ich lege den Kopf in den Nacken, während ich ihn reite, und mein Atem bebt, als er wieder meine Brüste massiert.

Vince' Stöße sind hart und wild. Immer wieder sucht er meinen Blick, vergewissert sich, ob das Tempo auch gut für mich ist.

»Ja«, beantworte ich seine stumme Frage.

Ja, ja, ja!

Die Stadt, die niemals schläft, verschwimmt vor meinen Augen. Vince umfasst meinen Hintern, während er immer schneller in mich eindringt.

»Vicky …«, kommt mein Name aus seinem Mund, und es klingt wie ein Flehen.

Und dann ist es, als würde die Zeit einfrieren. Alles um uns herum erstarrt inmitten der Bewegung, und in diesem Moment sind da nur wir – ein Gemisch aus Haut, Schweiß, Küssen und Keuchen.

Vince und Vicky.

Als mich das Beben erneut überrollt, wird ganz kurz alles schwarz. Der Supernova-Höhepunkt schaltet meine Sinne aus. Ich sehe, fühle und rieche nichts.

Als ich wieder zu mir komme, liege ich mit dem Kopf auf Vince' Brust. Obwohl mir viel zu warm ist, lasse ich es trotzdem zu, als er die Arme um mich schlingt und fest an sich drückt. Unter meinem Ohr höre ich sein Herz pulsieren, fast im selben Tempo wie meins. Vielleicht sogar noch schneller.

Das rötliche Licht der Abenddämmerung strahlt ins Zimmer. Die Klimaanlage surrt weiterhin leise vor sich hin, und in weiter Ferne höre ich das Hupen von Autos.

»Das war …« beginnt er, bricht jedoch ab, weil ihm wohl ähnlich wie mir die Worte fehlen.

Ich nicke zustimmend. »Dir … dir ist schon klar, dass wir nie wieder damit aufhören werden, oder?«, lasse ich ihn, noch immer halb außer Atem, wissen.

Vince lacht erschöpft, und blinzelt mich unter trägen Lidern an. »Gib mir ein paar Minuten zum Regenerieren, okay?«

»Aber nur ein paar«, scherze ich, obwohl meine eigenen Glieder so kraftlos sind, dass ich kaum den Kopf heben kann.

Als ich später im Bad verschwinde, betrachte ich mein nacktes Spiegelbild. Meine Locken sind zerzaust, meine Wangen gerötet, meine Lippen geschwollen. Oberhalb meines Schlüsselbeins zeichnet sich ein hellrosa Schatten ab, der eventuell zu einem peinlichen Knutschfleck werden könnte.

Wow, Vicky. Einfach nur wow.

Über mich selbst kichernd halte ich mir die Hand vor den Mund. Trotz meines verschmierten Eyeliners strahlen meine Augen wie zwei leuchtende Edelsteine. Die letzten Minuten haben mir ein weiteres Stück meines Selbst zurückgegeben. Die Angst blockiert nicht länger meine Libido. Ich kann wieder loslassen.

Mit Vince.

Als ich zurück ins Zimmer kehre, liegt Vince bereits mit Boxershorts im Bett und schnarcht leise vor sich hin. Bei seinem Anblick erwärmt sich alles in mir. Gleich werde ich mich an ihn kuscheln, aber vorher muss ich noch meine Freundinnen anrufen.

Jepp, direkt nach dem Sex mit Vince. Aber ich kann nicht warten, bis wir in Berlin sind. Ich will unbedingt meine Freude mit ihnen teilen.

In einen flauschigen Bademantel eingehüllt, versuche ich es zuerst bei Maya. Es klingelt ziemlich lange, und gerade als ich auflegen will, hebt sie ab.

Ein ersticktes Schluchzen erreicht mich von der anderen Seite der Welt, und sofort erstarre ich. »Maya?«, frage ich alarmiert.

Sie antwortet nicht, schluchzt nur wieder.

»Hey, Maya. Maya!«, wiederhole ich etwas lauter, und bemerke aus dem Augenwinkel, wie Vince den Kopf in meine Richtung hebt.

»Vick«, wimmert sie und bricht dann ab.

»Was ist los, Süße? Ist irgendwas passiert? Hast du dich mit jemandem gestritten?«, rate ich, als sie nicht antwortet. »Wo ist Lennart?«, frage ich weiter. Maya und Lenny hatten sich nämlich so gefreut, die Bude eine Woche lang als Liebesnest für sich zu haben, weil Sydney während ihres Urlaubs noch bei ihren Eltern in Norwegen ist. Ich habe erwartet, die beiden würden es in allen Winkeln der Wohnung treiben. Aber jetzt …

»Er ist weg«, presst sie hervor.

»Also habt ihr euch doch gestritten?«

Wieder schluchzt sie und ich stelle mir vor, wie sie den Kopf schüttelt. »Schlimmer.«

Schlimmer?

»Nein, habt ihr …«

»Ich weiß es nicht.« Maya weint so sehr, dass ich ihre Tränen förmlich am Ohr spüren kann. »Er hat seine Sachen gepackt und ist weg. Gerade erst vor fünf Minuten oder so. O Gott. Er ist so sauer auf mich.«

Ich kneife mir in die Nasenwurzel und hole tief Luft, während ich mich zwinge, ruhig zu bleiben. Uns trennt gerade ein Ozean, und meine beste Freundin ist völlig aufgelöst und ganz allein. Ich muss nach den richtigen Worten suchen, um sie nicht noch mehr aufzuwühlen.

Langsam setze ich mich auf der Bettkante ab und spüre im nächsten Moment Vince' Hand auf meiner Schulter. Besorgt sieht er zum Telefon und macht dann ein fragendes Gesicht. Ich zucke mit den Achseln, weil ich keine Ahnung habe, was gerade abgeht.

»Okay, Süße«, sage ich behutsam in den Hörer und lege meine Hand auf die von Vince. »Jetzt noch mal mal ganz von vorn. Was ist passiert?«

NACHWORT

(ENTHÄLT SPOILER FÜR DAS GANZE BUCH)

Ich kenne keine Frau, die keine Erfahrung mit Cat Calling hat. Und leider kenne ich auch fast keine Frau, die noch nie ein gruseliges Erlebnis hatte, wenn sie nachts nach Hause lief. Diese Urangst, die Frauen draußen in der Dunkelheit verspüren, ist kein Einzelfall. Es ist kein absurdes Phänomen, das nur besonders sensible oder besonders ängstliche Menschen empfinden. Es ist generalisiert. Es betrifft uns fast alle. Leider.

Früher dachte ich immer, ich wäre die Einzige, deren Eltern ihr eintrichtern, immer schön vorsichtig zu sein, weil es da draußen einen Haufen gruseliger Menschen gibt. Früher dachte ich, dass sie übertreiben, dass sie übervorsichtig sind. Doch je älter ich wurde, und je mehr ich mich mit meinen Mitmenschen austauschte, desto mehr verstand ich, dass man das seiner Tochter während der Erziehung nun mal beibringt, um sie zu schützen.

Und das ist absurd, findet ihr nicht?

Es kann nicht sein, dass Frauen nachts mit dem Schlüssel in der Hand und dem Telefon am Ohr nach Hause laufen. Es kann nicht sein, dass sie sich absichtlich gegen bestimmte Outfits entscheiden, weil sie dadurch weniger »auffällig« wirken. Es kann nicht sein, dass sie mit klopfendem Herzen nachts an einer Gruppe Männer vorbeigehen oder lieber gleich die Straßenseite wechseln. Es kann nicht sein, dass sie eher Geld für ein Taxi zahlen würden, als den Heimweg zu Fuß oder mit den öffentlichen Verkehrsmitteln zurückzulegen.

In diesem Buch stand das Thema vor der Geschichte selbst fest. Und obwohl ich keiner meiner Figuren so viel Schmerz zufügen wollte, habe ich es bewusst getan, weil ich leider glaube, dass zu viele von uns Ähnliches erlebt haben, oder zumindest die Angst davor teilen. Es war schlimm, Vicky so leiden zu sehen, aber gleichermaßen auch wichtig, um aufzuzeigen, dass selbst die Toughsten unter uns auch nur Menschen sind und Wunden davontragen können. Dass selbst die, die alles schon wissen, manchmal an ihren eigenen Phrasen zweifeln. Weil das Trauma eben stärker ist.

Es ist nicht meine Absicht, allen Männern der Welt Böses zu unterstellen. Natürlich sind nicht alle so, die meisten sind es sogar nicht – aber leider sind es immer noch zu viele. Und überhaupt geht es um die Angst selbst, und die wäre nicht da, wenn jede Frau sicher durch die Welt spazieren könnte.

Fakt ist, dass Männer im Schnitt gewalttätiger sind als Frauen. Ebenso Fakt ist, dass sie nachts öfter trinkend in Gruppen gesichtet werden, öfter ausfallend, öfter lauter und aggressiver werden. Das verursacht Angst, selbst wenn nichts passiert. Und das sollte nicht sein.

Mit diesem Buch wollte ich Vickys und Vince' Liebesgeschichte erzählen, aber auch auf ein Phänomen aufmerksam machen, über das meiner Meinung nach noch nicht oft genug geredet wird. Dabei müssen wir das tun, da es, um Veras Worte zu zitieren, eben keine »Einzelfälle« sind. Mehr Videoüberwachungen werden uns vor der Tat selbst auch nicht schützen können, was aber helfen kann, ist, wenn wir die Gesellschaft umkrempeln und eine Sensibilität für das Problem schaffen.

Außerdem ist es niemals die Schuld des Opfers! Wir können Frauen nicht länger die Verantwortung zuschreiben, wenn ihnen so etwas widerfährt. Wir müssen die momentanen Gegebenheiten ändern, damit die Angst ein für alle Mal aufhört.

Abschließend möchte ich noch sagen, dass es wie in Vickys Fall nicht ungewöhnlich ist, das traumatische Ereignis erst mal zu verdrängen. Wenn das passiert, ist es ein Schutzmechanismus, weil Körper und Geist anfangs nicht genügend Kraft haben, um sich damit auseinanderzusetzen. Daher passiert es oft erst viel später, dass Betroffene den Mut und die Kraft aufbringen, sich anderen anzuvertrauen. Und das ist okay. Niemand sollte dafür verurteilt werden, wenn er oder sie nicht gleich über alles reden kann.

Falls ihr nachts auf dem Nachhauseweg Angst bekommen solltet, könnt ihr euch deutschlandweit immer an diese Telefonnummer wenden: 030 12 07 41 82.

Alles Liebe
Mounia

DANKE …

… Vince und Vicky. Unsere gemeinsame Zeit war sehr intensiv, dramatisch, lustig, empowernd und überhaupt wunderschön. Ihr werdet mir sehr fehlen, und ich bin froh, euch im nächsten Buch wiederzutreffen.

Danke, Mama und Papa. Danke, Sarah. Danke, Yousra. Ich rattere meine Familie einfach mal runter und schließe mit einem lauten: ICH LIEBE EUCH VON GANZEM HERZEN!

Danke, an meine besten Freundinnen Josy und Toni! Ich wüsste echt nicht, was ich ohne eure Liebe, euren Zuspruch und euren Halt machen würde!

Danke, Andi. Ich kann kaum Worte dafür finden, wie schön es ist, dass du immer da bist, dass ich mich immer auf dich verlassen kann.

Danke, Basma. Egal, was und wie viel gerade bei dir los ist, du bist immer bereit, für mich Zeit freizuräumen. Ich kann dir gar nicht sagen, wie viel mir das bedeutet.

Danke, Shamim. Du unterstützt mich einfach immer, und ich will, dass du weißt, wie sehr ich das schätze.

Danke, Holger. Du verstehst mich selbst dann, wenn ich es nicht tue, und hörst mich, wenn ich nichts sage.

Danke, Béa. Dein positives Zureden und Mut machen motiviert mich jedes Mal aufs Neue, mich an die nächste Geschichte zu setzen. Danke auch dir Lea. Du weißt wofür.

Danke, Mai und Ninh für die vielen tollen Gespräche, in denen ihr mir die Herkunft und Kultur von Vince etwas nähergebracht habt.

Danke, Yvy und Mehwisch für diese schöne Freundschaft, für unseren ehrlichen Austausch, und dass wir uns immer füreinander freuen und gegenseitig unterstützen.

Danke liebe Jess, für deinen Support, fürs Vorablesen und die Bereitstellung deines Blurbs!

Danke an das gesamte LYX-Team, das meiner Buchreihe ein so wundervolles Zuhause geschenkt hat. Besonders danken möchte ich dir, Sabrina. Ich liebe unsere harmonische Zusammenarbeit und finde, wir sind ein tolles Team!

Danke auch meiner Außenlektorin Lisa für deinen grandiosen sprachlichen Feinschliff.

Ein riesiges Danke auch euch Leser:innen und Blogger:innen, die nach Luke und Sydney nun auch Vince und Vicky in ihr Leben gelassen haben. Ich hoffe, wir sehen uns bei Mayas und Lennys Geschichte wieder.

Zum Schluss möchte ich ganz besonderen Frauen danken, die ich hier nicht erwähnen kann, weil sie anonym bleiben möchten. Aber ihr wisst, dass ihr gemeint seid, und ich bin euch so dankbar, dass ihr bereit wart, mit mir über eure Erfahrungen zu reden.

Bis zum nächsten Band. ♥

Eine besondere Nacht wird ihre Leben für immer verändern

Mounia Jayawanth
NIGHTSKY FULL OF PROMISE

480 Seiten
ISBN 978-3-7363-1659-1

In einer Berliner Sommernacht verbringen Sydney und Luke ein paar viel zu kurze Stunden miteinander, bevor Luke ins Ausland geht. Um ihren Gefühlen trotzdem eine Chance zu geben, vereinbaren sie, sich nach Lukes Rückkehr am selben Ort zu treffen. Sydney ist zur Stelle – Luke jedoch nicht. Auch fünf Jahre später kann Sydney ihn nicht vergessen. Und dann steht Luke ihr plötzlich wieder gegenüber. Nur erinnert er sich weder an sie noch an ihr Versprechen …

»Ihr haltet hier ein ganz besonderes Buch in den Händen, das direkt mit der ersten Seite einen Platz in meinem Herzen erobert hat.« @BOOKSLOVE128

LYX

»Ich denke, Heimat ist auch Ankommen bei den richtigen Leuten.«

»Bei der richtigen Person.«

Mehwish Sohail
LIKE WATER IN YOUR HANDS

480 Seiten
ISBN 978-3-7363-1551-8

Arwa ist gerade erst für ihr Studium nach Wien gezogen. Aber statt Freundschaften zu knüpfen, meidet sie den Kontakt zu anderen. Das ändert sich, als sie auf Tariq trifft. Doch Tariq, dem es zunehmend schwerer fällt, die Traditionen seiner Familie mit dem Wunsch nach Freiheit zu vereinbaren, kämpft gegen seine eigenen Dämonen. Und je näher sich die beiden kommen, desto klarer wird, dass ihre Liebe nur eine Chance hat, wenn sie sich ein für alle Mal ihrer Vergangenheit und Zukunft stellen …

»Mit *Like water in your hands* schenkt uns Mehwish Sohail die Stimme der Vielfältigkeit und Sichtbarkeit, die uns solange gefehlt hat.« DINABLOGSYOU

LYX

Gefühle sind gefährlich. Sie brechen einem das Herz. Und ihres ist zu wertvoll, um es in Gefahr zu bringen

Kim Nina Ocker
EVERYTHING I
EVER NEEDED

464 Seiten
ISBN 978-3-7363-0996-8

Ava sehnt sich nach einem Neustart: Nachdem sie wegen einer Herzerkrankung während ihrer Highschool-Zeit viel verpasst hat, soll auf der Preston University nun alles anders werden! Ava ist fest entschlossen, der zweiten Chance gerecht zu werden. Endlich will sie selbstständig sein, Freunde finden und ein »normales« College-Leben führen. Doch dann trifft sie auf Dexter – und merkt schnell, dass er ihre Welt vollkommen auf den Kopf stellt. Denn obwohl er Ava immer wieder von sich stößt, bringt er ihr Herz doch bei jeder Begegnung dazu schneller zu schlagen …

»Lest dieses Buch.« @KIELFEDER über EVERYTHING I DIDN'T SAY

LYX

Triggerwarnung

Dieses Buch enthält neben expliziten Szenen auch Elemente, die potenziell triggern können.

Diese sind:

Slutshaming, übergriffiges und bedrohliches Verhalten gegenüber Frauen, Erinnerung an den Tod eines Menschen, Schilderung eines tödlichen Unfalls, Schilderung von Panikattacken, Schilderung von posttraumatischer Belastungsstörung